사명대사의 칼, 抱劒悲

칼을 품고 슬퍼하다

칼을 품고 슬퍼하다

초판 1쇄 발행 2023년 9월 12일
초판 4쇄 발행 2024년 10월 3일

지은이	이상훈
펴낸이	정태욱
펴낸곳	여백출판사

총괄기획	김태윤
편집	김미선
디자인	남상원, 안승철
인쇄	성광인쇄
제본	대흥제본

등록	2019년 11월 25일(제2019-000265호)
주소	경기도 고양시 덕양구 삼원로 73, 1213호
전화	031-966-5116
팩스	02-6442-2296
이메일	ybbook1812@naver.com

ISBN 979-11-90946-29-2 (03810)

抱劍悲

칼을 품고 슬퍼하다

이상훈 장편소설

여백

임진왜란으로 죄 없는 백성이 죽어가는 모습을 보고 사명은 칼을 들었다. 그리고 자신의 피 끓는 심정을 『사명집』에 이렇게 표현하였다.

"포검비(抱劍悲), 칼을 품고 슬퍼하다."

살생을 금지하는 불교의 승려가 왜 칼을 들어야 했는지, 이 한마디가 그의 심정을 표현하고 있었다. 이 한마디는 나의 가슴을 파고들었고, 10년 동안 내 귓가를 떠돌고 있었다.

역사 이전에 이야기가 있었다. 우리 민족 최대의 비극인 임진왜란은 민초들에 의해 수많은 이야기가 남겨졌다. 이야기가 곧 역사가 되고 그 이야기는 『임진록(壬辰錄)』이라는 역사로 등장한다. 『조선왕조실록』에 기록된 역사와 힘없는 백성들에 의해 전해진 이야기의 기록 중에 어느 것이 진실인지 잘 모르는 우리는 임진왜란의 역사적 실체를 피상적으로 느낄 수밖에 없다. 임진왜란을 바르게 이해하기 위해서는 그 당시 우리 역사와 일본 역사를 함께 올려놓고 파악해야 한눈에 그림이 그려진다.

임진왜란 이후 조선과 명나라, 일본의 동아시아 역사는 대전환이 일어나고 새로운 문명의 소용돌이가 휘몰아쳤다. 임진왜란은 단순히 조선과 일본의 전쟁이 아니라 역사를 바꾸는 동아시아 전쟁이었다. 이때 조선의 성리학을 수용한 일본은 전쟁 이후 도쿠가와 이에야스가 무(武)를 버리고 문(文)을 택하게 되며, 그 200여 년 후 일본의 성리학은 메이지 유신의 주역이 된다. 임진왜란은 사무라이 중심의 일본을 성리학 중심으로 바꾸었으며, 그 중심에는 퇴계와 율곡의 성리학이 있었다. 전쟁 중 일본이 조선에서 가장 많이 빼앗아 간 것은 도자기가 아니라 성리학 책이었다.

물론 임란 때 끌려간 조선 도공들에 의해 일본의 도자기 문화가 급속도로 발전했지만, 그들이 조선에서 빼앗아 간 책과 포로로 잡아간 조선의 유학자들은 일본 정신을 바꾸는 계기가 되었다. 일본이 얼마나 많은 책을 빼앗아 갔는지에 대한 실례가 『조선왕조실록』에 나와 있다. 전란이 끝난 후, 세자와 왕자들이 공부할 책이 없어 중신들이 밤새 필사해서 가르쳤다는 기록이 나올 정도였다.

400여 년 전의 전쟁, 임진왜란은 우리 역사상 가장 참혹하고 잔인한 전쟁이었다. 현대전인 6·25전쟁보다도 인명피해가 훨씬 커서, 전체 인구의 20퍼센트가 죽거나 포로로 끌려갔다. 일본에 끌려간 포로가 10만이 넘었다. 조선인 포로들은 일본에 끌려간 지 10여 년 후 사명이 그들을 찾을 때까지 잊혀진 존재였다. 조국에서 버림받은 포로들의 고통은 이루 말할 수 없었다. 조선인 포로 문제를 처음으로 공론화시킨 사람은 사명대사였다. 일본으로 건너가 조선인 포로들을 만나 가슴을 치며 울분을 토로한 사명의 시(詩)가 남아 있다. 『동사록(東槎錄)』에는 조선인 포로 가운데 양반 가문의 부인이 왜인의 아이를 낳고 조선의 남편에게 돌아가지 못하는 마음을 피 끓는 절규로 호소한 내용이 있다. 그들의 아픔과 사랑을 그리고 싶었다.

조선은 전란으로 초토화되었으며 원군으로 온 명나라 군대의 횡포도 극에 달했다. 비겁한 군주 선조는 혼자 살기 위해 한양을 버리고 의주까지 도망 갔고, 명나라로 도망가려는 것을 신하들이 막아야 했다. 나라의 주인을 잘못 만나면 그 피해는 죄 없는 백성들의 몫이 된다. 왜군의 살육 작전에 이렇게 죽으나 저렇게 죽으나 한가지라고 생각한 백성들은 들고 일어났다. 그 중심에 사명대사가 있었다.

왜적을 물리친 것은 조선이나 명나라 군대가 아니라 의병과 승병을 일으킨 민초들과 승려들이었다. 그러나 숭유억불을 앞세운 조선은 영웅 사명대사를 깎아내리기에 바빴다. 민초들이 남긴 『임진록』에는 사명대사와 이순신이 똑같은 영웅으로 그려지고 있다. 그런데 우리 역사 교과서에는 나라를 구한 영웅은 이순신만 있고, 사명대사의 기록은 승병을 이끈 스님이라는 간략한 기록만 있을 뿐이다.

사명과 관련해 과소평가된 역사적 사실을 하나하나 짚어 나가면서 400여 년 전의 역사적 진실에 접근할 수 있었다. 10년여 동안 방대한 자료를 수집하고, 사명의 흔적을 찾아 전국을 돌아다녔으며, 일본까지 직접 찾아가 발로 뛰면서 백성의 고통을 외면할 수 없었던 인간 사명의 모습을 확인할 수 있었다. 선조에게 실망한 조선 백성은 마지막 희망을 사명에게 걸고 있었다. 그들의 눈에는 사명이 구원자로 보였을 것이다. 『임진록』에 묘사된 신출귀몰한 사명의 도술은 백성들의 그에 대한 희망을 그린 것이라고 볼 수 있다.

역사 기록에 의하면, 사명은 어떤 조선 관리도 가려 하지 않는 가토 기요마사의 진중으로 들어가 그의 마음을 흔들었으며, 원수인 그에게 사람의 도리가 무엇인지를 깨우치게 했다고 한다. 그리고 전쟁이 끝난 후, 원수의 나라 일본으로 건너가 도쿠가와 이에야스와 담판을 벌이고, 조선인 포로 천오백 명을 데리고 돌아왔다. 누구도 예상하지 못한 일이었다. 사명대사는 도쿠가와 이에야스에게 '문(文)으로 무(武)를 이긴다'라는 사실을 가르치며 이 전쟁에서 조선이 이겼다고 선포한다. 이에야스는 그의 인품에 감동되어 사명을 살아 있는 부처라 칭하였다. 사명대사와 이에야스의 담판으로 조선과 일본은 260년 동안 평화를 이루었다. 사명을 존경한 이에야스는 죽으면서 조선과 평화롭게 지내라는 유언을 막부에 남겼다.

사명대사는 단순히 조선의 훌륭한 고승 가운데 한 사람이 아니라, 조선을 구한 영웅이었다. 사명을 불교의 울타리에만 가두지 않고 절체절명의 전란에서 나라를 구한 최고의 영웅이었다는 점을 밝히고 싶었다. 사명의 진정한 가치를 조금이나마 알릴 기회가 왔으니, 10년여의 준비 기간도 전혀 아깝지가 않다.

2023년 8월
이 상 훈

차례

2부

抱劍悲

3부

抱劍悲

1早

뿌리 찾기

진수는 해마다 추석이면 고향을 찾았지만, 이번 추석은 조금 특별했다. 평생 자식에게 부탁이란 걸 하지 않던 어머니가 조심스럽게 말했다.

"내가 일제 때 다니던 무안국민학교에 가보고 싶구나."

올해 92세이신 어머니가 왜 옛날 당신이 다니시던 초등학교를 가보려 하는지 의아했지만 일단 모시고 가겠다고 대답했다. 어머니가 사는 곳은 밀양 읍내였다. 70여 년 전에 무안에서 밀양 읍내로 시집을 온 것이다. 어머니 고향인 무안은 진수의 외할아버지가 태어난 곳이고 외가 쪽 사람들이 대대로 모여 살던 곳이다. 밀양 시내에서 자동차로 10여 분 거리에 있는 무안초등학교는 이제 학생 수가 줄어 몇 안 되는 학생들이 스마트폰에 몰입한 모습만이 눈에 띌 뿐이었다. 운동장을 둘러보는 어머니는 여러 생각에 잠긴 듯 보였다. 그리고는 기억을 더듬어 무안초등학교 옆에 있는 사명대사의 비석을 찾았다. 불교식 대문으로 장식된 표충비각은 주위가 사당처럼 둘러싸여서 사람들의 접근을 막고 있었다. 어머니는 비석을 쳐다보며 말했다.

"어릴 때 이 비석 뒤에서 많이 놀았지. 그때는 비석에 땀이 흐르면 우리가 닦아 주기도 했어."

사명의 비석과 더불어 어린 시절 추억에 잠긴 어머니는 진수가 옆에 있는 것도 잊은 듯했다. 표충비각 옆 400년 된 향나무 아래에 어머니가 자리를 잡았다. 향나무는 사명대사의 제자가 사명을 기리기 위해 심었다고 전해져 오는데 그 자태가 아름답고 신비로웠다. 어머니는 어릴 때 그 향나무 아래에서 뛰어놀았다는 이야기를 시작으로 사명대사[1]의 이야기를 들려주었다.

"나는 어릴 때부터 사명대사의 이야기를 귀가 닳도록 듣고 자랐다. 네 외가는 대대로 사명대사와 깊은 인연을 가지고 있었단다. 황희 정승의 직계인데, 사명대사가 어릴 적에 가르침을 받은 스승도 계셨다는구나. 그래서 네 외할아버지는 사명대사를 조상처럼 모시면서 사명대사와 우리 집안의 인연을 설명하곤 했다. 사명대사가 고향을 찾을 때는 항상 우리 집안을 찾았다고 하니까 작은 인연은 아니지. 그래서 우리 집안은 사명대사가 건네준 십자가를 신주단지처럼 가보로 모시고 있었는데, 6·25전쟁통에 피난 갔다가 돌아오니 그것이 그만 사라져 버렸다는 거야."

진수는 어머니의 말씀을 듣는 순간 어머니가 혹 치매에 걸린 건 아닌가 하는 걱정이 들었다. 독실한 가톨릭 신자인 어머니는 하루도 빠지지 않고 새벽 미사를 간다. 그리고 어머니 집안은 대대로 가톨릭을 믿어 왔다. 서울에 살던 가톨릭 신자들이 대원군의 병인박해를 피해 밀양의 옹기마을로 들어오면서 어머니 집안은 가톨릭을 믿기 시작한 것이다. 결혼한 후 불교를 믿던 아버지를 설득해 성당에 다니게 했고, 그렇게 완강하던 할머니도 어머니의 정성 덕에 돌아가시기 몇 해 전부터 성당에 다니게 되었다. 진수는 어머니에게 장난스럽게 말했다.

---

1) 사명대사 유정(四溟大師 惟政, 1544~1610) : 조선 중기의 승려이자 승장(僧將). 국난이 닥치자 승려의 몸으로 의승(義僧)을 이끌고 전공을 세웠으며, 임진왜란 이후 도쿠가와 이에야스를 만나 강화조약을 맺은 뒤 포로 천오백 명을 데리고 귀국했다. 저서로는 문집 『사명집』 7권, 『분충서난록』이 있다.

"어머니, 사명대사는 스님이십니다. 스님이 어떻게 십자가를 남긴다는 말씀입니까? 다른 곳에서 그런 이야기 하시면 다 이상하게 생각합니다."

"너도 그렇게 말하는구나. 그런데 나는 분명하게 들었어. 우리 집안은 사명대사가 남긴 십자가 때문에 성당을 다니게 됐다고 말이다. 서울서 피난 온 천주교 신자들이 우리 집안에서 대대로 내려오는 십자가를 보고 모두들 깜짝놀랐다고 했어. 그리고 그 십자가가 사명대사가 남긴 거라는 말을 듣더니 그분들도 의아하게 생각했다더구나. 그런데 나도 어릴 때 그 오래된 십자가를 봤어. 그건 확실해."

어머니의 진지한 이야기를 듣고도 진수는 사명대사와 십자가를 연결시켜 생각할 수가 없었다. 어머니가 거짓말할 이유가 없으니, 그렇다면 사명대사의 십자가는 진실이란 말인가? 그 화두가 진수를 끌어당기는 기분이었다. 진수는 사명대사비를 뚫어져라 쳐다보았다.

진수는 어릴 때 어머니로부터 나라에 큰일이 있을 때면 사명대사비에서 땀이 흐른다는 이야기를 들어 왔다. 하지만 그저 전설처럼 내려오는 미신 같은 이야기라 치부했다. 그런데 그렇게 흘려들었던 어머니의 이야기가 자신도 모르는 새 강바닥에 모래가 쌓여 섬을 이루듯 생각의 섬을 이룬 모양이었다. 사람들은 사명대사비에서 흘러내리는 물을 땀이라고 했지만 진수는 그것이 땀이 아니라 사명의 눈물이 아니었을까 하는 생각이 들었다. 그렇다면 그 눈물의 의미는 무엇일까? 400년 전에 흘렸던 사명의 눈물이 문득 그의 가슴을 적셔 왔다. 진수는 그때부터 사명대사의 자료를 찾기 시작했다. 마침 밀양시청에 다니는 친구 상태의 도움을 받아 사명의 기록을 하나도 빠지지 않고 찾았다. 어릴 적 친구인 상태는 진수만큼이나 사명에게 빠져 있었다. 사명이 우리 역사에서 제대로 인정받고 있지 못한 것을 몹시 분해하고 있었던 것이다.

"사명대사가 승려가 아니었다면 아마 이순신 장군과 더불어 최고의 영웅으로 칭송받았을 거야. 나는 사명대사가 밀양 사람이라서가 아니라 그분에 대해 알면 알수록 더 존경할 수밖에 없기 때문에 그러는 거라고."

상태의 말에 진수는 소주를 들이켜며 말했다.

"너무 감정적으로 접근하면 안 돼. 팩트에 근거한 진실이라야 사명대사의 본모습을 밝힐 수 있어."

"팩트는 넘쳐나. 유교가 중심인 조선에서 일부러 사명에게 승려라는 딱지를 붙이고는 역사에서 소외시킨 거라고."

상태는 뭔가 억울한 듯 계속 술을 마셨다. 상태의 얘기에 진수는 깊은 수렁 속으로 빠져드는 기분이었다. 상태가 말했다.

"진수야, 나는 사명대사가 제대로 평가받지도 못하고 대접받지도 못한다 생각하면 막 화가 치민다. 숭유억불 정책 속에서도 목숨을 바쳐 조선을 구했지만, 조선 조정을 잡고 있던 유학자들은 일부러 사명의 업적을 깎아내렸어. 사명은 임진왜란이 끝나고 백성들로부터 이순신 장군과 똑같은 영웅으로 대접받았어. 그러나 유교 관점을 가진 후세의 사관은 사명이 승려라는 이유로 역사에서 소외시키고 천대한 거라고. 나는 이 진실을 파헤치고 싶다. 그런데 나는 글재주가 없어."

진수는 상태의 말에 뚱하게 대꾸했다.

"글재주만으로 역사의 진실을 밝힐 수는 없어."

"글재주가 아니면, 그럼 뭐로 진실을 밝히냐? 엉?"

"마음에서 우러나는 진심과 진정성이 있어야겠지."

"그래? 그럼 네 글재주와 진정성으로 사명대사의 역사적 진실을 꼭 밝혀 봐라. 내가 도와줄게."

상태는 분풀이하듯 소주를 퍼마셨다. 진수는 그런 상태와 부어라 마셔라 하며 술잔을 주고 받았지만, 어쩐 일인지 머리 한쪽이 명징해지는 기분이었다.

다음 날 진수는 밀양시 무안면에 있는 사명당기념관을 찾았다. 기념관 입구의 사명대사에 대한 기록은 이렇게 시작되고 있었다.

> 사명대사는 1544년(중종 39) 지금의 경남 밀양시 무안면에서 교생(校生) 임수성(任守成)의 둘째 아들로 태어났으며 이름은 임응규(任應奎)였다. 증조부 임효곤(任孝昆)은 문과에 급제하여 장악원 정(正)이 된 후 대구 수령으로 있다가 그 후 밀양에서 살았다. 할아버지는 임종원(任宗元), 아버지는 임수성, 어머니는 달성서씨(達城徐氏)이다. 증조부 임효곤이 연산군의 사화를 피해 밀양으로 피신 온 것이 밀양에서 풍산 임씨의 시작이었다. 응규는 13세 때 유촌(柳村)[2]에서 글을 배우다 그만두고, 직지사로 가서 신묵(信默) 화상에게서 머리를 깎고 선문(禪門)에 들어갔다.

순간 진수는 어머니가 말씀하신 외가 쪽 조상들의 이야기가 떠올랐다. 어머니는 유촌(柳村) 황여헌(黃汝獻)의 후손이었다.

---

2) 황여헌(黃汝獻, 1486~?) : 본관은 장수(長水). 자는 헌지(獻之), 호는 유촌(柳村). 영의정 황희(黃喜)의 현손. 1509년(중종 4) 별시 문과에 급제하고, 이듬해 저작·박사를 거쳐 승문원 교리, 공조정랑, 울산군수를 지냈다. 문장과 글씨로 소세양·정사룡과 함께 당대에 이름이 있었고, 그의 「죽지사(竹枝詞)」는 명나라에서도 격찬을 받았다. 저서로 『유촌집(柳村集)』이 있다.

천재 소년 응규

깊은 산을 끼고 남천강 주변의 작은 평야를 이루고 있는 밀양 무안은 한적하고 평화로운 시골이다. 응규는 추수가 끝난 들판에 쌓아놓은 볏단으로 작은 성을 짓고 동네 꼬마들과 병정놀이를 하고 있었다. 형 응원은 항상 대장을 맡았는데, 그의 곁에는 응규가 형을 지키고 있었다. 어린 응규에게는 형이 우상이었다. 형은 키도 크고 학문도 잘했기에 응규는 항상 형을 자랑스러워했다. 저녁 먹을 시간이 되어도 돌아오지 않는 오빠들을 부르러 여동생이 달려왔다.

"오빠야들은 와 이래 내가 불러야 오노? 밥 먹을 때가 되면 시간 맞차서 그냥 들어오면 안되나?"

다섯 살 여동생이 뽀로통하게 말했다.

"가시나가 뭐라카노. 지금 목숨 걸고 우리 진지를 지키고 있는데 밥이 목구멍으로 넘어가나?"

그런 응규에게 형은 점잖게 말했다.

"응규야, 여동생에게 말을 예쁘게 해라 안카나? 우리 동생이 세상에서 제일 예쁘지 않나?"

응규는 화가 나서 말했다.

"이 가시나가 뭐가 이쁘노? 히야는 눈이 삐었구나. 나는 제일 못생긴 마귀 같은데."

응원은 뽀로통한 얼굴로 서 있는 다섯 살 혜진을 귀여운 듯 끌어안고 말했다.

"혜진 낭자는 이 세상에서 제일 이쁜 낭자입니다."

응규는 혜진을 놀리듯이 키득키득 웃었다. 응규도 사실은 여동생이 귀여웠지만 부모님께 자신의 잘못을 일러바칠 때의 혜진을 생각하면 얄밉기도 했다. 이렇게 응규와 응원은 매일 해 질 녘, 동생이 밥 먹으러 오라고 부를 때까지 장군 흉내를 내며 온 동네를 누비고 다녔다.

응규는 다섯 살 위인 형이 이 세상에서 제일 좋았다. 어떤 때는 친구처럼 어떤 때는 스승처럼 형은 항상 응규가 뒤따라가야 할 표본이자 목표였다. 둘은 한방에서 같이 자며 할아버지에게 학문도 함께 배웠다. 형 응원이 열다섯 살에 초시에 합격하자 동네 사람들은 응원이 크게 성공할 것이라고 입을 모았다. 또 누군가 응규를 괴롭히면 응원은 꼭 나타나 그애들을 혼내 주었다. 동네 아이들은 응원이 무서워서 아무도 응규를 괴롭히지 못했다. 형은 응규의 든든한 후원자이자 영원한 동반자였다. 그런데 응규가 열 살 되던 해에 밀양에 돌림병이 돌았고, 형과 혜진이 그만 병에 걸려 응규가 보는 앞에서 피를 토하고 죽고 말았다. 돌림병에 걸려 죽은 탓에 시신은 가마니에 싸서 뒷산에 묻었다. 어린 응규는 사랑하는 두 사람의 죽음을 보고 처음으로 '죽음'에 대해 의문을 품기 시작했다. 죽음이란 무엇인가? 형은 죽은 후에 어디로 갔다는 말인가? 어린 응규는 형과 혜진의 무덤 앞에서 울며 몸부림쳤지만 그들은 결코 돌아오지 않았다.

"할아버지, 형과 혜진인 어디에 있을까요?"

할아버지는 어린 응규를 쓰다듬으며 말했다.

"네 형과 동생은 착했으니까 하늘나라 극락에 갔을 거다."

"할아버지는 유학자잖아요. 불교 신도도 아니면서 극락을 믿으세요?"

"불교 신도가 아니라도 누구나 죽으면 하늘나라로 가는 것이야."

"하늘나라는 누가 만든 것인가요? 그곳에도 임금이 있고 백성이 있나요?"

"나도 가보지 않아서 몰라. 이 세상이 끝나면 저승으로 간다고들 하지 않느냐."

"육신은 썩어 없어졌는데 영혼만 가지고 저승에서 살 수 있어요? 저승에 가본 사람은 있나요? 죽은 형을 다시 볼 수 없다면 그것은 다 끝이잖아요."

"네가 죽으면 그때는 형과 동생을 만날 수 있겠지. 이 할애비가 먼저 죽으면 꼭 네 소식을 전하마."

"할아버지가 하늘나라에서 형을 만났다는 사실을 제가 어떻게 알 수 있을까요?"

할아버지와의 대화는 평행선을 달릴 뿐, 응규의 답답함을 풀어 주지 못했다. 형과 혜진의 죽음 이후 응규의 어린 가슴에는 삶과 죽음에 관한 의문이 강하게 자리 잡았다. 아무리 유교 경전을 뒤져도 삶에 대한 이야기만 있을 뿐 죽음에 대한 이야기는 없었다.

응규가 열세 살이 되자, 할아버지는 응규를 불러놓고 말했다.

"너는 이제 나한테는 더 이상 배울 것이 없다. 유촌의 밑으로 들어가서 배워라. 그는 삼남에서 학문이 가장 뛰어난 사람이다."

열세 살의 응규는 옆 마을의 유촌(柳村) 황여헌(黃汝獻)의 집으로 갔다. 유촌 집안과 응규 집안의 인연은 응규의 증조할아버지와 유촌의 아버지에게서 시작되었다. 유촌은 황희 정승의 후손으로 울산 부사를 지냈다. 유촌은 『시경』

과 『서경』에 밝아서 훗날 응규가 『시경』에 능통해 좋은 시를 많이 남길 수 있게 기본 토양을 마련해 주고, 『서경』의 가르침을 통해 정치와 윤리의 기본을 터득하게 했다. 유촌의 집에서 유숙하면서 응규의 학문은 나날이 성숙해 갔다. 열세 살의 응규는 키도 크고 힘도 세서 주위에서는 벌써 사윗감으로 탐을 내고 있었다. 유촌의 아내 역시도 응규의 근면함과 천재성을 보고 은근히 응규를 사위로 점찍어 두고 있었다.

유촌에게는 늦둥이 막내딸 미옥이 있었는데, 열 살이었다. 응규는 미옥을 보면 죽은 여동생이 떠올랐다. 미옥은 똑똑하고 고집이 셌지만, 응규만 보면 부끄러워서 얼굴을 붉혔다. 같이 오래 지내다 보니 둘은 남매처럼 친해졌다. 응규는 가장 먼저 일어나 청소를 하고, 집안에 힘쓰는 일이라도 생기면 도맡아 하곤 하였다. 미옥은 응규를 친오빠처럼 졸졸 따라다니며 항상 이렇게 말했다.

"나는 커서 어른이 되면 오라버니랑 혼인할 거야."

응규와 미옥은 남들이 보면 시샘할 정도로 다정하게 지냈다. 그러는 사이 미옥의 마음에는 응규가 크게 자리 잡게 되었다. 시간이 흐를수록 응규를 남자로 느끼게 되면서 미옥은 혼자 잠 못 이루는 밤이 많았다. 그러나 응규는 미옥이 귀엽고 예쁜 동생 같기만 했다. 어느 날 미옥은 응규네 집에 함께 가고 싶다고 졸랐다. 응규는 하는 수 없이 미옥을 집으로 데려갔다. 응규의 어머니는 예쁘고 고운 미옥을 친딸처럼 맞이했다. 미옥은 응규의 어머니에게 예절 바르게 말했다.

"어머님, 저는 응규 오라버니와 이미 백년가약을 맺었습니다. 그러니 저를 미래의 며느리로 인정해 주시기 바랍니다."

응규 어머니는 어린 미옥의 입에서 그런 당돌한 이야기가 나오자 너무나 귀엽고 사랑스러워서 미옥을 번쩍 안고 말했다.

"아이고, 우리 며느님, 고맙습니다."

응규와 어머니는 열 살짜리 꼬마의 소꿉장난 같은 이야기로 들었으나 미옥의 마음은 그렇지가 않았다. 응규와 혼인하겠다는 말을 되뇌면서 그 말은 어느새 주술처럼 혹은 신앙처럼 그녀의 마음속에 굳어 버렸다. 그러나 운명의 장난이라고나 할까. 사랑의 여신은 그녀 편이 아니었다. 응규의 첫사랑은 미옥이 아니라 영남루에서 우연히 만난 아랑이였던 것이다. 응규의 사랑앓이는 아랑을 처음 본 순간 벼락을 맞은 것처럼 찾아왔다.

영남루에 맺은 사랑

영남루에서 내려다본 남천강[3]은 도도히 흐르고 있었다. 영남루에서는 밀양 부사의 생일잔치가 열리고 있었다. 잔치에 초대받은 임종원은 손자 응규를 데리고 참석했다. 그는 비록 몰락한 명문가 집안이긴 했으나 밀양에서 후학을 가르치는 유명한 학자였다. 임종원은 몰락한 집안을 일으켜 세울 인물로 손자인 응규를 점찍고 있었다. 응규는 어릴 때부터 못하는 것이 없었다. 또래들보다 키가 크고 힘도 장사였다. 응규가 열네 살이 되자 밀양 무안에서는 씨름으로 응규를 이기는 자가 없었다. 또 검술에도 밝아서, 훗날 훌륭한 장수가 될 거라고 수군거리는 사람이 많았다. 그러나 할아버지는 무술을 좋아하는 손자를 서당에 붙잡아 놓고 사서오경을 가르쳤다. 밀양 부사의 잔치 자리에 응규를 데리고 간 것도, 열심히 공부해 과거에 급제하면 밀양 부사보다도 더 큰 벼슬을 할 수 있다는 사실을 알려 주기 위해서였다.

응규는 기생들이 추는 춤에는 관심을 두지 않고 영남루 누각의 맨 끝자락에 앉아 유유히 흐르는 남천강만 쳐다보고 있었다. 그런데 할아버지와 함께 부사에게 인사를 드리러 앞으로 나갔다가 그만 혼이 나가는 듯 정신이 혼미

---

3) 남천강 : 밀양강을 남천강이라고도 불렀다.

해졌다. 바로 부사 옆에 앉아 있는 딸 아랑 때문이었다. 아랑을 본 순간 응규는 태풍의 눈에 쓸려가듯 빨려 들어갔다. 그녀의 눈동자는 마치 우주를 향해 뻗어 있는 별들의 집합체처럼 빛이 났다. 그 빛에 응규는 숨이 멎는 것만 같았다. 열네 살 응규의 첫사랑이었다. 집에 돌아와 잠자리에 들어서도 그녀의 얼굴이 떠올랐다. 책을 들어도 아랑의 얼굴이 떠오르고, 밥을 먹으면서도 아랑이 모습만 떠올랐다.

단옷날, 밀양에서 큰 잔치가 열렸다. 응규는 아침부터 마음이 설렜다. 아랑을 볼 수 있다는 막연한 기대가 응규의 마음을 들뜨게 했다. 이날 처녀들은 밖으로 나와서 그네를 타고 총각들은 백일장에 참가한다. 이날만큼은 처녀 총각들이 서로를 볼 수 있는 기회였다. 아랑은 그네를 타며 자태를 뽐냈다. 응규의 스승 황여헌의 딸 미옥도 나이는 어리지만, 그에 못지않게 그네를 잘 탔다. 하지만 밀양의 양반 자제들은 아랑에게서 눈을 떼지 못했다.

마치 한 마리 고운 나비처럼 날아오르는 아랑을 보며 응규는 시를 지었다. 아랑이 그네를 구르니 남천강 물이 불어 오르고, 또 한번 뛰어 날아오르니 응규의 붓끝도 함께 날아오르는 것만 같았다. 응규가 쓴 시는 장원으로 뽑혔다. 심사를 맡은 밀양 부사와 양반들은 두보의 시를 뛰어넘을 만큼 아름다운 운율로 사랑을 그린 시라며 칭찬해 마지 않았다. 하지만 정작 그 시의 주인공인 아랑은 응규에게 눈길 한번 주지 않았다.

사랑앓이를 시작한 응규는 매일 십리 길을 걸어 영남루 옆 밀양 부사 관사로 갔다. 그리고는 하릴없이 그 주위를 어슬렁거렸다. 어느 날, 응규가 언제나처럼 헛걸음을 하고는 강변을 거닐고 있을 때, 기적처럼 아랑이 몸종을 데리고 산책을 하고 있는 모습을 보게 되었다. 응규는 이것이 운명인지 인연인지 모르지만, 자신의 지극정성이 하늘을 감동시킨 것이라고 생각하며 멀찍이서 아랑을 지켜보았다. 그렇게 지켜보는 것만으로도 모든 것을 다 가진 것 같았다. 응규는 곧 아랑이 점심 후 미시쯤에 남천강을 산책한다는 사실을 알게 됐고, 자신도 그 시간에 맞춰 남천강으로 나가곤 했다. 아랑의 옆을 스치기만 해도 응규의 얼굴은 붉어졌고 가슴은 불같이 화끈거렸다. 선녀가 있다면 바로 아랑의 모습일 거라 생각했다. 어떤 때는 둑 위로 올라가 멀리서 지켜보며 들키지 않게 따라간 적도 있었다. 아랑은 꽃처럼 어여쁜 열세 살 소녀였다.

두 달쯤 지나서야 아랑은 남천강 산책길에서 매일 마주치는 응규가 눈에 들어왔다. 하지만 응규의 얼굴을 자세히 쳐다볼 수는 없었다. 꽃을 좋아하는 아랑은 몸종과 함께 둑에 피어 있는 꽃 옆에 자주 서 있었다. 집에 들어갈 때면 몸종은 그녀를 위해 꽃을 꺾어 가져가기도 했다. 어느 날 맑은 하늘에서 갑자기 소나기가 쏟아졌다. 갑작스런 비에 당황하는 아랑의 모습을 지켜보던 응규는 잎이 무성한 나뭇가지를 꺾어 아랑에게로 뛰어갔다. 비에 젖은 그녀의 모습에 응규는 숨이 멎을 것만 같았다. 응규는 나뭇가지를 들어 아랑의 머리를 가려주었다.

"갑자기 소나기가 쏟아지니 이렇게라도."

머리를 겨우 가린 잎이 무성한 나뭇가지로 그나마 아랑은 비를 피했지만 마주 선 응규는 고스란히 비에 젖고 있었다. 아랑은 그제야 응규의 얼굴을 올려다보았다. 순간 아랑은 마치 한 대 맞은 것처럼 멍해졌다. 고맙다는 말조차 나오지 않았다. 말문이 막힌 사람처럼 응규를 바라만 봤다. 순간이 마치 영원 같았다. 응규도 아랑과 눈길이 마주친 순간 세상 무엇도 보이지 않았다. 그저 아랑의 눈빛만이 응규의 눈 속에 가득했다.

"몇 달 동안 우리를 계속 지켜본 거 맞습니꺼? 어느 댁 도령이신데 우리 아씨를 따라다니십니꺼? 이래 봬도 우리 아씨는 밀양 부사의 따님인기라예."

삼월이는 우쭐해서 응규에게 쏘듯이 말했다.

"제가 따라다닌 것이 기분 나빴다면 저의 무례를 용서하시기 바랍니다."

아랑은 가슴이 요동쳤다. 그리고 기어들어가는 목소리로 말했다.

"비를 피하게 해 줘서 고맙습니다."

아랑의 목소리를 듣자 응규는 용기가 솟아났다.

"저는 무안에 사는 임응규라고 합니다. 제 조부님의 함자는 임자 종자 원 자이고 저는 지금 유촌 선생님 문하에서 글을 배우고 있습니다. 부사님의 생일잔치에 초대받아서 처음으로 낭자를 뵈었습니다. 그 후로 낭자의 얼굴이 떠올라 잠을 이룰 수가 없어서 이렇게 무례를 무릅쓰고 따라다녔습니다. 무례를 용서하시기 바랍니다."

응규는 마음속에 있는 말을 뱉고 나니 하늘을 날 것 같았다. 아랑은 부끄러워 고개를 숙이고 아무 말이 없었다. 삼월이가 끼어들었다.

"어느 도령인지 모르겠으나, 이렇게 고양이 새끼맹키로 막 우리를 따라댕기도 괜찮습니꺼?"

"나는 고양이 새끼가 아니라 임응규라는 반듯한 사람이오."

"반듯한 사람이 여자 뒤꽁무니만 따라다녀요?"

삼월이는 아랑을 보호하려는 듯 차갑게 쏘아붙였다. 아랑은 무안했던지 삼월이를 나무랐다.

"삼월아, 비를 피하게 해주신 도련님에게 말버릇이 그게 뭐냐?"

삼월이는 뾰로통하게 말했다.

"아씨, 이런 도령들 속셈은 뻔한 거 아닙니꺼? 아씨한테 수작을 걸라고 하는기 내 눈에는 다 보인다 아입니꺼?"

"하하, 내 속셈이 다 들켜 버렸네. 미안하오, 낭자. 그러나 수작을 걸려던 건 정말 아니오. 꽃의 향기가 벌을 부르듯이 아씨의 향기에 제 맘이 끌려서 나오게 된 것입니다. 무례를 용서하세요."

아랑은 부끄러워서 아무 말도 하지 못했다. 응규는 이 틈에 용기를 내어 말했다.

"멀리서 지켜보는 것을 이해해 주면 고맙겠소. 그냥 지켜만 보겠소. 다른 사람의 눈에 띄게 하지 않을 테니 산책을 중단하지 말고 이 시간에 나와 주기만을 부탁드리겠소."

아랑은 얼마 전 백일장에서 장원으로 뽑힌 응규의 시를 읽으며, 이 아름다운 시를 쓴 사람은 누구일까 궁금했었다. 그런데 막상 그 주인공인 임응규가 앞에 나타났건만 아무 내색도 하지 못한 채 삼월이가 대신 받쳐 든 나뭇가지로 겨우 비를 피하며 총총히 물러났다. 응규는 멀어지는 아랑의 뒷모습을 바라만 보았다.

아랑은 집으로 돌아와 삼월이에게 말했다.

"임 도령 이야기는 절대 입 밖에 내지 말거라."

삼월이는 뾰로통하게 말했다.

"아씨, 조심하시야 됩니데이. 제가 보니까예 그 도령이 여자 뒤꽁무니만 쫓아다니는 기생오라비처럼 생겼더구만예."

삼월이는 아랑에게 경계도 없이 들이닥친 응규의 태도가 마음에 들지 않았다. 아랑이 웃으며 물었다.

"진짜 기생오라비처럼 생겼더냐? 솔직히 말해 봐라."

삼월이가 입을 삐죽거렸다.

"기생오라비는 아이고예. 음…, 잘 생겼어예, 키도 크고."

아랑은 삼월이의 말에 빙긋이 웃었다.

"우리는 아무 일 없었던 듯 점심 후에 산책을 나가자."

"아씨도 그 도령이 마음에 있습니꺼?"

"나도 모르겠다. 그런데 마음이 끌리는 건 맞는 것 같아. 그 사람이 나를 계속 쳐다본다는 건 알았는데, 오늘 막상 얼굴을 보니 내 마음이 뜨거워지더구나. 이런 느낌은 처음이야."

"아, 고것이 사랑이라 카는 거 아입니꺼?"

"망칙한 소리는 하지 마라."

삼월이에게 말은 그렇게 했지만 태어나 처음으로 이성에 대한 사랑이 싹터 오르는 것을 스스로도 느낄 수 있었다.

사랑이 만들어 낸 다리, 승교(僧橋)와 처자교(處子橋)[4]

아랑과 응규의 사랑은 날이 갈수록 깊어 갔다. 응규는 하루라도 아랑을 보지 못하면 잠을 이룰 수가 없었다. 아랑도 마찬가지였다. 둘은 하루도 빠지지 않고 강변을 거닐며 행복을 나누었다. 그러던 어느 날 아랑의 아버지 윤 부사가 작원관(鵲院關)[5]에 머물게 되었다. 작원관은 낙동강의 높은 절벽 위에 세운 성곽으로 군사방어 요새인 동시에 동래에서 한양으로 갈 때 반드시 통과해야만 하는 요새였기에 밀양 부사의 중요 관리 구역이었다. 문경새재 조령관과 더불어 조선시대 영남대로의 가장 중요한 관문인 것이다. 한양의 임금께 올리는 중요한 진상품이 동래에서 낙동강을 타고 온다는 소식을 듣고 밀양 부사는 앞으로 여섯 달 동안은 작원관 경계를 위해 그곳에 머물러야 했다.

아랑은 어머니와 함께 아버지 밀양 부사가 머무는 작원관 숙소에서 6개월간 머무르게 되었다. 응규는 6개월이나 아랑을 보지 못한다고 생각하니 숨이

---

4) 승교(僧橋)와 처자교(處子橋) : 『신증동국여지승람』에 '작원관 앞 사포교', 『밀주징신록』에 '승교', '처자교'의 기록이 있다.

5) 작원관(鵲院關) : 앞으로는 낙동강이 흐르고, 뒤로는 천태산 자락이 낙동강과 만나면서 절벽지를 이루는 곳이다. 동래에서 서울을 연결하는 교통과 국방의 2대 관문 중 하나였다. 작원관은 임진왜란 당시 밀양 부사 박진 장군이 침범해 들어오는 고니시 유키나가의 군대를 막기 위해 제일 방어선을 구축하고 결사 항전한 곳이다.

막힐 것 같았다. 결국 아랑을 만나기 위해 모험을 강행하기로 결심했다. 남천 강에서 배를 타고 내려가 낙동강 하구의 모래가 쌓인 섬에 숨어 머무르면서 야밤에 낙동강 모래섬과 작원관으로 연결되는 일곱 자 폭의 강을 건넜다. 흠뻑 젖은 옷으로 강둑에서 절벽을 기어올라 작원관 입구까지 갔으나 응규는 아랑을 만날 수 없었다. 3일이 지났을 때 작원관 밑에서 생활하던 민가 백성들이 이 광경을 보고 불쌍하게 여겼다. 그래서 그들의 도움으로 삼월이에게 연락이 닿을 수 있었다. 아랑을 만난 응규가 말했다.

"하루라도 그대를 보지 못하면 나는 죽을 것 같소. 사랑의 병이 이렇게 무서운지 몰랐소."

"어찌 사랑을 무섭다고 말씀하십니까? 저는 도련님을 기다리는 것이 그 무엇보다 더 큰 행복이고 축복입니다."

응규는 강둑 바로 아래에 있는 작은 섬을 가리키며 말했다.

"가파른 산길로 연결되어 있는 작원관은 일반 백성이 접근할 수 없습니다. 그래서 나는 낭자를 보기 위해 작원관 절벽 아래 강가의 작은 섬에 머무르고 있소. 작은 섬이지만 내가 아랑 낭자를 위해 극락세계의 낙원으로 꾸미겠소. 앞으로 저 섬에서 만납시다."

"제가 매일 저녁 저 섬을 찾아갈 것입니다. 우리 둘만 있는 곳이라면 그곳이 어디가 되었든 그곳은 극락세계입니다."

"그러면 7일만 시간을 주시오. 내가 저 섬을 우리의 섬으로 만들고 당신을 찾아오겠소."

응규는 그 말을 남기고 물속으로 첨벙 뛰어들어 섬으로 건너갔다. 찬 밤에 물속으로 뛰어드는 응규의 모습을 아랑은 안타까운 마음으로 바라보고 있었다. 아랑과 헤어진 후 응규는 섬에 있는 풀과 나무를 베어 오두막집을 짓고 정원을 가꾸기 시작했다. 아랑은 응규의 젖은 모습이 애처로워 강둑에서 섬까지 일곱 자 폭을 이을 수 있는 작은 다리를 만들기로 결심했다. 그녀는 삼월이와 함께 매일 저녁 나무를 이어서 섬까지 연결되는 다리를 놓았다. 아랑이 강둑에서 섬으로 다리를 놓는 사이, 응규 역시 정원을 정리하고는 나무를 엮어 섬에서 강둑으로 다리를 놓기 시작했다. 옷을 적시지 않고 아랑이 섬으로 건너올 수 있도록 다리를 놓는 것이다. 응규는 아랑이 매일 밤 섬의 아래편에서 몰래 다리를 놓는 것을 몰랐다. 그렇게 해서 일주일 후에 섬과 육지를 연결하는 다리 두 개가 놓였다. 후세 사람들은 아랑이 놓은 다리를 처자교라 부르고, 응규가 놓은 다리는 후일 그가 스님이 되었다 하여 스님의 다리, 즉 승교라고 부르게 되었다. 두 사람의 아름다운 사랑 이야기가 전해지며 처자교와 승교는 사랑의 표식으로 기억되었으며, 그 섬은 사랑의 상징으로 남게 되었다.

처자교와 승교가 놓인 후, 아랑과 응규는 매일 밤 강가 작은 섬에서 자신들만의 천국을 만들고 있었다. 그 섬은 아랑과 응규만의 세상이었고, 물고기와 하늘의 별이 모두 그들의 친구가 되어 주었다. 그런데 그 무렵 아랑에게는 아버지를 통해 혼처 이야기가 들어왔다. 윤 부사는 아랑의 남편감으로 일찌감치 한양에 사는 친구인 판서 아들을 점찍어 두고 있었다. 어느 날 윤 부사는 아랑을 불러 말했다.

"네 신랑감이 소과에 합격했다고 하는구나. 정말 반가운 소식이야"

아랑은 아버지 면전에서 응규 이야기를 꺼낼 수가 없었다. 아랑은 아버지 말을 거역하지 못하고 속으로 생각했다.

'응규 도령이 소과에 합격하면 아버님께 내 마음을 말씀드려야겠다.'

아랑은 이런 생각을 하면서도 마치 불안한 그림자가 뒤를 따라오는 것처럼 초조해지는 것이었다.

6개월이 지나자, 아랑의 아버지 밀양 부사는 작원관을 떠나 밀양 관아로 돌아가야 했다. 한밤의 보름달마저 아쉬웠던지 달빛이 낙동강 물결에 흩날리던 그날, 아랑이 응규에게 말했다.

"소녀를 얼마만큼 좋아하십니까?"

뜬금없는 질문에 응규가 웃으며 대답했다.

"하늘만큼 땅만큼 좋아합니다."

"소녀를 위해 목숨을 바칠 수도 있습니까?"

아랑은 응규가 목숨을 걸고라도 자신을 지켜줄 거라는 믿음으로 자신에게 드리워진 불안감을 없애고 싶었다. 응규는 또 농담처럼 말했다.

"아랑 낭자를 위해 제가 낙동강에 빠져 죽을까요?"

응규는 아랑의 불안한 마음을 눈치채지 못한 채 실없는 대답만 하고 있었다. 아랑이 결심한 듯 말했다.

"이렇게 시간을 허비할 것이 아니라, 과거시험을 준비하십시오. 저의 아버님께 도련님을 당당하게 소개할 수 있도록 해주십시오."

응규는 아랑의 말에 기분이 상한 듯 말했다.

"지금의 제 모습이 낭자에겐 부끄럽다는 말로 들립니다. 우리 집이 시골의 돈 없고 몰락한 가문이라서 저를 만나는 게 수치스럽다는 말입니까?"

응규는 자격지심에 마음에도 없는 말을 뱉어 놓고는 이내 후회가 되었지만 화살은 이미 시위를 떠난 후였다. 아랑은 자신의 마음을 알아주지 못하는 응규의 말에 눈물이 쏟아졌다.

"내가 잘못했소. 나를 용서해 주시오. 과거시험에 합격하지 못한다면 다시는 낭자를 찾지 않으리다."

아랑이 눈물을 닦으며 말했다.

"저는 내일 밀양 관아로 돌아갑니다. 도련님이 올가을에 있는 소과에 합격한 후에 소녀를 찾아오시면, 그때 정식으로 아버님께 인사시켜 드리겠습니다."

"그대를 위해 반드시 소과에 합격할 것이오. 낭자에게 당당한 사람이 되어서 찾아가겠소."

응규와 아랑은 그날 작은 섬에 만들었던 자신들만의 왕국을 허물었다. 모래로 쌓은 성이 무너지듯 두 사람의 왕국은 순식간에 스러져 낙동강 물속으로 사라졌다. 아랑과 응규의 사랑도 흔들리는 물결에 이지러진 보름달처럼 불안하게 흔들리고 있었다.

사랑의 흔적을 찾아서

진수는 상태의 안내로 사명과 아랑의 흔적이 있는 밀양 삼랑진의 승교와 처자교를 찾았다. 잘 정비된 낙동강변 자전거 도로에는 한 무리의 사람들이 사이클을 타고 질주하고 있었다. 승교와 처자교가 있던 자리에는 안내판만이 덩그렇게 놓여 있었다.

"너도 알겠지만 삼랑진에는 옛날부터 처자교와 승교 이야기가 전해 오고 있어. 작원관 근처 작은 절에 한 소년이 살았는데 가까운 곳에 사는 미모의 한 소녀를 연모했대. 그러던 어느 해 두 사람은 서로 사랑을 걸고 다리 놓기 시합을 벌였어. 통행의 불편을 해소하기 위한 사랑놀음이었지. 소년은 행곡천 다리를 맡았고, 소녀는 우곡천 다리를 맡아 작업을 시작했어. 그 두 사람의 가슴 아픈 사랑이 동네 사람들로 하여금 눈시울을 붉히게 만들었다고 해. 후세 사람들이 그들의 사랑을 기리기 위해 나무로 만든 다리를 아치형의 돌로 만들어서, 처녀가 만든 다리는 처자교라고 부르고, 후에 사랑을 이루지 못하고 승려가 된 소년이 만든 다리는 승교라고 불렀어. 그런데 그 전설 속의 다리가 발견된 거야."

진수는 귀가 번쩍 뜨였다.

"그게 언제 발견되었다는 거야?"

상태는 신이 난 듯 설명했다.

"낙동강의 오랜 범람으로 처자교와 승교는 모래 밑에 오랫동안 묻혀 있었어. 처자교와 승교가 사라지자 그 이야기는 전설처럼 입에서 입으로만 전해지고 있었지. 그런데 4대강 정비사업에 따라 낙동강 유역이 개발되면서 전설로만 알려져 온 처자교가 그 모습을 드러내게 된 거야. 전설을 근거로 삼랑진 청년회가 끈질기게 찾았거든. 바로 전설이 역사가 된 거지. 처자교는 쌍교이고 무지개다리 모양으로, 발굴 당시 모든 사람의 관심을 집중시켰어. 처자교는 우리나라에서 흔치 않은 모양의 다리로 승려와 처녀의 가슴 아픈 사랑을 입증하는 중요한 문화유산으로 자리 잡았어. 향토에 떠도는 설화나 전설을 옛이야기로 치부하거나 무작정 무시해서는 안 된다는 사실을 확인한 셈이지."

진수가 궁금해서 물었다.

"처자교나 승교에 대한 기록이 혹시 남아 있나?"

"처자교가 발견된 뒤 밀양시에서 각종 역사 문헌을 모두 뒤졌어. 그래서 『신증동국여지승람』에서는 '작원관 앞 사포교'가 있었다는 기록을 찾았고, 또 『밀주징신록』에서는 '승교(僧橋), 처자교(處子橋)'라는 기록을 발견했어. 그리고 승려가 만든 다리는 승교, 처녀가 만든 다리는 처자교로 불렸다는 기록도 찾았어."

"아하! 그렇다면 아마 후세 사람들은 응규가 스님이 되고 난 이후에 그가 만든 다리를 승교라고 이름 짓고, 아랑이 만든 다리는 처자교라고 이름 지었을 거야. 처녀를 사랑한 남자는 그 처녀를 잊지 못하고 스님이 되었는데, 나는 그 스님이 사명대사라고 생각해."

"네가 그렇게 이야기하는 데는 무슨 근거가 있는 것 같은데, 그게 뭐야?"

"사명이 큰스님이 된 이후 배를 타고 낙동강 하류의 작원관을 지날 때 쓴 시가 있어. 제목이 '승주유하작원(乘舟流下鵲院: 배를 타고 작원관을 지나며)'이야. 나는 사명이 일본으로 떠날 때 이 작원관을 바라보며 아랑과 함께 만든 처자교와 승교를 떠올리고 쓴 것 같다는 생각이 들어. 그 내용이 아주 애틋하거든."

"진지한 네 표정을 보니, 꼭 사명과 아랑의 사랑에 빙의라도 된 것 같다."

"억울한 죽음을 당해 귀신이 되어 나타났다는 아랑 이야기는 알려져 있지만 아랑의 사랑 얘기는 묻혀 버렸지. 그래서 나는 사명대사와 아랑의 슬픈 사랑 얘기를 밝혀내고 싶은 거야."

"네 얘기를 듣고 보니 그럴 수도 있겠다. 사명대사가 불가에 들어가기 전의 사랑 얘기가 꽤 전해져 오는데, 우리는 사명대사를 너무 신격화만 하고 있지 않았나 하는 생각이 드네. 사명대사도 인간이었어. 사랑을 모를 순 없었겠지."

상태는 진수가 말한 사명의 시를 작원관 밑 강가에서 몇 번이고 애달프게 읊었다. 상태가 읊는 시를 들으며 진수는 사랑에 몸살을 앓던 어린 응규와 응규를 그리워한 소녀 아랑을 떠올렸다. 둘의 사랑을 아는지 모르는지 강물은 무심하게 흐르고 있었다.

배를 타고 작원관을 지나며(乘舟流下鵲院)

해마다 일마다 사랑이 어긋난 것 애석하구나	年來事事惜多違
오늘 다시 그곳을 찾으니 내 머리 색깔만 변했구나	此日此行容髮改
외로운 배는 안개비처럼 옛사랑의 마음을 흔들며 흘러가네	孤舟烟雨下中流
바람과 물결이 내 마음처럼 흔들리니 하늘과 창해에 닿으리	風濤接天近滄海[6]

---

6) 『사명집』 권7, 잡체시. 『사명집』은 사명당 유정(惟政, 1544~1610)의 시문집으로, 대사가 입적한 뒤에 그가 남긴 여러 종류의 작품들을 제자들이 수집하여 7권 1책으로 편집 간행한 것이다.

바라만 보는 사랑

유촌 선생의 딸 미옥에게 어머니는 속마음을 터놓을 수 있는 유일한 사람이었다. 미옥의 어머니는 미옥이 어릴 때부터 응규를 좋아한다는 사실을 알고 있었다. 미옥이 혼자 속앓이를 하고 있는 것을 보면 안쓰러웠다. 어머니는 응규가 미옥을 여자로서 좋아하지 않는다는 사실을 알면서도 마음 한쪽으로는 응규를 사윗감으로 점찍어 놓고 있었다. 시간이 흐를수록 응규에 대한 미옥의 사랑은 깊어만 갔다. 하루는 미옥이 어머니에게 말했다.

"어머니, 응규 오라버니에게 다른 여자가 생긴 거 같아요. 어쩌면 좋아요?"

어머니는 어린 딸의 사랑이 귀엽기도 해서 웃으며 말했다.

"네가 응규에게 너무 매달리니까 너를 좋아하지 않는 거야."

"그러면 어떻게 하면 돼요?"

어머니는 미옥에게 진지하게 물었다.

"너는 정말로 응규가 그렇게 좋은 거야?"

미옥은 부끄러워서 얼굴을 붉히며 대답했다.

"마음이 끌리는 이유를 저도 모르겠어요. 제 마음속에는 응규 오라버니 말곤 누구도 들어올 자리가 없는 것 같아요. 오라버니가 저를 사랑하지 않는대도 저는 죽을 때까지 오라버니를 사랑할 거예요."

미옥은 응규에게 자신의 마음을 전하기로 마음먹었다. 그러나 도무지 용기가 나지 않아 친구에게 대신 전해 주기를 부탁했다. 미옥의 친구는 응규를 찾아갔다.

"오라버니는 미옥이가 오빠를 좋아하는 거 알고 있습니꺼?"

응규가 빙그레 웃으며 물었다.

"미옥이가 너한테 그렇게 전하라 시키더냐?"

미옥의 친구는 시치미를 떼며 말했다.

"아니라예. 내가 보이까 너무 답답해서 물어보는 거 아입니꺼."

"나도 미옥이를 좋아한다. 착하고 귀여운 아이지."

"오라버니는 여자의 마음을 몰라예. 미옥이를 어린애 취급 하지 마이소. 미옥이도 이제는 사랑을 아는 여자라예."

응규는 참았던 웃음이 터져 나왔다. 그리고 미옥의 친구에게 타이르듯이 말했다.

"미옥이는 사랑을 알기에는 아직 어리다. 그러니 지금은 학문만 열심히 하라고 전해라."

응규의 말을 전해 들은 미옥은 거울에 자신을 비춰 보았다. 응규 말대로 아직 가슴도 나오지 않은 어린애였다. 하지만 좀 더 성숙해지면 응규도 자신을 좋아하게 되리라는 막연한 희망을 버리지 않았다. 그러나 미옥의 기대와 달리 사랑의 화살은 빗나가고 있었다.

미옥의 마음을 뒤로 한 채 응규는 아랑과의 약속을 지키기 위해 학문에 매달렸다. 소과에 합격해야 아랑을 만날 수 있다는 생각뿐이었다. 밤낮의 노력 끝에 결국 소과에 장원급제한 응규는 제일 먼저 아랑을 찾아갔지만 좀처럼 만날 수가 없었다. 무작정 기다리는 중에 마침 삼월이가 관아 밖으로 나왔다.

"삼월아, 잘 지냈느냐."

"아이쿠, 깜짝이야. 응규 도령 아니십니꺼?"

"나를 기억하는구나."

"당연하지예, 아가씨가 그리 기다렸는데 어찌 이제 오셨습니꺼. 지금 아가씨랑 혼인할 도령이 한양에서 내려와 있다 말입니더."

순간 응규는 정신이 아득해졌다.

"그 말이 사실이냐? 아랑 낭자는 내가 소과에 급제하면 아버님께 말씀드리겠다고 분명히 약속했었다."

"그래서 지금 아가씨는 울고 계시다 아입니꺼."

"그럼 잠깐이라도 좋으니 내가 기다리고 있다고 전해 줄 수 있겠느냐? 은혜는 잊지 않으마."

삼월은 응규의 간절한 청을 거절할 수가 없었다. 늦은 밤 아랑이 몰래 밖으로 나왔다. 아랑은 응규를 보자마자 눈물을 뚝뚝 흘렸다.

"소녀의 마음은 이미 도련님에게 있습니다. 그런데 아버님이 저를 한양의 세도가에 시집 보내려고 합니다. 저는 모든 것이 두렵습니다."

응규는 가슴이 무너져 내렸다.

"내가 대과에 급제하면 낭자를 한양으로 데려갈 수 있습니다."

"아버님은 밀양의 가난하고 몰락한 집안에는 시집 보내지 않겠다 하십니다. 제가 고생할 거라 생각하시는 거지요. 아버님 마음은 이해가 가나 저는 답답하기만 합니다."

"혹, 낭자도 세도가에 시집가서 권력과 부를 누리고 싶은 마음이 있는 모양입니다!"

응규는 아랑의 말에 화가 치밀어 마음에도 없는 말을 내뱉었다. 자신의 마음을 잡아 주기를 바랐던 아랑은 응규의 비아냥거림에 눈물이 쏟아졌다.

"저는 도련님이 같이 도망치자고 하면 따라나설 생각까지 하고 있었습니다. 그런데 흔들리는 저를 잡아 주지는 못할망정 어떻게 그런 말을 한단 말입니까?"

"나는 가진 게 없습니다. 그런 내가 어떻게 낭자를 데리고 도망칠 수 있겠습니까? 그리고 그건 낭자의 부모와 우리 부모께 크나큰 불효가 될 것입니다. 그런 짓을 저지를 수는 없습니다."

사실 응규는 당장이라도 아랑을 데리고 밀양을 떠나고 싶었다. 하지만 만약 자신이 부사의 딸과 야반도주라도 한다면 밀양 부사는 할아버지와 아버지를 가만두지 않을 것이 뻔했다. 망설이는 응규를 보며 아랑은 하염없이 눈물을 흘렸다.

"도련님은 말로만 저를 사랑하셨군요. 사랑에는 용기가 필요하다고 생각합니다. 그럴 용기도 없다면 앞으로 저를 찾지 마세요!"

매몰차게 말하며 돌아서는 아랑의 가슴은 찢어졌다. 응규는 다급한 마음에 아랑을 불렀지만 그녀는 뒤도 돌아보지 않고 가버렸다. 응규는 멀어져 가는 아랑을 멍한 눈으로 바라보았다.

'오르지 못할 나무는 쳐다보지도 말라고 했다. 나는 오늘 오르지 못할 나무에 올랐다가 떨어져 이렇게 상처만 남았구나.'

응규는 돌아섰다. 그리고 아랑의 행복을 위해 기도했다. 하지만 그 기도는 자꾸만 흔들렸다. 울분 때문인지, 서러움 때문인지, 이루지 못한 사랑 때문인지 알 수 없지만 흐르는 눈물이 앞을 가렸다.

아랑의 죽음

아버지 윤 부사는 딸 아랑이 몰락한 가문의 사내인 응규를 좋아한다는 사실을 알고 있었다. 딸을 위해서라도 하루바삐 혼인을 서둘러야 했다. 어느 날 한양에서 귀공자 차림의 도령이 아랑의 집에 도착했다. 윤 부사가 아랑을 불렀다.

"여기 이 도령은 아비 친구인 호조판서의 아들이다. 당분간 밀양에 머물 것이니 있는 동안 네가 잘 안내해 줬으면 좋겠구나."

"남녀가 유별한데 아버님은 어찌 저에게 남자의 길잡이를 시키십니까? 사방에 보는 눈이 많습니다."

윤 부사는 아랑의 빤한 속셈을 알고 넌지시 말했다.

"너희 둘만 다니라는 것이 아니다. 삼월이도 데리고 다니면 되지 않겠느냐? 밀양의 빼어난 명승지를 도령에게 보여주고 시도 짓고 하면서 서로 잘 지내라는 말이다."

아랑은 아버지에게 모든 걸 솔직하게 말씀드려야 할 때라 생각했다.

"아버님, 사실은 제가 좋아하는 사람이 있습니다. 무안에 사는 임 도령입니다. 이번에 소과에도 급제를 했구요."

"듣기 싫다. 시골구석 몰락한 집안에 시집보내 고생시킬 수는 없다. 아무

말 말고 아비가 시키는 대로 하거라."

아버지의 단호한 말투에 아랑은 더 이상 어떤 말도 할 수 없었다.

한양에서 온 이 도령은 거만했다. 아랑을 보자마자 야릇한 눈빛으로 훑어보기도 했다.

"낭자의 자태가 소문대로군요. 한양의 어느 규수보다도 아름답습니다."

"도련님은 여자의 외모만 보고 사람을 평가하십니까?"

이 도령이 능글능글한 태도로 말했다.

"아, 예쁘면 다 좋은 거 아니오? 낭자도 예쁘다는 소리를 들으면 싫지 않을 텐데 말이오. 나는 성균관에 다니면서 대과 준비를 하고 있소. 대과에 급제하면 아버님 뒤를 이어 임금님을 곁에서 모실 생각이오."

아랑은 비웃듯 말했다.

"제 아버님도 대과에 급제해서 중앙에 계시다 지방 백성의 민의를 알고 싶어 자청해서 내려오신 겁니다. 중앙에만 계신다면 백성들의 소리를 제대로 듣지 못할 것입니다."

"능력 있는 사람은 임금님을 곁에서 보필하죠. 권력에서 밀려난 사람들이 지방으로 내려오는 법입니다."

"그러면 제 아버님이 권력에서 밀려났다는 말씀입니까?"

"꼭 그렇다는 말은 아닙니다만……."

당황한 이 도령이 얼버무렸다.

이 도령은 밀양에 머물면서 기생집을 제집 드나들듯 했다. 흥청망청 돈을 뿌리며 술을 마셔 댔다.

아랑의 아버지 윤 부사가 동래성에 출타해 자리를 비운 어느 날이었다. 이미 거나하게 술에 취한 이 도령이 밀양 부사 관아로 돌아오다 아랑과 마주쳤다. 몸도 바로 가누지 못할 정도로 만취한 이 도령은 아랑을 보자 오기가 발동했다.

'제아무리 콧대가 높다 해도 까짓것 기생집 여자와 다를 게 뭐야?'

술이 취해 이성을 잃은 이 도령이 아랑을 불러 세웠다.

"어이, 낭자. 왜 이렇게 사람을 무시하는 거요? 얼마나 잘났기에 무시하냔 말이오?"

아랑은 못 들은 척 이 도령을 지나쳤다. 아랑의 태도에 화가 난 이 도령이 아랑을 붙잡아 세웠다. 그리고 기생집 여자 다루듯 아랑의 몸에 손을 대려 했다. 분을 못 이긴 아랑이 이 도령의 뺨을 쳤다.

"이년이 죽고 싶어 환장했나? 어디 감히 시골 촌년 주제에 판서 아들 뺨을 쳐? 고분고분 몸을 바친대도 혼인을 해줄까 말까인데 오만방자하게 내 뺨을 쳤다 이거지? 네 아버지 부탁에 널 봐준 거지, 네가 잘나서 이러는 줄 알아? 잘난 체하는 네년도 기생년들과 다를 게 뭐야. 네 옥문엔 금테를 둘렀냐? 어디 한번 보자."

이 도령은 아랑을 덮쳤다. 온 힘을 다해 이 도령을 벗어난 아랑은 옷이 풀어 헤쳐진 채 울면서 밖으로 뛰쳐나갔다. 그제야 이 도령은 정신이 번쩍 들었다. 이 사실이 알려지면 자신의 인생은 끝이다. 이 도령은 한양에서 함께 내려온 머슴을 불렀다. 살기 위해선 아랑의 입을 막아야 했다.

"날이 밝기 전에 아랑을 처리해라. 영남루 밑 대나무숲에 끌고 가 옷을 벗기고 니 맘대로 하거라. 사람들은 무뢰배에게 당한 것으로 알 것이다. 속히 처리하고 돌아오너라. 너는 그 시간에 나와 함께 있었던 것이다. 알겠느냐?"

깊은 밤, 머슴은 아랑이 잠들기를 기다렸다. 그리고 보쌈하듯 아랑의 입을 틀어막고 납치했다. 머슴은 아랑을 남천강 옆의 대나무숲으로 끌고 갔다. 마음대로 하라는 이 도령의 말대로 아랑의 옷을 벗겨 욕보이려 하는 중에 아랑이 은장도를 꺼냈다. 아랑의 목에서 피가 솟구쳤다. 머슴은 겁이 나 그 길로 도망쳐 이 도령에게 갔다. 아랑의 목에서 솟구친 피는 밤새 대나무를 붉게 물들였다.

다음 날, 돌아온 윤 부사는 아랑이 보이지 않자 사람을 시켜서 아랑을 찾았다. 하지만 도통 그 행방을 알 수가 없었다. 윤 부사가 이 도령을 불렀다.

"자네 혹시 아랑과 함께 있지 않았나?"

"네, 어제 저녁 아랑 낭자와 글공부를 하고 술시경에 헤어졌습니다. 훈장님 댁에서 관아까지 함께 왔습니다. 그리고 아씨가 방에 들어가는 것을 삼월이와 함께 확인했고요. 저는 머슴과 제 방으로 왔습니다."

아랑이 저녁 공부를 마치고 방으로 들어가는 것을 삼월이와 함께 확인했다는 말을 들었지만 윤 부사는 걱정을 멈출 수 없었다. 이 도령은 속히 밀양을 떠나고 싶었다. 그는 윤 부사에게 말했다.

"마침 성균관에서 알성시가 있다 하여 저는 오늘 한양으로 올라가야 할 것 같습니다."

"아랑이 없어졌는데 자네마저 가버리면 나는 어떡하라는 것인가?"

윤 부사는 떠나겠다는 이 도령에게 딸과의 혼인에 대해 확답을 받지 못한 것이 못내 아쉬웠다.

"걱정하지 마십시오. 곧 돌아오겠습니다."

"바쁜 가운데 우리 딸을 만나러 이 먼 곳까지 와 줘서 고맙네. 한양으로 돌아가면 아버님께 안부를 꼭 전해 주게."

"알성시가 끝난 후에 다시 오겠습니다."

이 도령은 태연한 얼굴로 대답했다. 그리고 그날 저녁 머슴과 함께 행장을 꾸려 서둘러 밀양을 떠났다. 그로부터 열흘 후 아랑의 시체는 영남루 옆 대나무숲에서 발견되었다. 아랑의 죽음은 온 밀양 사람들의 공분을 일으켰다. 아랑을 몰래 사랑하던 불한당이 아랑을 죽여 대나무숲에 버렸다는 소문이 나돌았다. 응규는 아랑이 살해당했다는 소식에 미친 듯이 달려갔다. 어지럽게 흩어진 대나무 사이 사이로 붉은 피가 흩뿌려져 있었다. 응규는 그만 통곡하며 쓰러졌다. 아랑의 피로 물든 대나무숲에 쓰러진 응규는 하늘을 향해 울부짖었다.

"어찌 이럴 수 있습니까. 그 착한 아랑에게 어떻게 이렇게 할 수 있단 말입니까?"

응규는 하늘이 원망스럽고 세상이 죽도록 미웠다. 아랑과 마지막 만났던 그날 아랑이 했던 말이 응규의 가슴을 다시 한번 찢어놓았다.

"사랑에는 용기가 필요합니다."

아랑에게는 사랑을 위해 응규와 함께 도망칠 용기가 있었다. 그러나 응규는 아랑의 용기와 사랑을 지켜주지 못했다. 응규는 아랑의 피로 물든 대나무숲에서 온몸으로 절규했다. 피를 토하며 울부짖었다. 남천강에서 불어온 바람이 대나무숲마저 울게 했다. 대나무의 울음과 응규의 울음이 하나가 되어 남천강을 떠돌았다. 응규는 내내 대나무숲을 떠나지 못했다.

응규의 선택

아랑이 죽은 후 응규는 방에 틀어박혔다. 걱정이 된 어머니가 아무리 방문을 두드려도 응규는 대답이 없었다. 하나밖에 남지 않은 아들마저 저렇게 세상을 비관하니 어머니도 견디기 힘들었다. 어느 날 집에 탁발승이 찾아왔다. 불심이 깊지는 않았으나 불쌍한 사람을 그냥 지나치는 일이 없는 어머니는 탁발승에게 보리쌀을 내어주며 하소연했다. 말없이 응규의 사정을 듣고 난 탁발승이 응규의 방으로 들어갔다.

"제발 나가세요! 혼자 있고 싶습니다!"

열다섯의 응규가 울부짖었다.

"이런 불효막심한 놈을 보았나. 네 어머니를 보니 너 때문에 돌아가시게 생겼어! 어머니마저 보내고 싶은 게냐?"

스님의 호통에 응규는 움찔했다. 온통 아랑을 따라 죽고 싶다는 생각만 했지 미처 어머니 생각은 하지 못했다. 응규는 스님 앞에 무릎을 꿇었다.

"스님, 사람이 죽은 뒤에는 어떻게 됩니까?"

스님이 응규를 뚫어지게 바라보았다.

"죽음을 논하기에 너는 아직 어리구나. 그 답을 알고 싶으면 더 큰 후에 나를 찾아오너라."

응규와 스님의 인연은 이렇게 시작되었다.

얼마 후 응규가 그토록 걱정했던 일이 현실로 다가왔다. 응규의 어머니는 가슴의 병이 깊어져서 자리에 누워 일어나지 못하고 숨을 헐떡이고 있었다. 응규는 어머니가 자신 때문에 마음에 병이 생겨 목숨이 위태로운 것을 알고 불효자로서 죄책감에 머리를 벽에 박았다. 어머니가 마지막 숨을 헐떡이며 응규를 말렸다.

"응규야, 이 에미가 너를 두고 간다고 생각하니 눈이 감기지가 않는구나. 너는 큰 사람이 될 것이다. 내가 죽어서도 부처님께 기도하겠다. 부디 몸과 마음을 바로잡아 큰 사람이 되거라."

어머니의 마지막 말씀이 응규의 가슴을 때렸다. 아랑이 죽은 지 몇 개월 지나지 않아 어머니가 돌아가시고, 무슨 운명인지 아버지도 세상을 떠났다. 응규가 사랑하는 사람은 모두가 세상을 떠났다. 응규는 같은 해에 조부, 부모, 연인인 아랑 낭자를 동시에 잃었다. 혼자 남겨진 응규는 세상에 미련이 없었다. 더 이상 세상을 살기가 싫었다. 스스로 목숨을 끊으려고 어머니가 계셨던 안방에서 목을 걸고 발버둥치고 있을 때 그 탁발승이 응규의 집을 찾았다. 숨이 끊어지려는 응규를 살린 탁발승은 말했다.

"너의 어머니가 너를 살렸다. 너의 어머니가 자꾸만 나를 이 집으로 오게 만들었어. 죽을 용기가 있으면 살아가려는 용기는 왜 없느냐?"

탁발승이 말하는 용기에 응규는 귀가 번쩍 뜨였다. 아랑이 말한 사랑의 용기였다. 어머니가 탁발승을 이 집으로 불러서 나를 살린 것도 인연이고 스님의 입에서 아랑의 용기가 나온 것 또한 우연이 아니다. 응규는 그 순간 탁발승 앞에 무릎을 꿇고 말했다.

"스님, 저를 제자로 받아 주십시오. 저도 머리를 깎고 스님이 되겠습니다."

"아무나 승려가 되는 것이 아니다. 살 용기가 있어야 승려가 되는 것이야. 그 용기가 생기면 나를 찾아오거라."

"어디로 찾아가면 되겠습니까?"

"만어사로 오거라."

세상의 막다른 길에서 새로운 길이 보이는 것만 같았다. 그것은 하늘이 내리는 소명 같았다. 만어사로 가서 스님이 되겠노라 마음먹으니 그제야 편안해졌다. 응규는 속세의 모든 것을 버리고 만어사(萬魚寺)[7]로 향했다. 만어사는 밀양부에 속해 있는 오래된 절로, 두드리면 소리가 난다는 돌들이 감싸고 있는 절이었다. 용왕의 아들이 금강산을 향해 길을 떠날 때 수많은 고기떼가 그의 뒤를 따랐다. 그런데 그가 이곳에서 큰 미륵돌로 변하자, 따르던 물고기들도 크고 작은 돌로 굳어 소리 나는 돌이 되었다고 전해 온다. 대웅전에는 용왕의 아들의 화신인 큰 바위가 자리 잡고 있었다.

그러나 응규가 만어사를 찾았을 때 스님은 이미 만어사를 떠나고 없었다. 그가 바로 직지사 주지인 신묵 화상이었다. 응규는 만어사에서 하루를 묵은 후 스님을 찾아 직지사가 있는 황악산으로 향했다.

---

7) 만어사(萬魚寺) : 경상남도 밀양시 삼랑진읍 만어산(萬魚山)에 있는, 금관가야의 제1대 수로왕이 창건한 것으로 전하는 사찰.

사명대사와 아랑의 전설

진수는 영남루를 찾았다. 우리나라 3대 누각 중 하나인 영남루는 광한루, 촉석루와는 달리 많이 알려지지 않았다. 광한루는 춘향 때문에, 촉석루는 논개로 유명해졌지만 아랑과 사명의 만남이 싹튼 영남루는 잘 알려지지 않았다. 진수는 아랑과 사명의 이룰 수 없었던 사랑이 너무나 슬퍼 사람의 발길을 거부한 것이 아닌가 하는 생각을 해 보았다.

영남루 밑으로 내려가 아랑의 사당을 참배했다. 마치 400년 전 아랑의 눈물이 배어 있는 듯 축축하고 어두운 느낌이었다. 아랑이 숨진 대숲은 아직도 보존되고 있었다. 아랑의 피로 붉게 물들었다는 대나무는 여전히 붉었다. 진수는 고개 숙여 잠시 아랑의 명복을 빌었다. 춘향처럼 사랑을 이루진 못했지만, 그녀의 사랑은 지금도 이곳에 머물고 있다.

진수는 아랑각에서 남천강을 내려다보았다. 아랑이 사명을 처음 만났을 때도, 사명을 그리워하며 거닐었을 때도, 그리고 억울하게 죽임을 당했을 때도 남천강은 흘렀을 것이다. 무심한 남천강, 무심한 세월이었다. 세월은 그렇게 모든 사랑과 고통을 무심히 흘려보낸다. 세월의 도도한 흐름 속에 우리 인간은 그저 떠내려가는 것이다. 사명은 400년 전에 이미 그 깨달음을 얻어 사랑을 버리고 도도한 세월의 물길 속으로 뛰어든 것이다. 그러나 그 흐름 속에서도 아랑의 사랑을 결코 잊지 못했을 것이다. 그래서 그는 물결을 헤엄치며 부딪쳤을 것이다. 그것이 바로 사랑이며 인간의 일이다. 해탈보다도 더 큰 힘이 사랑인 것이다. 세상에 대한 사랑이 없으면 그 역시 해탈이 아닐 것이다. 아랑이 죽은 대숲 옆에 세워진 아랑각(阿娘閣)에는 이렇게 쓰여 있다.

> 아랑은 조선 명종 때 밀양 부사의 딸 윤동옥(尹東玉)을 가리키며 재기 있고 자색이 뛰어난 규수로 전해진다. 유모의 꾀임에 빠져 영남루로 달구경을 갔다가 통인(通人) 주기(朱旗)에게 정조를 강요당하자 죽음으로 정절을 지켰다. 밀양 사람들은 아랑의 넋을 위로하기 위해 시신이 발견된 영남루 아래 대밭에 열녀사(烈女祠)라는 사당을 짓고 해마다 제사를 지냈다.

영남루 밑 남천강에서 바람이 불어 왔다. 마치 버드나무가 소리 내어 진수에게 속삭이는 것만 같았다. 고요히 흐르는 푸른 남천강은 사명이 사랑했던 아랑의 눈물과 미옥의 눈물을 머금은 듯하다. 남천강변의 버드나무는 강바람에 소리 내어 울고 있었다. 진수는 남천강에 손을 담가 사명이 사랑했던 사람들의 눈물을 어루만졌다. 남천강의 물결이 진수의 가슴속 물결과 하나가 되었다. 그리고 버드나무에 그 눈물을 실어 보냈다. 고개를 들어 보니 영남루에 사명의 모습이 어른거리고 아랑의 모습이 어른거린다. 아랑이 사라지고 나니 미옥의 모습이 영남루 위에 비치는 듯하다. 진수가 이런저런 감상에 젖어 있을 때 핸드폰이 울렸다. 전화기를 타고 들리는 상태의 목소리는 흥분되어 있었다.

"사명대사의 사랑을 찾았다. 네가 사명의 시에서 짐작한 것처럼, 사명이 사랑한 사람은 아랑이었어. 그것이 기록으로 남아 있어. 한국학중앙연구원에서 조사한 기록이 진안에 보존되어 있단다."

진수는 통화가 끝나자마자 차를 몰고 상태가 알려준 진안군 백운면 덕현리로 향했다. 그곳에서는 사명대사와 아랑 낭자의 사랑 이야기가 전설이 아닌 실제 이야기로 전해지고 있었다. 진수는 진안 군청에서 문화재 해설사를 소개받아 그와 함께 덕현리를 찾았다. 덕현리 마을 어르신들은 모두 입에서 입으로 전해지는 사명과 아랑의 가슴 아픈 사랑 이야기를 알고 있었다. 구전으로 전해지는 과정에서 아랑과 사명의 슬픈 사랑 이야기는 마치 자신의 이야기인 양 덧붙여져 계속 이어지고 있었던 것이다. 주민들의 이야기를 듣고 난 후, 문화재 해설사가 설명했다.

"사명대사와 아랑 낭자 이야기는 한국학중앙연구원과 안동대학교 민속학연구소가 공동으로 2010년 2월 6일 진안군 백운면 덕현리로 현지 조사를 나가 주민들로부터 채록하여 밝혀내었습니다. 그 조사에 따르면 밀양 부사가 사명당이 어릴 때, 그가 총명하다는 것을 알고 자신의 딸 아랑을 가까이 지내게 했는데, 둘은 사랑에 빠졌다고 합니다. 그런데 아랑이 억울한 죽음을 당하여 원귀가 되고 구천을 떠돌고 있었는데, 사명당이 아랑의 시신을 수습함으로써 원귀가 됐던 아랑이 한을 풀고 하늘로 올라갔다고 합니다."[8]

사명과 아랑의 사랑 이야기가 어떻게 이곳까지 전해졌는지는 모르지만, 둘의 사랑 이야기는 입에서 입으로 전해지고 있었던 것이다. 진수는 사명대사의 가슴 아픈 사랑을 자신의 사랑처럼 느끼면서 그의 인간적인 모습에 가슴이 아려 왔다.

---

8) 디지털 진안 문화대전.

호신불

응규가 스님이 되었다는 소식을 듣고 밤잠을 이루지 못한 사람은 미옥이었다. 미옥은 또 다른 사랑의 희생자였다. 아랑이 죽고 응규가 방황하고 힘들어할 때 미옥이 항상 그 옆을 지켰다. 응규를 위해 할 수 있는 일이 아무것도 없다는 것이 그녀를 더 슬프게 했다. 미옥은 죽은 아랑이 부러울 때도 있었다.

'내가 죽어서라도 오라버니의 사랑만 받을 수 있다면 오늘 이 자리에서 죽어도 한이 없겠다.'

미옥은 오만 생각으로 밥도 넘어가지 않고 잠도 오지 않았다. 응규가 죽는다고 하면 따라서 죽고, 응규가 스님이 된다고 하면 따라서 스님이 되고 싶었다. 그러나 응규는 야속하게도 미옥에게 눈길 한번 주지 않았다. 미옥의 사랑은 일방적으로 주는 사랑이었다. 응규가 모든 걸 버리고 만어사로 떠나려고 할 때, 미옥은 그의 마음을 잡을 수 없다는 걸 알고 이렇게 부탁했다.

"제가 오라버니를 잊을 수 있게, 저도 오라버니를 따라 만어사로 갈 수 있게 해 주세요. 저를 여동생이라고 소개하면 주지 스님도 이해하실 것입니다."

응규는 미옥의 간절한 청을 뿌리치고 매정하게 돌아섰다. 미옥은 그런 응규가 더욱 그립고 가슴에 사무쳤다.

응규가 스님이 되기 위해 만어사로 떠난 다음 날, 미옥은 아버지 유촌에게 말했다.

"아버님, 저는 죽을 때까지 응규 오라버니를 기다리겠습니다."

유촌은 미옥이 너무 안타까웠다. 모든 것이 자신의 불찰이라는 생각이 들었다.

"네가 마음이 안정될 때까지 혼인 이야기는 하지 않으마."

미옥은 아버지의 말에 단호하게 말했다.

"저는 응규 오라버니 외에는 누구와도 혼인할 생각이 없습니다. 오라버니가 끝내 저를 버리고 스님이 되겠다면 저도 오라버니를 따라 머리 깎고 스님이 되겠습니다."

유촌은 참았던 화를 이기지 못하고 소리쳤다.

"이 무슨 불효막심한 말이냐? 유학자인 애비 앞에서 스님이 되겠다고? 그것만은 허락할 수 없다. 네가 응규를 기다린다면 이 애비도 일말의 책임이 있기에 어쩔 도리가 없다만은, 네가 스님이 된다는 것은 절대 허락 못해!"

미옥은 아버지의 마음을 더 아프게 하고 싶지가 않았다.

"아버님, 마지막으로 오라버니를 찾아가서 설득을 해 보고 싶습니다. 그건 허락해 주세요."

"그러면 이 애비에게 약조해라. 네가 만약 응규의 마음을 돌리지 못하면 애비가 정해 주는 배필과 혼인을 하겠다고 말이다."

유촌은 미옥의 고집을 꺾을 수가 없었다. 그것마저 허락하지 않으면 머리를 깎고 스님이 되겠다고 떼를 쓸 것이 분명했다.

"아버님 말씀에 따르겠습니다. 저에게 시간을 좀 주세요."

다음 날 미옥은 한밤중에 길을 떠났다. 낙동강 물결에 어른거리는 달빛이 그녀를 더욱 슬프게 했다. 미옥은 사명과 혼인했다 생각하며 스스로 댕기머리를 빗어 올려 비녀를 끼웠다.

만어사 주지였던 신묵 화상이 직지사에 있다는 소식을 듣고 직지사로 간 응규가 머리를 깎고 스님이 되던 날 미옥도 직지사에 도착했다. 응규가 머리를 깎으며 흘리는 눈물을 미옥은 먼발치에서 눈물로 지켜보았다. 신묵 화상은 응규에게 사명이라는 법명을 지어 주었다. 사명은 울고 있는 미옥의 모습을 보니 가슴이 찢어지는 것 같았다. 평생 자신만을 기다려 온 이 아이의 마음에 상처를 주고서 도를 찾고, 진리를 찾는다고 하는 것이 자신을 속이는 일만 같았다.

"내 마음을 돌리기에는 너무 늦었다. 제발 나를 놓아 버려라. 나를 잊고 좋은 사람을 만나서 행복하게 살아라."

사명의 말에 미옥이 두 눈을 똑바로 바라보며 대답했다.

"지금 행복이라 말씀하셨습니까? 오라버니는 지금 행복하십니까? 저는 지금이 제일 행복합니다. 오라버니만을 생각하고 오라버니를 위해 기도하는 이 순간이 저는 제일 행복합니다."

사명은 미옥이 더 이상 귀엽기만 한 어린애가 아님을 깨달았다. 미옥은 사랑의 힘으로 자신이 터득하지 못한 도를 터득한 것이다. 사명은 미옥에게 말했다.

"우리의 인연은 여기까지인 모양이다. 네가 진정으로 나를 사랑한다면 나의 길을 막아서야 되겠느냐? 이제 집으로 돌아가거라."

"제가 집으로 돌아가면, 오라버니도 마음이 변했을 때 집으로 돌아오시겠습니까?"

사명은 대답이 없었다. 미옥은 그런 사명이 원망스러웠지만, 한편으로는 가여웠다. 미옥은 사명의 손을 잡고 말했다.

"오라버니가 저를 좋아하든 미워하든 상관하지 않겠어요. 그러나 오라버니를 좋아하는 저의 마음만은 막지 말아 주세요."

사명은 미옥을 말없이 바라보았다. 순간 자신이 너무 미워졌다. 돌아서는 사명의 눈에서 눈물이 흘러내렸다.

"부탁이 있습니다. 오라버니의 그 깎은 머리카락을 저에게 주세요."

사명이 고개를 끄덕였다.

미옥은 사명의 머리카락을 품에 안았다. 머리카락에서 사명의 향기가 묻어났다. 미옥은 집으로 돌아와 자신의 긴 머리카락 반을 잘라 사명의 머리카락과 청실홍실처럼 엮어 땋았다. 그리고 그것을 항상 가슴에 품고 다니며 둘의 사랑의 표징이라고 여겼다. 미옥은 부처님께 기도드리며 다짐했다.

'이제 내가 사랑한 응규 오라버니는 이 세상에 없다. 부처님의 제자 사명이 있을 뿐이다.'

미옥은 진정한 사랑은 자신의 욕심을 채우는 것이 아니라 상대방의 마음을 편하게 하는 것이라는 사실을 깨달았다. 미옥은 그날 저녁 팔뚝만 한 나뭇가지를 잘라 불상을 만들기 시작했다. 그리고 부처님께 맹세했다.

'부처님, 이제 저는 오라버니를 괴롭히지 않고 혼자 마음속으로만 좋아하겠습니다. 그러니 부처님께서도 저에게 약조를 하나 해 주십시오. 제가 만든 이 불상이 오라버니를 항상 지켜줄 것이라고 말입니다. 그러면 저는 더 이상 오라버니에게 저의 사랑을 강요하지 않겠습니다. 대신 오라버니를 끝까지 지켜드리고 싶습니다. 도와주소서.'

기도를 마친 미옥은 밤이 새도록 불상을 조각해서 아래쪽에 구멍을 내고 청실홍실마냥 엮은 사명과 자신의 머리카락을 밀어 넣었다. 그리고 부처님이 저승에서라도 둘의 사랑을 이어 줄 것이라는 소망과 자신이 간절한 눈물로 만든 이 불상이 언제나 사명을 지켜주기를 기도했다.

미옥의 결혼

    미옥은 사명을 잊지 못해 혼자 살기로 마음먹었다. 그런데 몰락한 양반 집안의 자식으로 남명 조식의 영향을 받아 반골 기질이 강했던 박종필이란 인물이 유촌 황여헌을 찾아와 가르침을 청했다. 박종필은 유촌의 강학 중에 아버지 시중을 들고 있는 미옥을 보았다. 종필은 미옥에게 늦은 나이까지 시집을 가지 않은 연유를 물었다. 미옥이 쌀쌀맞게 대답했다.

    "일편단심 사랑하는 사람이 있습니다. 저에게 눈독 들이지 마세요."

    종필은 기가 센 미옥에게 은근히 끌렸다. 그래서 어느 날 황여헌에게 미옥과의 혼인을 청하였다.

    "박종필이라는 도령이 너와의 혼인을 허락해 달라더구나."

    미옥은 눈치를 보며 말을 전하는 아버지에게 토라져 말했다.

    "아버님은 제 마음을 아시면서 어떻게 그런 말씀을 하십니까?"

    "사명은 돌아오지 않을 사람이다. 사명을 잊어라."

    "좋아하는 마음을 칼로 무 자르듯이 자를 수 있습니까? 제 마음은 변함이 없습니다."

    "마음은 갈대와 같은 것이어서 바람이 불면 마음도 따라 움직인다는 부처님 말씀도 있지 않느냐."

"저는 오라버니를 뺏어간 부처님을 원망합니다."

"박 도령도 좋은 사람인 것 같으니 잘 생각해 보거라. 노처녀로 할머니가 될 수는 없는 노릇 아니냐?"

미옥도 아버지가 자신의 상처가 아물 때까지 기다려 주신 것을 알기에 더 이상은 고집을 피울 수가 없었다.

"아버님 말씀을 따르겠습니다. 그러나 저에게 소원이 하나 있습니다."

유촌은 순순히 뜻을 따르겠다는 미옥의 말에 단숨에 대답했다.

"그래, 무엇이든지 말해라. 내가 다 들어주마."

"혼인하기 전에 오라버니를 한번 만나고 싶습니다. 마지막으로 만나고 와서 아버님의 뜻에 따라 혼인하겠습니다."

미옥은 마음의 결정을 하고 나니 마지막으로 사명을 보고 싶었다. 유촌은 어쩔 수 없이 허락했다. 미옥은 사명을 만나기 위해 하인을 데리고 직지사로 향했다. 미옥은 이 세상에서 자신이 사랑하는 남자는 사명밖에 없다고 생각했다. 그런데 사랑하는 사람에게 버림받고 딴 남자에게 시집을 간다면 그것도 할 짓이 못되었다. 자신을 평생 속이고 사느니 차라리 마지막으로 사명을 한번 만나보고 죽으려는 심정으로 사명을 찾은 것이다. 미옥은 사명을 보자 눈물부터 쏟았다. 그리고 남편에게 하듯 큰절을 올리며 말했다.

"제 아버님이 오라버니를 보고 싶어 하십니다."

미옥은 사명이 스승인 자신의 아버지를 존경한다는 것을 알고 있었다. 미옥의 아버지 유촌 선생은 사명에게 인간의 도리와 유교의 기본을 일깨워준 최고의 스승이자 아버지 같은 분이었다. 미옥은 그 유촌 선생이 가장 사랑하는 딸이었다.

"스승님은 건강하시지?"

"아버님은 오라버니를 기다리다 지쳐서 병이 났습니다. 오라버니를 아들처럼 생각하고 제가 오라버니를 좋아한다는 것을 아시고는 사윗감으로 점찍어 놓았는데, 어느 날 갑자기 스님이 된다고 사라졌으니 아버님 마음이 편할 날이 있겠습니까?"

미옥은 자신의 마음을 아버지의 심정을 빌려서 표현했다.

"아버님은 오래 사시지 못할 듯합니다. 그래서 돌아가시기 전에 무남독녀인 저를 유생 중 한 명과 혼인시키려고 합니다. 이제 아버님도 오라버니를 포기한 것 같습니다."

사명은 유촌 선생을 생각하자 죄송한 마음이 끓어올랐다.

"아버님이 나를 포기하셨다니 섭섭하지만 다행스런 일이구나."

사명의 대답에 미옥은 기가 찼다. 아버지를 핑계 삼아서라도 사명의 마음을 돌려보고자 했는데, 사명은 끄떡도 하지 않는 것이다.

"하지만 저는 오라버니를 포기 못합니다. 죽어도 다른 남자와 혼인하지 않을 거라고요. 제가 처음으로 사랑한 사람도 오라버니고 마지막으로 사랑한 사람도 오라버니가 될 것입니다."

"미옥아, 나는 속세를 떠난 몸이다. 우리가 이승에서 사랑을 이루지 못하면 저승에서라도 이루지 않겠느냐?"

"오라버니, 그 말씀을 들으니 제 마음이 더 확고해집니다. 만약 이승에서 오라버니와 사랑을 이루지 못한 채 딴 남자에게 시집을 간다면 다시 태어난다 해도 오라버니와의 사랑을 이룰 수가 없겠지요. 저는 오늘 오라버니를 뵈었으니 죽어도 여한이 없습니다."

사명은 미옥에 대한 회한과 죄책감으로 어떤 말을 해야 할지 알 수 없었다. 미옥은 그런 사명에게 말했다.

"삼한 최고의 스님이라는 원효대사님도 요석공주의 사랑을 받아들였습니다. 진정한 사랑은 부처님도 용서하실 것입니다. 오라버니, 저를 버리지 말아 주세요. 만약에 오라버니가 저를 또 버린다면 저는 차라리 제 목숨을 거두어 다음 생애에 오라버니와 깨끗한 사랑을 이루렵니다."

사명은 한참을 침묵한 후에 입을 열었다.

"모든 생은 고해의 바다라고 하지. 겉으로 웃는 사람도 속마음을 들여다 보면 번뇌에 빠져 잠을 이루지 못하는 날이 많을 것이야. 백성들은 왕을 부러워하지만 그 왕 또한 매일 매일의 고민 속에서 괴로워하며 잠 못 이룰 것이고. 인생은 그런 것이다. 완벽한 행복은 어디에도 없어. 행복한 척 살고 있을 뿐이지. 나도 해탈을 위해 이렇게 몸부림치고 있지만, 번뇌의 바다에서 헤어 나올 수가 없어서 이렇게 허우적거리고 있는 것이야. 그러나 겉으로는 해탈한 척하지."

"그러면 오라버니도 척하고 살지 말고 한순간이라도 진정한 사랑으로 진정한 행복을 누려 보는 것은 어떠세요? 저도 압니다. 인생이 고해의 바다라는 것을. 그러나 저는 그 고해의 바다에서 허우적거리기보다 차라리 그곳에 편히 누워 한순간이나마 고해의 바다를 벗어나고 싶습니다. 그런 순간들이 모이면 고해의 바다가 행복의 바다로 바뀌겠지요. 오라버니 말씀대로 모든 인생은 겉으로 행복한 척하지만 나름대로의 고민을 간직하고 있습니다. 저는 그 고민이 사랑이라고 생각합니다. 오라버니의 마음을 돌려서 저의 사랑을 찾을 수 있다면 세상 어떤 고통과 고민도 참아낼 수 있습니다. 사랑을 이룰 수 있다면 저는 지옥에서라도 사랑을 이루고 싶습니다."

"그 감정도 결국은 시간의 흐름에 따라 사라질 거야. 사람의 마음은 흐르는 물과 같아서 사랑도 세월의 강을 따라 흘러가 버리지."

"제 마음까지 조종하려 들지 마세요. 제 마음은 절대 변하지 않을 겁니다. 오라버니는 저를 사랑하지 않나요? 솔직하게 말씀해 주세요."

"나는 아랑 낭자를 잃고 사랑을 잃었다. 나도 한때는 불같은 사랑의 열병을 앓았지만 절에 들어온 후로는 그마저도 부질없는 일이라는 걸 깨달았어."

"오라버니는 저를 사랑한 적이 있나요?"

"너를 동생처럼 아끼고 좋아한다."

"아끼고 좋아하는 것이 사랑 아닌가요? 저도 평생 오라버니를 아끼고 좋아하며 살고 싶어요. 왜 오라버니는 인간의 본성을 속이면서 살려 합니까? 오라버니가 저와 혼인하지 않겠다 하면 저는 내일 다른 사람과 혼인해야 합니다. 그래서 저는 평생 사랑했던 오라버니에게 제 모든 걸 드리고 싶어 여기까지 왔습니다. 저를 가지세요. 저의 가장 소중한 것을 오라버니께 드리고 싶어요."

"오늘 너를 가진다고 사랑이 이루어지겠느냐? 그것은 한순간의 쾌락일 뿐이다."

"저의 간절한 사랑을 쾌락으로 폄하하지 마세요. 저는 지금 목숨을 걸고 말씀드리는 것입니다."

"지금 너를 가지면 오늘 너와 나는 죽은 목숨이 된다. 왜 그렇게 소중한 목숨을 버리려고 하느냐?"

"제 목숨보다 소중한 것이 오라버니와의 사랑입니다. 오라버니와의 사랑만 이룰 수 있다면 저는 모든 것을 버려도 좋습니다."

"남녀가 몸을 섞는다고 사랑이 이루어지는 것이 아니다. 오히려 몸을 섞지 않고 서로를 그리워하고 아낀다면 그 사랑이 영원하지 않겠느냐?"

"그러면 오라버니는 저와 몸을 섞지 않아도 영원히 저를 사랑해 주시겠습니까?"

"영원한 사랑을 지키기 위해 내가 산으로 들어오지 않았느냐."

"아랑 언니와의 영원한 사랑을 위해 스님이 되었다는 말씀입니까?"

"이제 아랑은 이 세상에 없다. 아랑의 사랑을 너에게 주마."

사명은 이 말을 하면서 자신이 미옥을 사랑하고 있다는 걸 몸으로 느꼈다.

미옥의 목숨을 건지기 위한 거짓말이 아니었다. 어느 순간 평온했던 마음에 미옥이 돌을 던지기 시작한 것이다. 하지만 사명은 미옥을 끝까지 지켜 주고 싶었다. 미옥은 사명의 손을 잡고 말했다.

"오라버니, 그러면 저와의 영원한 사랑을 약속하시겠습니까? 그러면 저는 평생 홀로 오라버니의 사랑을 간직한 채 살겠습니다."

사명은 순간 미옥의 아버지, 스승님이 떠올랐다. 여자가 혼인도 하지 않고 평생 산다는 것이 얼마나 힘든 것인지도 알고 있었다. 어떻게든 미옥의 마음을 되돌리고 싶었다.

"나와 꼭 몸을 섞지 않아도 영원한 사랑을 유지할 수 있어. 그러나 넌 아버지가 정해 준 배필과 혼인을 해야만 한다."

사명의 말에 미옥이 화를 냈다.

"저를 혼인시키기 위해 이때껏 거짓말하신 건가요? 그러면 오라버니는 나쁜 사람입니다. 사랑하지도 않는 사람과 어떻게 한평생 몸을 섞고 살아가라는 말입니까?"

"나는 너에게 거짓말을 한 적이 없어. 네가 나와의 영원한 사랑을 이룰 자신이 없는 모양이구나. 혼인 이후에 그 남자와 사랑을 느낀다면 너는 너의 새로운 행복을 찾는 것이고, 나를 계속 생각한다면 나와의 영원한 사랑이 이어지는 것이다."

"저는 맹세코 오라버니와의 영원한 사랑을 추구할 것입니다."

"그것은 혼인한 후에 네가 다시 결정할 일이다."

"그러면 오라버니, 아버님 말씀대로 혼인할 테니까 저에게 한 가지만 약조해 주세요."

"무슨 약속이든 지킬 테니까 말해 보거라."

"어려운 부탁은 아닙니다. 제가 보고 싶다고 연락하면, 저의 집에 꼭 들러 주세요. 보고 싶을 때 오라버니의 얼굴을 볼 수 있다면 저는 혼인하겠습니다. 그리고 제 사랑이 식는다면 그때부터는 오지 않으셔도 됩니다."

사명은 미옥의 마음을 알 것 같았고, 그녀의 간절한 소망을 뿌리칠 수 없었다.

"내가 너에게 약조하마. 네가 연락하면 제일 먼저 너의 집에 찾아가마. 가서 네 집안의 행복을 위해 기도하마."

"우리 집의 행복을 위해서가 아니라 우리의 영원한 사랑을 위해서 기도해 주세요."

사명은 미옥의 마음이 이렇게 강한 줄 몰랐다. 사명도 사람인지라 왜 욕정과 사랑이 없겠는가? 그러나 이미 부처님께 몸을 맡기고 깨달음을 위해 몸을 바친 숱한 시간들이 그를 잡고 있었다. 사명은 미옥이 혼인을 하고 아기를 가지면 서서히 자신을 잊을 것이라 생각했다. 그리고 동생 같은 미옥의 집안을 위해 찾아가 기도드리는 것도 사람의 도리를 하는 일이라 생각했다. 미옥은 사명의 확답을 듣고 난 뒤, 욕정에서 우러난 사랑이 아니라 마음에서 우러난 진정한 사랑을 영원토록 간직하리라 마음먹었다.

미옥이 작은 불상을 내밀었다.

"오라버니, 제가 밤새 기도드리면서 만든 불상입니다. 이 불상을 볼 때마다 저를 기억해 주세요. 이 불상이 오라버니를 지켜드릴 것입니다. 부처님께서도 약조하셨습니다. 꼭 이 불상을 지니고 다니세요."

사명은 미옥의 수줍은 미소에서 부처님의 얼굴을 보았다. 미옥이 이 불상을 정성스럽게 만들며 부처님께 기도했다는 것은 이제 자신을 부처님께 맡긴다는 이야기로 들렸다. 사명은 미옥이 건네주는 불상을 받으며 말했다.

"나는 항상 너에게 받기만 하고 해준 것이 없구나. 미안하다."

미옥은 불상 속에 사명과 자신의 머리카락을 땋아 넣었다는 사실은 말하지 않았다. 그리고 비록 육체적으로 부부의 연을 맺지는 못하지만, 부처님 앞에서 순결한 혼인을 올렸다 생각했다. 그 사실을 모르는 사명은 미옥이 건네준 불상을 가슴에 품었다. 사명을 바라보는 미옥의 눈에는 금방이라도 쏟아질 듯 맑은 눈물이 가득 고였다.

"이제 저는 오라버니를 부처님께 맡기기로 마음먹었어요. 그런 마음으로 이 불상을 만들었구요."

"네 마음 다 안다. 곁에 너를 둔 것처럼 항상 이 불상을 지니고 다니마."

"오라버니, 고맙습니다."

미옥의 심장은 터질 듯이 뛰었다. 그 심장의 파도 소리가 사명에게까지 전해졌다.

"이제 저는 이승에서 오라버니를 지키는 보살이 되겠습니다. 이 불상이 저의 기도로 오라버니를 지켜 드릴 것입니다. 이제 오라버니를 사랑하는 미옥은 이 세상에 없습니다. 오라버니를 위해 기도하는 미옥이밖에 없습니다. 그 기도하는 미옥이 바로 이 불상입니다."

"그래, 이 불상을 꼭 지니고 다니마. 내가 어디를 가든 너는 나와 함께 있을 것이야."

그제야 미옥은 참았던 눈물을 폭포처럼 쏟았다. 미옥의 눈물이 그녀를 깨끗하게 정화시키고 있었다. 사명은 그 모습을 아련히 바라보았다.

미옥은 아버지가 정해 준 배필과 혼인했다. 그리고 첫날밤 사명을 생각하며 하염없이 눈물을 흘렸다. 스물넷의 노처녀 미옥과 서른다섯의 노총각 박종필이 혼인하던 날 하늘도 미옥의 마음을 아는지 잔뜩 찌푸려 있었다.

승과시험 합격

사명은 직지사 주지인 신묵 화상의 추천으로 승과시험을 보기 위해 한양으로 향했다. 사명은 보우대사와의 면접에서 기에 눌리지 않고 선문답을 이어 갔다. 보우대사는 유학자들도 두려워하는 조선 선종의 대가로 학문과 철학이 뚜렷한 인물이었다. 사명은 승과에서 장원급제를 했다.

보우대사와 함께 문정왕후를 찾은 자리에서 왕후는 사명의 손을 잡고 칭찬하였다. 왕후가 사명에게 관심을 가지기 시작한 것이다. 불심이 깊은 문정왕후는 숭유억불 정책의 조선에서 승과를 부활시킨 장본인이다. 당시 과거시험과 승과는 대립 관계였다. 승과의 첫 번째 장원급제자는 서산대사였고, 사명은 네 번째 장원이었다. 보우대사는 문정왕후에게 말했다.

"서산대사와 필적할 만한 인물이옵니다. 사명은 어느 유학자와 견주어도 학문에 뒤지지 않을 뿐더러 불교의 모든 이론을 터득한 조선 최고의 선승이옵니다."

문정왕후는 사명을 천천히 살폈다.

"어린 나이에 어떻게 그런 경지에 이른다는 말이오?"

사명은 고개를 조아리며 대답했다.

"과찬의 말씀이옵니다. 소승은 오직 부처님의 흔적을 좇고자 하옵니다."

문정왕후는 승과에 급제한 사명을 위해 봉은사에서 큰 잔치를 베풀어 주었다. 사명의 소문을 들은 당대 최고의 유학자들이 사명의 코를 납작하게 눌러 놓겠다며 봉은사를 찾았다. 그들은 시(詩)의 운자(韻字) 대결을 청했다. 사명은 지지 않고 그들이 던지는 운자를 모두 맞받아쳤다. 이를 지켜보던 하곡(荷谷) 허봉(許篈)[9]이 다른 유학자들에게 말했다.

　"이분의 실력은 우리를 뛰어넘고 있소. 이분을 시험하지 말고 같은 유학자로서 진지하게 토론하는 것이 좋겠소."

　"아니, 우리가 어찌 근본 없는 땡중과 토론을 한다는 말이오?"

　유학자 무리들은 자존심이 상해 짐짓 화를 내며 나가 버렸다. 허봉은 사명의 실력이 보통이 아님을 깨닫고 유가의 도와 불가의 도에 대해 밤이 새도록 토론하였다. 하지만 그 토론은 끝이 나지를 않은 채 팽팽한 기싸움이 며칠이고 계속되었다. 토론이 끝날 것 같지 않자, 허봉이 사명에게 말했다.

　"대사님, 우리 잠시 쉬면서 곡차나 한잔 하시는 건 어떻습니까?"

　사명도 허봉이 마음에 들었던지 대답했다.

　"소승도 목이 말라 막걸리라도 한잔 하고 싶었는데, 좋습니다."

　막걸리 한 동이가 들어오고 두 사람은 주거니 받거니 단숨에 몇 잔을 비웠다. 그리고 허봉이 말했다.

　"나는 스님이 마음에 듭니다. 격식에 얽매이지 않고 규율에 구속받지 않는 스님의 자유로움이 존경스럽습니다."

　"과찬의 말씀입니다. 하곡 선생께서도 다른 유학자와는 달리 저를 승려라 해서 얕잡아 보지 않고 동등하게 대해 주시니, 감사합니다."

---

9) 허봉(許篈, 1551~1588) : 조선 중기의 문신. 동인의 선봉이 되어 서인들과 대립하였다. 병조판서 이이를 탄핵하였다가 갑산(甲山)에 유배되었으며, 이후 재기용되나 거절하고 유랑하다가 병사하였다. 편저에 『의례산주』, 『해동야언』 등이 있다. 허난설헌의 오빠이고 허균의 형이다.

술이 한잔 들어간 허봉은 웃으며 말했다.

"우리 서로 격식을 따지지 말고 지내는 것은 어떻습니까? 보아하니 연배가 저와 비슷한 것 같은데 저보다 나이가 많으면 형님으로 모시고, 저보다 적으면 동생으로 하겠습니다. 어떻습니까?"

사명도 그런 허봉이 마음에 들었다.

"좋습니다. 소승은 계묘년 생입니다. 하곡 선생은 어떻게 되십니까?"

허봉은 사명보다 두 살이 많았지만, 사명의 높은 경륜에 친구가 되고 싶었다.

"그럼 스님과 저는 친구 하십시다. 앞으로 친구처럼 서로 마음을 터놓고 지내고 싶습니다. 소생을 친구로 받아 주시겠습니까?"

"저같이 미천한 승려를 친구로 받아 주시는 하곡 선생은 정말 대인이십니다. 소승도 시골에서 한양으로 올라온 촌놈이라 적적했는데 친구가 생겨 기쁘기 그지없습니다."

"저도 시골에서 한양으로 왔습니다. 저는 어릴 때 강릉에서 자랐습니다. 우리 촌놈끼리 잘 어울리겠습니다. 자 그럼, 제가 먼저 친구로서 한잔 따르겠습니다."

허봉은 사명에게 술을 따랐다. 사명은 그 술을 단숨에 들이켜고 잔을 돌려주며 말했다.

"이제는 소승이 친구로서 한잔 따르겠습니다."

사명과 허봉은 그렇게 친구가 되었다. 이후, 허봉은 사명을 만나기 위해 자주 봉은사에 들렀고, 서로의 학문을 주고받으며 깊은 우정을 쌓아 갔다.

빈의 탄생

미옥의 남편 박종필은 특별히 하는 일도 없이 꿈과 야망만 높은 인물이었다. 그는 유촌 황여헌과 아버지의 친분으로 인해 미옥과 혼인하게 되었다. 하지만 술과 여자를 좋아하는 한량인 박종필은 기생집 출입으로 가산을 탕진하고 있었다. 어차피 사랑 없이 혼인한 미옥은 오히려 홀가분하다고 느꼈다. 종필은 미옥이 첫날밤의 잠자리를 거부하자 부끄러워서 그런다고 생각했다. 하지만 혼인한 지 한 달이 넘도록 잠자리를 거부하자, 어느 날 술이 잔뜩 취해 미옥의 옷을 강제로 벗겼다.

"남녀가 혼인했으면 잠자리를 해야 한다는 것쯤은 알고 있을 것 아니오? 왜 잠자리를 거부하는 것이야?"

술 취한 종필이 미옥에게 짐승처럼 달려들었다.

"술이 깨면 내일 잠자리를 같이하겠습니다. 오늘은 그냥 주무세요."

미옥이 종필을 밀쳐내며 말했다.

"나와 잠자리를 거부하는 이유가 무엇이오? 다른 남자를 속으로 품고 있는 것은 아닌가?"

순간 미옥은 거짓말하다가 들킨 사람처럼 호흡이 가빠졌다. 그리고 사명의 얼굴이 떠올랐다. 미옥은 강하게 부인했다.

"아닙니다. 겁이 나서 그랬습니다. 술이 취해서 정신 없는 분에게 제 몸을 내어줄 수는 없습니다. 내일 맨정신에 하시는 것이 저에게도 당신에게도 좋을 것 같습니다."

종필은 미옥의 말을 듣고 한편으로는 이해가 되는 것도 같았다.

"그러면 내일은 잠자리를 거부하지 않겠다고 약조하시오."

"약조하겠습니다."

종필은 그 말을 듣자마자 고꾸라져 곯아떨어졌다. 코를 골며 배를 뒤집어 까고 자는 종필 곁에서 미옥은 뜬눈으로 밤을 새웠다. 다음 날 일찍 들어온 종필이 미옥을 기다렸다. 더 이상 도망갈 핑계를 대지 못하고 미옥은 종필이 옷을 벗기는 대로 가만히 있을 수밖에 없었다. 종필은 거친 숨을 몰아쉬며 미옥의 몸을 덮쳤다. 그러나 미옥의 몸은 목석처럼 굳었다. 종필이 몸을 더듬을 때 미옥은 사명의 얼굴을 떠올렸다. 몸은 종필과 섞고 있지만, 마음으로는 사명과 한 몸이 되고 있었다.

종필도 목석처럼 누워 있는 미옥이 불편했던지 흥미를 잃은 채 성급히 일을 치르고는 나가 버렸다. 미옥의 붉은 피가 그림처럼 요를 물들였다. 미옥은 달밤의 우물가에 앉아 요를 박박 문질러 빨았다. 붉게 번지는 자신의 처녀성을 문지를 때마다 사명의 얼굴이 떠오르고 방망이질을 할 때마다 사명의 목탁 소리가 환청처럼 귓가를 때렸다.

이후로 종필은 미옥의 몸에 손을 대지 않았고, 온갖 재주로 요염을 떠는 기방 기녀의 치마폭 안에서 놀았다. 미옥은 오히려 그편이 낫다고 생각했다. 그렇게 세월은 무심한 듯 흘러갔다. 그리고 미옥의 입덧이 시작되었다.

사명의 귀향(歸鄕)

사명을 마지막으로 만나고 종필과 혼인한 미옥은 사명을 잊으려고 발버둥 칠수록 더 깊은 늪에 빠져들었다. 그래도 사명에게 연락을 하지는 않았다. 그러나 아기가 태어나자, 미옥은 사명에게 편지를 쓰지 않을 수 없었다.

미옥의 편지를 받고 사명은 그녀와의 약속을 지키기 위해 고향을 찾았다. 사명이 스님이 되겠다고 고향을 떠난 지 15년 만의 고향 방문이었다. 사명은 미옥의 집으로 가기 전에 옛날에 살던 집을 찾았다. 사람이 살지 않은 지 오래서 지붕은 무너지고 마당에는 잡초만 무성했다. 사명은 어머니의 손때가 묻은 마루를 손으로 어루만졌다. 어머니가 부엌에서 나오실 것만 같았다. 어릴 때 형과 여동생과 뛰어놀던, 그렇게 넓게 보였던 마당은 손바닥만 하게 쪼그라져 있었다. 마당 밖 감나무와 언덕 위 버드나무는 바람에 나부끼며 사명을 환영하고 있었다. 사명은 먼지 낀 마루에 앉아 한참을 멍하니 하늘만 쳐다보았다. 사명은 이렇듯 아련한 심정을 시 한 수로 달랬다.

십오 세에 집 떠나 삼십 세에 돌아오니　　十五離家三十回

긴 내는 예와 같이 서쪽에서 흘러오네　　長川依舊水西來

감나무 다리 동쪽 언덕 일천 가지 버들은　　柿橋東岸千條柳

절반은 산승이 떠난 뒤에 심었구나　　强半山僧去後栽[10]

사명이 밀양에 왔다는 소식을 듣고 미옥은 버선발로 뛰어왔다. 사명은 미옥을 보고 깜짝 놀랐다. 그렇게 똑똑하고 재주 많고 예뻐 보이던 미옥의 얼굴이 너무나도 핼쑥해져 버린 것이다. 미옥의 가슴에는 젖먹이 아기가 달려 있었다. 미옥은 식사 한 끼라도 대접하고 싶다며 사명을 집으로 초대했다.

"약속을 잊지 않고 이렇게 찾아 주셔서 감사합니다."

"어찌 약속을 잊겠느냐? 금강산에서 참선을 하느라 오랫동안 오지를 못했다. 참선이 끝나고 너와의 약속을 지키기 위해서 이렇게 온 것이야. 그런데 너의 안색이 좋지 않아서 마음이 불편하구나."

"애기 낳은 지 얼마 되지 않아 그렇습니다. 걱정하지 않으셔도 됩니다."

"그래, 남편은 너에게 살뜰하게 하느냐?"

사명의 입에서 남편 이야기가 나오자 미옥은 참았던 눈물이 쏟아졌다. 갑작스런 미옥의 눈물에 사명의 가슴은 칼에 찔린 듯 아팠다.

"남편이 손찌검을 하느냐?"

"아닙니다."

미옥은 자신을 몰라주는 사명이 야속하기도 하고, 자신의 처지가 처량하기도 부끄럽기도 했다. 잠시 침묵이 흘렀다. 그때 아기가 배가 고픈지 울자 미옥은 품에 있던 아기에게 젖을 물렸다. 사명은 민망해서 고개를 돌렸다. 미옥이 말했다.

"오라버니께 이 아기의 이름을 부탁드리고자 오시기를 청했습니다."

"남자아이인가 여자아이인가?"

---

10) 『사명집(四溟集)』.

"여자아이입니다."

그때 뒷산 나무숲에서 한 줄기 빛이 사명과 미옥에게로 쏟아졌다. 사명은 무언가에 홀린 듯 말했다.

"나무숲 사이 한 줄기 빛이라, 빈(彬)으로 하는 것은 어떤가? 나무가 중생이라면 그 중생들에게 빛이 되어 그들을 바른길로 인도하는 그런 아이가 되라는 의미이다."

미옥은 고개를 숙이고 말했다.

"여자는 세상을 비추는 빛이 되기보다 한 남자의 영원한 사랑을 받는 것이 제일입니다."

사명은 미옥이 무슨 말을 하는지 알고 있었다. 미옥이 시집을 가 남편과 몸을 섞고 아기를 낳으면 자연스레 자신을 잊을 줄 알았다. 그러나 아기를 품에 안고 있음에도 미옥은 더 강렬하게 사명을 그리워하고 있었다. 침묵을 깨고 미옥이 말했다.

"오라버니가 지어 주신 이름이니까 소중히 간직하겠습니다. 오늘부터 이 아이의 이름은 빈으로 하겠습니다."

미옥은 이 아기가 사명에게서 난 아기는 아니지만, 사명이 지어 준 이름 덕에 평생 사명과 함께할 수 있다면 좋겠다는 허망한 욕심을 부려 보았다.

"빈이라는 이름으로 이 아기와 오라버니의 인연은 시작되었습니다. 생각나시면 가끔 찾아와 이 아기에게 가르침을 주고, 지켜 주시기를 청하겠습니다."

미옥의 집에서 둘이 이야기를 하고 있는데, 낮술에 살짝 취한 박종필이 돌아왔다. 종필은 사명을 보고 말했다.

"어느 절 스님이십니까?"

사명이 대답하기 전에 미옥이 먼저 말했다.

"이분은 그 유명한 사명대사 유정 스님이십니다."

종필은 사명대사라는 소리를 듣고 깜짝 놀랐다. 사명은 당시 승과에 장원 급제한 후 문정왕후의 보살핌을 받는 유명인사였기 때문이다.

"아니, 그 유명한 사명대사님이 이 누추한 곳에 웬일이십니까?"

사명은 미옥이 자신에 대해 남편에게 한마디도 하지 않았음을 눈치채고는 종필에게 인사하였다.

"제가 출가하기 전 부인의 부친으로부터 가르침을 받았습니다. 스승께 인사드리러 가는 길에 잠시 들렀습니다."

"장인어른께 말씀 많이 들었습니다. 제자 중에 가장 특출한 분이 스님이 되었다고 안타까워하셨습니다. 그런데 그 유명한 사명대사를 이 누추한 집에서 뵈니 감개가 무량합니다. 부인, 어서 술상을 보지 않고 뭐 하시는가? 이렇게 소중한 분을 서서 모시는 것은 예의가 아니지 않소. 어서 빨리 술상을 보시오. 그사이 나는 대사님께 세상사 지혜에 대해 가르침을 받고 싶소."

미옥은 부엌으로 들어가 음식을 정성스럽게 만들었다. 그사이 종필은 사명에게 세상 돌아가는 이야기를 많이 물었다. 당시 조정에서는 당파싸움으로 서로 물어뜯기에 바빴다. 남명 조식의 문하생들은 조정에 나아가지 않는 것을 자랑으로 여기며 실천 없는 이론만 좇고 있었다. 혈기 왕성한 종필은 기생집을 드나들면서도 의협심과 객기는 남아서 모든 것을 바꿔야 한다는 정의감에 불타고 있었다. 술상이 들어오자 종필은 먼저 사명에게 술을 권하며 말했다.

"대사님은 유교와 불교를 통달하신 분이라고 들었습니다. 제 아내와의 인연도 있고 하니 고향에 들르실 때마다 누추하지만 저의 집에도 꼭 들러 주시기 바랍니다."

사명은 넌지시 말했다.

"너무 자주 방문하면 폐가 될 듯합니다. 그리고 부인께서 허락하셔야지요."

종필은 미옥에게 말했다.

"당신도 어릴 때 함께 자랐으니 대사님과 친할 것 아니오. 대사님이 우리 집에 오시는 게 불편하진 않지요?"

미옥은 사명의 뜻을 알고는 종필에게 말했다.

"서방님이 원하시면 저는 아무런 관계가 없습니다."

사명과 미옥은 서로 나쁜 짓을 하다가 들킨 사람들처럼 등골이 서늘했다. 하지만 이제는 두 사람이 스스럼없이 만날 수 있는 길이 열린 것이기도 했다. 종필은 사명을 통해 한양과 조선팔도의 정보를 얻을 수 있게 되었다며 너무나 좋아하였다. 사명은 미옥과 종필의 얼굴을 번갈아 보았다. 그 둘의 눈동자가 가리키는 방향이 너무나 달라 사명은 마음 한구석이 무거웠다. 엄마 젖을 먹고 포만감에 빠진 빈은 이 세 사람의 상황을 아는지 모르는지 행복하게 자고 있었다.

허균과 사명대사의 첫 만남

사명이 봉은사에 머물고 있던 어느 여름, 허봉이 열여덟 살짜리 동생 허균을 데리고 봉은사를 찾았다. 허균은 사명과의 첫 만남에 대해 『사명집』 서문에서 이렇게 밝히고 있다.

지난 병술년 여름 내가 작은형님을 모시고 봉은사 밑에 있는 강의 배에 탔는데 어떤 스님이 형님과 뱃머리에 있었다. 그는 키가 훤칠하고 얼굴이 엄숙하였다. 자리에 앉아 그분과 함께 이야기하는데 그분이 하는 말은 간략하나 그 뜻이 원대하였다. 내가 그분의 이름을 물었더니 종봉 유정 스님이라고 했다. 나는 마음속으로 사뭇 그를 좋아했다. 그날 밤은 매당에서 잤다. 나는 또 그의 시를 꺼내어 보았는데 그 소리가 거문고처럼 맑고도 뜻이 높았다. 작은형이 그를 몹시 칭찬하면서 말했다. "그는 당나라 아홉 스님의 반열에 들 만하다." 그때 나는 아직 어려서 그 시의 오묘한 뜻은 알지 못했지만 혼자서 간직해 두고 하나도 잊지 않았다.[11]

---

11) 조영록, 『사명당 평전』, 한길사, 2009, 143쪽.

허균은 형을 통해 사명을 알게 되었다. 유학자인 형이 스님과 친하게 지내는 것이 이상하게 여겨졌으나 곧 사명의 지식과 지혜에 감동 받았다. 머리가 좋고 반항아 기질이 있는 허균은 권력을 잡기 위해 위선과 허세로 패를 가르는, 권모술수가 난무하는 당파싸움에 염증을 느끼고 있었는데, 그런 세속적인 유학자와는 달리 진심으로 나라를 위하고 백성을 위하는 사명의 인품에 흠뻑 반하게 되었다. 스님이 유학의 지식 면에서도 어느 유학자에 뒤지지 않는데다, 더구나 그의 시를 읽은 후로는 감동이 가시지 않아 외우고 다닐 정도로 사명을 존경하게 되었다. 어느 날 허균이 사명에게 스승이 되어 달라고 청하자, 사명은 말했다.

"나를 스승으로 삼으면 그대도 머리를 깎고 승려가 되어야 할 것이야."

허균은 당돌하게 말했다.

"스님이 되고 아니고가 뭐가 그리 중요하겠습니까? 밖이 아니라 안이 중요한 것 아니겠습니까? 사서삼경에서 터득할 수 없는 것을 스님에게서 배우고 싶습니다."

"유학자들은 사서삼경에 모든 답이 들어 있다고 하지 않는가? 유학자로서 어찌 그리 불경한 말을 할 수 있는가?"

허균은 사명을 똑바로 쳐다보며 말했다.

"공자도 존경한 제나라의 명재상 안영은 공자의 유학이 허세로 가득 차 현실과 맞지 않는 이론이라며, 제나라 경공에게 공자를 쓰지 말라고 했습니다. 결국 공자는 춘추전국시대 어느 나라에서도 배척당하고 열국을 떠돌며 떠돌이 생활을 해야만 했습니다. 공자는 그 사실을 알면서도 안영을 존경하였습니다. 그런데 지금 우리 조선은 그런 공자의 관념적 허례허식에 사로잡혀 한 발짝도 앞으로 나아가지 못하고 형식에 묶여 있습니다. 형식이 내용을 잡아먹고 있습니다. 저는 언젠가는 조선의 성리학이 조선을 망하게 할 것이라 생각합니다."

"큰일 날 소리를 하는구먼. 자네의 목이 몇 개는 되는 줄 아나? 형식이 살아야 내용이 바로 서는 법이야."

허균은 지지 않고 허리를 꼿꼿이 세우고 말했다.

"조선의 성리학은 형식만 있을 뿐 내용이 없습니다. 명나라에는 이미 실용주의 양명학이 들어와 있건만, 우리 조선은 고리타분한 사서삼경만 고집하고 있습니다. 유학의 본고장인 중국에서 이미 유학의 겉치레를 버리고 실용적인 유학 운동이 벌어지고 있는데도 우리 조선은 껍데기만을 고집하니, 저는 이 껍데기를 부수고 새로운 유학의 이론을 만들고 싶은 것입니다."

사명은 열여덟의 허균을 보고 생각했다.

'너무 똑똑한 것이 탈이로다. 시대를 잘못 타고났구나.'

사명은 허균에게 말했다.

"나는 그대의 스승 자격은 없고, 나에게는 동생이 없으니 그대를 동생으로 삼고 싶네. 그리고 나의 가장 친한 친구가 그대의 형님인 하곡인데, 하곡의 동생이면 내 동생도 되는 것이 아니겠는가?"

하곡은 허봉의 호(號)였다. 허균은 넉살좋게 바로 사명을 껴안았다.

"형님, 앞으로 평생 형님으로 모시겠습니다."

사명이 웃으면서 말했다.

"자네 형님 하곡이 질투하면 어쩌려고 그래?"

"걱정하지 마십시오. 허봉 형님이 더 좋아하실 겁니다."

그 후 허균은 사석에서 사명을 형님으로 불렀는데, 허봉이 사명을 만날 때면 늘 형을 따라왔다. 그런데 허균과 사명의 인연은 형제 그 이상이었다.

율곡 이이와 사명대사

문정왕후가 죽자, 보우대사를 없애기 위해 모든 유림이 뭉쳤다. 불교의 싹을 자르려면 보우대사를 살려둘 수 없었다. 명종은 모든 유림이 상소를 했지만 어머니 문정왕후의 유언을 지키기 위해 그들의 말을 듣지 않았다. 유림들은 명종의 신임이 두터운 율곡을 찾아갔다.

"이대로 보우를 살려두었다가는 조선도 고려처럼 불교의 나라가 될 수 있습니다. 어떻게 세운 조선인데 성리학이 불교의 발아래 굴복할 수 있겠습니까? 저 요사스런 보우를 없애야 지금 곳곳에 뿌려놓은 불교 권력의 싹을 자를 수 있습니다."

율곡은 자신도 한때, 어머니 신사임당이 돌아가시고 인생의 회의를 느껴불가에 귀의한 적이 있었다. 그 이후 유학자들은 율곡을 공격할 때마다 불가에 입문했던 사실을 들먹였다. 보우대사 퇴출 상소도 사실은 율곡이 과연 불교와 단절했는지를 시험하기 위해 부탁한 측면이 있었다. 율곡은 그들의 의도를 알았기에 내키지 않았지만, 성리학의 대표자로서 명종에게 상소를 올리지 않을 수 없었다. 그런데 허균의 형 허봉은 끝까지 반대하였다. 보우대사의 퇴출은 다름아닌 사색당파의 권력싸움이었기 때문이다.

허봉은 율곡에게 말했다.

"저들에게 넘어가지 마십시오. 보우대사는 죄가 없습니다. 보우대사를 죽이면 조선의 당파싸움은 극에 이르러 수많은 목숨이 희생될 것입니다."

율곡은 허봉의 만류에도 불구하고 보우대사 탄핵 상소를 올렸다. 허봉은 보우대사를 귀양 보내라는 상소를 올린 율곡을 오히려 귀양 보내야 한다는 상소를 올렸다. 허봉이 율곡의 탄핵 상소를 올리자 입장이 난처한 사람은 사명이었다. 허봉은 사명의 가장 친한 친구였고, 율곡은 사명처럼 유가로서 불가에 입문해 속세와의 인연을 끊고 승려가 되고자 했을 때 금강산에서 사명과 만난 적이 있었다. 두 사람은 유학자 집안에서 태어났고, 과거시험에 합격한 이력도 같았다. 더구나 사명이 사랑하는 사람들을 잃고 승려가 된 것처럼 율곡도 세상에서 가장 사랑하는 어머니 신사임당이 돌아가신 후 승려가 되겠다며 금강산에 들어와 있었다. 둘의 만남은 짧았지만, 그 여운은 오래 가고 있었다. 율곡이 금강산에서 2년간 수련하고 있을 때, 아버지 이원수가 찾아와 설득했다. 율곡은 불효를 저지를 수 없어 환속을 결정했다.

사명은 중재를 위해 먼저 허봉을 찾아가 말했다.

"이보게, 율곡 선생은 잘못이 없어. 율곡 선생이 계셔야 나라가 살 수 있어."

허봉은 웃으며 말했다.

"나는 율곡 선생을 탄핵하는 것이 아니라 우리 조선의 고질병인 당파싸움을 탄핵하는 것이네. 율곡 선생도 당파싸움에서 자유로울 수가 없어. 지금 집권하고 있는 서인 세력을 견제하기 위해 서인의 맹주라고 할 수 있는 율곡 선생을 탄핵하는 것이야."

허봉은 높은 학문 경지에 오른 율곡을 존경하였다. 다른 유학자들이 한때 승려였다는 이유로 율곡을 공격할 때도 허봉은 그의 편을 들었다. 그런데 율곡이 정치적인 이유로 보우대사의 탄핵 상소를 올리자, 허봉은 분개하면서 권력에 눈이 멀었다며 율곡을 비판하고 나선 것이다. 허봉은 사명에게 말했다.

"나도 설마 율곡 선생이 권력에 눈이 어두워 보우대사 탄핵 상소를 올렸다고 생각하지는 않아. 그분은 권력에 욕심이 없어. 사명, 그대가 율곡 선생과 친하다는 것도 알아."

사명은 허봉의 뜻을 알고 있었다. 그렇지만 한편으로는 저들이 허봉에게 어떤 해코지를 할까 그것이 걱정이었다. 사명이 허봉에게 말했다.

"내가 당장 율곡 선생을 찾아가 이야기를 해 보겠네."

율곡은 사명보다 여덟 살 위인데다 직위도 높았지만, 먼저 합장을 하며 인사했다.

"제가 먼저 찾아뵙고 대사님의 지혜를 빌리고 싶었는데, 이렇게 찾아와 주시니 송구할 뿐입니다."

"대학자이신 선생님께서 그렇게 말씀하시니 소승은 몸 둘 바를 모르겠습니다."

상석에 앉지 않고 문 쪽에 자리를 잡은 율곡은 녹차를 한 모금 마시고는 입을 열었다.

"대사를 보면 나와 닮은 점이 많아 아주 오래도록 이야기를 나누고 싶습니다."

사명은 조선 제일의 유학자가 자신과 닮았다는 이야기에 손사래를 치며 말했다.

"어찌 저 같은 미천한 승려와 조선 최고의 유학자이신 선생님을 비교할 수 있겠습니까? 소승이 부끄러워 얼굴이 달아오릅니다."

"저는 어머니가 돌아가신 후 인생이 싫어서 금강산에 들어갔습니다. 불교를 배척하는 조선 사회에서 머리를 깎고 2년 가까이 부처님을 모셨다는 사실은 유학자로서 큰 결함이 되었습니다. 그러나 오늘 대사를 뵈니 모든 것을 털어놓고 싶습니다. 대사께서는 유학에도 조예가 깊고 불교에도 도를 트셨으니, 저보다 한 수 위이신 것 같습니다."

사명은 율곡의 말에 대답하지 않고 그냥 듣고만 있었다.

"제 선친께서는 유교뿐만 아니라 노자의 『도덕경』에도 심취하셨습니다. 그래서 제 이름을 노자의 이름을 따 이이로 지었습니다. 대사께서는 노자의 본명이 이이였다는 사실을 알고 계셨습니까?"

사명도 한때 노자와 장자의 사상에 심취해 『도덕경』과 선 이론에 빠진 적이 있었다. 노자의 이름과 앞에 있는 율곡 선생의 이름이 연결되지는 않았지만, 결국 율곡과 사명은 유교와 불교 그리고 도교, 즉 유불선을 하나로 통달한 조선 최고의 철학자들이었다. 두 사람은 밤이 깊도록 마음의 이야기를 나누었다. 율곡이 드디어 허봉의 상소에 대해 입을 열었다.

"대사님께 면목이 없습니다. 허봉의 상소는 제 아픈 상처를 찌르는 것 같았습니다. 제 자신이 부끄러웠습니다. 저는 허봉의 말대로 사직을 하고 고향 파주로 내려갈까 합니다. 그곳에서 자연과 가난을 벗 삼아 조용히 살고자 합니다."

율곡은 이미 마음의 결심을 한 것 같았다. 사명은 율곡에게 호소하듯 말했다.

"선생님 같은 분이 조정에 계셔야 합니다. 지금 임금 곁에는 권력에 굶주린 이리들만 모여 있습니다."

"제 혼자 힘으로는 바꿀 수 없다는 사실을 깨달았습니다. 그들은 입으로는 조선을 위하고 백성을 위한다고 하지만, 모두 자신과 가문의 영달을 위해 다른 생명들을 파리 목숨처럼 쉽게 버리는 사람들입니다. 저는 그런 사람들에게서 염증을 느낍니다. 제가 존경하는 퇴계 선생님도 그게 싫어 고향으로 내려갔습니다. 선생님은 임금이 아무리 불러도 병을 핑계로 오지 않고 있습니다. 제가 스무 살 때 퇴계 선생님을 뵈러 안동에 간 적이 있는데, 짧은 만남이었지만 그때 많은 가르침을 받았습니다."

마음이 통한 사명과 율곡은 녹차 대신 곡차를 마시기 시작했다. 두 사람은 오랜만에 막걸리 한 통을 다 비울 정도로 서로가 편안했다. 말은 없어도 술이 돌수록 서로의 마음 구석구석까지를 이해하며 하나가 되어 갔다.

사명과 만난 후 율곡은 미련 없이 관직을 버리고 파주로 돌아갔다. 보우대사를 몰아낸 서인들은 율곡이 권력에서 물러나자, 기다렸다는 듯이 오히려 허봉을 유배 보냈다. 허균은 유배를 떠나는 형 허봉을 보면서 또다시 썩은 조선 조정을 향해 거친 말을 뱉어냈다.

사명은 제주도로 귀양을 떠나는 보우대사에게 작별 인사를 하기 위해 봉은사를 찾았다. 보우대사는 자신의 죽음을 직감하고 후계자로 사명을 점찍고 있었다. 보우는 사명에게 중단의 법계를 수여하면서 말했다.

"우리 불교를 살릴 사람은 서산과 너밖에 없다. 너는 내가 죽거든 서산을 찾아가라. 서산에게는 네 이야기를 이미 다 해 놓았다."

사명은 보우에게 말했다.

"저의 스승이신 신묵 화상님께 먼저 의논드리겠습니다."

"신묵은 도와 선의 대가이지만 우리 불교를 일으킬 그릇이 아니다. 그의 학문과 수련은 뛰어나지만, 혼자만의 터득을 위한 수련일 뿐 죽어 가는 불교를 살릴 그릇은 아니다. 신묵이 스스로 더 잘 알고 있을 것이다. 그러나 네가 신묵을 먼저 만나 나의 뜻을 전한다면 그도 나를 이해할 것이다. 왕후께서 돌아가신 후에 이곳 봉은사에는 피바람이 불 것이니, 너는 빨리 이곳을 떠나거라."

사명은 보우에게 인사하고 봉은사를 떠났다. 보우대사와는 이승에서의 마지막이라고 생각하니 발길이 떨어지지 않았다.

　귀양길에 오른 보우대사가 제주도에 도착했을 때, 그를 기다리고 있는 것은 사약이었다. 권력을 잡은 유학자들은 보우가 무서워서 살려둘 수가 없었다. 제주 목사에게 보우가 제주에 도착하는 즉시 죽이라는 명령을 따로 내린 것이다. 보우대사는 사약을 막걸리 마시듯이 벌컥벌컥 마셨다. 보우대사가 열반하자, 불교에 대한 탄압이 시작되었다. 승과제도가 폐지되고 사찰의 재산이 압류되었으며, 승려들에게 군역의 의무가 부과되어 사찰은 황폐화되어 갔다. 사명은 보우대사가 열반했다는 소식을 듣고 하늘을 향해 탄식했다.

　"조선은 이미 희망이 사라지고 있다. 음과 양이 합해져야 세상 만물이 생기는 법이고, 유교와 불교가 힘을 합해야 이상적인 나라를 만들 수 있다. 유교가 세상을 다스리고 불교가 마음을 다스리면 그것이야말로 우리가 꿈꾸는 세상이 아니겠는가? 보우대사의 꿈은 이제 사라졌구나."

사명과 허난설헌의 만남

보우대사 열반 후, 사명은 모든 유생들과의 교류를 끊고 봉은사에서 참선에 열중했다. 이 시기에 사명이 만난 유일한 사람은 허균뿐이었다. 이 당시 허봉은 유배를 떠나 있었기 때문에 허봉 대신 허균이 매일 사명을 찾아와 불교와 문학을 배웠다. 허균은 어릴 때 강릉에서 누이 허초희(許楚姬)[12]와 함께 손곡 이달에게 당나라 시를 배웠다. 사명은 이 무렵 허균을 통해 허봉의 여동생이자, 허균의 누이인 허초희를 알게 되었다.

허봉과 허초희, 허균. 이 셋은 같은 어머니에게서 태어나 우애가 남달랐다. 사명을 처음 만났을 때 초희는 어머니를 강릉에 홀로 두고 한양으로 올라와 김성립과 혼인하였으나, 시어머니의 눈총을 받았고, 남편과도 그리 원만하지 못했다. 강릉에서 자유분방하게 자란 초희는 엄격한 유교 집안의 시어머니와

---

12) 허난설헌(許蘭雪軒, 1563~1589) : 본명 초희(楚姬). 1563년(명종 18) 강원도 강릉에서 출생하였다. 허균의 누나이다. 1577년(선조 10) 15세 때 김성립(金誠立)과 결혼하였으나 원만하지 못했다고 한다. 연이어 딸과 아들을 모두 잃고 오빠 허봉이 귀양을 가는 등 불행한 자신의 처지를 시(詩)로 달래어 섬세한 필치와 독특한 감상을 노래했으며, 애상적 시풍의 특유한 시세계를 이룩하였다. 허난설헌이 죽은 후 동생 허균이 작품 일부를 명나라 시인 주지번(朱之蕃)에게 주어 중국에서 시집 『난설헌집』이 간행되었고, 격찬을 받았다. 1711년 분다이야 지로(文台屋次郞)에 의해 일본에서도 간행, 애송되었다.

남편과의 불화를 속으로 참고 있었다. 초희는 아기가 생기자 아기에게 모든 것을 집중했으나 아들과 딸이 연이어 죽으면서 어느덧 자유분방함은 사라지고 얼굴에 항상 어두운 그림자가 드리웠다. 허균은 누이가 걱정되어 봉은사의 사명에게 자주 데리고 갔다. 사명은 초희의 얼굴에 근심과 외로움이 가득한 것을 보고 허균에게 말했다.

"교산의 누이가 재주는 뛰어난데, 세상을 잘못 만난 것 같구나. 얼굴에 수심이 가득해."

허균은 사명에게 말했다.

"그래서 제가 누이를 형님께 데리고 온 것입니다. 우리가 어려서 강릉에서 뛰어놀 때 누이는 남자보다 활달하고 밝았습니다. 아버님이 여자도 똑같이 공부해야 한다 해서, 누이와 저는 서당을 같이 다녔습니다. 훈장님께서도 제가 샘이 날 정도로 항상 누이의 글을 칭찬했습니다. 그렇게 밝던 누이가 시집을 간 후 완전히 바뀌었습니다. 저는 그것이 안타까워 누이를 이렇게 데리고 온 것입니다. 누이가 옛날의 모습으로 돌아갈 수 있도록 형님께서 부처님의 자비를 내려 주십시오."

천재적인 재능을 가진 초희는 아기들의 죽음 이후 시문과 독서에 더 몰입하게 되었다. 사명은 이때까지 이렇게 섬세하게 시를 잘 쓰는 여성을 본 적이 없었다. 초희는 시를 지으면 허균을 통해서 사명에게 평가를 부탁했다. 사명은 초희의 시를 볼 때마다 그녀의 가슴 깊은 곳에 공허함이 자리 잡고 있음을 느낄 수 있었다. 사명은 초희를 보며 죽은 아랑을 생각하고, 미옥을 생각했다.

강릉의 초당에서 태어난 초희는 어려서부터 예쁘고 총명하기 이를 데 없었고, 문학적 소질 또한 타고났다. 7세 때 벌써 시에 능하였고, 8세 때에는 광한

전 백옥루의 상량문을 지을 만큼 글재주가 뛰어났다. 그림에도 뛰어나 가히 신동이라 할 만했다. 문재(文才) 있는 집안에서 태어나 뜻이 통하는 동생 허균과 함께 시를 배우던 그 어린 시절이 초희에게는 일생에서 가장 행복한 시간이었다. 초희는 바느질이나 살림보다는 독서와 글쓰기를 좋아했다. 그렇게 밝았던 초희가 시집을 가면서 인생이 완전히 뒤엉켜 버렸다. 초희는 딸과 아들을 돌림병으로 한꺼번에 잃자 곡기를 끊고 삶을 포기하려고 하였다.

그 무렵 초희가 사명을 만나게 된 것이다. 처음에 초희는 사명을 만나서도 말 한마디 하지 않고 벙어리처럼 앉아 있었다. 사명은 그 아픔을 알기에 그녀가 마음을 열 때까지 기다려 주었다. 사명은 초희를 불상 앞에 앉게 하고 목탁을 두드리며 법어를 시작했다. 사명의 법어를 듣는 초희의 눈가에 이슬이 맺히기 시작했다. 그 이슬이 초희의 가슴에 응어리진 한을 얼음 녹이듯 조용히 녹이고 있었다. 가슴의 한이 조금씩 풀리자 초희는 입을 열었다. 삶을 포기할 정도로 절망에 몸부림치던 초희는 사명에게 이렇게 말했다.

"저를 위로하려 하신다면 그만두십시오. 제 동생이 괜한 부탁을 했나 봅니다."

"소승은 위로하려고 하는 것이 아니라 함께하고자 하는 것입니다."

"무엇을 함께하실 수 있다는 말씀입니까? 제 고통은 함께할 수가 없습니다."

"소승의 고통을 함께하고자 할 뿐입니다. 소승도 사랑하는 사람과 부모를 한꺼번에 잃었습니다. 그때는 죽고 싶어서 강에도 뛰어들었습니다. 그러나 모든 것이 무(無)에서 생겨나 무(無)로 돌아간다는 사실을 깨닫는 순간 모든 것을 버리고 승려가 되었습니다."

"저에게도 스님이 되라는 말씀입니까?"

"승려가 되라는 것이 아니라, 저를 그 고통에서 벗어나게 해 준 깨달음을 함께 나누고자 할 뿐입니다."

"말씀하십시오, 듣겠나이다."

"소승이 듣기에 글재주가 뛰어나다고 들었습니다."

"그냥 가벼운 재주일 뿐입니다."

"먼저 그 고통을 글로써 표현하고, 그런 다음에 몇 번이고 읽어 보십시오. 글이 마음을 정화시킬 것입니다."

초희는 아무 대답 없이 듣고만 있었다.

"소승이 세상을 떠난 그대의 아들과 딸을 위해 부처님께 기도드리겠습니다."

초희는 아무 대답 없이 앉아만 있었다.

사명과 헤어진 후 초희는 붓을 들었다. 가슴의 고통을 피를 토하듯이 써내려 갔다. 한 자 한 자가 초희의 가슴을 송곳으로 찔렀다. 그 시의 제목을 '곡자(哭子)', 우는 사람이라고 지었다. 초희는 그 시를 완성하고 봉은사를 찾았다.

폭풍이 지나간 자리에 햇살이 돋아나듯 아픔을 시로 토하고 난 초희는 가슴의 찌꺼기가 씻겨 내려간 것 같았다. 마음의 평화를 위해 부처님께 기도하고 사명도 만나볼 겸 봉은사를 찾은 것이다. 초희는 대웅전에 있는 사명에게 합장하고 인사했다. 그리고 불상 앞에 앉아서 사명에게 시 「곡자(哭子)」를 보여 주었다.

지난해 사랑하는 딸을 잃고	去年喪愛女
올해에 사랑하는 아들마저 죽었네	今年喪愛子
울며울며 묻은 흙이	哀哀廣陵土
두 무덤으로 마주 섰네	雙墳相對起

무덤가 숲엔 소슬바람 쓸쓸히 불고	蕭蕭白楊風
도깨비불이 소나무와 가래나무 사이에 밝았구나	鬼火明松楸
돈종이를 불태우며 너희들의 혼을 부른다	紙錢招汝魂
너희들 무덤 앞에 술 붓는다	玄酒奠汝丘
너희 혼은 오누이로 남아	應知第兄魂
밤이면 무덤가에서 따라 놀겠지	夜夜相追遊
이 뱃속 어린 생명	縱有服中孩
어찌 장성해서 잘 자랄 수 있을까	安可冀長成
어지러운 황대사(黃臺詞)	浪吟黃臺詞
걱정이 되어 피눈물 흘리고 목이 멘다	血泣悲吞聲

시에는 아이를 잃은 난설헌의 비통함이 잘 드러나 있었다. 시를 읽으면서 사명은 초희의 아픔이 그대로 전해 오는 것 같았다. 초희는 멍하게 불상만 쳐다보고 있었다. 사명은 초희를 바라보며 말했다.

"그냥 놓아 주세요. 담아 두면 괴로움만 쌓입니다. 그냥 흘려보내세요. 흘려보내다 보면 마침내 비워지게 될 것입니다. 깨달음도 결국은 마음을 비우는 것입니다. 소승도 아직 모두 비우지는 못하고 있습니다."

초희는 사명의 말을 듣는지 마는지 불상만 쳐다보고 있었다.

사랑의 고통

이듬해, 사명은 직지사에 들르는 길에 미옥의 집을 찾았다. 사명은 허난설헌의 아픔을 보면서 미옥을 떠올렸다. 미옥의 집에서 불상을 꺼내고 속죄하는 마음으로 법문을 하기 시작했다. 그러나 미옥은 사명의 법문이 귀에 들어오지 않았다. 그저 사명만 바라보았다. 사명이 법문을 중단하고 미옥에게 물었다.

"너는 가슴속에 응어리진 것이 없느냐?"

미옥은 사명의 느닷없는 질문에도 이젠 편하게 대답할 수 있었다.

"저는 이제 가슴의 응어리는 없습니다. 이렇게 오라버니를 뵐 수 있다는 것이 행복할 뿐입니다."

"내가 네 가슴에 응어리를 만들었다. 너는 내가 원망스럽지도 않느냐?"

미옥은 사명을 똑바로 쳐다보며 말했다.

"저는 오라버니가 원망스러운 것이 아니라 오히려 고맙습니다. 오라버니가 제 옆에 이렇게 계신 것만으로도 저는 행복에 겨워 춤이 나옵니다."

사명은 저절로 미옥에게 고개를 숙였다. 이것이야말로 진정한 사랑이다. 미옥처럼 아낌없이 줄 수 있는 사랑이 진정한 사랑이다. 상대에게 무엇을 바라고 하는 사랑은 진정한 사랑이 아니다. 사명은 미옥을 통해 진정한 사랑이 무엇인지를 깨달았다. 그때 빈이 들어왔다.

사명이 이름 지어 준 빈은 나이를 먹을수록 총명하기가 그지없었다. 미옥은 딸 빈에게 자신이 못다 한 모든 것을 쏟아부었다. 5세가 지나자 미옥은 빈에게 소학을 마치게 했으니, 마을의 어떤 사내아이보다도 실력이 월등하였다. 미옥은 사명이 올 때마다 빈에게 가르침을 부탁했다. 빈이 7세가 넘어가자 아이의 총명함을 눈여겨본 사명이 유교의 도리와 불교의 경전을 하나하나씩 가르쳤다. 빈은 사명의 가르침에 더욱 빠져들었다. 10세가 넘어가자 빈은 학문에 대한 궁금증을 참지 못하여 사명에게 던질 질문들을 미리 적어 두고는 그가 오는 날을 손꼽아 기다렸다.

자신이 이루지 못한 사랑을 빈이 이어주기를 바라는 심정 때문이었을까. 미옥은 가끔 두 사람을 부녀지간으로 여기기도 했다. 남편은 유림들 사이에 끼어 조선의 당파싸움에 휘말려 가정에는 무관심한 채 그것을 즐기고 있었다. 어느 해, 사명이 미옥의 집엘 찾아가니, 종필은 한 달째 집에 들어오지 아니하고 미옥과 빈이 집을 지키고 있었다. 미옥은 사명이 오자 버선발로 뛰어나와 맞이하였다. 영민한 빈은 어머니의 마음을 조금씩 알게 됐지만 내색하지 않았다.

"대사님, 대사님께선 유교의 이론과 불교의 이론 가운데 어떤 이론이 더 가슴에 와 닿습니까?"

사명은 덤덤하게 대답했다.

"유교는 인간의 삶의 방식을 가르치는 것이고, 불교는 삶의 깨달음을 가르치는 것이지."

"그러면 유교에서 말하는 현세 삶의 방식 중에서 가장 으뜸은 무엇이라 생각하십니까?"

"사람을 사랑하는 것이다."

"사랑이라는 것이 무엇입니까? 혼자만 하는 사랑도 사랑이라 생각하십니까?"

"내가 말하는 사랑은 남녀 간의 사랑이 아니라 온 인류에 대한 사랑을 이야기하는 것이다."

사명의 대답에 빈은 반항하듯 당돌하게 다시 질문을 던졌다.

"남녀 간의 사랑보다 더 소중한 것이 있겠습니까? 인류의 사랑도 남녀의 사랑이 바탕이 되어야 유지되는 게 아니겠습니까? 남녀의 사랑이 아름답게 간직되어야 가정이 바로 서고 가정이 바로 서야 나라가 바로 서는 것, 그것이 인류의 사랑 아니겠습니까?"

사명은 빈의 질문에 조금씩 당황하기 시작했다. 문밖에서 사명과 빈의 대화를 엿듣고 있던 미옥도 도둑질하다가 들킨 사람처럼 땀이 흐르기 시작했다. 빈은 계속 질문했다.

"대사님은 사랑이 무엇이라고 생각하십니까? 저는 인류 모두를 사랑하는 것은 신이 하는 일이지 인간의 일은 아니라 생각합니다. 대사님은 인류를 사랑하기 위해 스님이 되었다고 하시지만, 저는 그것은 거짓이라 생각합니다."

사명은 빈의 말에 한 방 얻어맞은 듯 머뭇거리며 말했다.

"너는 내가 거짓으로 살고 있다고 생각하느냐?"

"대사님의 지식과 지혜는 남들보다 뛰어나실 수 있지만, 대사님의 사랑은 진실이 아닌 듯합니다."

"나는 중생을 사랑한다. 그것은 거짓이 아니다."

"대사님의 중생에 대한 사랑은 관념적인 사랑이지 진정한 사랑은 아닌 듯합니다."

열두 살의 빈은 사명에게 따지듯이 대들었다. 어머니를 대변해야겠다는 의욕이 앞섰는지, 거침이 없었다.

사명은 그제서야 빈이 무엇을 알고 싶어 하는지 짐작하고는 넌지시 물었다.

"너는 네 어머니의 심정을 나에게 말하고 싶은 것이냐?"

빈이 기어이 눈물을 터뜨렸다.

"어머니가 너무 불쌍합니다. 대사님은 어찌 어머니의 마음을 알면서 이리도 어머니를 괴롭히십니까?"

미옥은 방으로 뛰어들어 빈을 끌어내리려 하였다. 사명은 미옥을 말리며 말했다.

"빈이 이제 커서 엄마를 대신하려고 하는구나. 미옥아, 아직도 나를 남자로서 사랑하느냐?"

미옥은 눈물을 흘리며 말했다.

"남자로서 사랑한다는 것이 무슨 말씀입니까? 제가 언제 단 한 번이라도 오라버니를 색정으로 좋아했다는 말씀입니까? 저는 죽을 때까지 마음속의 사랑을 간직하고 싶었을 뿐입니다. 이 아이가 어떻게 눈치를 챘는지 모르겠지만 그것은 이 어미의 불찰입니다. 저는 단 한 번도 오라버니를 색정으로 사랑한 적이 없습니다. 색정으로 불붙은 사랑은 빨리 꺼지지만, 마음속 깊은 사랑은 그 불길이 온몸을 휘감아 죽는 날까지 사라지지 않을 것입니다."

미옥은 말을 마치고 옆에 있던 빈을 끌어안았다.

"너만큼은 이 어미의 아픈 사랑의 전철을 밟지 않았으면 한다. 빈아, 너는 대사님을 원망해서는 안 된다. 나는 대사님이 계신 것만으로도 이미 마음은 사랑으로 가득 차 있단다."

빈이 울면서 말했다.

"저는 어머니가 너무 불쌍해요. 기생집만 드나드는 아버지를 원망하지도 않고 스님만을 기다리는 어머니의 마음이 너무 가슴 아파요. 그런데 스님은 아무렇지도 않은 듯이 바람처럼 찾아와서는 어머니의 마음을 뒤흔들고 또

바람처럼 사라지시니 그 바람에 타들어 간 어머니 마음의 불길은 누가 잡을 수 있겠습니까?"

미옥은 빈의 손을 잡고 간절하게 말했다.

"빈아, 그 바람이 없으면 내 가슴의 불길은 꺼져 버린다. 스님의 바람이 있어야 나는 살 수 있다. 그 바람마저 없다면 이 어미는 이 세상에서 살 수가 없을 거야. 스님의 말씀이 없었으면 이 어미는 혼인 전날 목숨을 끊었을 것이다. 스님의 말씀대로 내가 혼인했고, 그래서 네가 태어난 것이다. 너를 세상에 나오게 한 분이 바로 이 스님이시다."

사명은 미옥의 피 끓는 이야기를 듣고 자신이 이때까지 쌓아 왔던 깨달음이 하루아침에 물거품처럼 사라지는 것만 같았다. 사랑을 얻지 못하는 깨달음은 한갓 물거품과 같은 것이다. 사명은 미옥과 빈에게 말했다.

"내가 비록 속세의 사랑을 하지는 못하지만 이제부터라도 너희와 진정한 사랑을 나누고자 한다. 미옥에게는 부처님의 사랑을 주고 빈에겐 아버지의 사랑을 약속하마. 우리의 사랑은 영원할 것이다."

사명은 이 말을 마치고 미옥과 빈을 힘껏 끌어안았다. 숲에서 불어오는 바람이 한 줄기 빛을 품고 세 사람을 감싸 안았다.

사명은 직지사로 돌아간 후, 모녀를 그리워하며 다음과 같은 시를 지었다.

사립문에서 종일 홀로 배회하며	柴門終日獨徘徊
가을비 찬 안개에 자꾸 머리를 돌린다	秋雨寒煙首屢回
지척에서 그리워해도 서로 보지 못하니	只尺相思不相見
저문 구름 외로운 새 지쳐서 날아오네	暮雲孤鳥倦飛來[13]

13) 『사명집』 권4, 「산중(山中)」.

빈을 사랑한 남자

빈이 열다섯이 되자 자태가 아름답고 품위가 있다는 소문이 밀양 도령들 사이에 자자하였다. 빈이 영남루에 나타나면 도령들은 홀린 듯이 쳐다보았다. 그 가운데 밀양 손씨의 종가를 잇는 손현은 아버지로부터 사명의 이야기를 귀가 닳도록 듣고 자란 탓에 그를 존경하며 흠모하고 있었다. 사명과 손현의 아버지는 어릴 때 유촌 선생 서당에서 동문수학한 친구였다. 손현의 아버지는 사명이 밀양에 들를 때마다 찾아가 학문적인 도움을 요청했다. 아버지를 따라온 손현은 자연스럽게 사명을 만나게 되었고, 어느새 사명의 가르침을 받고 있었다. 손현은 빈과 어릴 때부터 친하게 지내면서 사실은 좋아하게 되었다. 하지만 좋아한다는 말은 못한 채 다만 호위무사처럼 빈을 지켜주고만 있었다.

어느 해, 사명이 미옥의 집을 찾았을 때 손현도 마침 그 집에 있었다. 미옥도 손현을 아들처럼 대하고 있었다. 손현은 빈이 사명을 아버지처럼 따르는 것을 진작에 알고 있었다. 빈은 사명이 있는 것만으로도 행복하다고 말하곤 했다. 손현은 사명에게 빈에 대한 자신의 마음을 말씀드려야겠다 마음 먹었다.

"저는 진심으로 빈을 사랑하고 있습니다. 그런데 빈은 저를 남자로 보지 않고 그저 친구로만 대하니 제 마음만 타들어 갑니다. 다른 남자들이 빈에게 호감을 보이면 지켜보는 저는 속이 타고 괴롭습니다. 대사님, 저는 어떻게 해야 합니까? 길을 알려주십시오. 저는 빈을 위해서라면 제 목숨까지도 내어놓을 자신이 있습니다."

손현의 말을 듣고 사명은 아랑을 죽을 만큼 사랑했던 자신의 모습이 떠올랐다. 젊은 시절의 아름다운 사랑이 그림자처럼 그에게 다가왔다. 그리고 자신을 평생 사랑하는 빈의 엄마, 미옥의 마음도 거기에 겹쳐 그려졌다. 사명은 빙그레 웃으며 손현에게 말했다.

"빈에게 네 마음을 전달한 적이 있느냐?"

"겁이 나서 하지 못했습니다. 사랑한다는 말을 했다가 빈이 저를 싫다 하면 그때부터는 빈을 볼 수 없을 게 아닙니까? 그리되면 저는 살 수 없을 것입니다."

"빈이 지금도 너와 잘 지내지 않느냐. 그럼 빈도 너를 좋아하고 있을지 모른다. 어릴 때 소꿉친구라 해도 열다섯이 넘은 처자가 그렇게 허물없이 지낸다는 것이 좋아하는 마음이 없다면 가능하겠느냐?"

손현은 사명의 말에 자신감이 생겼다.

"마음속에 담아두지 말고 표현을 해야 한다. 표현하지 않는 사랑은 지쳐서 시들어 버린다."

"대사님, 감사합니다. 오늘 반드시 제 마음을 빈에게 전하겠습니다."

사명은 둘의 사랑이 아름답게 느껴졌다. 그리고 자신이 못 이룬 아름다운 사랑을 둘이서 이루기를 마음속으로 기도했다.

허봉과 허난설헌의 죽음

1588년, 허봉이 율곡 이이를 조정에서 비판하고 귀양을 다녀온 뒤 금강산 근처 김화군 생창역(生昌驛)에서 황달과 폐렴 증상을 보이다가 병사했다. 사명이 소식을 듣고 허봉의 장례식에 찾아왔다. 허균은 사명을 보자마자 눈물부터 쏟아냈다.

"형님, 인생이 이리도 허무할 수가 있습니까?"

유배길에서 돌아온 뒤 쓸쓸하게 죽은 형의 죽음이 너무 억울해 허균은 사명의 옷자락을 잡고 울었다. 허균의 누이 초희도 울고, 사명도 허봉의 두 동생을 끌어안고 함께 울었다. 아들과 딸의 죽음에 이어 뱃속 아기마저 죽어서 상심하고 있던 초희는 친정 오빠 허봉의 죽음 앞에서 희망을 잃고 쓰러지고 말았다. 형의 죽음에 분노로 통곡하던 허균은 누이가 혼절하여 정신을 잃자 이성을 잃은 채 미친 사람처럼 날뛰기 시작했다. 사명은 정신을 잃은 초희에게 물을 먹이고 편안한 곳에 뉘었다. 그리고 허균에게 말했다.

"교산, 자네마저 이성을 잃으면 어떻게 하나? 나도 지금 서 있기가 힘들 정도로 정신이 없네. 하지만 우리가 정신을 차리고 누이를 안정시켜야 하네."

"누이, 정신 차리세요. 이제부터는 제가 누이를 형님이 살아계신 것처럼 보살피리다. 우리 옛날 강릉에서 살던 것처럼 그렇게 살아요."

허균의 통곡 소리에 사명의 가슴은 찢어지는 것 같았다. 싸늘하게 식은 허봉의 손을 잡고 사명은 눈물을 삼켰다.

'죽음 앞에 깨달음이 무슨 소용이 있다는 말인가? 죽음이 깨달음인가? 나도 저렇게 싸늘하게 죽어야만 진정한 깨달음을 얻을 것인가?'

허봉의 죽음 이후 허균의 반항적 기질은 더 심해졌다. 그는 체면과 형식에 치우친 위선적인 조선의 성리학에 더욱 반기를 들게 되었다. 또한 허균은 하나밖에 없는 누이에게 온 정성을 기울였으나, 초희는 좀처럼 회복하지 못했다. 그녀는 삶에 대한 미련이 점차 사라져 몸과 마음이 서로를 받아 주지 않는 것만 같았다. 마음의 병이 깊어진 초희는 음식을 받아들이지 않았다. 허봉이 죽은 지 일 년도 지나지 않아 누이 초희가 위독하다는 전갈이 왔다. 허균은 하늘이 무너지는 것 같았다. 허균은 초희의 마지막 저승길에 사명과 함께 있고 싶었다. 사명에게 초희가 위독하다는 소식을 전하고, 누이가 있는 집으로 달려갔다. 그렇게 아름답고 발랄했던 누이가 이제는 뼈만 남은 채 숨을 헐떡이고 있었다. 허균을 본 초희는 가늘게 떨리는 목소리로 말했다.

"강릉으로 돌아가고 싶어. 어릴 때 너와 나로 돌아가고 싶어."

초희의 말을 듣고 허균은 입술을 꽉 깨물었다.

"누이, 걱정하지 마세요. 내가 누이를 강릉으로 데려갈게요. 나랑 강릉에서 예전처럼 삽시다."

"나는 이제 더 이상 못 산다는 것을 알아. 내 몸이 갈 수 없으면 내 영혼이라도 강릉의 옛집에서 춤추며 놀게 해줄 수 있겠니?"

허균과 어릴 적부터 같이 자란 초희는 열다섯에 시집갈 때까지 강릉에서 행복하게 살았다. 누구보다도 누이를 잘 알았던 허균은 죽음을 앞둔 누이를 보자 억장이 무너져 내리는 것만 같았다. 초희는 죽음을 앞두고 자신의 마지막 심정을 읊은 시 한 수를 허균에게 건넸다.

푸른 바다는 요해에 젖어들고	碧海浸瑤海
청난은 채봉을 기대었구나	青鸞倚彩鳳
연꽃 스물일곱 송이	芙蓉三九朵
꽃같은 얼굴이 싸늘한 달빛 아래 지는구나	紅墮月霜寒

스물일곱 살의 초희가 세상을 떠나기 전에 세상과 작별하는 시였다. 초희가 마지막 지은 시를 읽고 허균은 눈물을 주체할 수가 없었다.

"너에게 마지막 부탁이 있어. 내가 이때까지 마음을 주체할 수가 없어 시를 지으며 스스로를 위로했는데, 이 시들을 네가 읽고는 태워 주었으면 좋겠어. 내 동생, 내가 사랑하는 너에게만 보여주고 싶어서 이렇게 태우지 않고 남겨 두었단다."

초희는 떨리는 손으로 차곡차곡 쌓아 두었던 종이뭉치를 허균에게 건넸다. 받아든 허균의 손은 세상에 대한 분노로 부들부들 떨렸다. 사명은 해가 진 이후에야 겨우 초희의 집에 도착했다. 초희는 마지막까지 누구를 기다리는 듯 가쁜 숨을 몰아쉬고 있었다. 사명은 방에 들어서자마자 목탁을 치며 불경을 외기 시작했다. 그 외에 사명이 할 수 있는 것이라고는 아무것도 없었다. 말없이 기도만 하고 있는 사명에게 허균이 종이 한 장을 건네주었다. 그 종이에는 다음과 같은 초희의 시가 적혀 있었다.

가을날 깨끗한 긴 호수는 푸른 옥이 흐르는 듯	秋淨長湖碧玉流
연꽃 수북한 곳에 작은 배를 매어 두었네	荷花深處繫蘭舟
임을 만나려고 물 너머로 연밥을 던졌다가	逢郎隔水投蓮子

멀리서 남에게 들켜 반나절 동안 부끄러웠네　　　遙被人知半日羞[14]

　사명은 시를 읽고 눈물을 쏟았다. 남몰래 사랑한 초희의 마음이 사명에게 고스란히 전달되었다. 조선의 엄격한 유교사회에서 초희는 누구를 몰래 사랑하였을까? 사명은 초희의 시를 읽고 또 읽었다. 사명의 흐르는 눈물을 보면서 초희는 마지막 숨을 거두었다.

　허균은 22세에 그토록 살뜰하게 정을 나누었던 누이 허난설헌과 영원한 이별을 하게 되었다. 초희의 나이 겨우 27세였다. 사명은 금강산으로 돌아갈 때 초희의 소원대로 그녀의 유골을 강릉 옛집에 묻었다. 그리고 천도재를 지냈다. 사명이 천도재를 지내는 동안 초희의 영혼은 강릉 옛집에서 오라버니 허봉과 함께 춤추고 있었다.

　형 허봉이 죽은 것도 충격이 컸지만 누이 허난설헌의 죽음은 허균에게 더 큰 충격이었다. 허균은 누이의 죽음을 비통해하며 이렇게 말했다.

　돌아가신 나의 누님은 현숙하고 문장도 지녔으나, 시어머니의 사랑을 얻지 못하였고 또 두 자식까지 잃어 마침내 한을 품고 세상을 떠났다. 늘 생각하면 몹시 슬퍼하였는데……[15]

　초희가 죽은 후, 허균은 누이의 시를 모두 읽고는 말했다.

　누님의 시문은 모두 천성에서 나온 것들이다. 유선시(遊仙詩)를 즐겨 지었는데 시

---

14) 허난설헌, 「채련곡(采蓮曲)」.
15) 『성소부부고』 권3, 「훼벽사(毁璧辭) 병서(幷序)」.

어(詩語)가 모두 맑고 깨끗하여, 음식을 익혀 먹는 속인으로는 미칠 수가 없다. 문(文)도 우뚝하고 기이한데 사륙문(四六文)이 가장 좋다. 백옥루상량문(白玉樓上樑文)이 세상에 전한다. 살아서는 부부 금슬이 좋지 못했고, 죽어서는 제사 받들 자식이 없으니 옥이 깨진 원통함이 한이 없다.[16]

허균은 1606년에 명나라 사신 주지번(朱之蕃)을 영접하는 종사관이 되어 글재주와 넓은 학식으로 이름을 떨쳤다. 또한 누이 허난설헌의 시를 주지번에게 보여 이를 중국에서 출판하는 계기를 만들었다. 허난설헌의 시는 주지번을 통하여 명나라에 알려지게 되었으며, 명나라에서 허난설헌의 시는 두보의 시를 능가하는 인기를 끌었다. 조선에 온 명나라 사신들은 모두 허난설헌의 시를 읊었다.

허봉과 허난설헌의 죽음 후, 사명은 미련 없이 길을 떠났다. 팔공산, 금강산, 청량산, 태백산 등을 짚신에 바랑 하나 달랑 메고 떠돌았다. 떠돌며 내딛는 한 발자국에는 허봉과 허난설헌의 모습이 어른거렸고, 또 다른 한 발자국에는 아랑과 미옥의 모습이 어른거렸다. 사명은 길을 떠나면서 부처님을 떠올렸다.

'부처님도 스물아홉의 나이에 왕궁을 버리고 진리를 찾아 헤매었다. 그리고 출가한 지 6년 후 서른다섯의 나이에 보리수나무 아래에서 깨달음을 얻고 부처가 되었다. 나는 이 나이에 무엇을 하고 있단 말인가? 석가모니가 6년의 설산 수행으로 보리수나무 아래에서 깨달음을 얻고 부처님이 되었다면, 나는 6년이 아니라 60년이 걸리더라도 수행을 계속해서 깨달음을 얻어야 한다. 얄팍한 지식으로 민중을 현혹한 나는 껍데기일 뿐인 위선자다. 이제부터 수행

---

16) 『성소부부고』 권26, 부록 「학산초담(鶴山樵談)」.

을 통해 진정한 깨달음을 얻자.'

이렇게 결심한 사명은 깨달음을 얻기 위해 십여 년간 명산을 찾아 수행을 계속했다. 사명은 옥천산(沃川山) 상동암(上東菴)에서 세속 번뇌에서 해탈하기 위해 모든 사람을 물리치고 한 달 동안 아무것도 먹지 않고 부처님께 매달렸다. 곡기를 끊고 부처님께 매달리던 어느 날 밤 소나기가 우레와 함께 쏟아졌다. 다음 날 아침 소나기를 맞아 뜰에 떨어진 꽃을 보고 사명은 머리가 하얘지는 것을 느꼈다. 사명은 하룻밤 소나기에 마당의 꽃들이 어지럽게 흩어져 떨어진 모습을 보고 석가모니가 보리수 아래에서 깨달음을 얻은 것처럼 무상이라는 단어가 가슴을 찔러 왔다. 사명은 그날 이후 문을 걸어 잠그고 참선에 들었다. 사명의 머릿속에 노자의 무위가 떠올랐다. 아무것도 하지 않는 것이 도(道)의 시작이라는 노자의 무위 사상은 사명이 공자의 유학을 공부하는 중에도 마음 한가운데 허전함이 흐를 때마다 지식의 허기를 채워 주었다. 부처님의 색즉시공이 노자의 무위와 겹쳐졌다. 그 순간 사흘 밤낮으로 눈물이 가슴을 타고 흘렀으며, 온 세상의 찌꺼기가 몸속에서 빠져나갔다.

상동암 주지 스님이 열흘 후에 문을 부수고 들어가니 방안에 광채가 가득하였다. 사명은 마침내 활연대오(豁然大悟)하여 정각을 이루었다. 그는 죽음도 삶도 두렵지 않았다. 사명은 그 순간 부처님이 말씀하신 인생의 무상함을 깨닫고 오랫동안 평안한 마음으로 참선했다. 허봉과 허난설헌의 모습도, 아랑과 미옥의 모습도 더 이상 그를 괴롭히지 못했다. 사명은 혼자 중얼거렸다.

'내 머릿속에 이때껏 헛것을 담고 살았구나.'

정여립[17] 역모사건과 사명대사

    정여립은 일찍이 율곡 이이의 문하에서 수학하였다. 이 시기는 동인과 서인 간의 대립이 심화된 때였는데, 선조는 이들을 제대로 조율하여 쓰질 못하고 있었다. 이이는 당시 이조판서 직에 있었으나, 아마도 정여립의 과격한 성격을 간파하였던지 그의 임명을 반대했다. 정여립은 서인이 대부분인 이이의 다른 제자들과도 자주 마찰을 빚었다. 이런 때 출세욕과 더불어 과격한 성격을 가진 정여립이 자칫 분란의 소지가 될 수 있음을 우려한 것이다. 그러나 이이는 병으로 관직 생활을 오래 하지 못하고 세상을 떠났다.

    이이가 죽고 두 달 후 정여립은 홍문관 수찬에 올랐다. 당시 정여립의 배경에는 동인계 세력이 있었는데, 정여립은 수찬에 오른 뒤 죽은 이이를 비난하며 이이가 싫어했던 동인들과 가까이 지냈다. 서인들은 정여립을 벼르고 있었

---

17) 정여립(鄭汝立, 1546~1589) : 1589년(선조 22) 황해도 관찰사 한준과 안악 군수 이축, 재령 군수 박충간 등이 연명하여 정여립 일당이 한강이 얼 때를 틈타 한양으로 진격하여 반란을 일으키려 한다고 고발하였다. 관련자들이 차례로 잡혀 가자 정여립은 아들 옥남(玉男)과 함께 죽도로 도망하였다가 관군에 포위되자 자살하였다. 그가 한때 율곡 이이의 문하생으로 대동계를 조직하여 무력을 기른 것은 이이의 십만양병설에 호응하였기 때문이라는 견해도 있다. 이런 이유로 정여립은 서인과 동인 사이에 벌어진 당쟁의 희생자이며, 그가 주도했다는 역모(逆謀)는 조작된 것이라는 설도 있다.

다. 그러던 차에 정여립이 대동계를 조직해 전국적으로 반란을 도모하고 있다는 상소가 조정에 올라왔다. 궁지에 몰리던 서인들은 이 사건을 반전의 기회로 삼고자 대대적인 역모사건으로 끌고 갔다. 정여립의 사건과 관련된 국문(鞫問)은 3년 가까이 계속되었는데, 이 기간 동안 천여 명의 동인 선비들이 목숨을 잃었다. 조선 최대의 기축사화(己丑士禍)가 임진왜란 직전에 조선에서 일어나고 있었던 것이다. 기축사화로 인해 정권을 장악하고 있던 동인은 몰락하고 서인이 정국을 주도하게 되었다. 그리고 반란을 꾀한 정여립이 호남 출신이라는 이유로 이후 호남 출신의 관직 등용에 제한이 가해지기도 했다.

정여립이 전국의 불만 세력을 포섭하기 위해 대동계를 조직하고 있을 때, 세상의 일에 관심이 많았던 미옥의 남편 박종필은 권력에서 배제된 유림 세력으로 부패한 세상을 바꾸고자 하는 욕망에 가득 차 있었다. 그러나 실상을 보면 그들 역시도 권력의 자리에 가까이 가기 위한 또 다른 권력 집단일 뿐이었다. 당시 정여립은 세상을 바꾸고자 하는 야망을 품고 대동계를 조직해서 지방에 있는 소외된 유림 세력을 모으는 중이었다. 종필은 이 대동계에 흠뻑 빠졌다. 사명이 미옥의 집을 방문했을 때 종필은 넌지시 대동계에 관해서 말했다.

"대사님, 지금 이 나라는 썩을 대로 썩었습니다. 조정은 당파싸움에만 골몰해 백성이 굶어 죽는 것을 신경도 쓰지 않습니다. 대사님께서도 이것을 그냥 보고만 계실 겁니까?"

사명은 종필에게 말했다.

"세상의 일을 어찌 한두 사람의 힘으로 바꿀 수가 있겠습니까? 모든 일에는 순리가 있고 기다림이 있어야 합니다."

"대사님, 언제까지 기다려야 한다는 말씀입니까? 지금 조선의 백성은 역병으로 죽고, 가뭄으로 굶어 죽고 있습니다. 백성이 있어야 임금이 있는 것이 아니겠습니까? 임금도 잘못하면 쫓아낼 수도 있다는 것이 바로 맹자님의 역성혁명 아니겠습니까?"

"큰일 날 소리를 하십니다. 역모라도 꾀하자는 겁니까?"

"역모가 아닙니다. 백성을 위해서 바로잡자는 이야기입니다. 대사님은 혹시 정여립을 아십니까?"

사명은 박종필 입에서 정여립의 이름이 나오자 깜짝 놀랐다. 사명은 정여립의 관상을 보고 그가 언젠가는 큰일을 낼 사람이라 생각해 멀리하고 있었다. 사명은 정여립을 모르는 척 종필에게 다시 물었다.

"정여립을 어떻게 아십니까?"

"정여립의 책을 읽고 그의 사상에 빠졌습니다. 그는 잘못된 세상을 바로 잡고자 합니다. 임금도 잘못하면 바꿀 수 있는 세상을 만들고, 백성이 주인인 세상을 만들고자 합니다. 저는 그런 세상을 만들고 싶습니다."

"그러나 그들도 권력을 잡으면 똑같이 백성 위에 군림할 것입니다. 권력은 마귀와 같은 것입니다. 부인과 아이를 위해서라도 섣부른 행동은 하지 마십시오."

"저는 이미 대동계에 가입했습니다. 대동계는 반역을 꾀하는 무리들이 아닙니다. 나라의 정책이 잘못되었을 때 모여서 상소하고, 지방 수령들이 부패했을 때 그 잘못을 바로잡자는 것입니다. 또 남해안에 출몰하는 왜구들을 관아에서 막아내지 못할 때 우리 대동계 회원들이 힘을 합쳐 물리쳤습니다. 이는 모두 백성들을 위한 것입니다. 대사님께서도 백성을 위해서 일하고 계시지 않습니까? 대사님께서도 백성의 어려움을 그냥 지나치지 않고 조정에 바른 소리를 한다고 들었습니다. 저희 대동계에 힘을 보태 주시기 바랍니다."

"소승은 정치에 관심이 없습니다. 산속에 사는 승려가 어찌 권력 다툼에 관여하겠습니까? 소승은 그저 부처님께 기도를 올릴 뿐입니다."

"대사님께도 잘못된 세상을 바로잡을 책임이 있지 않습니까? 죄 없는 백성이 이렇게 죽어가고 있는데 그저 보고만 계실 것입니까?"

"소승은 그저 속세를 떠난 일개 승려일 뿐입니다. 속세의 일에 자꾸 관여하게 하지 마십시오."

"어쨌든 대사님은 제 선택을 탓하지는 않으시겠지요?"

"소승이 어찌 진사님의 선택을 탓하겠습니까? 가족을 위해서 조심하라는 당부를 드리는 것입니다."

"나라가 있어야 가족이 있는 것 아닙니까? 대장부가 여편네 품에 빠져 큰일을 하지 못하면 어찌 대장부라 하겠습니까."

종필은 이미 미옥과 빈에게서는 마음이 떠나 있었고, 기생과의 사이에서 낳은 아들만 애지중지하고 있었다. 겨우 몇 달에 한 번씩 미옥의 집에 들를 뿐 후처로 삼은 기생과 함께하고 있었다. 이날 집에 들른 것도 사명이 왔다는 소식을 들었기 때문이었다. 조정의 사대부와 친한 사명으로부터 정보도 캐내고 그를 이용해 대동계를 확장하겠다는 계획도 가지고 있었다.

대동계가 전국적인 조직으로 확장되자 조정에서도 경계하기 시작했다. 때마침 정여립의 대동계가 한양을 급습하는 역모를 꾀한다는 장계가 올라왔다. 마침 수세에 몰려 있던 서인들은 선조에게 물밀듯 밀려가 처단할 것을 강력히 주장했다. 선조는 사실 확인도 하지 아니하고 주동자인 정여립을 체포하라는 밀지를 내렸다. 전라도에 숨어 있던 정여립은 관군의 포위가 좁혀 오자 고문을 받을 것이 두려워 아들과 함께 자살하고 만다.

정여립이 자살한 후 서인들은 선조에게 정여립이 역모를 꾀한 것은 사실이라는 보고를 올렸고, 그때부터 피비린내 나는 숙청이 시작되었다. 정여립 역모사건을 파헤치는 책임자는 송강 정철이었다. 정철은 이 기회에 동인들의 씨를 말려야 한다는 생각으로 모든 동인들을 이 역모사건에 굴비 엮듯이 엮어 역모를 인정할 때까지 죽음의 고문을 자행하였다. 미옥의 남편도 대동계 회원으로 붙잡혀 상주목 관아에서 취조를 받게 되었다. 그런데 고문을 이기지 못한 그는 사명의 이름을 발설하고 말았다.

얼마 후 사명이 오대산에 머물고 있을 때 포졸들이 찾아와 사명을 포박했다. 사명은 포졸들에게 준엄하게 물었다.

"무슨 연유로 나를 포박하는 것이냐?"

"소인들은 모르는 일이옵니다."

"도망갈 곳이 어디 있다고 나를 이렇게 묶느냐? 내가 산길을 함께 따라갈 것이니 이 포박을 풀어라."

포졸들은 이미 사명의 명성을 듣고 있던 터라 포박을 풀고 강릉 목사 관아로 갔다. 강릉 목사는 큰 고기가 낚인 듯이 사명을 취조했다.[18]

"대사는 스님의 신분으로 어찌 이 역모사건에 엮이게 되었는지 사실대로 말하는 것이 좋을 것입니다."

사명은 자신이 왜 정여립 역모사건에 엮이게 되었는지 알 수가 없었다.

"소승은 산속에서 도를 닦는 불자요. 무슨 일로 나를 이렇게 곤혹스럽게 만드는 것이오?"

강릉 목사도 사명의 인품과 높은 지혜를 알고 있어서 함부로 대할 수는 없었다.

"대사는 밀양의 박종필을 아시오?"

---

18) '사명대사 석장비(四溟大師石藏碑)'에 의하면, 기축년(己丑年, 1589년, 선조 22)에 오대산 영감난야(靈鑑 蘭若)에 주석(住錫)했는데, 역옥(逆獄: 정여립 옥사)에 잘못 걸려들어 강릉부에 구금됐으나, 유사 (儒士)들이 대사의 억울함을 변호해 줘 석방됐다.

그 순간 사명은 퍼뜩 미옥의 남편과 일 년 전 나눈 대화가 떠올랐다.

"박종필은 고향 사람이오. 부모님 산소에 들를 때면 가끔 볼 때도 있지만 인연이 그리 깊지는 않소."

"그자의 입에서 대사의 이름이 나왔소. 지금 조정에서 대사를 취조하고 한양으로 압송하라는 지시가 내려왔소."

"소승은 아무 관계가 없는 사람이오. 그 사람을 만났다는 이유로 소승을 역모에 엮는다는 것은 당치 않소."

사명은 이 역모사건으로 인해 수많은 사람이 죽임을 당하고 있다는 걸 알고 있었다. 강릉 목사가 말했다.

"저로서도 어찌할 도리가 없으니 한양에서 지시가 있을 때까지 감옥에 있어야 하겠습니다."

사명은 강릉의 감옥에서 이틀을 지내면서 자신도 이 역모에 엮이게 된다면 살아남기가 어려울 것이라 생각했다. 그러나 사명은 자신의 목숨보다 미옥이 더 걱정되었다. 역적의 가족으로 몰리면 그 가족은 노비가 되거나 죽임을 당할 수도 있기 때문이었다. 그 순간 미옥과 빈의 모습이 떠올랐다. 사명은 이렇게 중얼거렸다.

'이 얼마나 모진 인연인가? 모든 것이 나의 업보로다.'

정여립 역모사건은 임진왜란이 일어나기 바로 일 년 전에 벌어진 비극이었다. 이때 이미 도요토미 히데요시는 조선 정벌을 준비하고 있었다. 일본이 조선을 정벌하기 위해 칼을 갈고 있는 동안 조선은 내부의 피비린내 나는 권력투쟁으로 서로에게 칼을 겨누며 자멸의 길을 가고 있었다. 서로의 이익만 좇는 당파싸움과 권력투쟁으로 이미 조선은 무너져 내리고 있었던 것이다. 당시 유학의 대들보인 율곡 이이와 퇴계 이황은 임진왜란 이전에 이미 죽었고,

조선의 각 지역에서는 바른말 하는 사람이 사라지고 권력에 아부하는 아첨꾼들만이 판을 치고 있었다. 이들은 왜군이 쳐들어오자 모두 칼을 버리고 도망쳤다. 왜군은 부산에 상륙한 이후 변변한 전투 한 번 치르지 않고 한양으로 밀고 들어온 것이다. 부산에서 한양까지 점령하는 데 걸린 시간은 불과 20일로, 이는 부산에서 그냥 걸어와도 걸리는 시간과 같았다.

정여립은 이이와 성혼의 제자였고 이이 등의 각별한 후원을 받았음에도 전향하여 스승인 이이를 비판했다. 그 때문에 성리학적 대의명분을 중시하던 조선 사회에서 그는 배신자, 반역자의 대명사로 각인되어 부정적으로 인식되었다. 특히 1623년 이후 서인과 그 후신인 노론이 대한제국 멸망 시까지 집권하면서, 그에 대한 재평가 기회는 결국 주어지지 못했다.

허균의 구명운동

강릉의 깜깜한 감옥에서 사명은 미동도 하지 않고 참선을 했다. 강릉 목사도 사명이 큰스님인 것을 아는지라 함부로 대하지 못하고 자주 감옥으로 찾아왔다.

"이번 사건은 제 선에서 끝날 수 없습니다. 곧 한양으로 압송되실 겁니다. 대사님의 무죄를 한양의 높은 관리들에게 알려야 합니다."

순간 사명은 죽음을 직감했다.

"나는 한양의 관리 중에 사람이 없소이다."

그런데 마침 당파싸움에서 물러나 있던 허균이 사명의 구명운동에 발 벗고 나섰다. 허균은 고향인 강릉으로 내려와 강릉 목사를 만났다.

"목사, 어찌하면 큰스님의 목숨을 구할 수 있겠소? 방법을 알려주시오."

"지금 정여립 역모사건의 재판관은 송강 정철입니다. 모두 율곡 선생의 제자로 서인들입니다. 마침 사명대사가 돌아가신 율곡 선생과 막역한 사이셨으니 선생의 제자들을 찾아가 부탁한다면 큰스님의 목숨만은 부지할 수 있을 겁니다."

허균은 사명과 친분이 있는 유학자들을 모아 상소문을 작성해 선조에게 보냈다. 그리고 마지막이 될지도 모를 사명을 만나기 위해 감옥으로 찾아갔다. 수척해진 사명은 반가운 마음에 허균의 손을 잡았다.

"자네가 여기에 웬일인가? 내가 죽기 전에 마지막으로 자네를 보는구먼."

죽음을 앞둔 사람 같지 않게 사명은 웃으며 허균을 맞이했다. 허균이 눈물을 글썽이며 말했다.

"형님, 무슨 일이 있더라도 꼭 형님을 살려내겠습니다."

"사람의 목숨은 하늘에 달려 있다네. 나는 생사를 초월하려고 속세를 떠나 승려가 되지 않았던가. 아무런 미련이 없네. 인생사는 한낮의 꿈과 같은 것이야. 깨달음을 얻고자 승려가 되었는데 깨닫고 보니 그 깨달음마저도 한낮의 꿈이었어. 이승은 꿈이고 저승이 현실이네그려, 허허."

사명은 혼잣말처럼 내뱉고는 소리 내어 웃었다. 허균은 그 웃음의 의미를 아는 듯 화답했다.

"이승에서의 꿈이 아름다워야 저승이 기다려지는 것 아니겠습니까?"

사명은 잠시 생각에 잠겼다.

"교산, 내가 마지막 부탁이 하나 있네."

"목숨도 아까워하지 않는 형님께서 제게 부탁을 하신다니 안 들어드릴 수가 없겠군요."

"나를 이 역모에 끌어들인 박종필이라는 사람의 부인과 딸이 있네. 교산이 그 두 사람을 돌봐주었으면 하네. 일단 밀양의 만어사 주지에게 편지를 써줄 터이니 그곳으로 피신을 시켜 주게. 박종필에 대한 심문이 끝나면 그는 살아남기 힘들 것이야. 곧 그 가족에게도 화가 미칠 것이니 그전에 손을 써야 할 것이야."

"형님을 이 지경으로 만든 장본인의 가족을 왜 챙기려 합니까?"

"모든 게 내 업보일세. 그렇게만 알아주게."

허균은 더 이상 묻지 않았다.

"제가 사람을 보내서 조치하겠습니다."

"고맙네, 교산."

사명은 마음이 놓이는 듯 한숨을 내쉬었다.

"형님, 형님은 썩어빠진 조선을 위해 아직 할 일이 많으십니다. 형님만 바라보는 힘 없는 백성은 어찌하고 먼저 죽으려 합니까? 백성들에게 희망을 심어주고 저승에 가도 늦지 않습니다. 제가 목숨을 걸고라도 구명운동을 펼치겠습니다. 만약에 저들이 끝내 형님을 역모사건에 엮어서 죽인다면 저는 정여립보다도 더 독하게 조선을 뒤집어엎을 것입니다."

"이 사람 큰일 날 소리를 하는구먼. 말조심하시게. 자네가 혁명가인 것은 알지만 세상은 그렇게 쉽게 바뀌지 않아."

"저는 언젠가 썩은 내가 진동하는 조선을 새롭게 바꿀 것입니다."

"그 꿈을 행동으로 옮기지 말고 글로 써보게. 실행은 그 당시에 끝나고 말지만, 기록은 후세에게 영원히 기억될 것이네. 자네가 꿈꾸는 세상을 꼭 글로 남겨 두도록 하게."

허균은 사명의 말이 무엇을 뜻하는지 알고 있었다. 허균은 한양으로 떠나기 전 마지막 하직 인사를 하면서 사명에게 술을 한잔 올렸다. 사명은 술을 단숨에 들이켰다.

"제사상에 올리는 술맛이 제일이구먼. 이제 가면 우리는 저승에서나 볼 수 있을 것이야. 자네가 이루고자 하는 이상사회를 꼭 글로 남기기를 바라네."

허균은 사명에게 절을 올리고 한양으로 향했다. 한날 한시가 급했다. 지금도 정여립 역모사건으로 하루에 수백 명의 목숨이 죽어 나가고 있었다. 허균은 이산해, 유성룡, 임제와 함께 사명의 구명운동을 벌였다. 선조에게 사명이 억울하게 엮이게 된 사정과 그의 무고함을 알렸다. 선조 역시 사명이 역모에 가담했을 것이라 생각지 않았고, 더구나 당파싸움과 무관한 사명을 죽임으로써 악화될 여론도 두려웠다. 정철 또한 굳이 죄가 없다면야 사명을 죽이고 싶지는 않았다. 선조는 정철을 불렀다.

"사명대사가 역모에 연관되어서 강릉 목사 관아에 있다는데, 이 사실을 알고 있소?"

"예, 전하. 지금 강릉 목사가 문초하고 있사옵니다."

"그 죄가 밝혀졌소?"

"죄는 밝혀지지 않았다고 하옵니다. 그러나 역모자의 입에서 사명의 이름이 나왔으니 그냥 풀어 주기는 어렵사옵니다."

"그러면 사명에게도 고문을 가하겠다는 말씀이오?"

"전하, 어떻게 처리하는 것이 좋겠사옵니까? 저에게 지혜를 주시옵소서."

사명의 처리를 두고 고심하는 선조에게 유성룡과 이산해가 아뢰었다.

"전하, 사명대사는 이 사건과 관계가 없음이 확인되었습니다. 강릉 목사에게 교지를 내리시어 방면해 주시기 바랍니다."

그러나 강경파들은 역모사건에 이름이 오르내리는 것만으로도 불경죄라고 고집하며 사명의 제거를 요구했다.

"역모사건에 이름이 오른 이상 그냥 풀어 주기는 어려우니, 곤장 몇 대를 치고 당분간 근신토록 하라."

선조의 교지를 실은 파발마는 강릉 관아를 향해 내달렸다. 왕의 교지를 받은 강릉 목사는 술 한 병을 들고 사명을 찾았다. 사명은 목사가 건네주는 술이야말로 이승에서의 마지막 술이라 생각하고 단숨에 벌컥벌컥 마셨다.

"마지막 길에 술을 한 잔 주셔서 소승은 목을 축이고 가게 되었습니다."

"대사님 무슨 말씀입니까? 대사님의 억울한 사정을 알고 조정에서 곤장 열 대와 근신 명령이 내려왔습니다. 제가 살살 치라고 일렀으니 너무 걱정 마세요. 자, 술 한 잔 더 하시죠."

"하지만 역모에 소승의 이름이 오르내린 것만으로도 곤장 맞을 짓을 했소이다. 그냥 봐주지 말고 세게 때리라고 해주십시오."

얼마 후, 사명은 방면되어 관아에서 풀려났다. 관아를 나온 사명은 고개를 들어 하늘을 올려다보았다.

'하늘이 푸르고, 또 푸르구나.'

눈이 부시도록 푸른 하늘과 소금기 어린 강릉의 바람이 사명을 부드럽게 어루만졌다. 사명은 그 길로 더 깊은 금강산 계곡으로 들어갔다.

미옥과 빈을 잘 부탁한다는 사명의 편지 덕에 모녀는 만어사에 머물 수 있었다. 그리고 1년 후에는 역모사건에서 풀려나 고향으로 돌아왔다. 빈이 만어사에 숨어 지내는 동안, 손현은 빈을 찾기 위해 사방을 돌아다녔다. 빈이 없는 1년은 지옥과도 같았다. 손현은 비어 있는 빈의 집을 자주 찾았다.

그러던 어느 날, 살구꽃이 바람에 날리는 봄날에 바람처럼 사라졌던 빈이 돌아왔다. 오랫동안 비워 두었던 집이 마치 방금 청소한 듯 깨끗해 미옥 모녀는 놀라움을 금치 못했다. 마침 빈의 집을 찾아온 손현은 빈을 보고는 숨이 막힐 것만 같았다. 차마 가까이 다가가지 못한 채 담장 밖에서 눈물만 흘리며 지켜보았다. 집안 구석구석을 둘러보던 미옥은 담장 밖에서 울고 있는 손현을 발견했다. 순간 미옥은 손현을 끌어안았다. 말 못하고 바라만 보는 사랑이 얼마나 가슴 아픈 일인지 누구보다도 잘 아는 미옥이었다.

"우리 없는 사이에 누가 이렇게 집을 돌봤나 했더니 바로 너였구나, 너였어!"

손현은 얼굴을 붉혔다.

"어서 들어가서 빈이를 봐야지, 담장 밖에서 뭐하느냐?"

"가슴이 떨려서 빈에게 가지 못하겠습니다."

"그 마음을 빈이에게 전하거라."

"빈이 거절할까 봐 겁이 납니다."

미옥은 사명이 했던 말이 떠올랐다.

"사랑에는 용기가 필요하단다. 용기가 없는 사랑은 사랑이라 부를 수 없지."

미옥은 그렇게 말해 놓고 나니 설움이 북받쳤다. 이루지 못한 자신의 외사 랑에 가슴이 아려 왔던 것이다.

그날 밤 손현은 빈을 불러냈다. 그리고 부끄럽지만 용기 내어 말했다.

"네가 없는 시간은 나에게 지옥이었어. 너를 찾으러 사방을 헤맸지. 네가 돌아와 정말 좋다. 너무 좋아서 가슴이 타들어 가는 것만 같아. 내, 내가 너를 사랑하는 것 같다."

손현의 수줍은 고백에 빈은 가슴이 뛰었다. 낮이 아닌 밤이어서 다행이라 생각했다. 붉은 달보다 더 붉어진 얼굴빛을 들키지 않아도 되어 또 다행이라 생각했다. 오래 침묵하던 빈이 드디어 입을 열었다.

"나도 네가 좋아. 함께 있을 때는 몰랐어. 오랫동안 너를 보지 못하고서야 깨달았어. 네가 너무 보고 싶고 그립다는 걸. 그게 사랑인 걸까?"

손현은 빈의 손을 꼭 잡았다.

"내 목숨을 바쳐서라도 끝까지 너를 지킬게. 그리고 과거에 급제해서 네 어 머니께 혼인을 승낙받으려고 해. 그때까지만 기다려 줘."

"그럴게."

빈은 손현의 눈동자를 바라보며 약속했다.

"그리고 사명대사께도 허락을 받았으면 좋겠어. 내게는 아버님 같은 분이 거든."

빈이 손현의 손을 꼭 쥐며 웃었다.

"걱정 마, 이미 허락받았어."

"정말? 대사님이 뭐라셨어?"

"사랑하는 사람을 마음속으로만 사랑하면 그 사랑은 빨리 시든다고 하셨어. 그리고 진정으로 사랑한다면 망설이지 말고 고백하라고 하셨지."

빈은 손현의 말에 마치 하늘을 나는 기분이었다. 그리고 사명의 따스한 정에 감사를 느꼈다. 마침 꽃을 피운 분홍의 살구꽃들이 부끄러운 듯 바람에 흩날렸다.

1591년 일본, 이에야스의 고민

정여립 역모사건으로 조선의 정세가 어지러운 중에 일본은 조선과의 전쟁을 준비하고 있었다. 도요토미 히데요시가 오다 노부나가의 뒤를 이어 권력을 잡은 후, 조선 정벌을 준비한다는 소식을 듣고 이에야스는 히데요시를 설득하기 위해 교토로 갔다. 그러나 이에야스는 히데요시의 성격을 너무나 잘 아는지라 대놓고 반대할 수는 없었다. 히데요시도 이에야스를 어려워하며 경계하고 있었다. 그래서 서로 인질을 주고받으며 팽팽한 관계를 유지하고 있었다. 이에야스는 둘째 아들을 히데요시의 양자로 보냈고, 히데요시는 이에야스에게 믿음의 표시로 자신의 어머니를 인질로 보냈다.

둘의 관계는 팽팽한 고무줄처럼 긴장을 늦추지 않고 있었다. 겉으로는 이에야스가 히데요시에게 복종하는 것처럼 보이지만 히데요시는 이에야스의 영지를 건드리지 않고, 독립을 보장하면서 동맹 관계를 유지한 것이다. 그런데 히데요시가 이제 안정된 일본에서 다시 대륙 정벌을 위한 전쟁을 준비한다는 소식을 들은 이에야스는 어떻게든 전쟁을 막아야 한다 생각했다. 그는 오다 노부나가의 다도 스승인 센 리큐(千利休)[19]를 먼저 찾아갔다. 센 리큐는

---

19) 센 리큐(千利休, 1522~1591) : 일본 전국시대의 다인(茶人). 와비차(わび茶) 사상 등 참선을 접목한 다도법을 확립시켰으며, 일본에서 다성(茶聖: 차의 성인)으로 추앙받고 있다. 법명은

이에야스의 인품을 믿었고, 그래서 그가 오다 노부나가의 후계자가 되어야 한다고 생각했다. 하지만 내색하지 않고 지금의 실권자인 히데요시의 다도 선생으로서 학문적인 자문 역할을 하고 있었던 것이다. 센 리큐는 이에야스의 갑작스런 방문에 문 앞까지 뛰어나와 맞이했다.

"다이나곤께서 이렇게 누추한 곳을 찾아 주시니 송구합니다."

다이나곤은 당시 천황이 내린 도쿠가와 이에야스의 직위였다. 이에야스는 센 리큐에게 조심스럽게 말했다.

"제가 선생님께 의논드릴 일도 있고 해서 찾아왔습니다."

센 리큐는 이에야스를 다실로 안내하고, 차를 내왔다. 이에야스는 센 리큐가 내어놓은 다기를 보며 물었다.

"소에키 님, 이렇게 아름다운 다기는 처음 보았습니다. 이 물건은 어디서 구하셨습니까?"

소에키는 센 리큐의 법명이었다. 불심이 강한 이에야스는 센 리큐를 스승으로 모시며 그를 항상 법명으로 불렀다.

"조선에서 어렵게 구한 작품입니다."

이에야스는 차를 들면서 말했다.

"조선의 다기는 어쩐지 사람이 만든 것 같지가 않습니다."

"소승이 몇 년 전에 조선에 다녀온 적이 있습니다. 조선의 높은 문화에 소승은 감복했습니다."

센 리큐의 말을 듣고 이에야스가 어렵게 입을 열었다.

소에키(宗易)였다. 오다 노부나가의 다도 스승으로 고용돼 이때부터 다도를 완성하는 데에만 몰두했다. 오다 노부나가가 죽고 난 후 도요토미 히데요시의 다도 스승으로서 히데요시의 절대적인 신임을 받았으나, 사치스럽고 탐욕스러운 히데요시를 훈계하며 조선 정벌을 반대하다가 미움을 사서 결국 할복으로 생을 마감한다.

"조선에 대해 그렇게 말씀하시니, 제가 어려운 청을 하나 드리려고 합니다."

"무슨 말씀이든 하시지요. 다이나곤 님의 청이라면 제가 하지 못할 게 있겠습니까?"

"지금 시중에 소문이 자자한 대륙 정벌에 관해 들으셨습니까?"

이에야스의 입에서 대륙 정벌 이야기가 나오자 센 리큐는 입이 바짝 말랐다.

"저도 그 소문을 듣고 잠을 이루지 못하고 있습니다. 명나라를 정벌하려면 먼저 조선을 쳐야 하는데, 이는 무모한 전쟁입니다. 아마 영리한 간파쿠께서도 이를 알 것이고, 영주들을 긴장시키려 하는 것이 아닌가 생각됩니다."

간파쿠는 일본 천황이 히데요시에게 내린 직위다.

"저도 그렇게 생각했는데 지금은 현실이 되어 가는 형국입니다. 간파쿠 주위엔 아첨꾼들만 모여 있어요. 무조건 간파쿠의 비위만 맞추기 위해 장난으로 한 말을 진짜인 것처럼 충성경쟁을 하고 있다고 들었어요. 그러므로 스승님께서 간파쿠에게 조선 정벌의 부당함과 무모함에 대해 간곡하게 말씀드려 주시길 청합니다."

"저도 그 생각을 하고 있습니다. 그런데 요즘 간파쿠가 많이 바뀌었습니다. 천하의 도가 자신을 중심으로 돌아간다고 착각하고 계십니다."

이에야스도 센 리큐와 같은 생각이었지만 더 이상 깊게 들어가지 않았다. 센 리큐는 이에야스의 마음을 읽고 말했다.

"다이나곤 님처럼 천하의 도를 이해하는 분이 지금 통일된 일본에 필요합니다."

"소에키 님, 무슨 말씀을 하십니까? 저는 평화를 위해 간파쿠 님과 손잡았습니다. 그런데 이제야 국내 평화가 이루어진 이 마당에 다시 전쟁을 일으키려 한다고 하니 제가 잠을 이루지 못하겠습니다. 소에키 님의 지혜를 빌리고 싶습니다."

"다이나곤 님께서는 간파쿠의 면전에서 조선 정벌에 반대한다고 말하지 마십시오. 간파쿠의 의견에 공개적으로 반대하는 사람은 모두 간파쿠의 적이 됩니다. 제가 간파쿠를 설득하겠습니다."

"감사합니다. 저도 간파쿠를 만나면 지금은 때가 아니니 시기를 조금 늦추는 것이 어떠냐고 말씀드려 보겠습니다."

"예, 그러시지요. 그리고 오늘 우리가 만난 것은 아무도 모르는 일입니다."

이렇게 센 리큐와 이에야스는 헤어졌다. 그러나 이것이 이승에서의 마지막이 될 줄은 아무도 몰랐다.

히데요시는 모두가 반대하는 명나라 정벌을 영주들을 긴장시키는 수단으로 활용하고 있었다. 사무라이 영주들 또한 대륙 정벌에 반대하는 입장이었지만 히데요시가 두려워 그의 앞에서는 말도 꺼내지 못했다. 그러나 다도의 도인이라고 일컬어지는 센 리큐만은 사람들이 보는 앞에서 전쟁을 반대하고 나섰다. 미천한 집안 출신인 히데요시는 학식이 높고 다도의 예절을 실천하는 센 리큐를 마음속으로 존경하고, 그를 통해서 자신의 부족한 부분을 채우려 했다. 센 리큐는 오다 노부나가의 다도 스승이었다. 오다 노부나가는 그의 학문을 존중하며 그와 함께 다도를 즐겼다. 노부나가의 심복이었던 히데요시는 그 모습을 부러워했다. 그래서 정권을 잡자마자 센 리큐를 불렀다. 하지만 사실 배움이 짧고 잔머리를 굴리며 인생을 살아온 히데요시는 센 리큐를 존경하는 척했지만 자신에게 겁먹지 않고 할 말을 하는 센 리큐가 못마땅했다. 히데요시는 권력의 정점에 서자 자신이 절대진리며, 신과 같은 존재로 떠받들어지기를 원했다. 그러나 센 리큐는 히데요시를 가르치려 들었고, 이로 인해 둘 사이는 점점 벌어지고 있었다. 히데요시의 자격지심이 센 리큐를 궁지로 몰아

넣고 있었던 것이다.

히데요시도 대륙 정벌이 무모하다 생각하고 있었고, 어느 정도는 허풍으로 떠벌이고 있었다. 그런데 허풍이 만용이 되는 사건이 발생하게 된다. 그것은 눈에 넣어도 아프지 않을 어린 아들의 죽음이었다. 1591년 9월, 사랑하는 아들 도요토미 츠루마츠(豊臣鶴松)가 세 살 나이에 죽자 그의 정신상태는 무너지기 시작했다. 츠루마츠는 그가 오십이 훨씬 넘어서 얻은 아들이었다. 츠루마츠의 어머니는 그가 어릴 때 감히 쳐다보지도 못했던 오다 노부나가의 여동생 오이치(お市)의 딸, 차차(茶茶) 요도도노(淀殿)[20]였다. 히데요시는 오다 노부나가의 가신으로 평소 그의 여동생 오이치를 흠모했지만 감히 쳐다볼 수도 없었다. 그는 오다 노부나가가 죽은 후 마지막 권력투쟁에서 노부나가의 여동생과 남편의 성을 점령했다. 그때 노부나가의 여동생과 남편은 함께 자결하고 그 딸들은 피신했다. 히데요시는 그 딸들 중 노부나가의 여동생 오이치와 가장 닮은 차차를 강제로 첩으로 들인 것이다.

차차는 부모의 원수인 히데요시를 죽이려고 했지만, 몇 번을 실패하고 자포자기한 상태에서 살고 있었다. 그런데 아기가 들어선 것이다. 아기가 생기면서 차차도 달라졌다. 노부나가의 핏줄을 이은 자신의 아들이 히데요시의 대를 이어서 일본을 지배할 것이라 생각했다. 그때부터 차차는 히데요시를 거부하지 않고 따르게 된다. 히데요시는 천하를 얻은 것보다 노부나가 여동생의 딸이 자신을 좋아한다는 착각에 더 황홀했다. 히데요시는 그 아들을 위해

---

20) 요도도노(淀殿, 1567~1615): 이름은 차차(茶々). 오이치를 사랑했던 히데요시가 어머니를 가장 닮은 그녀를 측실로 맞은 것이라고 한다. 히데요시의 아들 도요토미 츠루마츠(鶴松)를 낳고 요도성(淀城)을 받았으며, 불행히도 츠루마츠는 세 살 때 요절하지만 다시 히로이마루(拾丸, 도요토미 히데요리)를 낳는다. 히데요리의 생모라는 점을 이용해 세키가하라 전투 이후에도 도요토미 가의 실권을 잡았으나, 1615년 오사카 전투에서 패색이 짙어지자 아들 히데요리와 함께 할복했다.

서라도 빨리 일본 통일을 서두르고 안정을 찾고 싶었다. 그런데 그렇게 사랑한 아들이 그만 죽고 만 것이다. 곧 그의 정신은 공황 상태에 이르게 되었다. 역사에 가정이란 없지만, 만약에 아들이 죽지 않았다면 히데요시는 일본의 안정을 위해서라도 임진왜란을 일으키지 않았을 수 있다.

가장 소중한 것을 잃은 독재자는 괴물이 되어 갔다. 누구도 그를 말릴 수 없었다. 그의 의견에 반대하는 사람은 가차 없이 목이 날아갔다. 그는 점점 미쳐 갔다. 그리고 머릿속 환상을 현실로 바꾸려 했다. 자신은 한 번도 실패한 적 없는 불사신이라는 것을 백성들에게 증명하고 싶어 했다. 히데요시는 센리큐가 자신을 대놓고 반대한다는 소식을 듣고 그를 불렀다.

"소에키, 내가 구상하는 조선 정벌에 대한 생각을 듣고 싶네."

센 리큐는 망설임 없이 답했다.

"욕심이 과하면 망하는 법입니다. 불가하옵니다."

히데요시 앞에서 망설임 없이 말할 수 있는 사람은 센 리큐밖에 없었다. 부하 장수들 앞에서 모욕을 당한 히데요시는 분노하며 소리쳤다.

"네놈은 내가 망하기를 바라는 모양이다. 네놈이 뭘 안다고 건방을 떠는 거냐? 내가 봐줬더니만 이제 나에게 기어오르려고 하는 게냐?"

센 리큐는 굽히지 않았다.

"제 마음을 떠보는 것이라면, 백번 물어도 똑같은 대답일 것입니다. 간파쿠께서는 제 의견을 물으신 겁니까, 아니면 다른 장수들처럼 앵무새 같은 말로 복종하라는 겁니까? 저는 진정으로 간파쿠 님을 위해서 드리는 말씀입니다. 영주들도 일본 통일 이후 평화를 원하고 있습니다. 누구 하나 죽고 싶은 사람은 없습니다. 그러나 사무라이의 명분 때문에 간파쿠 님의 명령을 따를 수밖에 없는 꼭두각시들입니다. 부디 저들의 속마음을 헤아려 주소서."

"닥쳐라! 기껏해야 다도나 즐기는 놈이 뭘 안다고 정치에 관여하려는 것이야. 오만방자하기 이를 데가 없구나!"

화가 극에 달한 히데요시는 센 리큐에게 추방 명령을 내렸다. 히데요시는 그를 죽일 생각까지는 없었다. 히데요시 역시도 자신에게 반대 의견을 제시할 수 있는 유일한 인물은 센 리큐밖에 없음을 알고 있었다. 다만 센 리큐도 다른 신하들처럼 자신을 신처럼 떠받들고 무조건 복종하기만을 바랐던 것이다. 그러나 추방 명령을 받은 센 리큐는 히데요시에게 천하의 도를 거스르지 말라는 유언을 남기고 할복자살하고 만다. 센 리큐의 자살은 오히려 히데요시의 조선 정벌에 대한 생각을 구체화시키고, 서두르는 결과를 낳았다. 그의 죽음을 전해 들은 히데요시는 센 리큐가 마지막까지도 자신을 비웃었다고 여긴 것이다. 이미 권력이라는 마약에 취한 히데요시는 이성적인 판단을 내릴 수가 없었다. 자신이야말로 절대신이며 천하의 도는 자신이 만드는 것임을 만천하에 알리고 싶었다. 임진왜란은 이렇게 한 미치광이의 발로로 시작되었다. 그러나 그 미치광이를 막을 사람은 한 사람도 남아 있지 않았다.

상황이 급박하게 돌아가자, 이에야스는 히데요시에게 영주들에게 정리할 시간이 필요하다는 핑계로 조선 정벌을 늦추는 것은 어떤가 물었다. 히데요시는 이에야스가 조선과의 전쟁을 반대한다는 것을 알아차렸다.

"다이나곤께 전쟁에 참여하라 말한 적 없습니다. 다이나곤께선 에도 개발에만 박차를 가해 주시오. 다이나곤의 의견을 깊이 생각해 보겠소."

히데요시는 이에야스의 의견을 무시하지도 않고 따르지도 않았다. 그리고 이에야스가 교토를 출발해 에도로 가는 중에 조선 정벌을 공식 발표했다. 이에야스는 히데요시의 과대망상이 언젠가는 깨질 것이라는 믿음으로 때를 기다리기로 했다. 간토 8주는 조선 출병의 전초기지로부터 가장 먼 곳이었다. 히데요시와는 많이 멀어지게 되는 것이다.

'간토 8주는 열악한 곳이다. 개척하는 데 할 일이 많을 것이니 히데요시로서는 출병 명령은 고사하고 섣불리 도와 달라고 손을 내밀 수도 없을 것이다.'

이에야스는 생각했다.

결국 이에야스는 자신의 전력을 온전히 보전해 히데요시 사후 패권을 장악하는 데 결정적 승기를 잡게 된다. 이렇듯 멀리 내다보고 준비하고 힘을 비축하여 때를 기다리는 것이 이에야스의 기본 전략이었다. 히데요시의 광기를 파악한 이에야스는 가급적 그와 멀리 떨어진 에도로 들어가서 자리를 잡고 나오지 않았다.

손현과 빈의 약혼

손현은 임진년 초에 과거시험에 합격했다. 무엇보다도 빈이 기뻐했다. 밀양에서는 떠들썩하게 잔치가 열렸다. 그 잔치에 사명도 참석하였다. 빈과 손현의 혼인 날짜도 길일을 택해 정해졌다. 사명이 손현에게 당부했다.

"관직에 들어가면 이 글자만은 꼭 기억해라. 두려워할 외(畏)이니, 백성을 두려워하는 마음을 가져야 한다. 나라의 주인은 백성이며 관리는 객(客)일 뿐이다. 백성을 두려워하고 권력을 두려워하고 자만을 두려워하라. 항상 낮은 자세로 자신을 채찍질해야 한다."

사명은 손현이 당파싸움에 휘말릴 것을 두려워하고 있었다. 손현은 곧 한양으로 가야 했다. 하지만 빈과의 혼인 날짜를 잡고 나니 세상 모든 것을 다 가진 것처럼 기쁘고 행복했다. 더구나 빈과의 혼인을 위해 과거시험에 매진해 합격하고 나니 더 기뻤다. 다만 당분간 빈과 헤어져 있어야 하는 것이 못내 아쉬웠다.

"내가 먼저 가서 살 집을 구해 놓겠소. 그리고 여기 밀양으로 내려와 성대한 혼인식을 올립시다. 그때까지만 기다려 주오."

혼인 날짜를 잡은 이후 빈과 손현은 서로 존대를 하였다. 이제 더 이상 어린애가 아니라 생각했기 때문이다.

"어머니와 함께 고향에 있고 싶습니다."

"어머님도 같이 한양으로 모시면 되지 않소."

"어머니는 고향을 떠나고 싶어 하지 않으세요."

"그러면 내가 관직을 받아 밀양 근처로 내려오겠소. 나는 출세보다도 당신과 함께 있는 것이 더 좋소."

"그렇게 말해 줘서 고마워요."

빈은 속깊은 손현의 말에서 진정한 사랑을 느꼈다.

사명과 미옥은 사랑하는 두 사람을 지켜보았다. 미옥의 눈에 눈물이 고였다.

"이렇게 경사스러운 날 눈물을 보이면 되겠느냐?"

"오라버니, 이런 행복한 날이 저에게 올 줄 몰랐습니다. 그래서 지금의 행복이 두렵기도 합니다."

"너는 행복을 누릴 자격이 충분해. 너에게 닥쳤던 인생의 파도가 저 멀리 지나가고 있구나."

"오라버니 덕분이에요."

"나는 너한테 항상 미안한 마음뿐이다."

그때 손현과 빈이 다가왔다.

"앞으로 대사님을 장인어른처럼 깍듯이 모시겠습니다. 스님을 장인으로 둔 사람은 조선 천지에 저밖에 없을 것입니다. 하하하."

손현은 행복에 겨워 농담처럼 웃으며 말했다. 사명도 미옥도 함박웃음을 지었다. 빈도 수줍게 웃으며 그들을 바라보았다. 행복이 밀물처럼 밀려왔다. 오랫동안 누리지 못했던 사랑과 행복을 이제는 안을 수 있을 것만 같았다. 하지만, 한편으로는 이 행복을 잃을까 두려웠다. 빈은 그럴 리 없다며 두려움을 떨쳐내려 애썼다.

손현이 한양으로 떠나기 며칠 전, 빈과 손현은 어릴 때 소꿉장난하며 놀던 곳을 찾아갔다. 순수하게 사랑하던 그 시절이 그리웠다. 둘만 있을 때면 어릴 때처럼 반말로 얘기도 했다. 남편과 아내가 될 것이지만, 그전에 이미 둘은 마음이 잘 통하는 친구였다. 그렇게 빈과 손현은 꿈같은 며칠을 지냈다. 손현이 한양으로 올라가고 빈은 손현을 손꼽아 기다렸다. 하지만 하늘도 둘의 사랑을 시기했던 걸까? 손현과 빈의 혼인 약속은 임진왜란의 발발로 실타래 엉키듯이 꼬이기 시작했다.

작원관(鵲院關) 전투

    1592년 4월 13일, 20만 왜군이 조선을 침공했다. 왜군은 정발이 지키는 부산진성과 송상현이 지키는 동래성을 일거에 함락시키고 물밀듯 한양을 향해 진군했다. 그들은 닥치는 대로 민간인을 죽이고 여자들을 겁탈했다. 밀양 부사 박진은 농민과 군사들을 모아 동래에서 한양으로 가는 길목인 작원관(鵲院關)을 지켰다. 작원관을 지켜 왜군의 길목을 막는다면 왜군의 북상을 저지할 수 있다고 판단한 것이다. 천혜의 요새인 작원관에서 왜군은 얼마 정도 고전했으나, 곧 조총으로 무장한 5만 명의 병사로 밀고 들어왔다. 작원관 이삼천의 군사로 그들을 막는 것은 역부족이었다. 그러나 밀양 부사 박진은 물러서지 않고 죽기를 각오하고 끝까지 싸웠다. 그 결과 작원관에서 왜군 역시 피해가 막심했다. 임진왜란에서 처음으로 수많은 왜군의 피해가 발생한 것이다. 왜군 대장 고니시 유키나가(小西行長)는 밀양 부사에게 항복하면 목숨은 살려주겠다 했지만 박진 부사는 결사항전했다. 화가 난 고니시는 죄 없는 백성들까지 무참하게 살해하고 도륙하기 시작했다.

    밀양 부사와 백성들이 작원관에서 처절한 전투를 벌이는 동안 미옥과 빈은 두려움에 떨었다. 미옥은 빈을 위해서 살아남아야 했다. 사위가 될 손현을 위해서도 빈을 지켜야만 했다. 미옥은 빈을 데리고 정여립 역모사건 때 사명이 마련해 준 만어사 근처 도공마을로 피난을 갔다. 만어사의 도공마을은 깊은 산속에 있어 왜군들이 찾지 못할 것이라 판단한 것이다.

손현은 비변사에 배속되어 전국의 군사를 관리하는 임무를 맡았기에 밀양으로 내려갈 수가 없었다. 작원관 전투에서 패하고 밀양이 왜놈의 손아귀에 들어갔다는 소식을 듣고는 빈이 걱정되어 한잠도 이룰 수가 없었다. 당장 밀양으로 달려가 미옥과 빈을 구하고 싶었지만, 한양으로 진군해 오는 왜군을 대비해야만 하는 비변사 관원으로서 자리를 비울 수가 없어 애간장만 녹이고 있었다. 그러는 사이 고니시는 동래성과 밀양의 작원관 전투 외에는 마지막 탄금대 전투의 대격돌까지, 변변한 저항 한번 받지 않고 한양으로 진격하고 있었다.

抱劍悲

2부

칼을 품고 슬퍼하다(抱劍悲)

　사명은 금강산에서 참선하는 중에 임진왜란 소식을 들었다. 속세를 떠난 몸으로 속세의 일에 관여하고 싶지 않았다. 그러나 무고한 백성들이 죽어 나간다는 소식을 듣고 더 이상 가만 있을 수만은 없었다. 바로 그때 스승이신 서산대사가 사명을 불렀다. 사명은 서산대사의 부름을 받고 묘향산으로 달려갔다. 서산대사는 평상시에도 정신적인 수련과 함께 육체적인 수련도 게을리 하지 않는 분이었다. 처음 서산대사의 제자로 들어갔을 때 스님들에게 전해 내려오는 호신 무술을 배웠다. 달마대사로부터 내려오는 호신술이었다. 전국을 홀로 다녀야 하는 스님들의 위험에 대비한 호신술로 검법과 무술 훈련이었다. 이미 삼남지방의 절에 왜군이 침입해 약탈한다는 소문이 묘향산에까지 전해졌다. 사명은 서산대사에게 말했다.

　"스님들이 절만 지키는 데 힘쓰기보다 앞장서서 왜군과 싸웠으면 합니다. 무고한 백성들이 살해되고 있고, 이에 민초들은 의병을 일으켜 나라를 지키고자 하는데 우리 스님들이 백성들에게 귀감이 된다면 백성들의 사기가 올라가지 않겠습니까?"

　사명의 이야기를 듣고 서산대사는 한참을 생각했다.

　"살생 금지가 부처님의 첫 번째 가르침이네. 우리가 배우는 검법은 살생을 위한 것이 아니라 우리 자신을 지키기 위함임을 알 텐데, 사명은 그 가르침을 깨트리려고 하는가?"

"부처님께서도 옳은 일을 위해서는 목숨을 끊어도 좋다고 하셨습니다. 옳은 일을 위해 목숨을 걸고 싸우는 것은 부처님의 가르침에 어긋나지 않는다 생각합니다. 그것이 오히려 살생을 막는 길입니다. 무고한 백성이 저렇게 죽는 것을 보고만 있는 것은 부처님의 가르침이 아니라고 봅니다. 우리는 살생을 막기 위해서 일어서는 것입니다. 부처님이 말씀하시기를 나의 생명을 바쳐 중생의 고행을 대신하는 것이 보살의 정신이라고 했습니다."

서산대사는 잠시 생각에 잠겼다.

"사명의 말이 옳다. 내가 거기까지 미치지 못했어. 사명이 나보다 깨달음이 깊구나. 앞으로 사명이 앞장서 승병을 모집하고 백성을 구하도록 하라."

서산은 사명에게 승병에 관한 전권을 주었다. 서산은 전국의 사찰에 파발을 보냈다.

"앞으로 모든 절에서는 승군에 적극 참여해 이 나라와 백성을 구하도록 하라."

사명은 칼을 들기까지 수많은 번민과 고뇌에 휩싸였다. 무고한 백성들이 왜군에게 무참히 살해되는 것을 보고 부처님 앞에서 기도했다.

'부처님! 부처님은 살생을 금하셨지만 무고한 중생들이 죽어 나가는 것을 지켜만 볼 수가 없습니다. 더 이상의 살생을 막기 위해서 저는 칼을 들어야겠습니다.'

애초에 사명은 부처의 자비에 의존해 왜군을 설득하고자 마음먹었었다. 그러나 무고한 양민들의 시체가 나뒹굴고 어린아이조차 가차 없이 베어 버리는 왜군들의 무자비한 행태를 목격하고는 더 이상 자비에만 의존할 수 없다는 걸 깨달았다. 하지만 끝까지 사명을 괴롭힌 것은 살생을 금한 부처의 계율이었다. 사명은 신라의 고승 원광법사를 떠올렸다. 원광법사는 신라가 위기에 처하자 나라를 지키는 화랑들에게 살생유택의 계를 설파했다. 그러니 백성을 살리기 위한 살생은 부처님도 용서하실 것이다. 살리기 위한 어쩔 수 없는 살생은 살생이 아니다. 살생유택이다. 사명은 그날 염주 대신 칼을 들었다.

'나는 더 이상의 살생을 막기 위해 이 칼을 들었다.'

칼을 품은 사명은 잠을 이룰 수가 없었다. 품은 칼에서 심장의 고동소리마저 느껴졌다. 사명은 그날 피로써 글을 썼다.

옛 역참에 떠 있는 무거운 태양은   古驛重陽

칼을 품고 슬퍼하는 내 마음이네   抱劍悲[21]

'포검비(抱劍悲), 칼을 품고 슬퍼하다.'

칼을 품고 슬퍼하는 부처님 모습이 사명의 얼굴에 겹쳤다. 사명의 칼에 울고 있는 사명의 얼굴이 피로 얼룩진 채 거울처럼 비쳤다. 사명은 눈물로 부처님 앞에서 결심했다.

그의 눈에서는 불꽃이 튀었다. 그리고 칼을 휘두를 때마다 속으로 외쳤다.

'나는 살생을 하는 것이 아니라 악귀를 무찌르는 것이다. 부처님의 길은 정의를 세우는 것. 왜놈들은 사람임을 포기한 악귀들이다. 나는 그런 악귀와 싸우는 것이다.'

임진왜란은 승군이 없었다면 버틸 수 없는 전쟁이었다. 승군의 게릴라 전법이 왜군의 보급로와 퇴로를 막음으로써 왜군은 예상치 못한 고초를 겪었

---

21) 『사명집』 권3, 「과진천(過震川)」에 수록되어 있다.

다. 전쟁을 치르는 와중에 사명은 머리털과 수염을 깎을 시간조차도 없었다. 불가에서는 승려가 되면 머리털과 수염을 깎아야 했지만 전쟁 중이었다. 사명은 다만 머리칼은 깎아도 수염은 그대로 두기로 마음먹었다. 머리칼을 미는 것은 부처님의 뜻을 이어가는 것이요, 수염을 밀지 않고 기르는 것은 승군 대장으로서의 모습을 보여야 한다는 마음가짐이었다. 사명은 염주 대신 칼을 들었고 장군처럼 수염을 길렀다. 이렇듯 임진왜란은 사명의 겉모습마저도 바꾸게 했다. 왜군과의 전쟁에 나설 때마다 바람에 휘날리는 사명의 수염은 어느덧 승병 대장의 상징이 된 것이다.

사명은 전국에 흩어져 있는 승군을 규합해 훈련을 시켜야 할 필요성을 느꼈다. 그래서 강원도 고성 건봉사에서 승병을 모집하고 훈련에 돌입했다. 최초의 임진왜란 의승군의 시작이었다. 절에는 논밭이 있어서 식량의 자급자족이 가능했고, 왜적들이 깊은 산 속의 절까지는 쳐들어오지 않았다. 사명은 이를 이용해 산속의 게릴라 전법으로 왜군의 퇴로를 막을 계획을 세웠다. 관군들이 도망간 사이 가족을 잃고 헤매던 백성들이 사명의 소문을 듣고 몰려오기 시작했다. 임진왜란은 이 의승병의 존재로 인해 판세가 바뀌게 된다. 의승병은 승군과 의병, 관군에서 이탈한 무장들까지 합세해 만들어졌다. 조선 조정에도 승군과 의병의 활약이 알려졌다. 이에 선조는 사명에게 군사 전권을 주어 팔도도총섭으로 임명했다. 강원도 고성군 건봉사 사명대사 기적비에는 사명이 처음으로 승군을 모집한 기록이 다음과 같이 새겨져 있다.

부처님은 이 세상의 중생을 구원하기 위해 오셨다. 나는 왜적에 신음하는 중생을 구제하기 위해서 일어선다.

사명은 건봉사에서 의승병들의 훈련을 마친 후 왜적과 맞붙기 위해 상강 남쪽을 건너며 시 한 수를 읊었다.

시월에 의병을 거느리고 상강 남쪽을 건너니	十月湘南渡義兵
나팔소리 깃발 그늘이 강의 성을 움직이네	角聲旗影動江城
칼집에 꽂힌 칼이 한밤중에 슬피 우니	匣中寶劍中宵吼
요사스런 왜군을 무찌르고 성스러운 뜻에 보답하리	願斬妖邪報聖明[22]

칼집에 꽂힌 칼이 한밤중에 슬피 우는 소리(匣中寶劍中宵吼)는 사명의 가슴에서 고동치는 피 끓는 절규였다. 사명은 칼의 슬픈 울음을 가슴에 품은 채 강을 건넜다.

---

22) 『사명집』 권4, 「임진시월영의승상남도(壬辰十月領義僧湘南渡)」.

히데요시의 착각

왜군은 탄금대 전투에서 승리한 후, 저항 한번 받지 않고 한양을 점령했다. 선조는 한양을 버리고 도망쳤다. 조선 조정은 임진강 전투마저도 패하자 이덕형(李德馨)을 청원사로 삼아 명에 원병을 청하기로 결정했고, 선조는 압록강 의주로 피난했다. 그러나 왜군의 선발대였던 고니시 유키나가가 평양성마저 함락시키자, 선조는 명나라로 가서 명에 내부(內附)하겠다는 뜻을 공개적으로 표명하였다. 이에 유성룡은 엎드려 울면서 말했다.

"임금이 한 발짝이라도 우리 땅을 떠나면 조선은 더 이상 조선이 아닙니다. 동북의 여러 고을이 아직 건재하고, 충의에 찬 의병이 곧 들고 일어날 것입니다."

유성룡의 읍소에 선조는 결국 압록강을 건너지 못했다.

임금이 한양을 비우고 도망친 가운데 전라 좌수사 이순신이 처음으로 왜의 수군을 쳐부수는 성과를 올렸다. 이순신의 한산대첩은 단순히 수군의 승리가 아니라 전세를 바꾸는 결과를 가져왔다. 일본의 전쟁은 전통적으로 사무라이 무사들끼리의 전쟁으로, 농민들은 영주가 바뀌어도 그대로 유지되는 영주끼리의 전쟁이었다. 그래서 히데요시는 조선의 왕이 사는 한양만 정복해

왕의 항복만 받아내면 전쟁이 끝날 거라고 생각했다. 그런데 조선의 왕이 한양을 버리고 도망을 쳐버린 것이다. 또 예상치 못한 조선의 수군에게 패하게 되자 히데요시의 계획은 틀어지기 시작했다.

영주들은 승리에 도취될수록 행패가 늘어 갔다. 그들은 앞다투어 조선의 유물과 귀중한 서적을 약탈했다. 더구나 이순신 장군의 한산대첩으로 해상에서의 보급이 끊기자 왜장들은 조선 백성의 민가에 들어가 식량 약탈과 부녀자 겁탈을 서슴지 않았다. 이에 반항하는 백성은 가리지 않고 무참히 살해하였다. 조선의 백성들은 살아남기 위해 산으로 도망쳐야 했다. 그리고 그곳에서 승군을 만나 창과 칼을 들었던 것이다. 바로 그 선봉에 사명대사가 이끄는 승군이 있었다.

사명대사의 평양성 전투

　명나라 이여송이 5만의 대군을 이끌고 의주를 지나 평양으로 향하고 있었다. 이 소식을 듣고 평양성에 주둔하고 있던 고니시 유키나가는 당황하기 시작했다. 이순신에 의해 바다를 통한 보급로가 끊기고 사명의 승군 때문에 육지의 보급로마저 끊긴 가운데 추위까지 몰려오자, 왜군의 사기는 땅에 떨어졌다. 이여송이 평양성을 공격한다는 소식을 전해 들은 사명은 승군을 이끌고 평양성 인근에 주둔했는데, 이 무렵 전국 각지에서 의승군들이 사명을 중심으로 속속 모여들었다. 평양성에 합류할 무렵 사명의 승병은 이미 5천 명이 넘었다.

　불심이 깊은 이여송은 승군의 활약에 대해 듣고 있었다. 이여송은 중국의 소림사 무술을 이미 알고 있었으므로 사명대사의 승병들에 대해서도 호감을 갖고 있었다. 그러나 중국의 소림사 무술은 단지 스님들의 신체단련 무술로서 개인의 수양을 위한 것이지만, 조선의 승병들은 나라를 위해 싸우겠다고 나선 것이니 그 의지에 탄복하지 않을 수 없었다. 이미 칠십이 넘은 서산대사는 사명에게 지휘권을 넘겨주었다. 이여송은 유성룡에게 사명대사에 관해 물었다.

　"조선의 사명대사가 승군 5천 명을 거느리고 왜군과 싸우고 있다는데, 그는 어떤 사람이오?"

유성룡은 이미 사명의 인품에 깊이 감복하고 있던 터라 숨김없이 말할 수 있었다.

"그분은 천문과 역학, 부처님의 말씀과 공자님의 말씀에 통달한 사람입니다. 조선의 백성들은 그분을 살아 있는 부처라고 칭송하고 있습니다. 참으로 큰 스님이시지요. 지금 사명대사는 왜적의 상황을 모두 보고받고 있습니다. 사명만큼 이 나라 조선에서 왜적의 상황을 정확히 파악하고 있는 사람은 없다는 말이지요. 장군께서도 대사님이 갖고 계신 정보를 잘 활용한다면 병력을 크게 잃지 않고 승리할 수 있을 겁니다."

"그러시면 사명대사를 뵙게 해주시오."

유성룡의 소개로 사명은 명나라 총대장인 이여송을 찾았다.

"대사, 도와주십시오. 지금 조선의 관군은 믿을 수가 없습니다. 대사님을 뵈니 저의 기도가 부처님께 가 닿은 듯합니다."

이여송은 합장하며 사명에게 부탁했다.

이여송은 조선의 관군을 도무지 믿을 수가 없었다. 오합지졸에 패잔병들뿐이었다. 조선의 용맹한 장수는 신립 장군의 탄금대 전투를 끝으로 모두 목숨을 잃었다고 여겼다. 그런데 사명대사가 이끄는 5천 승병들의 기개에 이여송은 관군보다 그들을 더욱 의지하게 된 것이다. 사명은 이여송이 승려들을 대하는 모습을 보고 소문과는 다르다 생각했다. 사실 이여송은 조선을 무시하는 오만방자한 모습으로 조선 사람들 입방아에 오르내리고 있었던 것이다. 그러나 사명은 이여송의 태도에서 불심이 깊은 사람임을 느꼈고, 그의 진심을 어느 정도 알 수 있었다. 사명은 합장하고 속으로 중얼거렸다.

'조선이 멸망하지는 않겠구나. 이런 불심이 깊은 사람을 보내 주다니, 조선은 아직 희망이 있구나.'

"대사님, 좋은 방책이 있으시면 소장에게 말씀해 주십시오."

사명은 이여송을 바라보았다.

"장군을 만나 뵈니 이미 이긴 전쟁 같소이다. 전쟁에서 가장 중요한 것이 적의 보급로를 막는 것이오. 우리 승군은 산에서만 살아서 산의 지리를 손바닥 보듯 훤히 봅니다. 그러니 장군의 군사가 큰길을 막아 주면 우리 승군들은 모든 산길을 봉쇄하겠소. 그렇게 보급로가 끊기면 저들도 버티기 힘들 겁니다. 그때를 기다려 평양성을 탈환하는 것입니다."

사명의 계획에 이여송이 무릎을 쳤다.

"역시 대사님의 지략은 대단하십니다. 말씀대로 따르리다."

조선의 승군으로 천군만마를 얻은 이여송은 사명대사와 합심해 작전을 펼쳤다. 승군이 평양성으로 이어지는 모든 산길의 보급로를 차단해 평양성을 고립시킨 뒤 기다렸다는 듯이 공격을 개시했다. 평양성 공격이 시작되자 사명은 평양성 뒤쪽 절벽의 취약한 부분을 공격했다. 명나라의 총공격에도 끄떡없이 버티던 왜군은 평양성 뒤의 산성이 무너지자 우왕좌왕하기 시작했다. 이여송은 이 틈을 노려 정문을 뚫고 총공격을 명령했다. 평양성을 차지하고 있던 고니시 유키나가는 더 이상 버틸 수 없다고 생각했다. 그래서 조선의 관군이 맡고 있는 서쪽 문을 향해서 돌진했다. 고니시는 조선 관군이 가장 약하다는 것을 간파하고 있었기에 그곳을 돌파구로 삼았던 것이다. 조선의 관군은 왜군의 그림자만 보아도 도망쳤다. 그리고 퇴각하는 왜군의 뒤를 쫓을 생각조차 하지 않았다. 평양성 전투에서 패한 고니시 유키나가 군사는 결국 한양으로 퇴각했다.

전세를 역전시킨 평양성 전투에 대한 기록에는 조명 연합군이 일본군 2천여 명의 수급을 베었다고 전한다. 평양성에서 후퇴하는 왜군을 추격한 한양의 수락산 전투에서 사명은 대승을 거두었다. 이여송은 사명의 병법과 천문에 깜짝 놀라서 명나라 황실에 다음과 같이 보고를 올렸다.

"조선에 이런 도승이 있는지 몰랐습니다. 이 스님의 높은 지혜가 있어서 조선은 무너지지 않을 것입니다."

이여송의 장계로 인해 사명대사는 명나라에 널리 알려지게 되었다. 명의 고승들도 조선의 사명을 만나고 싶어 했지만, 사명은 자신을 세상에 드러내지 않았다. 난세에 영웅이 난다고 했다. 임진왜란의 난세에 하늘은 조선에 두 영웅을 내려 주었다. 바로 이순신 장군과 사명대사였다.

빈을 찾아 헤매는 손현

작원관 전투 이후 미옥과 빈의 안부가 걱정되었지만, 비변사에 속해 있던 손현은 그들을 찾아 나설 수가 없었다. 그 와중에 평양성 전투에서 승기를 잡고 난 후 조선은 한숨을 돌릴 여유를 찾았다. 탈환한 평양성에서 사명을 만나게 된 손현은 아버지를 만난 듯이 기뻐하며 말했다.

"대사님, 우리 비변사에서도 대사님에 대해 모르는 사람이 없습니다. 조선의 진정한 장수는 대사님밖에 없다는 말이 비변사와 조정에 퍼지고 있습니다."

"나라를 구하는 일에 장군과 승려가 뭐 다를 게 있겠나."

손현이 조심스럽게 입을 열었다.

"제가 진주성을 지켜낸 김시민 목사와 백성들을 위해 위무사 겸 지원군 대표로 진주성에 가게 됐습니다. 진주성을 둘러본 후 돌아오는 길에 밀양에 들러볼까 합니다."

사명은 손현이 왜 밀양에 들르려는지 짐작했지만 묻지 않았다.

"사사로운 감정이라 나무라지 말아 주십시오. 저는 빈의 생사만이라도 확인하고 싶습니다."

"사람이 죽고 사는 것은 하늘에 달려 있거늘……. 그래도 혹 그 모녀를 찾게 되면 내 안부도 꼭 전하게."

손현은 사명의 말에 얼굴빛이 밝아졌다.

"감사합니다. 빈을 만나면 대사님께서 하신 일들을 빠짐없이 전하겠습니다."

"빈이 그 얘기를 들으려면 살아 있어야 할 것인데……."

사명의 얼굴에 그림자가 드리웠다.

"대사님, 빈과 어머님은 반드시 살아 있을 것입니다. 어머님이야말로 강인한 분 아니십니까."

"남자들도 살아남기 힘든 전쟁이야."

"제가 반드시 두 사람을 찾아 소식을 갖고 오겠습니다."

"자네는 아직도 빈을 사랑하고 있나?"

"제 목숨보다 더 사랑하고 있습니다."

사명은 손현의 모습에서 아랑을 맹목적으로 사랑하던 어린 자신을 떠올렸다. 아주 옛날의 일이건만 어쩐 일인지 마음 한구석이 아파 왔다.

"밀양의 집에 두 모녀가 없거든 만어사를 찾아가 보게. 혹시 그곳에 피신하고 있을지도 모를 일이니 말일세."

사명은 모녀가 살아 있기를 부처님께 간절히 기도드렸다.

손현은 평양에서 배를 타고 대동강을 따라 가다가 서해 항로를 이용해 진주성으로 향했다. 진주성은 김시민 목사와 진주 백성들이 목숨을 걸고 지킨 성이다. 그러나 진주성 바깥은 왜군의 손에 들어가 있었다. 그 위험을 알면서도 빈을 찾기 위해 자원을 한 것이었다. 손현은 비변사 관리로서 목숨을 걸고 황포돛배에 몸을 실었다. 진도의 전라 좌수영까지는 해상권을 장악한 이순신 덕분에 안전했으나, 경상도 사천으로 넘어오자 왜군의 소굴이었다. 들키지 않도록 밤에만 이동했지만 그만 사천항 근처에서 왜군과 맞닥뜨렸다. 왜군들은 진주성을 고립시키기 위해 조선 조정에서 지원군을 보내는 것을 막고 있었다.

그 사실을 몰랐던 손현과 지원군은 무리하게 적진 깊숙이 들어온 것이다. 수백 척의 왜선들이 손현의 황포돛배를 에워쌌다. 순간 손현은 빈이 있는 밀양을 향해 고개를 돌렸다. 검은 구름이 달빛을 가리고 있었다. 손현은 마지막을 직감했다.

'사랑하는 빈아, 나는 지금 죽음을 목전에 두고 있어. 하지만 네 얼굴만 떠오르는구나. 왜적들이 우리 배를 향해 물밀듯이 밀려오고 있고 나는 마지막까지 한 놈이라도 더 죽이고 명예롭게 죽으려 한다. 내 죽음에는 미련이 없다만 오직 너를 볼 수 없다는 사실이 아프구나. 빈아, 사랑한다. 네가 있어서 행복하게 죽을 수 있을 것 같아. 영원히 사랑해.'

손현은 편지를 부하에게 맡기며 말했다.

"너는 반드시 살아남아서 우리가 마지막까지 장렬하게 싸우다 죽었다는 사실을 꼭 알려야 한다."

"저도 함께 싸우다 죽는 영광을 주십시오. 저도 명예롭게 죽고 싶습니다."

"아니다, 네가 살아남아서 제대로 보고해야만 우리의 죽음이 명예롭게 될 것이다. 그리고 이 편지는 의승군 총대장이신 사명대사께 꼭 전해야 한다."

손현은 편지와 함께 선조의 교지와 기밀문서들을 부하에게 주고 달아나도록 했다. 그리고 50여 명의 부하들에게 말했다.

"우리는 더 이상 도망갈 곳이 없다. 왜적을 한 놈이라도 더 베고 죽겠다는 각오로 싸우기를 바란다."

그 밤, 사천 앞바다의 달은 고통스럽게 헐떡거리고 있었다.

평양성 탈환 이후, 이여송과 사명대사

평양성 탈환 후 이여송은 사명대사가 이끄는 조선의 승군에 감탄했다. 조선의 승병이 없었다면 평양성 탈환은 어려웠을 것이라고 술회하기도 했다. 이여송은 사명을 정중히 초대해 진귀한 음식을 대접했다.

"대사님의 승군이 없었다면 평양성 탈환에 어려움이 많았을 것입니다. 감사드립니다."

사명은 음식에는 손을 대지 않고 단지 술을 한잔 마신 후 말했다.

"추운 날씨에 이 먼 곳까지 와서 싸워주신 장군께 소승이 먼저 감사 인사를 드려야 마땅합니다. 우리 승병들은 나라를 지키기 위해 당연히 해야 할 일을 했을 뿐입니다."

이여송은 군사를 이끌고 꽁꽁 언 압록강을 건널 때만 해도 조선 왕의 무능함을 비웃고 얕보았다. 그리고 눈치만 보는 오합지졸 조선 관군들에게는 일말의 기대도 없었다. 그런데 조선군의 절반을 차지하는 5천의 승군들을 보고는 의아하게 여겼다. 살생을 금하는 부처의 가르침을 믿는 승려들이 칼을 들고 전쟁을 한다는 것을 이해할 수 없었다. 그러나 그들의 결연한 모습에서 조선에 대한 이여송의 생각은 조금씩 바뀌고 있었다. 이런 백성들이 있는 한, 이런 승려들이 있는 한 조선은 절대로 멸망하지 않을 것이란 생각이었다.

"소장이 대사님께 시첩을 하나 내리고 싶습니다. 명나라 황제를 대신한 시첩입니다. 받아 주십시오. 조선 조정에서도 이제 대사님의 승군에 대해 응당한 대접을 할 것입니다."

"말씀은 고맙습니다만 저의 승군은 어떤 대접을 바라고 전쟁에 나선 것이 아닙니다. 나라가 있어야 절이 있지 않겠습니까? 죄 없는 백성들이 저렇게 참혹하게 죽는 모습을 보고 어떻게 산속의 절에 가만히 앉아만 있겠습니까? 조선의 모든 승려들은 생을 위한 살생을 부처님께 허락받았습니다. 백성을 살리기 위한 승려들의 전쟁입니다."

"대사님의 그 마음이 제 가슴을 울립니다. 조선 관군들은 전쟁 중에는 자기만 살겠다고 뒤꽁무니 치다가 전쟁에 이기고 나면 서로 나서서 자신의 공이라고 장궤를 올립니다. 그런데 가장 공이 크신 대사님의 승군은 공을 다투지도 않더군요. 그 모습에 정말 감동했습니다. 그래서 대사님께 이 시첩을 꼭 전하고 싶은 것입니다. 받아 주십시오."

"장군께서 꼭 시첩을 내리고 싶다면 그 시첩은 조선 의승군 도총섭이시며 소승의 은사이신 서산대사님께 내려 주시기 바랍니다."

모든 공을 은사에게 돌리는 사명의 모습에 이여송은 작은 나라 조선에 이렇게 큰 스님이 계시다니, 조선은 결코 작은 나라가 아니라는 생각이 들었다. 그때부터 이여송은 조선을 무시하는 태도를 버렸다. 사실 임진왜란에 참여한 명나라 군대의 횡포는 왜군의 횡포에 못지않았다. 명나라 군사들은 썩어빠지고 무능한 조선의 군사와 관료들을 면전에서 무시하고 멸시했다. 그러나 누구 하나 대드는 사람도 없고 오히려 굽신거렸다.

이여송은 음식에 손을 대지 않는 사명에게 물었다.

"대사께서는 전쟁 중에 식량이 부족해 좁쌀만 드셨다고 들었습니다. 제가 대사님을 위해 준비한 음식이니 조금이라도 드시지요."

사명은 산해진미 가득한 음식을 보며 말했다.

"승려는 육식을 하지 않습니다. 오히려 좁쌀밥이 우리 승려들의 입맛에 더 맞습니다. 이 음식을 보자기에 싸서 주시면 굶주린 백성들에게 나누어 주겠습니다."

이여송은 사명의 말에 자신의 행동이 부끄러워졌다. 이여송은 군량미 스무 섬을 수레에 실어 사명에게 보냈다. 그리고 부하들에게 일렀다.

"앞으로 조선의 승병들에게는 부처님 대하듯 예우를 깍듯이 하도록 하라."

칠십이 넘은 서산은 이여송의 시첩을 받고는 깜짝 놀랐다. 이미 병들고 늙어서 모든 승군의 지휘권을 사명에게 넘기고 기도만 하고 있는 늙은 승려에게 명나라 최고의 장수 이여송으로부터 시첩이 도착한 것이다. 명나라 제독인 이여송이 편지를 보내 칭송(稱頌)하되, 나라를 위해 적을 토벌함에 있어 충성(忠誠)이 태양을 관통하였으므로 존경해 마지않는다는 말과 함께 다음과 같은 시를 지어 전하였다.[23] 시첩을 펼쳐 보는 서산의 손은 떨렸다.

공명과 이욕을 꾀할 뜻이 없어	無意圖功利
온 마음으로 도와 선을 이루시고	專心學道禪
오늘 이 나라의 위급함을 듣고	今聞王事急
도총섭께서 산고개를 넘어 오셨네	摠攝下山巓

---

23) 「회양 표훈사 백화암 청허당 휴정대사 비문(淮陽表訓寺白華庵淸虛堂休靜大師碑文)」, "天朝提督李如松, 送帖嘉奬, 有爲國討賊, 忠誠貫日, 不勝敬仰之語, 題詩贈之曰."

세월이 상처를 아물게 하다

손현의 부하는 비변사에 그의 장렬한 죽음을 전하며, 그 공훈을 낱낱이 보고하였다. 그리고 그의 부탁대로 편지를 들고 사명을 찾았다. 사명은 승군 도총섭으로 수락산 전투를 승리로 이끌고 한양을 수복한 후 한양에 머물고 있었는데, 어느 날 비변사의 하급관리가 찾아왔다. 사명은 그를 보자 불길한 기운을 떨칠 수가 없었다. 비변사 하급관리는 사명을 보자 무릎을 꿇고 말했다.

"저희 나리께서 돌아가시기 전에 이 편지를 쓰시고는 반드시 사명대사를 찾아뵙고 전달하라고 일렀습니다."

"그게 누구인가?"

"비변사 관리인 손현이옵니다."

순간 사명은 가슴이 고동치기 시작했다. 편지를 받아든 손이 떨렸다. 손현이 마지막 죽음을 앞두고 써 내려간 한마디 한마디가 사명의 가슴을 찢었다.

"손현의 죽는 모습을 보았는가?"

"제가 명령을 받고 임금님의 하사품과 편지를 가지고 육지에 오른 순간 왜선 1백여 척이 우리의 배를 에워싸서 공격하기 시작했습니다. 그리고 불길에 휩싸인 우리 군사들이 마지막까지 싸우는 모습을 이 두 눈으로 똑똑히 보았습니다."

"손현이 마지막 전투를 벌인 곳이 어딘지 알고 있는가?"

"네, 사천 앞바다였습니다."

사명은 손현의 시신이라도 찾고 싶은 심정으로 말했다.

"내가 곧 남쪽으로 내려갈 것이다. 그때 네가 그곳으로 나를 안내해 주었으면 한다."

"분부대로 따르겠습니다. 저도 나리의 시신이라도 찾고 싶습니다."

한양에서의 일을 마치고 사명은 남쪽에 흩어져 있는 승군들을 한 곳으로 모으기 위해 길을 나섰다. 사명은 먼저 손현의 부하와 함께 사천 앞바다로 갔다. 사천 앞바다는 시체가 가득해 악취로 숨쉬기조차 힘들었다. 물고기가 시체를 뜯어먹는 참혹한 광경에 사명은 나무아미타불을 수십 번 외우고 또 외었다. 산더미처럼 쌓인 시체 속에서 손현을 찾기 위해 사천의 모든 해안가를 뒤졌지만 찾을 수가 없었다. 사명은 육지에 널브러진 시신들을 수습해 화장하면서 부처님께 합장을 올리고, 염주를 돌리며 기도했다.

'무엇 때문에 이렇게 많은 사람들이 죄도 없이 죽어 나가고 있는 것인가? 여기 죽은 사람 모두에게 사랑하는 사람이 있을 터인데, 그 남겨진 이들은 어찌할 것인가?'

사명의 깊은 한숨과 함께 눈물이 그의 가슴을 적셨다. 사명은 사천 앞바다에서 시신조차도 없는 손현을 위해 위령제를 올려 주었다. 그리고 승병의 본거지가 있는 대구 동화사로 가는 길에 잠시 밀양에 들렀다. 만어사 주지를 통해 미옥과 빈이 안전하다는 소식을 듣고는 한숨이 놓였지만, 그 한숨 뒤에 더 깊은 고민이 생겨났다. 손현의 마지막 편지를 빈에게 줘야 할지 말아야 할지 고민스러웠다. 사명은 먼저 미옥을 만났다. 미옥은 손현의 소식을 듣고 통곡했다. 딸이 어미의 운명을 따르는 것이 가슴이 아팠다.

"오라버니, 이게 무슨 운명의 장난이랍니까. 못다한 사랑의 고통을 딸은 몰랐으면 했는데 손현이 죽다니요? 사랑하는 사람이 죽어 버리다니, 어떻게 이런 일이 생길 수가 있습니까?"

미옥은 사명을 원망하듯 말했다.

"내가 사랑하는 사람은 이렇게 앞에 살아 있는데 내 딸이 사랑하는 사람은 죽었습니다. 빈이 이 에미보다 더 박복한 것입니까? 함께할 수는 없어도, 살아만 있으면 만날 수는 있는데 빈은 그조차도 못하게 되었습니다."

미옥의 말이 사명의 심장을 도려내는 것만 같았다. 사명은 미옥의 설움이 가라앉을 때까지 기다렸다. 미옥의 울음이 겨우 멈추자, 사명은 미옥에게 편지를 건네주었다.

"전쟁이 모든 것을 앗아가고 있다. 빈의 아픔만이 아니다. 무엇이 우리의 상처를 치료할 수 있겠는가? 세월이 상처를 아물게 할 때까지 그저 기다리는 수밖에 없다."

사명은 대구 동화사로 떠났다. 사명이 떠난 후 미옥은 빈을 불렀다. 빈은 어머니가 내민 편지를 보는 순간 직감했다. 온몸이 떨려 왔다. 미옥은 무표정하게 얘기했다.

"혼자 이 편지를 읽거라. 손현이 너에게 마지막으로 쓴 편지다."

빈은 무너져 내렸다. 미옥이 말했다.

"강해져야 해. 이 전쟁에선 살아남은 사람보다 죽는 사람이 더 많다. 이것도 운명이다."

빈은 하염없이 흐느꼈다.

"어머니, 이렇게 살아남는 것이 무슨 의미가 있겠습니까? 그 사람도 없이, 그 사람을 잃고 어떻게 살 수 있겠습니까?"

"에미 앞에서 무슨 소리냐? 너 하나만을 바라보고 이때까지 살아왔는데 네가 그런 약한 소리를 한다면 나는 살아온 세월이 너무 아깝다. 네가 혹여 죽고자 한다면 이 에미를 먼저 죽이고 죽거라."

미옥의 눈에 핏줄이 돋았다. 혹여라도 빈이 자결한다면 그녀도 당장 따라 죽을 태세였다. 어머니의 피맺힌 절규에 빈은 미옥을 껴안고 밤새 울었다. 울음이 잦아진 다음 미옥이 빈에게 말했다.

"세월이 상처를 아물게 한다고 대사님이 말씀하셨다. 세월이 우리 상처를 아물게 할 때까지 그냥 세월이 흐르는 대로 우리를 맡기자. 물 흐르는 대로 흘러가면 강도 나오고 바다도 나올 것이다."

배가 부족하다

히데요시가 교토를 떠나 나고야에서 조선과의 전쟁을 지휘하고 있던 임진
년, 히데요시의 어머니, 오만도코로[24]는 잠을 이룰 수가 없었다. 불심이 깊은
그녀는 죽어가는 조선 사람들의 혼령이 히데요시를 지옥의 불구덩이에 집어
넣는 악몽에 시달리고 있었다. 히데요시의 어머니는 며느리 네네[25]를 찾아서
말했다.

"네 남편에게 편지를 써서 빨리 전쟁을 그만두라고 해라. 계속한다면 부처
님이 용서하지 않을 것이야. 꿈에서 내 아들이 지옥에서 고통받는 모습을 분
명히 보았어. 이 어미의 마지막 소원이니 전쟁을 멈추라 해다오. 아들을 대신
해서 지옥으로 갈 수 있다면 대신 가고 싶구나."

네네가 시어머니에게 말했다.

"어머님이 저보다 간파쿠를 더 잘 아시지 않습니까? 간파쿠는 전쟁을 멈추

---

24) 오만도코로(大政所, 1513~1592) : 도요토미 히데요시의 생모를 지칭한다. 자녀인 아사히히메,
   히데나가가 먼저 사망한 뒤, 임진왜란이 한창이던 1592년 음력 7월, 주라쿠다이에서 80세로
   사망하였다.

25) 고다이인(高台院) : 공식명은 고다이인이었지만, 보통 네네(ねね)로 불리었다. 도요토미 히데요시의
   정실 부인이며, 히데요시를 훌륭하게 내조해 그의 출세에 도움을 준 여걸이다. 히데요시가
   간파쿠가 된 후 기타노만도코로(北政所)의 직위에 올랐다.

153

지 않을 것입니다."

"멈추지 않으면 내가 죽겠다고 말해라. 부처님이 나에게 일러주시는 말씀이다."

히데요시와 오래 살아온 부인 네네는 히데요시의 야욕을 누구보다도 잘 알고 있었다. 그는 태풍의 한가운데 서서 온 세상을 쓸어버릴 것 같은 악마와도 같은 무서운 인간이었다.

임진년 5월 4일, 일본 수군이 거제도에서 조선의 이순신에게 몰살당했다는 소식을 듣자 히데요시는 광기에 차서 말했다.

"일본의 모든 배를 징발하고, 모든 수단을 강구해 이순신의 거북선에 대항할 배를 만들라!"

승승장구하던 히데요시는 허를 찔린 것 같아서 견딜 수가 없었다. 수군을 장악하지 못하면 보급로가 끊기고, 일본에서 군사를 실어 나를 수 없게 되면 조선으로 건너간 자신의 군대는 독 안에 든 쥐가 된다. 그는 전쟁을 지휘하는 규슈의 나고야성에서 자신이 직접 조선으로 건너가겠다는 발표를 했다. 이 소식을 들은 히데요시의 어머니는 아들이 바다를 건너 조선으로 가면 절대 살아 돌아오지 못할 것이라 여기고, 며느리에게 아들이 조선으로 건너가지 못하게 하라고 다그쳤다.

이러한 사정을 알게 된 이에야스는 히데요시를 위로할 겸 나고야를 찾았다. 이에야스는 나고야에 오기 전에 교토에 들러 오만도코로를 먼저 만났다. 히데요시의 어머니 오만도코로는 이에야스의 인질이었다. 이에야스의 마음을 얻기 위해 자신의 어머니를 인질로 보냈던 것이다.

오만도코로와 몇 년을 함께 지내면서 이에야스는 그녀를 친어머니처럼 모셨다. 오만도코로는 지극정성으로 자신을 돌봐주는 이에야스를 믿게 되었고,

히데요시와 이에야스의 연합에 결정적인 역할을 하기도 하였다. 오만도코로는 성질이 괴팍하고 불같은 아들과는 달리 성실하고 진중한 이에야스를 좋아하였다. 사치를 좋아하는 아들과 비교해 이에야스는 검소함이 몸에 배어 있었다. 이에야스는 오만도코로가 병에 걸렸다는 소식을 듣고 병문안차 방문하게 된 것이었다. 오만도코로는 이에야스를 보자 기쁜 마음에 자리에서 일어났다. 이에야스는 오만도코로의 야윈 손을 잡고 말했다.

"어머님 병세가 깊어졌다는 소식을 듣고 에도에서 단숨에 달려왔습니다. 어머님이 건강하셔야 일본의 평화를 유지할 수 있습니다. 꼭 건강을 회복하셔야 합니다. 조선에서 가져온 백 년 묵은 산삼입니다. 이걸 드시고 꼭 회복하시기 바랍니다."

"고맙습니다. 산삼을 잘 먹겠습니다. 다이나곤의 정성을 생각해서라도 내가 빨리 일어나야 할 텐데. 이 산삼은 조선에서 전쟁 중인 군사들이 보낸 것입니까?"

"네, 그렇습니다. 호랑이 가죽과 함께 보내 왔습니다."

오만도코로는 정색을 하고 이에야스에게 물었다.

"다이나곤은 처음에는 조선과의 전쟁을 반대했다고 들었습니다. 그런데 왜 끝까지 간파쿠를 말리지 않았습니까?"

"어머님은 간파쿠 전하의 성격을 저보다 더 잘 알지 않습니까? 그분은 한번 결정한 일은 절대로 물리지 않습니다. 간파쿠 님은 제가 반대한다는 사실을 알고 저를 조선전쟁에 참여시키지 않고 국내를 안정시키라 명령했습니다. 간파쿠 님을 설득시킬 분은 일본에서 어머님 한 분밖에 없습니다."

오만도코로는 한숨을 쉬며 말했다.

"이제는 내 말도 듣지 않아요. 조선의 죄 없는 백성을 수없이 죽이고 있다고 들었소. 부처님께서도 용서하지 않을 것이오. 다이나곤과 내가 힘을 합해서 이 무리한 전쟁을 막아야 하오.”

이에야스는 마지막으로 아들을 보호하고 싶은 모성애를 오만도코로에게서 느끼고 있었다. 저런 어머니에게서 어떻게 그런 아들이 태어났을까 생각하고는 오만도코로에게 말했다.

“이미 시작한 전쟁이지만 최소한의 피해로 전쟁을 종식시켜야 한다는 게 제 생각입니다.”

“간파쿠는 절대로 포기하지 않을 것이오. 나는 내 죽음으로 아들을 말리고 싶소. 내 뜻을 꼭 간파쿠에게 전해 주시오.”

이에야스는 오만도코로와 만난 후, 교토를 떠나 나고야로 향하면서 깊은 생각에 잠겼다. 그리고 히데요시를 만나면 어떻게 이야기해야 할지를 마음속으로 정리하기 시작했다.

이에야스를 만난 히데요시는 아직도 허풍을 떨며 명나라에서 천황의 즉위식을 할 것이라고 떠벌이고 있었다. 그런 히데요시를 보면서 이에야스는 일말의 연민을 느꼈다. 그리고 차분하게 마음속에 정리한 것을 말했다.

“전하, 수군이 패해서 우리의 배가 없다고 들었습니다. 지금 일본의 모든 상선과 어선을 징발하고 배를 만드는 목수들에게도 강제 징집 명령이 떨어졌다고 들었습니다.”

이에야스의 말에 히데요시는 기분이 나쁜 듯 정색을 했다.

“그런 건 걱정할 필요가 없소. 이미 조선의 거북선에 대적할 배를 준비하고 있소.”

“배를 만드는 데는 물리적인 시간이 필요합니다. 그리고 어민들과 상인들의 배를 모두 징발하면 식량이 부족해지고 국내 교통이 마비되어 곡물 운송이 차질을 빚게 됩니다.”

"그러면 다이나곤은 어떻게 하면 좋겠소?"

이에야스는 예상된 질문에 준비한 답변을 시작했다.

"지금 조선에 나가 있는 군사들은 보급로가 끊겨서 조선의 백성들을 약탈하기 시작했다고 합니다. 그에 반항해서 의병들이 일어나고 승려들까지 칼을 들고 싸우고 있다 합니다. 배도 부족한 상황에서 이렇게 계속 싸운다면 더욱 힘들어질 것입니다. 조선에 나가 있는 군사들에게 명해서 우리의 배가 완성되어 군사와 보급물이 보충될 때까지 시간을 벌도록 해야 합니다. 명나라 군사들은 뇌물만 주면 쉽게 매수할 수 있다고 합니다. 그러니 배가 완성되면 강력한 힘으로 저들을 굴복시킬 수 있습니다."

"아무래도 내가 조선으로 건너가야 하겠소."

"안됩니다. 오만도코로 님은 전하가 조선으로 건너가면 스스로 목숨을 끊겠다고 하십니다. 이곳에 오기 전에 뵙고 왔습니다. 이곳은 전하를 대신해서 제가 지키고 있을 테니, 잠시 교토에 다녀오시는 것이 좋겠습니다."

히데요시는 어머니의 이야기가 나오자 더 이상 고집을 부리지 않았다. 어머니가 목숨을 끊겠다는 말에 히데요시도 충격을 받았다. 그만큼 어머니의 고집 또한 강하다는 것을 알기 때문이었다.

1592년 7월, 히데요시를 말릴 수 있는 유일한 사람인 그의 어머니가 죽었다. 히데요시의 어머니 오만도코로는 아들이 지옥불에 떨어지는 악몽에 시달리며 세상을 떠났다. 어머니의 죽음으로 히데요시는 조선으로 건너가지 못하고 나고야에서 교토로 돌아왔다. 히데요시는 어머니의 죽음 앞에서 후회도 해 보았지만, 오히려 반발심으로 분노가 극에 달했다. 이제 아무도 그를 말릴 사람이 없어졌다. 오만도코로의 죽음을 가장 슬퍼한 사람은 도요토미 히데쓰구(豊臣秀次)[26]였다. 히데쓰구는 히데요시의 조카, 즉 히데요시 누나의 아들로 히데요시의 어린 아들이 죽은 뒤 하나밖에 없는 혈육이었다. 히데요시는 어린 아들, 츠루마츠(鶴松)가 죽자 누나의 아들을 양자로 삼고 후계자 간파쿠로 삼았다. 히데쓰구의 든든한 후원자는 할머니 오만도코로였다. 외손자 히데쓰구를 어릴 때부터 친자식처럼 키운 오만도코로는 히데요시가 히데쓰구를 못마땅하게 여길 때도 외손자 편을 들었고, 히데요시도 어머니 때문에 히데쓰구를 용서해 준 적이 많았다. 그런데 할머니가 돌아가심으로써 히데쓰구는 든든한 후원자가 사라진 셈이었다.

히데요시는 오사카로 건너가 어머니의 상을 치렀다. 동생이 죽고, 하나밖에 없는 아들이 죽고, 이제 자신이 가장 의지하는 어머니마저 이 세상에 없다고 생각하니 잠을 이룰 수가 없었다. 불행이 연거푸 닥치는 것을 하늘의 뜻으로 받아들이지 못한 히데요시는 하늘과도 싸우고 싶다는 오욕에 휩싸이게 된다. 일본 백성들이 자신을 동정하는 것이 죽기보다 싫었다. 히데요시에게 섣불리 위로의 말을 건네는 신하는 가차 없이 목이 날아갔다. 신하들은 히데요시 앞에서 처신할 방법을 찾지 못해 앞에 나서기를 꺼렸다. 세상에 보복이라도 하듯 히데요시는 교토의 후시미성을 자신의 치적으로 삼기 위해 대대적인 대공사를 지시했다. 조선 전쟁에 투입되지 않은 영주들에게는 모든 것을 털어서라도 후시미성 공사에 전력을 다하라고 지시했다. 그러는 사이 명나라의 이여송이 10월에 대군을 이끌고 조선으로 건너온다는 소식을 듣고 급하게 조선 정벌의 본부인 나고야로 향했다. 나고야로 가는 길에 생각했다.

'이 싸움은 처음부터 무리한 전쟁이었다. 조선 왕이 길을 비켜줄 것이라는 속임에 빠진 나의 불찰이 가장 컸다. 이제 조선에서 명나라와 조선의 군대를 상대로 전쟁을 해야만 한다면 어떻게 해야 하나?'

---

26) 도요토미 히데쓰구(豊臣秀次, 1568~1595) : 도요토미 히데요시의 누나 닛슈(日秀)의 아들로, 히데요시의 양자가 되었다.

그의 마음속은 복잡하기만 했다. 그러나 여기서 물러난다면 영주들을 볼 명분도 없거니와 그동안 쌓아 온 지위가 한순간에 무너질 수도 있었다. 10월, 나고야에 도착한 히데요시는 또 한 번 엄청난 소식을 듣게 된다. 죽은 아들 츠루마츠의 생모인 요도도노가 또 임신을 했다는 소식이었다. 이것 또한 운명의 장난인가 싶었다. 히데요시는 아들이 죽은 후 조카 히데쓰구에게 간파쿠의 자리를 넘겨주고 후계자로 공식 선포까지 했다. 그런데 또 아들이 생기다니. 육십이 넘은 나이에 생긴 아들 때문에 히데요시는 이것이 대항하는 자신에게 내리는 하늘의 시험인가 생각했다.

이시다 미쓰나리(石田三成)의 파견

어머니 오만도코로의 죽음으로 장례식을 치르느라 히데요시는 조선으로 갈 수가 없었다. 히데요시의 어머니는 죽기 전에 히데요시에게 말했다.

"네가 무고한 조선 백성을 죽인 죄로 부처님이 천벌을 내려 지옥불에 떨어지는 꿈을 계속 꾸었다. 이 에미의 마지막 부탁이니 제발 조선으로 가지 마라."

결국 히데요시는 자신의 최측근인 이시다 미쓰나리(石田三成)[27]를 행정관 겸 감찰관으로 조선으로 보냈다. 이순신에게 패한 일본군의 사기를 진작시키고 전황을 독려하기 위해 보낸 것이다. 1592년 6월 3일, 이시다 미쓰나리는 배를 타고 나고야를 출발했다. 이시다 미쓰나리는 조선에서 행정과 감찰을 총지휘하게 되었다. 이시다 미쓰나리와 친한 고니시 유키나가는 이시다 미쓰나리의 조선 입국을 환영했지만, 평소에 사이가 좋지 않았던 가토 기요마사는 달가워하지 않았다.

---

27) 이시다 미쓰나리(石田三成) : 어려서부터 도요토미 히데요시의 가신으로 총애를 받으며 두각을 나타냈다. 임진왜란 때는 조선으로 건너와 군감의 역할을 맡았다. 이런 가운데 히데요시의 무장들과 대립하여 결국 도요토미 정권의 분열을 조장하기도 했다. 히데요시 사후에는 도쿠가와 이에야스와 대립, 서국의 영주들을 규합해 세키가하라 전투에서 동군과 대적했으나, 결국 아군의 배신으로 패한 끝에 체포되어 처형되었다.

해가 바뀌어 1593년 1월, 히데요시는 격분한다. 명나라와 조선의 연합군에게 평양성이 함락되어 후퇴한다는 소식이 도착한 것이다. 히데요시는 분을 참지 못하고 이시다 미쓰나리에게 편지를 보냈다.

"내가 조선으로 건너가 직접 군사를 지휘하겠다. 패전의 책임을 소상히 밝혀내라."

조선의 승려들이 칼을 들고 일어섰다는 소식에 히데요시는 이 전쟁이 승산이 없음을 직감했다. 살생을 금하는 불법(佛法)이 있음에도 승려들이 조선을 구하기 위해 칼을 들었다. 조선의 승려들이 싸우고자 한다면 이미 민심은 걷잡을 수 없을 것이다. 그렇다면 모든 상황은 일본에 불리할 것이다. 히데요시는 이제는 자신이 나서지 않으면 안 된다 생각했다. 그러나 이미 기울어진 전쟁에 조선으로 건너가서 살아오지 못한다면 일본 역시 다시 전쟁의 소용돌이 속으로 빠져들 것이 염려됐다. 히데요시는 불같이 화를 내고 있지만, 속으로는 누가 말려줄 것을 간절히 원하고 있는지도 몰랐다. 그러나 히데요시의 성격을 아는 부하들은 누구도 그를 말리지 않았다. 모두들 이 전쟁은 이미 패했으며, 피해를 줄이기 위해서는 철수하는 것이 옳다는 것을 알았으나 누구도 히데요시의 면전에서 말하지 못했다.

히데요시의 편지를 받은 이시다 미쓰나리는 한양에서 장군들과 회의를 시작했다. 처음부터 승산이 없는 싸움이라고 여겼던 고니시는 이시다 미쓰나리를 구워삶아서 서둘러 명나라와 강화협정을 맺자고 강력하게 주장했다. 히데요시의 최측근으로서 히데요시의 성정을 잘 아는 두 사람은 패전 장수가 되면 살아서 돌아가지 못하리란 것을 잘 알고 있었다. 그래서 히데요시의 체면을 세워주는 강화를 통해 명분을 찾고 싶었다. 그러나 고니시 유키나가와 사이가 좋지 않은 가토 기요마사는 강화협상에서 배제되고 있었다. 고니시와 이시다 미쓰나리는 강화협정에서 자신들에게 유리한 입장을 만들기 위해 가토 기요마사를 배제시키고 두 사람의 밀약으로 강화를 추진하고 있었던 것이다.

1593년 4월, 한양마저 조선군에게 내주며 철수했다는 소식이 들어왔다. 히데요시는 이미 이길 수 없는 전쟁이라는 것을 알면서도 자신은 패배를 모르는 태양의 아들이라는 주문을 외며 상황을 외면했다. 이미 던져진 주사위를 거둘 수는 없는 일이었다. 그는 마지막 강화 조건에 희망을 걸고 있었지만 강화 이야긴 입 밖에 내지 않았다. 히데요시는 보급품이 끊겨서 굶어 죽는 군사가 늘고 있다는 소식에 우선 부산항과 울산항을 교두보로 삼아 식량과 물자를 실어 나르기로 했다.

1593년 5월 8일, 이시다 미쓰나리와 고니시 유키나가가 비밀리에 히데요시가 있는 나고야성으로 왔다. 협상 내용을 설명하기 위해서였다. 그들은 히데요시의 명분이라도 세워줄 요량으로 명나라 심유경에게 엄청난 뇌물을 주었다. 그러나 그 강화 조건은 명나라도, 조선도 절대 수긍할 수 없는 것이었다. 그런 줄 알면서도 양쪽을 속이기로 합의한 것이었다. 고니시 유키나가와 심유경 처음에는 작은 거짓말로 시작하였지만, 결국 두 사람이 감당하기 힘든 상황까지 갔고, 그러자 둘은 히데요시의 문서와 명나라 황제의 칙서까지 조작하게 된다.

벽제관 전투의 패배

평양성을 뺏긴 후, 히데요시는 조선에 나가 있는 모든 영주들에게 명령을 내렸다.

"누구든 패배하고 돌아오면 살아남지 못할 것이다. 내 손으로 목을 칠 것이다."

분노한 히데요시의 명령에 왜군은 죽기살기로 한양의 북쪽 벽제관(碧蹄館)에서 일전을 준비하고 있었다. 이때 왜군은 평양성 전투의 설욕을 위해 각지에 흩어진 왜군들을 한양 주변으로 불러모았다. 전국 사찰의 승려들은 일사불란하게 왜적의 동태를 파악해 사명에게 보고하였다. 사명이 이여송에게 말했다.

"지금 즉시 왜군을 추격했다가는 큰 위험에 빠질 수 있습니다. 왜적들이 이미 한양 인근에 매복하고 평양성 패배의 설욕을 단단히 벼르고 있습니다. 그전략에 말려들면 안 됩니다. 때를 기다렸다가 적의 허점을 찌르고 들어가는 것이 좋을 것 같습니다."

"대사는 아직 병법에는 약하시구려. 병서에 의하면 군사의 사기가 올랐을 때 적을 치라는 이야기가 있소. 시기를 놓치면 기회를 잃게 되는 것이오. 모든 것은 때가 중요하오. 대사께서는 이번 작전은 제게 맡기고 조금 쉬시지요. 대명제국의 힘을 보여주고 대명 황제의 위상을 반드시 보여주겠소."

이여송은 평양성 전투의 승리로 명나라 황제로부터 대장군의 호칭을 받았다. 그러니 속히 한양을 수복해서 명나라 최고의 대장군에 오를 수 있는 기회를 놓치고 싶지 않았다. 사명은 이여송의 태도에 불안을 느꼈지만 더 이상 다투지 않았다. 이여송은 사명의 의견을 무시한 채 철갑부대 5천을 거느리고 왜군들을 쫓았다. 왜군을 빨리 따라잡기 위해 무거운 화포를 뒤로 두고 기병 중심의 철갑부대만으로 속히 추격한 것이다. 이여송의 기병들은 퇴각하는 왜군들을 추풍낙엽처럼 쓰러뜨리며 빠르게 추격하고 있었다. 그러나 사명의 말대로 왜군들은 벽제관에서 만반의 준비를 하고 기다리고 있었다. 승리에 도취한 이여송의 기병들은 말을 빨리 달려서 벽제관 인근까지 추격했다.

벽제관 좁은 길 위의 산성에는 수많은 왜군이 매복해 있었다. 이여송의 기병 5천이 벽제관 입구에 들어서자 매복해 있던 왜군들이 화살을 소나기처럼 쏟아부었다. 당황한 이여송의 기병들이 우왕좌왕하는 사이, 숨어 있던 왜군들이 폭포수 떨어지듯이 쏟아져 나왔다. 명나라 기병들이 서로 뒤엉켜 꼼짝도 못하고 있을 때 왜군들이 사방에서 포위해 왔다. 포위된 이여송은 죽을 힘으로 싸웠지만, 그가 가장 아끼는 부관들마저 하나둘씩 피를 토하며 쓰러졌다. 부상을 당한 이여송도 죽음이 가까이 왔다는 것을 직감했다. 그 순간 사명이 거느린 승병 1천여 명이 나타났다. 사명은 부상을 입은 이여송을 말에 태우고 절벽을 향해 달렸다. 산악 지형을 이용해 추격하는 왜군을 따돌렸다. 목숨을 건진 이여송은 할 말을 잃고 울분에 떨었다. 그가 가장 아끼는 부하를 벽제관 전투에서 모두 잃은 것이다. 이여송이 사명에게 말했다.

"차라리 부하들과 함께 죽게 놔두지 왜 나를 구했소. 장수는 전쟁터에서 목숨을 잃는 것이 가장 자랑스럽소."

사명은 고개를 숙이며 말했다.

"장군은 마지막까지 힘을 다해 조선을 구하셔야 합니다. 기병은 잃었지만 아직 막강한 화포를 가진 주력부대가 남아 있지 않습니까? 장군이 없다면 저 부대도 뿔뿔이 흩어지고 말 것입니다."

이여송은 사명을 한참 바라보다가 말했다.

"조선에 대사 같은 큰 인물이 있다는 것이 정말 놀랍소. 그러나 대명제국의 장군을 조선의 승려가 구했다 하면 대명 황제도 인정하지 않을 것이오. 내 말 뜻을 아시겠소?"

사명은 이여송의 생각을 알고 있었다.

"저는 이미 속세를 떠난 몸이라 어떤 욕심도 없습니다. 조금도 염려치 마세요. 장군은 마지막까지 왜적의 소굴에서 적장의 목을 베고 살아남지 않았습니까?"

"대사, 고맙소. 대사의 은혜는 잊지 않겠소."

사명이 단호하게 말했다.

"제가 전공을 바라고 한다면 부처님의 계율에 어긋나는 일입니다. 그저 왜적의 침입으로 죄 없는 백성들이 죽어가는 것이 안타까워 염주 대신 칼을 들었을 뿐입니다. 그 일로 상을 받는다면 제가 칼을 든 명분이 없어지는 것입니다."

이여송은 사명의 말에 감복하였다. 그 후 이여송은 평양성에 머물며 부상을 치료한다는 명분으로 움직이지 않았다. 벽제관 전투의 패배로 이여송은 마음과 몸에 큰 상처를 입은 것이다. 이여송이 움직이지 않는 동안 왜군은 한양에 집결해 평양성 탈환을 준비하고 있었다. 이에 사명은 왜군이 임진강을 넘어서 북상하려는 움직임을 포착하고 승병 3천을 거느리고 나아가 임진강을 건너려는 왜군을 섬멸했다. 이 사실이 조선 조정과 이여송에게도 알려졌다. 만약 왜군이 임진강을 건넜다면 평양성에 있는 이여송이 위태로울 수도

165

있었다. 조선 조정에서 평양성에 있는 이여송을 찾아왔다.

"장군, 왜군들이 다시 한양에 집결해서 평양성 탈환을 계획하고 있다고 합니다. 사명의 승군이 임진강을 막지 않았다면 적들은 이미 평양성을 공격했을 겁니다. 지금 의병과 승군이 합세해 행주대첩에서 큰 승리를 거두고 있습니다. 이 여세를 몰아서 한양을 집중 공격한다면 저들을 포위해 섬멸할 수 있습니다."

이여송이 물었다.

"행주산성 싸움에서도 승병의 역할이 있었습니까?"

"조선에서는 승병이 없으면 전쟁을 할 수 없다는 말까지 나옵니다. 스님들을 중심으로 백성들까지 똘똘 뭉쳐 의병을 일으키고 있지요. 그 중심에는 서산대사와 사명대사가 있습니다."

"평양성 전투에서도 사명대사가 없었다면 힘든 전쟁이 되었을 것이오. 대사의 천문과 지리학은 중국의 어느 고승보다도 높을 것이오. 조선 국왕께서 사명대사에게 큰 상을 내리시라 전하십시오."

이여송의 말을 전해 들은 조선 조정은 반대했다. 유교를 중시하는 사람들에게는 승려에게 벼슬을 내리는 것이 탐탁지 않았기 때문이다. 그러나 명 황제의 명을 받은 이여송의 말이기에 함부로 대할 수도 없었다. 그래서 사명에게 어떤 벼슬을 내려야 좋을지 은밀히 이여송에게 물었다.

"전쟁에서 최고의 공을 세운 사람에게 주는 벼슬이면 되지 않겠소?"

이여송은 자신의 목숨을 살린 사명에게 보답을 하고 싶었다. 결국 선조는 사명에게 정3품 당상관 중추부첨지사를 제수했다. 승려에게 정3품의 벼슬을 수여한다는 소식에 전국 유림의 상소가 빗발쳤다. 왜적이 쳐들어 왔을 때 가장 먼저 도망을 갔던 유림들이 명분을 내세워 극렬하게 반대한 것이다. 사명은 그 상소를 핑계로 끝내 벼슬을 받지 않았다. 조정에서는 이여송의 눈치를 보지 않을 수 없었기에 절충안을 내놓았다. 보우대사 이후에 없어졌던 선교종 판사 직함을 새로 만들고 사명에게 정3품 절충장군 승의병장을 제수한 것이다.

　이여송의 바람대로 사명에게 벼슬도 내리고 이런저런 비위를 맞추었건만, 이여송은 평양성에서 좀처럼 나오려 하지 않았다. 벽제관 전투의 트라우마가 그에게는 너무 컸던 것이다. 조선 조정에서는 안달이 나서 몇 번이나 사신을 보냈지만, 이여송은 움직이지 않고 심유경을 왜군과의 협상 사절로 보냈다. 목숨을 잃을 뻔했고, 아끼는 부하를 모두 잃은 상실감에 협상을 하고 싶은 마음이 앞선 것이었다. 이런 상황에서도 사명은 경계를 게을리하지 않았다. 전국의 사찰에서 올라오는 첩보에는 왜군의 이동 경로와 숫자가 기록되어 있었다. 무능한 조선 조정은 사명에게 모든 것을 의존할 수밖에 없었다. 명나라 군대도 조선 조정 관료들의 말은 믿지 않았지만, 사명이 이끄는 승군의 첩보에는 확실한 믿음을 갖고 있었다. 조선 조정의 관료들은 자존심이 상했으나 사명의 말을 듣지 않을 수가 없었다.

　명나라 군사가 벽제관 전투 패배 이후 움직이지 않자 조선이 처음으로 단독 공격을 개시했다. 남원에 진을 치고 있던 권율(權慄)은 한양을 수복하기 위해 행주산성까지 진격했다. 명나라 군사의 도움 없이 승병과 조선의 군사만으로 공격을 감행한 것이다. 사명의 승병군은 분할하여 일부는 행주산성의 도원수(都元帥) 권율 장군과 함께 왜군에 대승을 거두었고, 일부는 평양성 탈환 후 한양 외곽을 지키는 노원평(蘆原坪)에 진을 쳤다. 노원평 전투[28]는 한양

---

28) 노원평 전투 : 1593년 지금의 노원구 수락산 일대 마들평야에서 벌어진 전투로, 이 전투의 승리는 수도 한양을 수복하는 결정적 계기가 되었다. 노원평 전투는 사명대사의 승군과 고언백 장군이 이끄는 관군의 승리였다. 현재 수락산 등산로 입구에 노원평 전투 대첩비가 세워져 있다.

사수를 위한 왜군과 승군의 싸움으로, 이 전투에서 사명은 큰 승리를 거두었다. 이는 행주대첩과 함께 명나라 군대 없이 승리한 싸움으로, 특히 노원평 전투는 사명의 승군이 왜군을 섬멸해 한양 수복의 전초기지를 마련했다는 점에서 중요한 의미를 가진 전투였다. 그러나 이를 시기한 유학자들에 의해 역사에서 묻히고 말았다.

강화협상의 시작

평양성 전투 패배 이후 왜군은 한양에 집결해 전력을 보강하고 있었다. 그러나 이순신 수군의 승리로 바다를 통한 보급이 막히고, 사명이 이끄는 승군들의 게릴라식 전법으로 육지에서의 보급마저 차단된 상태였다. 이때 명나라 심유경은 고니시 유키나가를 한양에서 만났다.

"40만 명나라 군사가 도착하면 당신들의 싸움은 더 힘들어질 것이오. 장군의 군사들이 한양에서 철수하고 인질로 잡힌 조선의 두 왕자를 풀어 준다면 내가 직접 황제의 강화 친서를 받아 오고 40만 군사도 철수시키겠소. 부산에서 기다리면 내가 대명 황제의 칙서를 가지고 찾아가리다."

고니시 유키나가는 시간을 끌수록 전쟁에 승산이 없다고 판단했다. 그래서 명나라와 일단 화친해서 시간을 버는 것도 나쁘지 않다고 생각했다. 고니시 유키나가는 심유경의 말을 믿고 한양에서 철수를 결정했다. 그는 행주산성 전투에서 패한 이후 북쪽의 명군과 남쪽의 조선군에게 협공을 당하면 빠져나갈 구멍이 없다는 것을 알고 있었다.

"이여송 대장군의 확약서가 필요하오. 우리가 남쪽으로 군사를 이동시킬 때 절대로 우리를 추격하지 않겠다는 대장군의 신뢰 표식 말이오."

"그건 내가 받아 오겠소."

심유경은 고니시 유키나가를 만난 후, 이여송을 찾아갔다.

"고니시가 한양에서 철수하는 대신 믿을 수 있는 사람의 확약이 필요하다고 합니다. 장군의 이름으로 확약서를 받아 오면 한양에서 철수하겠다합니다."

이여송은 전투를 하지 않고 한양을 되찾을 방법이라 생각해 확약서를 써주었다. 이 사실을 알고 조선 조정은 발칵 뒤집혔다. 권율 장군은 왜군이 퇴각해 가는 지금이야말로 절호의 기회니 뒤쫓아서 섬멸시켜야 한다고 강력하게 주장했다. 그러나 이여송은 무인으로서의 약속은 중요하다는 핑계로 조선 조정의 청을 거절하였다.

엇갈린 운명

남쪽으로 퇴각하면서도 왜군들은 한풀이하듯이 조선 백성들을 도륙했다. 밀양도 왜군들의 미친 폭거를 피하지 못했다. 미옥 모녀는 만어사 근처 도공 마을에 숨어 있었다. 깊은 산속이라 왜군의 손이 미치지 않을 것이라는 생각은 착각이었다. 마을이 비어 있는 걸 발견하고 왜군들은 산속까지 뒤져 약탈과 겁탈을 자행했다. 왜군이 도공마을을 덮쳤다. 미옥과 빈은 죽을 힘을 다해 낙동강을 향해 도망쳤다. 그러나 왜군들은 끈질기게 모녀를 쫓았다. 결국 미옥과 빈은 더러운 왜군들에게 겁탈당하느니 차라리 죽음을 선택했다. 두 사람은 껴안고 낙동강 절벽을 뛰어내렸다. 미옥은 끝까지 빈의 손을 놓지 않았다. 오물덩이 같은 삶을 살 바엔 차라리 이렇게 죽는 것이 낫다는 생각에 두 사람의 마음은 오히려 편안하였다. 그렇게 물에 떨어지는 순간 둘은 정신을 잃고 말았다.

얼마 후 미옥은 정신이 들었다. 죽으려 물에 뛰어들었건만 어찌 된 영문인지 정신을 차린 곳은 왜선의 밑바닥이었다. 마침 배편으로 낙동강에서 후퇴하던 왜군의 배가 기절한 모녀를 건져 올린 것이다. 그들은 사람들을 닥치는 대로 일본으로 끌고 갔다. 남자건 여자건 노예로 팔면 그만이었다. 밧줄에 묶인 채 자결도 할 수 없었던 모녀는 짐승처럼 끌려가고 있었다. 물도, 먹을 것도 제대로 주지 않아 배 밑바닥에서 죽어 나간 조선인 포로들이 수백 명에 이르렀다.

한편, 손현은 죽음의 지옥에서 살아났다. 왜의 조총을 맞고 정신을 잃고 바다에 떨어진 후 겨우 숨이 붙은 채로 시체처럼 바닷가를 표류하던 그를 외딴 섬의 노스님이 발견해 데리고 온 것이다. 사랑하는 빈을 보겠다는 손현의 집념이 저승사자를 감복시킨 것일까. 한 달간 사경을 헤매다가 천천히 의식이 돌아왔다. 하지만 몸을 움직일 수는 없었다. 그러다 다시 정신을 잃었다. 몇 번이나 깨어났다 스러지기를 반복했다. 그렇게 삶과 죽음을 오가면서도 손현은 오직 빈에 대한 생각뿐이었다. 죽음의 고비에서도 악착같이 살아남은 것은 빈을 만나야 한다는 의지 때문이었고, 그것이 그를 죽음의 구덩이에서 올라올 수 있게 했다.

6개월 만에 겨우 기력을 회복한 손현은 후퇴하는 왜군들에게 밀양의 양민들이 남김없이 학살되었다는 소식을 듣게 되었다. 스님은 아직 불편한 몸으로 밀양으로 가겠다는 손현을 말려 보았지만 소용 없었다. 밀양으로 간 손현은 밀양의 집들을 샅샅이 뒤졌으나 모녀의 행방을 알 수가 없었다. 그는 다시 만어사를 찾았다. 혹시 그곳에 의탁하고 있을 수도 있겠다는 생각이 들었기 때문이었다. 그러나 만어사는 텅 비고 주변에는 시체가 나뒹굴고 있었다. 시체 썩는 냄새가 사방에 가득해 그야말로 지옥이 따로 없었다. 미옥이 머물던 도공마을도 쥐새끼 한 마리 보이지 않았다. 죽은 듯 고요한 마을에 서서 손현은 찢어지는 마음으로 빈의 이름을 부르짖었다. 그 소리에 한 노인이 다가왔다. 그 노인은 만어사 주지였다. 손현은 부처님을 만난 듯이 만어사 주지의 손을 잡고 말했다.

"스님, 저는 사명대사와 함께 있는 손현이라고 합니다. 사명대사께서 스님께 부탁한 모녀의 행방을 알기 위해 왔습니다. 모녀는 어디로 갔습니까?"

주지 스님은 한숨을 내쉬었다.

"이 집 모녀가 아직 돌아오지 않는 것을 보면 죽은 것이 분명하오. 여기 사람들이 대부분 죽었소. 나도 겨우 목숨을 보존하였소."

"죽는 것을 보셨습니까?"

"보지는 못했지만, 시체 태우는 냄새가 온 동네를 진동했소. 왜군들에게 더러운 꼴을 당하기 전에 스스로 목숨을 끊은 아녀자들도 많았소. 얼마 전 도공마을에서 살아남은 사람을 만났는데 그 모녀가 왜군에게 쫓기다 낙동강에 뛰어드는 것을 보았다 했소."

손현은 심장이 터질 것만 같았다. 스님 앞에서 그만 울음을 터트렸다.

"그러면 시체라도 찾을 수가 있겠습니까?"

"왜놈들이 시체를 한데 모아서 불을 질렀소. 불태우지 못한 시체는 낙동강으로 흘러갔소. 시체를 찾을 생각일랑 하지 마시오."

손현의 눈에 흐르던 눈물마저 말라 버렸다. 만어사에서 내려온 손현은 정신 나간 사람처럼 미옥의 집에 앉아 있었다. 손현은 모든 희망을 포기했다. 자신도 빈을 따라 죽고 싶었다. 그는 미친 사람처럼 울부짖으며 빈의 흔적이라도 찾고 싶어 돌아다녔다. 불타 버린 집들, 쓰러진 사람들, 폐허가 되어 버린 마을을 헤매다 문득 사명을 떠올렸다. 사명을 따라 승려가 되리라. 왜군이 조선을 도륙내는 한, 염주가 아닌 칼을 쥔 승려가 되리라. 그리고 그들을 용서하지 않으리라.

2차 진주성 전투[29]

명나라와 일본의 강화협상이 진행되는 동안, 히데요시는 포로로 잡힌 두 왕자를 조선으로 돌려보냈다. 그리고 조선의 방심을 틈타 가토 기요마사에게 은밀히 명령을 내렸다. 1차 진주성 공격에 실패한 치욕을 갚아 주기 위해 진주성을 다시 공격해 일본군의 위력을 보이라는 것이었다. 이는 협상의 우위를 점하기 위해 강온 양면의 작전을 실행하려는 것이었다. 심유경이 히데요시의 국서를 조작해서 일본의 가짜 항복문서를 들고 명나라 황제를 만나기 위해 요동에 간 사이에, 일본이 예고도 없이 진주성을 공격했다. 왜군의 기습공격에 명나라 군대는 진주성에 군사를 보내지도 못하고 허를 찔린 것이다.

1593년 7월 왜군이 진주성에 집결하고 있다는 소식을 듣고 사명은 진주성을 돕기 위해 승병을 모집하였다. 명나라 군대가 움직이지 않아 조선의 관군과 승병, 의병들만으로 삼남의 왜군과 대적해야 했다. 사명의 승병 3천은 진

---

29) 제2차 진주성 전투 : 1593년 7월 20일(음력 6월 22일)부터 같은 달 27일(음력 6월 29일)까지 진주성에서 벌어진 전투이다. 1593년 전쟁이 휴전기로 접어들면서 명나라와 일본 사이에 강화회담이 있었는데, 그 결과 일본군은 북부 및 수도권 지역에서 철수, 남해안까지 물러나게 된다. 도요토미 히데요시는 그 과정에서 왜군 전군에 진주성 공격을 명령한다. 이는 강화협상을 위한 무력시위의 성격을 가지고 있었고, 또한 침략 첫해에 가장 큰 패배를 당했던(제1차 진주성 전투) 진주성에 대한 보복의 성격도 가지고 있었다.

주성에 가까운 함안과 의령으로 향했다. 사명은 의령에서 곽재우 장군을 만났다. 곽재우 장군은 의령에서 의병을 일으켜 왜군을 축출했기에 그곳에서는 영웅으로 칭송받고 있었다. 사명은 곽재우 장군의 손을 잡고 말했다.

"우리가 여기서 진주성으로 집결하려는 왜군의 보급로를 끊어야 합니다. 우리가 돕지 않으면 진주성은 왜군에게 포위되어 몰살될 위기에 처하게 됩니다."

"대사님의 소문은 이미 조선 바닥에 자자합니다. 저도 대사님을 따르겠습니다. 그러나 우리 의병과 대사님의 승병을 합쳐도 4천 명밖에 되지 않는데 어찌 5만의 왜군을 상대하겠습니까?"

"왜군과 맞서서 싸우는 것이 아니라 강을 건너려는 왜군에게 화살을 퍼부어서 강을 건너지 못하게 하면 됩니다. 우리 승군들의 화살 실력은 천하제일입니다. 수련으로 단련된 스님들의 화살은 백발백중입니다. 강을 건너려는 배는 불화살로 쏘아 불바다를 만들 것입니다."

곽재우 장군은 사명을 믿고 정암진 나루의 강둑 어귀에 승군과 함께 군사를 배치하고 적을 기다렸다. 3만의 왜군이 진주성으로 가기 위해 배를 타고 강을 건너기 시작했다. 승군들은 기다렸다는 듯이 불화살을 퍼부었다. 왜군의 배는 불더미 속에 파묻히고 불을 피해 강으로 뛰어드는 자가 속출했다. 이때를 놓치지 않고 승병의 화살은 강에서 헤엄치는 왜군들을 향해 쏟아졌다. 일부 정암진 나루터로 올라오는 왜군들은 곽재우 장군의 병사들이 달려들어 한 놈도 살려두지 않았다. 이날의 정암진 전투(鼎巖津戰鬪)[30]로 3만의 왜군 가운데 절반이 불에 타죽거나 물에 빠지고 화살에 맞아 죽었다. 왜군들은 더 이상 강을 건너지 않고 강 저편에서 대기하고 있었다.

---

30) 정암진 전투(鼎巖津戰鬪) : 진주 남강 유역인 경상남도 의령 정암진에서 곽재우(郭再祐)가 이끈 의병이 일본군과 벌인 전투이다.

왜군들은 강 건너기를 포기하고 대구에 집결해서 의령을 노렸다. 의령은 방어할 만한 견고한 성이 없어 대구에서 5만의 왜군이 육로로 의령을 쳐들어온다는 소식을 듣고 사명과 곽재우는 진주성으로 가는 길목인 의령을 버리고 게릴라전에 유리한 산속으로 들어갈 수밖에 없었다. 사명은 눈물을 삼키며 왜군들이 진주성으로 집결하는 것을 지켜보았다. 소수의 의병과 승병의 힘으로는 막을 수가 없었다. 사명은 전라도에 있는 권율 장군에게 도움을 청하기 위해 전라도로 향했다. 하동과 산청으로 군사를 모아서 진주성을 공격하는 왜군들을 배후에서 공격하기로 한 것이었다. 사명이 전라도로 향한 사이에 진주성은 10만 대군의 왜군들에게 열흘을 버티지 못하고 함락되었다. 사명은 하늘의 별이 떨어지는 것을 보고 하늘을 향해 소리치며 울었다.

'아, 무고한 백성들이 짐승처럼 살육되고 있도다. 나는 또 칼을 품고 슬피 울부짖고 있다.'

왜군은 끝까지 저항한 진주성 백성들을 한 사람도 살려두지 않고 도륙했다. 이때 왜군이 죽인 양민이 6만을 넘었다고 기록되어 있다. 심지어 한 사람씩 죽이기 귀찮다며 창고에 사람들을 한꺼번에 가두고 불을 질러서 죽이는 만행을 저질렀다. 그 대상은 어린이도 노인도 가리지 않았다. 여자들은 겁탈하고 노리개로 삼았다. 그중 한 여인이 적장을 껴안고 남강으로 뛰어들었다. 논개였다. 논개와 함께 남강에 몸을 던진 여자도 수백이었다. 피로 물든 남강 위에 꽃다운 여인들의 시신이 피에 젖어 떠돌았다. 사명은 피로 물든 남강을 바라보며 피눈물을 흘렸다. 진주성 싸움 이후, 진주성 바깥 정암진과 의령에서 홀로 싸운 공적을 인정해 조정에서는 사명대사에게 종2품 도총섭 중추부 첨지사를 내렸다. 그러나 사명은 그 교지를 피로 물든 진주 남강에 던져 버렸다. 선조가 내린 종2품의 교지는 무고한 백성의 피에 젖어 떠내려갔다.

일본에 끌려온 미옥과 빈

미옥과 빈을 실은 배가 일본에 도착했다. 항구에 도착한 왜군들은 먼저 포로들을 분류했다. 젊고 튼튼해 뵈는 남자들은 나가사키 항으로 보내졌다. 건장한 여자들은 노예로 팔렸다. 굶어 죽기를 각오한 미옥은 식음을 전폐했다. 이 소식을 듣고 왜장이 뼈만 앙상한 두 모녀를 찾아왔다. 미옥은 왜장에게 붓과 종이를 달라고 했다. 미옥은 자신과 딸이 왜 죽어야만 하는지 마지막 심정을 담아 한시(漢詩)를 지어서 보여주었다. 왜장은 미옥의 한시를 보고 깜짝 놀랐다. 그녀가 보통의 여자와는 다르다 생각한 것이다. 이 사실을 영주에게 보고했다. 유교와 불교에 대한 학식이 있던 영주는 미옥을 만나본 후 두 모녀를 잘 살피라 지시했다. 다음 날 조선에서 끌려온 도공이 두 모녀를 찾아와서 말했다.

"이곳의 영주는 부인의 학식을 높이 사서 잘 보호해 주겠다고 약속했습니다. 죽음만 생각하지 말고 살길도 생각해야 합니다. 포기하면 포기할 핑계만 생기고 살겠다고 마음먹으면 살아야 할 이유가 반드시 생기는 것입니다. 영주께서 부인과 따님을 저희 도공마을로 보내 저희가 만드는 도자기에 부인의 글과 그림을 새기고자 합니다."

미옥은 도공에게 말했다.

"이 원수의 나라에서 살아 봐야 뭘 하겠습니까? 그냥 저희 모녀를 죽게 내버려 두십시오."

"살아서 고향으로 돌아가야죠. 우리도 그 희망 하나로 버티고 있습니다. 살겠다는 의지만 가진다면 못할 게 없습니다."

미옥은 빈을 위해서라도 결단을 내려야만 했다. 결국 망설이다가 입을 열었다.

"우리 모녀를 도공마을로 데려가 주십시오."

도공은 기뻐하며 말했다.

"제가 목숨을 걸고 부인과 따님을 지켜 드리겠습니다."

영주는 미옥과 빈을 도공마을로 보내 도자기에 글씨와 그림을 그리는 일을 하도록 했다. 모녀는 일본인이 갖고 싶어 하는 도자기에 그림이나 한자를 새겨 넣는 일을 하며 도공마을에 정착했다. 도공들을 관리하는 영주는 조선의 도공들이 만들어 내는 도자기에 몹시 만족했는데, 그중에서도 미옥이 도자기에 그려 넣은 산수화와 해서체 글씨에 감탄했다. 영주들은 앞다투어 이 도자기를 구입했다. 미옥과 빈을 관리하는 막부의 영주는 도쿠가와 이에야스의 가신으로 조선의 높은 문화를 존중하고 있었다. 어느 날 영주가 미옥을 불렀다.

"조선으로 돌아갈 생각은 버리시오. 조선은 없어졌소. 조선의 왕도 조선을 버리고 명나라로 도망가 버렸소. 이제 조선과 일본은 하나가 되었으니 그대만 마음을 돌려먹는다면 함께 온 포로들도 막부 백성으로서 동등하게 살도록 해주겠소."

미옥은 영주의 말에 대답도 없이 고개만 숙이고 있었다.

영주들은 자신들의 부족한 지적 허영심을 채우고, 또 과시하기 위해 도자기에 새긴 미옥과 빈의 글씨를 이해하지도 못하면서 비싸게 구입했다. 그러면서 일본의 고위층 관료에게 미옥과 빈의 도자기가 알려지고, 모녀의 글과 그림이 그려진 도자기 소문이 일본 다도 문화의 최고봉인 센 리큐의 딸, 오긴(吟)에게까지 전해졌다.

히데요시의 조선 정벌을 반대하다 자결한 일본 제일의 다도인 센 리큐의 딸 오긴은 도쿠가와 가문으로 피신해서 아버지를 이어 다도를 계승하고 있었다. 다도에는 다기가 아주 중요했다. 오긴은 아버지가 아끼는 찻잔을 간직하고 있었다. 그런데 그 찻잔보다 더 정교하고 예술적인 작품을 포로로 끌려온 조선인 도공들이 만든다는 소식을 듣고는 미옥이 있는 조선인 도공마을로 찾아온 것이다. 오긴은 도자기에 글을 새긴 사람을 만나보고 싶었다. 그런데 글을 새긴 사람이 조선의 유학자가 아니라 여성인 것을 알고는 깜짝 놀랐다. 오긴은 아버지의 영향으로 이미 조선의 도자기에 푹 빠져 있었다. 그녀는 관리인을 따라 도공마을을 구경한 이후 날마다 찾아왔다. 관리인이 도자기를 점검하고 있는 사이에 오긴은 도자기에 그림을 그리는 모녀를 지켜보았다. 처음 미옥과 빈을 보는 순간부터 친하게 지내고 싶었지만 미옥과 빈은 오긴을 냉정하리만큼 쌀쌀하게 대했다. 그러나 오긴은 그들의 마음이 풀릴 때까지 기다리며 그녀들의 뒷바라지를 했다.

미옥과 빈의 산수화 실력과 학문이 높음이 점차 알려지면서 막부의 높은 고위직 부인들이 미옥에게 배움을 청하였다. 막부의 여인들은 미옥의 깊은 학문과 지식에 감화되어 그녀를 존경하게 되었다. 미옥은 이 여인들을 이용해 조선으로 돌아갈 궁리를 했지만, 돌아갈 방법은 찾지 못하였다.

4년간의 휴전, 그리고 강화조약에서 배제된 조선

1592년 4월 시작된 임진왜란은 1593년 6월 2차 진주성 전투 이후, 1597년 2월 정유재란(丁酉再亂)이 일어나기까지 4년 동안 휴전 상태에 있었다. 명분도 없는 전쟁이지만 히데요시 눈치를 보느라 일본으로 돌아갈 수도 없고 계속 전쟁을 할 수도 없는, 어정쩡한 4년의 휴전이었다. 명나라 군대는 막대한 희생을 감수하면서까지 일본과의 전쟁을 계속할 생각이 없었다. 명군의 총책인 병부상서 석성(石星)은 이렇게 말했다.

"우리가 왜와 원수질 까닭이 없다. 속국이 넘어지는 것을 차마 두고 볼 수 없어, 특별히 군사를 일으켜서 한양과 평양을 수복시켜 주었다. 조선도 그것으로 만족해야 한다."

명나라와 일본은 이미 휴전에 합의했지만, 명·일 강화협상에서 조선은 완전히 소외되어 어떤 내용이 오고 가는지도 모르고 있었다. 강화협상이 진행 중인 것을 알게 된 유성룡은 명의 이여송에게 말했다.

"대장군, 수세에 몰린 왜가 시간을 벌기 위해 거짓으로 강화를 하려는 것입니다. 저들의 속임수에 절대 넘어가서는 안 됩니다."

이여송은 빨리 전쟁을 끝내고 고향으로 돌아가고 싶은 마음뿐이었다.

"강화협상은 명 황제와 조정의 결정이니 소장은 그 결정에 따를 뿐이오."

유성룡은 다시 한번 강하게 밀어붙였다.

"대장군도 잘 알고 있지 않습니까? 왜놈들은 절대로 물러날 놈들이 아닙니다. 휴전 중에도 삼남 지방에 성을 쌓고 자신들 땅이라고 우기고 있습니다. 우리 조선은 한 치의 땅도 왜놈들에게 내줄 수 없습니다. 대장군께서 공격을 할 수 없다면 조선 군사들이라도 공격할 수 있게 해주십시오."

이여송이 벌컥 화를 냈다.

"내 명령을 어기고 방해하면 위아래 가릴 것 없이 황제의 명으로 처단하겠소."

유성룡은 더 이상 말하지 못하고 물러 나왔다. 이후 이여송은 조선 왕에게 사신을 보내 조선군이 일본군에게 보복하지 말라는 명까지 내렸다.

휴전 기간에 히데요시에게 아들이 태어났다는 소식이 전해졌다. 1593년 8월이었다. 이 아들이 바로 일본의 역사를 뒤바꾼 도요토미 히데요리(豊臣秀賴)[31]였다. 히데요시는 첫아들 츠루마츠를 잃고 난 후에 서둘러 후계를 누나의 아들 히데쓰구에게 넘긴 상황이었다. 그런데 육십이 넘은 나이에 아들이 태어났다. 이 아들로 인해서 히데요시의 정부인인 네네와 이 아들을 낳은 요도도노와의 권력 다툼이 일어났다. 히데요시의 조강지처인 네네의 측근은 어릴 때부터 히데요시를 따르던 가토 기요마사였으며, 히데요시가 권력을 잡은 후에 히데요시의 최측근이 된 이시다 미쓰나리는 요도도노의 편에 서 있었다. 여자들의 싸움이 처절한 권력 싸움으로 번져 가고 있었다.

---

31) 도요토미 히데요리(豊臣秀賴, 1593~1615) : 도요토미 히데요시가 말년에 얻은 아들. 도요토미 히데요시와 그의 측실 요도도노 사이에서 태어난 차남으로, 히데요시 사후 세키가하라 전투를 비롯한 도쿠가와 세력과의 알력 끝에 1615년 오사카 전투에서 오사카성이 함락되자 생모 요도도노와 함께 자결했다.

아들이 태어났다는 소식에 히데요시는 전쟁을 끝내고 일본의 안정을 찾아 아들에게 후계 자리를 물려주고 싶었다. 히데요시의 의중을 파악한 고니시 유키나가는 협상의 조건들이 명나라에서 받아들일 수 없는 조건임을 알면서도 명나라 협상 대표인 심유경과 짜고 희대의 대사기극을 연출하고 있었다. 명나라 대표 심유경은 히데요시의 강화조건을 듣고 속으로는 기겁을 했다. 그러나 고니시의 뇌물을 받은 심유경은 거절하지 못하고 히데요시의 강화조건을 관철시키겠다는 거짓말로 일본에서 대접을 잘 받고 조선으로 돌아갔다. 심유경은 조선에도 일본의 강화조건을 알리지 않고 명나라로 돌아갔다. 그리고 명나라 조정에 히데요시가 제시하는 강화조건을 이야기했다가는 목이 날아갈 것이 뻔했기 때문에 보고도 하지 않고 기약 없이 시간만 끌고 있었다. 그사이 전쟁은 소강 상태에 접어든 것이다. 이때 일본은 배를 만들 시간을 벌었으며, 조선은 협상에서 배제된 채 명나라 눈치만 보느라 손을 놓고 있었다.

고향을 그리워하는 미옥과 빈

미옥과 빈은 고향이 그리울 때마다 서쪽 바다를 바라보았다. 이 바다의 끝에는 조선이 있을 것이다. 두 사람은 고향으로 돌아갈 수 있도록 도와달라 부처님께 빌었다. 하지만 세월은 무심하게 흘러만 갔다. 여러 영주의 아들들이 빈에게 눈독을 들이고 있었다. 영주들은 당시 조선에 대해 학문적 열등감을 가지고 있었다. 그런 그들에게 미옥과 빈의 학문은 누구보다 월등해 보였다. 하지만 빈은 그들의 꼬임에 넘어가지 않았다.

그러는 사이 봄이 오고 또 다른 봄이 왔다. 일본인들은 조선인 포로들에게는 절대로 조선의 소식을 알려주지 않았다. 두 사람이 포로로 끌려온 지도 3년이 지났다. 빈은 이제 일본 말에 익숙해지기 시작했다. 그러나 미옥은 매일 기도를 올렸다. 한때 원망도 했던 부처님께 기도를 올리면서 사명을 생각했다. 이런 미옥의 마음을 달래준 사람은 오긴이었다. 오긴은 며칠에 한 번씩 미옥을 방문해 미옥에게 서예와 한시를 배우고 있었다. 그녀는 미옥에게 간간이 조선의 소식도 전해 주었다.

"일본의 군대가 아직 조선에 있긴 하지만, 지금은 휴전 중이랍니다."

미옥이 물었다.

"전쟁이 끝나면 우리들은 조선으로 돌아갈 수 있을까요?"

"언젠가는 돌아갈 수 있다는 희망을 가져야지요."

"전쟁이 언제나 끝날 것 같습니까?"

"일본은 조선의 남쪽 4도를 일본에 넘기라고 요구하고 있어요. 요구가 관철된다면 끝날 수 있겠지요."

미옥은 깜짝 놀랐다. 남쪽의 4도라고 하면 경상도, 전라도, 충청도, 강원도를 말하는 것이다.

'그렇다면 경상도, 전라도, 충청도, 강원도가 일본 땅이 된다는 말인가? 그러면 고향으로 영원히 돌아갈 수 없다는 말인가?'

미옥은 머리가 복잡했다. 도공마을 사람들은 일본인들 몰래 조선을 바라보며 제사도 지내고 조선의 음식과 문화도 지켜 나가고 있었다. 그러나 설날이 몇 번 지나고 추석이 몇 번 지나도 고향 소식은 감감하고, 돌아갈 기약조차 없자 일본인과 결혼해서 일본인처럼 행세하는 사람도 점점 늘고 있었다.

히데요시의 선택

히데요시는 명나라 사신에게 강화조건을 제시하고 혼자 흐뭇해하였다. 육십이 넘어 아들도 얻었는데, 그 아들이 복덩어리인 것 같았다. 아들 출생 후 조선에서도 오랜만에 승전 소식이 들려왔다. 1차 진주성 싸움에서 실패한 치욕을 이번 2차 진주성 공격에서 만회하고 강화조건의 유리한 고지를 점령했다고 생각했다. 히데요시가 조선의 남쪽 4개 도를 넘겨달라고 한 것은 조선에 출전한 영주들에게 나눠주고 나면 자신은 조선 전쟁의 책임에서 자유로워질 것이라 판단한 때문이었다. 이제는 히데요시 입장에서도 빨리 전쟁을 마무리하고 싶어졌다. 옆에서 지켜보던 신하들 가운데 호기롭게 명나라를 정벌하겠다고 큰소리친 히데요시가 조선의 남쪽 땅만 차지하고 만족하는 모습에 비웃는 사람마저 생겼다. 길어지는 강화협상 기간에 명나라 장군 이여송이 명나라로 돌아갔다는 소식에 히데요시는 안도의 한숨을 쉬었다. 휴전 기간 동안 히데요시는 온통 아들 문제에 신경이 집중되었다. 육십이 넘어서 아들이 태어나리라곤 생각조차 못했기에 첫아들 츠루마츠가 죽은 이후, 이미 후계자 자리를 조카에게 넘겨 버린 상태였다.

후계자인 조카 히데쓰구는 히데요시를 너무나 잘 알기에 이 상황을 두려워하고 있었다. 히데요시가 자신을 완전히 믿지 못하고 있고, 아들이 태어나면 자신의 자리가 위험해진다는 사실도 잘 알고 있었다. 또 자신을 끝까지 지켜줄 할머니도 이미 이 세상에 없었다. 할머니 오만도코로가 죽기 전에 며느리 네네에게 히데쓰구를 부탁하고 돌아가신 것도 세상이 다 알고 있었다. 하지만 이제 히데쓰구가 믿을 사람은 어릴 때부터 자신을 좋아했던 히데요시의 조강지처 네네밖에 없었다. 그는 새로 태어난 히데요리의 친모 요도도노가 무서웠다. 요도도노는 권력욕이 있는 여자로, 자신의 아들을 히데요시의 후계자로 세우고 싶어 한다는 걸 알기 때문이었다. 그녀는 이시다 미쓰나리를 통해서 그 계획을 은밀히 진행시키고 있었다.

임진왜란의 휴전 기간 동안 일본에서는 히데요시의 후계자 문제로 온통 나라가 흔들렸으며, 그런 연유로 조선에 나가 있는 장수들에게는 누구도 신경 쓰는 사람이 없었다. 가토 기요마사는 울산의 성에 박혀서 꼼짝도 못하고 있었고, 이 와중에 고니시 유키나가는 명나라 심유경과 히데요시를 속이는 사기 강화조약을 꾸미고 있었다. 고니시 유키나가는 히데요시가 후계자 문제로 정신이 팔려 있을 때 명나라 황제의 문서를 조작해서 히데요시가 원하는 문구로 바꿔 놓았다. 히데요시가 요구하는 조선의 남쪽 4개 도는 이미 경상도와 전라도 남쪽을 점령하고 있기에 나머지 땅만 차지한다면 전쟁을 싫어하는 명나라를 설득해 전쟁을 끝낼 수도 있다는 착각에 빠지게 만들었다.

명나라와 일본의 강화협상이 진행되는 동안 이여송은 영전되어 명나라로 돌아가고, 명의 부총병으로 유정(劉綎)이 오게 되었다. 명나라 장수 유정도 심유경과 고니시 유키나가 사이에 강화안이 오가는 것은 알고 있었으나 철저하게 비밀로 진행되는 바람에 소외되어 있었다. 유정 부총병은 권율 도원수를 불러 이렇게 말했다.

"지금 일본에서는 고니시 유키나가가 주도권을 쥐고 명에서는 심유경이 강화의 주도권을 쥐고 있소. 우리들은 목숨 걸고 싸우고 있지만 강화가 체결되면 모든 공은 저들이 차지할 것이오. 내가 듣기론 왜군 장수 가토 기요마사와 고니시 유키나가의 사이가 좋지 않다고 들었소. 가토 기요마사도 강화협상에서 소외되고 있는데, 우리가 이 사이에 가토 기요마사를 이용해서 강화협상이 어떤 내용인지 알아보는 것이 중요하오. 내가 이미 가토 기요마사에게 서신과 선물을 보냈소. 은밀히 편지를 줄 테니 조선의 유명한 스님을 사자로 보내는 것은 어떻소?"

도원수 권율은 그 역할을 할 사람은 사명대사뿐이라는 사실을 잘 알고 있었다. 적의 진영에 목숨을 걸고 가려는 사람이 없었기 때문이다. 권율은 의령에 내려온 사명을 불렀다.

"대사님, 대사님의 구국충정은 온 백성이 다 알고 있습니다. 대사님께서 적장 가토 기요마사를 한번 만나 주십시오. 지금 명나라와 왜군 사이에 계략을 꾸미고 있다는 첩보가 있는데 조정에서는 그 내용을 알지 못합니다. 명의 심유경과 고니시 유키나가 사이에 비밀리에 진행되고 있답니다. 그러니 대사님께서 가토 기요마사를 만나서 강화협상 내용을 좀 알아봐 주시고 울산성의 동태도 파악해 주셨으면 합니다."

권율은 머리를 숙여서 사명에게 부탁했다.

"소승이 무슨 힘이 있겠습니까만 도원수께서 그토록 중요한 일이라고 부탁하시니 제 한 목숨 바쳐서라도 해보겠습니다. 저는 부처님께 의탁할 때 이미 삶과 죽음을 초월했습니다. 이 죽음의 전쟁을 빨리 끝낼 수 있다면 소승이 무엇인들 못하겠습니까. 울산의 가토 기요마사를 만나겠습니다. 만약 제가 돌아오지 못하면 제 시신을 거두어 고향 남천강에 뿌려 주십시오."

허균의 방문

사명이 가토 기요마사를 만나러 간다는 소식을 듣고 허균이 찾아왔다. 가토 기요마사가 난폭하고 무자비하다는 걸 익히 들어 알고 있기에 사명을 말리려 찾아온 것이다. 허균에게 사명은 형님 같고 스승 같고 부모 같은 존재였다.

"형님께서 울산 왜성에 있는 가토 기요마사를 만나러 간다 들었습니다. 죽음을 무릅쓰고 찾아가는 연유가 무엇입니까?"

사명은 허균이 자신을 말리러 왔다는 것을 알고는 웃으며 말했다.

"무고한 백성이 굶어 죽고 병들어 죽어가고 있는데 나라에서는 아무런 방책이 없으니 내가 나서는 것일세. 백성의 고통을 가만히 볼 수가 없어 내가 나서는 것이야."

"형님이 이 전쟁을 끝낼 수 있다고 생각하십니까? 왜놈들은 짐승 같은 놈들입니다. 그리고 가토 기요마사는 사람 목숨을 파리 목숨처럼 여기는 살인광이라고 소문이 나 있습니다."

"알고 있네. 그런데 듣자 하니 그도 불자라고 하더군. 그자 곁에는 일본에서 함께 온 스님들도 있다고 하니 너무 큰 걱정은 마시게."

"왜놈들은 인간의 도리를 모르는 짐승들입니다. 그자들이 부처님의 말씀을 따르는 인간들이라면 과연 사람을 이렇듯 도륙할 수 있었겠습니까?"

사명은 잠시 말이 없었다.

"교산, 그들도 사람 아니겠는가? 나는 죽기를 각오하고 적진으로 들어가는 것일세. 죽음을 각오하면 두려울 것이 없다네."

"형님은 아직 해야 할 일이 많습니다. 그런데 고통에 시달리는 백성을 버려두고 혼자서 극락세계로 가겠다는 말입니까?"

"나는 극락세계로 가지는 않겠네. 죽어서도 고통받고 신음하고 있는 중생들과 함께할 것이야."

허균은 사명의 말에 눈물을 흘렸다. 어릴 때부터 봐 온 사명이 어쩌면 그의 운명을 바꾸었다. 당파싸움만 일삼으며 자신들의 권력 유지를 위해 비방과 모략으로 사람을 죽이는 양반들의 행태가 신물이 났다. 그런 중에 방황하는 허균 앞에 사명이 나타난 것이다. 물론 형 허봉을 통해서 사명을 알게 된 것이지만, 사명을 만나면 만날수록 빠져들게 되었다. 그런 만큼 사명을 잃고 싶지 않았던 것이다.

"나는 교산을 어릴 때부터 지켜봤네. 교산 같은 사람이 조선을 다스리면 조선은 천하의 제일이 될 것이라 생각했어. 그러나 이 진흙탕 같은 조선 조정에 교산은 어울리지가 않아. 지금 조정에는 겉으로 번지르르하게 말 잘하고 임금에게 아첨하는 사람들이 가득하지. 교산은 그 틈을 비집고 들어갈 수가 없어. 원래 세상 이치는 사람을 잘 만나야 하는 것이야. 자신의 능력을 알아봐주는 주인을 만나야 그 능력을 잘 키울 수 있지."

허균은 사명의 말에 어떤 생각이 번개처럼 떠올랐다.

"그러면 형님이 원하는 나라는 어떤 나라입니까?"

"내가 원하는 나라는 양반과 노비의 구별도 없고 다 함께 부처님의 말씀을 따르는 나라라네. 그러나 이 지상에서 그런 나라를 만드는 것은 헛된 꿈에 불과하겠지."

"저는 그런 나라를 아주 먼 무인도에서 만들어 볼까 합니다. 모두가 평등한 이상적인 나라, 모두가 꿈꾸는 평화로운 나라, 그런 나라를 형님과 만들어 보고 싶습니다."

"현실 세계에서는 불가능한 일이야."

"전에 형님이 제 생각을 글로 써보라 말씀하셨지요. 그런 나라가 현실에서 불가능하다면 제 글 속에서 한 번 만들어 보지요."

"교산, 그런 글을 쓰면 조정에서 역모를 꾸민다고 교산을 잡아갈 걸세."

"상상 속 이야기일 뿐입니다. 이야기 속에서야 불가능한 것이 있겠습니까? 현실 세계에서 못 이룰 꿈이라면, 상상 속 이야기로 만들면 되지요."

"그렇구만, 허허. 교산이 글로 만들어 놓은 이상세계가 어떨지 꼭 한번 읽어 보고 싶네그려."

"완성하면 제일 먼저 보여드리겠습니다."

"고맙네. 이렇게 오랜만에 만났는데 곡차라도 한잔 하고 가시게. 안주는 나물밖에 없지만, 술은 오래돼서 맛이 있을 걸세. 나도 오늘 교산과 얼큰하게 취하고 싶네."

둘은 막걸리 한 항아리를 밤을 새워 비웠다. 어디선가 들려오는 풀벌레 소리가 두 사람의 이야기에 맞춰 흥을 돋웠다.

1594년 4월, 사명과 가토 기요마사의 1차 회담

명나라 도독 유정은 권율 장군으로부터 사명대사가 가토 기요마사와의 만남을 수락했다는 소식을 듣고 사명을 만나고자 했다. 사명이 유정 도독이 있는 막사를 찾았다. 유정 도독은 사명에게 예를 갖춰 인사했다.

"대사님께서 어려운 일을 맡으셨다고 들었습니다. 청을 들어주셔서 감사합니다."

사명은 고개를 숙여 예를 표한 후, 짧게 말했다.

"도독께서 소승에게 그 임무를 맡긴 연유를 먼저 듣고 싶습니다."

"세 가지 이유가 있습니다. 첫째 강화 대표인 심유경은 믿을 수 없는 사람입니다. 그는 거짓말을 밥 먹듯이 하는 사람이지요. 지금 들리는 소문에는 일본의 도요토미 히데요시가 우리 황제 폐하의 책봉을 원하며, 조공을 허락해주면 철수하겠다고 하는데 저로서는 믿을 수 없는 이야기입니다. 그걸 원했으면 히데요시는 처음부터 무리한 전쟁을 하지도 않았을 것입니다. 둘째는 협상을 진행하고 있는 고니시 유키나가와 협상에서 배제된 가토 기요마사의 사이가 좋지 않다고 합니다. 그래서 가토 기요마사에게 고니시 유키나가의 협상 내용을 넌지시 알려주고 실제 히데요시가 원하는 협상 조건이 무엇인지 알아내는 것입니다. 그 내용이 다르다면 그것은 고니시 유키나가가 심유경과 짜고 히데요시에게도 거짓말을 하고 있다는 것이지요. 그러면 선봉에 있는 두 사람을 서로 이간질을 시켜야 이 전쟁에서 우리가 이길 수 있습니다. 셋째는 협상에서 배제된 조선의 입장을 대사님께서 가토 기요마사에게 명확히 하셔야 한다는 것입니다."

사명은 도독의 말을 듣고서야 비로소 굳어 있던 표정이 풀렸다.

"알겠습니다. 제가 가토 기요마사를 만나서 실상을 알아보겠습니다."

"고맙습니다. 조선에 대사님 같은 분이 계셔서 참으로 다행입니다. 가토 기요마사에게는 제가 소개장을 써주겠습니다. 대사님의 성함을 사명대사라고 하시면 안 됩니다. 왜군들은 이미 사명대사는 왜군과 싸운 승병 대장이라는 것을 알고 있습니다. 대사님은 중국에서 공부한 스님으로, 명나라에 있을 때 저와 교분을 쌓은 조선의 고승이라고 소개하겠습니다. 가토 기요마사도 불심이 깊은 사람이라 대사님을 배척하지는 못할 것입니다."

"알겠습니다. 그러면 송운으로 하겠습니다. 소나무에 걸친 구름으로 송운대사라고 소개하십시오."

"송운대사님, 감사합니다."

동해바다가 한눈에 내려다보이는 울산의 서생포성은 바다와 일본을 잇는 길목으로 가토 기요마사의 요새였다. 1594년 4월, 사명은 명나라 유정 도독의 소개장을 가지고 울산의 가토 기요마사를 찾아갔다. 사명의 목적은 물론 적정을 탐방하고 극비리에 진행되고 있는 명나라와 일본의 회담 내용을 탐문하려는 것이었다. 적진에 들어간 사명은 송운(松雲)이라 자칭하고 '대선사(大禪師)'라 소개하면서 가토 기요마사를 대면하였다. 가토 기요마사는 조선의 큰 스님이 오셨다는 소식을 듣고 만남을 허락하였다.

왜군이 지은 울산성은 화려하고 규모가 컸다. 성안으로 들어가니 긴 회랑 끝에 가토 기요마사의 방이 있었다. 으리으리하게 꾸며진 방에는 호랑이 가죽이 깔려 있었다. 가토 기요마사의 자리 옆에는 호랑이 박제가 위용을 드러내고 있었는데, 날카로운 이빨이 위협하며 울부짖는 것만 같았다. 그 방에서 잠시 기다리자 가토 기요마사가 호위무사와 함께 들어왔다. 화려한 갑옷 차림의 가토 기요마사는 큰스님이라는 소문을 이미 듣고 예우하듯 호랑이 가죽에 앉으라고 권했다. 사명은 앉지 않고 서서 가토 기요마사에게 말했다.

"어찌 살생을 금하는 불가의 승려에게 죽은 호랑이 가죽에 앉으라는 말씀이시오? 장군의 나라에서도 불교를 숭상한다고 들었소. 장군께서는 소승을 욕보이시려고 이런 자리를 만드신 것입니까?"

사명의 냉엄한 한마디에 가토 기요마사는 바로 사과하며 말했다.

"소장이 큰스님께 무례를 범했습니다. 대사님께서는 조선의 큰스님이라고 들었습니다. 소장의 무례를 용서하십시오."

가토 기요마사는 호랑이 가죽과 박제를 모두 치우게 하고 간단한 다과상을 차리게 했다. 가토 기요마사와 함께 따라온 일본 승려 닛신(日眞)은 사명대사를 보자마자 그가 큰스님이란 것을 바로 알아보았다. 가토 기요마사가 사명을 의심할 때도 닛신은 사명의 편을 들었다.

"송운대사는 부처님의 말씀을 실행하는 큰스님입니다. 소승이 보기에 장군께서 믿으셔야 합니다. 장군께 해를 끼칠 사람이 아닙니다. 비록 송운대사가 조선의 승려이지만 그는 부처님의 제자입니다. 그분은 조선과 일본을 위해 큰일을 하실 분입니다."

가토 기요마사는 닛신의 말에 어느 정도 믿음이 생기자, 명나라와 일본의 강화 내용에 대해 얘기했다. 사명은 가토 기요마사가 말하는 강화 내용 중에 히데요시가 요구하는 강화 조건을 듣고 깜짝 놀랐다. 일본이 요구하는 강화 조건 가운데는 "조선 8도를 분할해서 남쪽 4도를 일본에 할양할 것", "조선의 왕자 1인을 일본에 인질로 보낼 것" 등, 용납하지 못할 것들이 포함되어 있었던 것이다. 이 사실을 알고 있던 가토 기요마사는 오히려 고니시 유키나가에게 공을 뺏기지 않기 위해 사명대사에게 그 내용을 털어놓았다.

가토 기요마사는 독실한 불교 신자이고 고니시 유키나가는 가톨릭 신자였다. 이미 경쟁 관계에 있던 가토 기요마사와 고니시 유키나가의 사이가 좋지 않다는 정보를 유정 도독이 알려주었기 때문에 사명은 가토에게 은근히 고니시 유카나가의 문제점을 이야기했다. 그러자 가토가 마음을 열고 사명에게 모든 것을 털어놓기 시작한 것이다. 회담을 마치고 헤어지면서 가토 기요마사는 사명의 인품에 감동되어 휘호를 청했고, 사명은 다음과 같이 써주었다.

옳은 일이 아니면 이로움을 찾지 말라	正其誼而 不謀其利
밝은 곳에는 해와 달이 있고	明有日月
어두운 곳에는 귀신이 있으니	暗有鬼神
진실로 내 것이 아니라면	苟非吾之所有
비록 털 한 올이라도 탐내지 말라	雖一毫而莫取

두 영웅

사명은 가토 기요마사와의 1차 회담 후에 제일 먼저 이순신에게 편지를 보냈다. 울산에 머물고 있는 왜적의 숫자와 동태에 관한 보고서였다. 이순신과 사명은 서로를 인정하는 영웅들이었다. 영웅이 영웅을 알아본다고 이순신은 처음부터 사명을 보고 그 인품에 반하게 되었다. 자신의 권력과 가문의 영광만을 위해서 약삭빠르게 움직이는 조정의 대신들과는 달랐다. 그리고 자신의 왕권 유지를 위해 오히려 조정 대신들의 당파싸움을 부추기는 왕도 한편으로는 믿을 수가 없었다. 이순신이 믿는 대신은 율곡 이이와 서애 유성룡뿐이었지만, 율곡은 당파싸움에 싫증을 느끼고 미련 없이 고향 파주로 귀향한 후 세상을 떠났고, 고군분투하고 있는 유성룡은 흔들리는 군주의 곁에서 힘을 발휘하지 못하고 있었다. 이순신은 처음부터 조정의 관료들을 믿지 않았다. 그런데 스님 한 분이 싸움의 한가운데서 목숨을 아끼지 않고 선봉에 서는 모습을 보게 된 것이다. 그때부터 이순신은 사명을 믿으며 전쟁 중에 서로 의지하는 사이가 되었다. 사명이 가토 기요마사와 만난 후에 제일 먼저 편지를 보낸 곳이 이순신의 진영인 이유가 여기에 있는 것이다.

이순신은 사명의 편지를 받고 그날 『난중일기』에 이렇게 기록했다.

흐리고 가랑비가 내리다가 저녁에는 큰비가 내렸다. 밤새도록 지붕에 비가 새어서 마른 데가 없었다. 각 배에 탄 사람들의 거처가 괴로울 것이 매우 염려스러웠다. 유정(사명대사)이 적진 가운데로 왕래하며 문답한 초기를 보내와서 보았더니 분통함을 이길 수 없었다.[32]

---

32) 『이충무공전서』, 「난중일기」, 갑오년(1594년) 5월 16일(계사).

사명과 가토 기요마사의 2차 회담³³⁾과 설보화상(說寶和尙)

1차 회담이 끝나고 3개월 후인 1594년 7월, 가토 기요마사가 사명에게 만나자는 전갈을 보내왔다. 이번에는 사명이 느긋한 마음으로 가토 기요마사를 만날 수 있었다.

가토 기요마사는 1차 회담에서 사명과 친해졌다고 생각하고 사명대사에게 물었다.

"조선의 보배가 있다고 들었습니다. 소장이 그 보배를 갖고 싶은데 조선 최고의 보배가 무엇입니까?"

사명대사는 망설임 없이 곧바로 답했다.

"지금 현재는 장군의 목이 조선 최고의 보배입니다."

가토 기요마사는 어리둥절해하며 말했다.

"내 목이 어떻게 해서 조선의 보배라는 말입니까?"

사명대사는 큰소리로 대답했다.

"장군의 목에 큰 상금이 걸려 있어서 온 조선 백성이 장군의 목을 노리고 있으니, 어찌 장군의 목이 조선 최고의 보배가 아니겠소?"

---

33) 『선조실록』, 1594년 9월 15일. 경상 좌병사 고언백이 급보를 올렸다. "승장 유정(사명대사)이 8월 10일 가토 기요마사의 진영에 가서 명나라 도독부의 편지를 청정에게 주고 대담했다."

가토 기요마사는 당황해서 얼굴이 벌게졌다. 순간 화가 나 칼을 잡았으나, 사명의 대범함에 밀리지 않겠다고 스스로를 다독이며 화를 가라앉혔다. 그리고 대범한 척 미소를 보였다.

"내 목이 조선의 보배인 줄 모르고, 대사에게 조선의 보배를 물었습니다. 내가 어리석었습니다. 허허허."

가토 기요마사는 일부러 크게 웃었다. 사명대사도 지지 않고 큰소리로 웃었다. 두 사람의 오가는 말과 웃음소리에 왜군들도 일제히 웃음을 터뜨렸다. 설보(說寶)의 이야기는 조선에 출병한 모든 일본군의 웃음을 자아냈고, 일본에까지 전해졌다.[34] 그 후로 일본인들은 사명을 설보화상이라 부르게 되었다. 사명은 다시 가토 기요마사에게 말했다.

"보아하니 장군은 부처님의 눈을 가졌고 귀는 부처님의 귀를 가졌소그려. 부처님의 눈과 귀를 가지신 분이 어떻게 부처처럼 보지 아니하고, 부처처럼 중생의 고통을 듣지 아니하십니까?"

가토 기요마사는 사명의 추상같은 말에 기가 꺾여 할 말을 하지 못하고 당황했다.

"이 몽매한 중생에게 부처님의 가르침을 부탁드립니다."

"부처님의 가르침은 중생을 구제하는 데 있습니다. 그런데 조선의 중생들을 죽음과 고통으로 내미는 이 전쟁은 누가 일으킨 것이오? 장군은 불자이면서 왜 이렇게 사람 죽이는 일을 밥 먹듯이 하십니까?"

가토 기요마사는 정색을 하고 말했다.

"저는 무사입니다. 무사는 주군을 위해서 목숨을 바칩니다. 저는 주군의 명령을 따를 뿐입니다. 스님께서는 제가 무자비한 살생을 일삼는다고 말씀하시

---

34) 허균이 쓴 「석장비문」, 설보화상의 전설.

는데, 저는 명령을 받고 전쟁을 하러 왔습니다. 저는 항복하는 사람은 죽이지 않습니다. 그러나 끝까지 저항하는 사람은 죽이지 않을 수 없습니다. 그들을 살려주면 제가 죽으니까요."

사명이 가토 기요마사에게 꾸짖듯이 물었다.

"조선의 죄 없는 백성들이 죽어 나가는 것은 누구의 잘못입니까?"

"일본에서는 전쟁이 나면 무사끼리의 싸움입니다. 그런데 조선에서는 무사와 농민의 구별이 없습니다. 농민들도 낫을 들고 덤비니 죽일 수밖에 없습니다."

"조선에서는 무사와 농민의 구별이 없습니다. 농민들도 전쟁이 나면 군역을 치러야 합니다."

"농민들이 싸우지 않고 항복하면 죽이지 않습니다."

"자신의 가족을 잃은 농민들이 가만히 있겠습니까? 복수는 복수를 부를 뿐입니다. 장군께서는 이 싸움을 멈출 방법이 없겠습니까?"

"이 싸움을 명령한 저의 주군 히데요시 간파쿠께서 전쟁 중지 명령을 내리지 않으면 저희는 목숨을 걸고 계속 싸울 수밖에 없습니다."

"얼마나 많은 사람이 죽어야 이 전쟁이 끝난다는 이야기입니까? 장군의 주군께 조선의 상황을 정확하게 전달할 사람이 없습니까?"

"저희는 무사입니다. 명령에 따르고 죽을 뿐입니다. 오직 결정은 주군께서 하십니다."

"그러면 장군께서는 지금 고니시와 심유경의 강화 조건을 장군의 주군이 받아들일 수 있다고 생각하십니까?"

"고니시와 심유경의 강화 내용은 사기입니다. 이는 저의 주군과 명나라 황제를 속이는 대사기극입니다. 저의 주군께서는 절대로 용납하지 않을 것입니다."

"그러면 이 강화협상이 결렬되면 다시 전쟁을 일으킨다는 말씀입니까?"

"저의 주군께서 진실을 알게 되면 반드시 모든 수단을 동원해서라도 다시 전쟁을 일으킬 것입니다."

"명나라 군대와 조선의 군사가 힘을 합하여 저항하면 일본이 이길 수 없는 전쟁인 줄 알면서도 무모한 전쟁을 계속한다는 말씀입니까?"

"저는 명령을 따를 뿐입니다. 소장을 이해해 주시기 바랍니다."

사명은 가토 기요마사의 이야기 속에서 더 불안감을 느꼈다. 강화 조건은 사기이므로 반드시 깨질 것이고, 강화가 깨지면 반드시 일본의 재침이 있을 것이라는 확신이 들었다. 재침이 있으면 다시 전쟁의 불바다에 휩싸여 조선 백성은 고통의 지옥 속으로 빠질 것이다. 그 생각을 하니 사명은 깊은 한숨밖에 나오지 않았다.

다음 날 가토 기요마사는 모든 사람을 물리치고 사명과 단둘이 이야기하고 싶다는 전갈을 보내왔다. 사명은 승복을 입고 염주를 들고 가토 기요마사의 방으로 갔다. 가토 기요마사는 사명과 단둘이 있게 되자, 이제까지 일본 무사로서의 권위도 다 팽개치고 무릎을 꿇고 합장을 하며 사명에게 큰절을 하였다. 사명은 순간 당황하여 같이 맞절을 하였다. 그리고 한참의 침묵이 흐른 후, 가토 기요마사는 결심한 듯 조심스럽게 입을 열었다.

"저는 불자로서 큰스님을 존경하게 되었고 믿게 되어 저의 속마음을 올리겠습니다."

사명은 적장이 아닌 불자에 대한 응대로서 합장을 하고 염주를 굴리며 나무아미타불을 중얼거렸다. 가토는 사명에게 다가앉으며 말했다.

"스님, 저도 사람 죽이는 것을 싫어하는 불자 중의 하나입니다. 저도 처음에는 조선 정벌을 반대했지만, 저의 주군이신 히데요시 간파쿠의 명령을 거절할 수는 없었습니다. 주군의 명령을 거절하면 할복해서 자결해야만 합니다. 저도 이 명분 없고 지긋지긋한 전쟁을 빨리 끝내고 고향으로 돌아가고 싶습니다. 스님께서 이 전쟁을 끝낼 수 있는 명분을 주시기 바랍니다. 저의 주군께서 아무 소득 없이 그냥 조선에서 물러난다면 일본의 영주들이 들고 일어날 것입니다. 그래서 저에게 명분만 만들어 주시면 저는 저의 주군을 설득할 수 있습니다."

"그 명분이 무엇인지 솔직하게 말씀해 주시죠."

"제가 포로로 잡았다가 석방해 준 조선의 왕자 임해군과 순화군 중 한 명을 일본에 보내주시면 저의 주군께도 철군 명분이 생기는 것입니다. 일본의 모든 영주들은 자식 중 한 명을 주군이 계신 교토에 보내고 있습니다."

사명은 발끈해서 말했다.

"그러면 조선이 왕자를 인질로 보내 일본의 속국이 되라는 말씀이오?"

"그것이 아닙니다. 다만 제가 주군을 설득할 명분을 만들어 달라는 것입니다. 조선의 4도를 떼어달라는 억지보다는 낫지 않겠습니까? 저의 주군께서도 빨리 전쟁을 끝내고 싶어 합니다. 그런데 철군할 명분이 필요한 것입니다. 빨리 이 전쟁을 끝내는 것이 조선과 일본 모두에게 좋지 않겠습니까?"

"일본에 조선의 왕자를 인질로 보내는 것이 명분을 목숨보다 소중히 여기는 조선에서 얼마나 굴욕적인 이야기인지 장군은 생각해 보셨소?"

사명의 목소리는 날카로워졌다. 가토는 조용히 말했다.

"저도 어떻게 해서든 전쟁을 빨리 끝내고 싶은 마음에 저의 솔직한 마음을 말씀드린 것뿐입니다. 노여움을 거둬 주시기 바랍니다."

사명은 대답 대신에 목탁을 두드리며 나무아미타불만 계속했다. 가토 기요마사는 부처님께 고해하듯이 사명에게 가슴에 묻어두었던 이야기를 토해내기 시작했다.

"대사님, 우리는 일본으로 돌아갈 수가 없습니다. 만약 조선과의 전쟁에서 패하고 일본으로 돌아간다면 우리는 일본의 쇼군 앞에서 할복을 해야만 합니다. 일본의 사무라이는 적에게 패했을 때 할복으로써 그 명예를 되찾을 뿐입니다."

가토 기요마사의 고해를 들은 후 그가 고니시 유키나가와는 다르다는 것을 느꼈다. 고니시는 순간순간의 임기응변으로 거짓말을 해서라도 협상을 이끌어내어 히데요시에게 잘 보이려고만 할 뿐이었다. 그런데 가토 기요마사는 달랐다. 그가 비록 명령을 받고 조선을 침략해 수많은 조선 백성을 죽였지만, 그는 무사로서 자신의 임무를 수행할 뿐이었다. 죽이지 않으면 자신이 죽는 전쟁터에서 살아남기 위해 몸부림치며 매일 부처님께 참회의 기도를 드렸다고 한다. 그 순간 죽이고 싶었던 가토 기요마사가 불쌍하게 보였다. 사명은 가토 기요마사와 헤어지면서 울산의 바닷가를 바라보았다. 성난 파도가 자신을 향해 울부짖는 것 같았다.

사명대사의 토적보민사소(討賊保民事疏)

1594년, 사명은 가토 기요마사와의 두 차례 회담이 끝난 후 강화협상이 이루어질 수 없다는 판단으로 단숨에 한양으로 올라가 비변사에 상소를 올렸다. 그 상소를 갑오상소, 혹은 토적보민사소(討賊保民事疏)라고도 한다. 토적보민(討賊保民)은 적을 토벌하고 백성을 보전할 글이라는 의미였다. 사명은 상소에서 이렇게 주장하였다.

지금 휴전 기간이 길어지지만, 이 기간을 이용하여 먼저 민생을 돌봐야 한다. 전쟁으로 고향을 떠난 백성들을 고향으로 돌아오게 해서 농사를 짓게 하고 생업에 종사해서 민심을 안정시킨 다음, 이 휴전 기간 동안 총칼을 만들고 산성을 쌓아서 전쟁을 대비해야만 한다. 지금 명나라와 일본에서 진행 중인 협상은 절대 이루어질 수 없다. 우리 조선은 이 시간을 벌어서 전쟁을 철저하게 대비하는 것이 무엇보다도 중요하다. 명나라에 모든 것을 의존하지 말고 우리 스스로 지켜낼 수 있는 힘을 길러야 한다.

선조는 이 토적보민의 갑오상소를 읽은 후, 승려의 신분으로 누구보다도 나라를 사랑하고 목숨을 걸고 지키려는 사명의 애국충정에 감읍해서 직접 만나보고 싶어 했다.[35] 조정의 신하들은 반대했다. 그러나 신하들의 반대에도 불구하고 선조는 사명을 불렀다.

"그대의 전공에 대해서 짐은 수차례 들었지만, 오늘 이렇게 보니 짐의 마음이 안정되는구려. 그대의 공을 짐이 일찍 알지 못하여 미안하구려. 모두들 싸우지는 않고 전공만 차지하려는 와중에 짐이 누구를 믿고 이 싸움을 끌고 갈 수 있을지 생각하니 잠을 이룰 수가 없었소. 200년 내려오는 조선의 사직이 짐의 자리에서 끝난다고 생각하니 죽어서도 조상을 볼 면목이 없소."

사명은 선조의 약한 모습을 보고 가만히 있을 수가 없었다.

"전하, 아직 조선은 저 사악한 왜군을 쳐부술 힘이 있습니다. 그 힘은 백성들에게 있습니다. 백성의 부모로서 전하께서 강해지셔야 합니다. 백성들이 목숨을 걸고 싸울 수 있다면 조선은 결코 무너지지 않을 것입니다."

선조는 사명을 보는 순간 이렇게 생각했다.

'내가 일찍 사명을 알았다면, 그에게 모든 병권을 넘기고 싸우게 했다면 이 전쟁에서 이렇게 참패하지는 않았을 것이다.'

선조는 결심한 듯 사명에게 말했다.

"그대가 산속을 떠나 환속을 해서 짐을 도와주시오. 짐은 그대가 만일 머리를 기르면 사방 100리의 지방을 맡기고 3군을 호령하게 해줄 것이오."[36]

다급한 선조는 사명에게 파격적인 제안을 하였다. 그리고 이것은 선조의 진심이었다.

'사명이 승복을 벗으면 유학자들의 반대도 없을 것이고, 그러면 조선의 병

---

35) 『선조실록』, 갑오년(1594년) 9월 23일.

36) 허균의 「석장비문」.

권을 사명에게 맡길 명분이 생기고, 사명을 따르는 군사들은 목숨을 걸고 싸울 것이다.'

사명은 단호한 목소리로 말했다.

"소승은 속세와 인연을 끊은 산승이옵니다. 속세의 권력은 소승에게 맞지 않습니다. 감히 받들지 못함을 용서해 주십시오."

사명은 선조의 파격적인 제의를 한칼에 거절하고는 다시 이렇게 말했다.

"옛말에 군자는 때가 되면 바른말을 하지만 앞으로 나아가 지름길을 밟지 않는다고 했습니다."[37]

선조는 안타까운 마음으로 사명을 뚫어지게 쳐다보았다. 사명은 마음속으로 나무아미타불만 외치고 있었다.

---

37) 『사기(史記)』 권61, 「백이열전(伯夷列傳)」, "時然後出言 行不由徑."

일본에 알려진 설보화상의 전설

오다 노부나가 이래 일본의 최고 고승은 덴카이(慈眼天海) 대사였다. 닛신(日眞)은 덴카이의 제자였다. 가토 기요마사의 종군 승려이자 혼묘사(本妙寺) 주지인 닛신은 스승 덴카이에게 조선의 고승 사명대사 이야기를 전했다. 덴카이는 사명의 이야기를 듣고 그가 큰스님이란 것을 직감했고, 조선으로 건너가서 그를 한번 만나고 싶어 했다. 사명이 가토 기요마사에게 '조선의 가장 큰 보물은 바로 그대의 머리'라고 이야기했다는 소리를 듣고는 무릎을 치며 웃은 뒤에 덴카이 대사는 사명에게 설보화상(說寶和尙)이라는 별명까지 지어 주었다. 가토 기요마사와 설보화상 이야기는 일본에서도 모르는 사람이 없을 정도로 알려져 있었다. 심지어 전쟁의 원흉 히데요시도 설보화상 이야기를 듣고는 배를 잡고 웃었다. 히데요시는 이에야스를 만난 자리에서 이렇게 말했다.

"천하의 가토 기요마사가 졌소. 그 기백이 충천한 설보화상이 보고 싶구려. 조선에 그런 기백 있는 고승이 있다니 조선의 보배야. 겁이 나서 도망치는 조선의 왕 밑에 있기에는 아까운 인물이야. 다이나곤, 그렇지 않소?"

이에야스도 같이 따라서 웃었지만, 마음속으로는 편치가 않았다.

불심이 깊은 이에야스는 생각을 정리할 때마다 덴카이 스님을 찾았다. 덴카이는 조선의 상황을 손바닥 보듯이 훤히 알고 있었다. 그는 불교뿐만 아니라 유학과 천문에도 도통한 고승이었다. 덴카이는 이에야스를 보자 말했다.

"앞으로 조선과의 전쟁에서 더 큰 피를 흘릴 것입니다. 다이나곤 님께서 이를 막으셔야 합니다. 지금 조선에 나가 있는 고니시 유키나가와 가토 기요마사의 알력이 심하다고 들었습니다. 둘이 힘을 합해도 힘든 전쟁인데 저렇게 싸우고 있으니……. 두 장수를 중재할 사람이 없습니다. 간파쿠 전하께서 물과 기름 같은 두 사람을 함께 보낸 것부터가 실수입니다. 고니시는 처음부터 싸울 생각이 없는 기회주의자였고, 가토 기요마사는 명령에만 따르는 무인일 뿐입니다. 가토는 불심이 깊은 사람으로 그의 곁에는 항상 닛신 스님이 붙어 있습니다. 닛신으로부터 한 달에 한 번 소식을 듣고 있습니다. 닛신은 하루빨리 이 참혹한 전쟁이 끝나기를 부처님께 기도드리고 있습니다. 죄 없는 조선의 백성들이 죽어 나갈 때 닛신은 일본을 대신해서 속죄의 기도를 드린다고 합니다."

이에야스는 조용히 눈을 감고 덴카이의 이야기를 들으면서 속으로 생각했다.

'조선과의 전쟁은 누구를 위한 전쟁인가? 일본 통일을 위한 전쟁은 전쟁을 끝내기 위한 전쟁이었다. 전쟁을 끝내고 일본에 평화가 찾아온 순간, 한 사람의 잘못된 결정으로 죄 없는 조선과 일본의 무사들이 피를 흘리고 있다. 명분 없는 전쟁의 희생이 이렇게 크다는 말인가?'

히데요시의 고뇌

　명나라와 일본의 강화가 진행되고 휴전이 길어지자, 히데요시는 1594년 8월 말에 나고야를 떠나 오사카로 향했다. 나고야의 전쟁 지휘본부를 떠나면서 히데요시는 강화가 되지 않을 경우를 대비해서 조선에 나가 있는 영주들에게 경계 태세를 확실히 하고 부산과 울산 그리고 남해안에 성을 쌓아 방비를 게을리하지 말라는 분부를 내렸다. 그리고 일본에서는 이순신에 의해 격침된 배를 밤을 새워서라도 다시 만들라고 지시했다. 휴전 기간 조선에서 일본으로 도망오는 군사들이 많다고 하며 일벌백계로 모두 목을 쳐 길거리에 내걸라고도 명령했다. 또한 조선에 나가 있는 군사들이 굶지 않도록 보급품을 넉넉히 보내라는 지시까지 내렸지만, 마음은 편치 않았다.

　히데요시는 자신이 만든 도시, 오사카로 접어들었다. 오사카 사람들은 전쟁이 없는 듯이 평온해 보였다. 히데요시는 오사카로 들어올 때 조카이자 후계자인 도요토미 히데쓰구(豊臣秀次)가 당연히 마중 나올 것이라 생각하고, 히데쓰구에 관한 여러 나쁜 소문을 풀고 싶었다. 하지만 히데쓰구는 병을 핑계 대고 마중을 나오지 않았다. 히데요시는 화가 머리끝까지 났다. 전쟁도 잘 풀리지 않는 마당에 후계자까지 삐딱하게 나오며 자신에게 반항하자 호흡이 가빠졌다. 히데요시의 아들이 태어나자 히데쓰구가 자신의 자리가 위험하다는 것을 알고 반역을 꾀하고 있다는 소문까지 들렸다.

히데쓰구는 히데요시의 누님 닛슈(日秀)의 아들이었다. 어릴 때 어렵게 같이 자란 누나 닛슈였다. 히데요시에게는 누나 닛슈와 여동생 아사히히메[38] 그리고 남동생 히데나가(秀長)가 있었다. 히데요시는 철저하게 권력을 잡는 데 가족들을 이용했다. 이에야스를 자신의 편으로 끌어들이기 위해 히데요시는 자신의 어머니마저 이에야스에게 인질로 보냈으며, 결혼해서 잘 살고 있는 여동생 아사히히메를 강제로 이혼시키고 이에야스에게 시집 보냈다. 그만큼 히데요시는 권력을 잡기 위해서라면 악마와도 손을 잡을 무서운 인간이었다. 히데요시의 가족은 히데요시의 소모품이었고, 히데요시는 그들에게 무서운 존재였다. 그런데 이제 그 가족마저도 모두 죽었다. 사랑하는 남편과 헤어지고 이에야스에게 시집갔던 아사히히메는 죽으면서도 오빠인 히데요시를 저주하였다. 그리고 남동생 히데나가도 죽고 어머니마저 돌아가신 마당에 유일한 혈육은 누나의 아들 히데쓰구뿐이었다. 히데요시의 어머니가 살아 생전에 그렇게 사랑한 외손자였다. 히데요시는 육십 가까운 나이에 어린 아들이 죽자, 더 이상 자식이 없을 거라 생각하고 히데쓰구에게 후계자 간파쿠의 자리를 물려주었다. 하지만 히데요시는 조카 히데쓰구를 믿지 못해서 군사권은 넘기지 않았다. 그랬기에 히데쓰구를 따르는 가신들이 권력을 유지하기 위해 히데요시에게 반격을 가하려던 음모도 히데요시의 귀에 들어온 것이다. 그러나 히데요시는 조선과의 전쟁도 잘 풀리지 않는 마당에 가족 간의 더러운 싸움을 백성들에게 보여주기 싫었다. 어떻게 하든 히데쓰구를 설득해서 조용히 해결하

---

38) 아사히히메(朝日姫) : 도요토미 히데요시의 여동생이며, 도쿠가와 이에야스의 두 번째 아내이다. 1586년 히데요시는 도쿠가와 이에야스를 회유하기 위해 아사히히메를 강제로 이혼시키고 이에야스의 후처로 시집보냈다. 그 후 1588년에 어머니 오만도코로의 병문안을 이유로 교토로 올라와 그 길로 교토 주라쿠다이(聚楽第)에서 숨졌다.

고 싶었다. 히데요시는 혼자 중얼거렸다.

'조선과의 전쟁을 승리하지 못하면 히데쓰구마저 나를 무시할 것이다. 이 전쟁은 반드시 일본 백성들이 승리했다고 느낄 만한 성과가 있어야 한다.'

그런 생각을 가질수록 조선과의 전쟁에서 강화 조건을 유리하게 이끌어야 겠다는 생각밖에 들지 않았다. 혼란한 심정으로 히데요시의 행렬이 오사카에 들어섰다. 히데요시가 오사카성으로 들어갈 때 오사카성의 웅장함에 자신도 놀랐다.

오사카에서 히데요시는 새로 태어난 아들 생각을 하였다. 아들을 위해서도 권력을 확실히 다지지 않으면 안 되었다. 오사카성에는 정실부인이자 조강지처인 네네가 살고 있었다. 네네와 새로 태어난 아들의 생모인 요도도노와의 보이지 않는 전쟁은 더욱 깊어만 갔다. 권력욕에 가득 찬 요도도노는 새로 태어난 아들이 히데요시의 후계자가 되고 히데쓰구는 없어져야 한다는 말을 공공연하게 하면서 네네와 골이 깊은 전쟁을 진행하고 있었다. 조선과의 휴전 기간 동안 히데요시는 이렇게 후계자 문제와 가족 간 싸움의 소용돌이에 지쳐 가고 있었다.

1594년, 이에야스와 히데요시

　히데요시의 후계자 히데쓰구와 히데요시의 아들 생모인 요도도노의 권력 투쟁이 가시화되면서 히데요시는 조선의 상황에 신경 쓸 틈이 없었다. 그럴 때마다 히데요시는 에도에 있는 이에야스를 교토에 불러서 그를 의지하게 되었다. 이에야스는 히데요시를 보면서 그가 늙었다는 생각이 들었다. 항상 자신만만하고 치밀하게 수단과 방법을 가리지 않고 자신의 뜻을 관철시키던 매의 눈을 가진 집요함은 사라지고 멍하니 생각에 잠긴 모습이 애처롭기까지 했다. 어떤 때는 자신을 급하게 불러놓고는 왜 불렀는지 몰라 한참을 멍하게 앉아 있는 모습을 보며 이에야스는 히데요시의 머릿속을 헤아릴 수가 있었다. 조선과의 전쟁을 벌여놓고 마무리도 못하고 있는 마당에 후계자 문제로 가족끼리 싸우는 볼썽사나운 모습을 보이고 있으니 그도 답답하고 미쳐 버릴 것 같은 것이다. 그러나 겉으로는 절대로 자신의 약한 모습을 보이지 않는 것이 히데요시였다. 히데요시가 멍하게 허공을 바라본 후에 입을 열었다.

　"다이나곤은 간파쿠 히데쓰구를 어떻게 생각하고 있소?"

　이에야스는 히데요시의 비위를 거스르지 않고 둘러서 진실을 말하는 방법을 알고 있었다.

　"지금의 간파쿠 히데쓰구 님은 이미 후계자로 공포되었습니다. 전하의 아드님이 태어났다고 바로 후계자를 바꿀 수는 없습니다. 전하께서 간파쿠를 잘 설득해서 전하의 아드님이 성장할 때까지 간파쿠의 자리를 유지시켜 주고, 아드님의 후견인으로 두는 것이 좋을 것 같습니다."

"다이나곤은 권력을 몰라서 하는 소리요. 이 세상의 태양은 하나밖에 없어. 태양이 둘로 될 때 싸움이 시작되는 것이오. 지금 간파쿠 주변에서 그 태양을 훔치자는 이야기가 나돌고 있소."

"그래도 지금의 간파쿠는 전하의 하나밖에 없는 조카가 아닙니까? 피는 물보다 진하다고 했습니다."

"무슨 소리를 하는 것이오? 같은 뱃속에서 나온 형제도 권력을 위해서는 죽고 죽이는 모습을 역사는 보여주고 있지 않소? 내가 죽으면 언젠가는 간파쿠가 내 아들을 죽일 것 같아서 잠을 이룰 수가 없소."

히데요시는 처음으로 이에야스에게 속마음을 털어놓았다. 그것은 이에야스에게 자신의 아들을 지켜달라는 암묵적인 부탁이었다. 이에야스는 히데요시의 마음을 읽고 말했다.

"간파쿠에게 딸이 하나 있다고 들었습니다. 간파쿠의 딸과 전하의 아드님을 혼인시켜 간파쿠에게 전하의 믿음을 보여주면 간파쿠도 전하의 은혜에 보답할 것입니다. 지금 조선과의 전쟁도 끝나지 않았는데 후계자 문제로 국내에서 전쟁을 벌인다면 상황이 더욱 어려워질 것입니다."

"고맙소. 지금 이 상황에서 내가 믿을 사람은 다이나곤밖에 없소. 다이나곤이 나의 편에 서지 않았다면 일본 통일은 엄청난 피를 요구했을 것이오."

히데요시도 알고 이에야스도 알고 있는 진실이었다. 노부나가가 죽고 난 후의 권력투쟁에서 팽팽했던 두 사람이 힘을 합치지 않았다면 노부나가가 이룬 일본 통일은 또다시 분열 속으로 빠지고 말았을 것이다. 이에야스는 그런 피비린내가 싫어서 히데요시에게 협조한 것이다. 이에야스는 히데요시가 죽으면서 자신을 후계자로 지정하리라는 생각은 처음부터 하지 않았다. 히데요시가 이에야스를 후계자로 정하고 자신의 아들을 부탁했다면 도요토미 가문은 살 수 있었을 것이다. 그러나 히데요시의 판단력은 갈수록 흐려지고 있었다. 태양의 아들에게는 실수와 실패가 없다는 자기 기만을 들키기 싫어 더 큰 실수를 저지르는 악순환을 되풀이하고 있었다. 히데요시가 깊은 늪에서 허우적거릴 때마다 일본의 고통은 더욱 깊어 갔다.

미옥과 오긴

    센 리큐가 히데요시에 의해 죽음을 당한 후, 센 리큐의 딸 오긴은 이에야스의 도움으로 히데요시와 멀리 떨어진 에도에 살고 있었다. 그곳의 도공마을에서 만난 오긴과 미옥은 서로 마음이 통했다. 어느 날 오긴이 미옥에게 말했다.

    "저의 아버님은 일본 최고의 다도를 실천하시는 분으로, 조선인이 가장 싫어하는 히데요시를 모셨습니다."

    미옥은 히데요시의 이야기가 나오자 얼굴색이 바뀌었다. 오긴은 미옥의 표정을 읽고 다시 말했다.

    "히데요시는 아버님의 학문과 인품을 자신의 비천한 욕망에 이용하였습니다. 그러나 다도를 실천하시는 아버님은 하늘의 도를 읽고 계셨습니다. 그래서 모든 사람이 겁을 내고 하지 못했던 말을 했지요. 신하들이 보는 앞에서 히데요시에게 조선과의 전쟁은 절대 불가하다고 했습니다. 히데요시는 자신을 무시하는 처사라며 그 말을 취소하라 했지만, 아버님은 하늘의 도는 바뀌지 않는다며 끝까지 전쟁을 반대했습니다. 전쟁을 하게 되면 일본과 조선이 같이 망한다고 했습니다. 화가 머리끝까지 난 히데요시는 아버지의 충성심을 시험하겠다며 저를 자신의 첩으로 보내면 목숨을 살려주겠다 했지만, 아버님은 끝내 무릎 꿇지 않았습니다. 저의 아버님은 조선 전쟁에 반대하다가 목숨을 잃었습니다. 저는 지금 아버님께서 왜 전쟁을 그렇게 반대했는지 이해할 것 같습니다."

미옥은 그 말을 듣고 오긴을 받아들이게 되었다. 그리고 빈을 오긴에게 소개하였다. 오긴은 도자기에 글을 새기는 사람이 이 어린 소녀라는 사실에 감탄하며 빈의 손을 꼭 잡았다.

"조선은 어린 낭자들의 학문 깊이도 남다르군요."

빈이 얼굴을 붉히며 말했다.

"부끄럽습니다."

오긴은 아직 어린 조선 소녀의 어디에서 저렇듯 깊은 글들이 나오는지 궁금했다.

"어디서 글을 배우셨습니까?"

빈은 그 소리를 듣자, 아버지 같은 사명대사가 생각났다. 하지만 더 이상 설명하기 싫어서 옆에 있는 미옥을 쳐다보며 짧게 대답했다.

"제 어머님으로부터 글을 배웠습니다."

빈의 말을 들은 오긴은 용기를 내어 미옥에게 말했다.

"저를 제자로 받아 주십시오. 많은 가르침을 받고 싶습니다."

미옥은 오긴에게 조심스럽게 말했다.

"저는 누구를 가르칠 만한 학문의 깊이가 되지 않습니다."

"아닙니다. 제 아버님께서도 조선의 유학을 숭상하고 조선의 다도를 일찍이 배우고 깨우쳤습니다. 아버님은 조선을 몇 번 방문하셨지만 저는 조선을 가보지 못하고 마음속으로만 조선의 학문을 배우고 싶었습니다. 부디 저를 제자로 받아 주십시오."

미옥은 오긴의 간곡한 청을 뿌리칠 수 없어서 승낙하고 말았다. 그날 이후 오긴은 하루도 빠지지 않고 미옥을 찾아와서 유학을 배웠다. 그러면서 미옥과 오긴은 친자매처럼 지내게 되었다. 오긴은 아버지가 돌아가신 후, 이에야스의 부탁으로 이에야스의 집에 의탁하면서 다도 선생으로 인연을 맺고 있었다. 그녀는 유학을 숭상하는 도쿠가와 가문에 미옥을 소개하고 싶었다. 오긴이 미옥에게 물었다.

"히데요시 가문과는 달라서 도쿠가와 가문은 대대로 예를 숭상하고 유학을 장려하고 있습니다. 제가 도쿠가와 가문과 친분이 있는데 스승님을 도쿠가와 가문에 소개시켜 드리고 싶습니다. 분명히 이에야스 님도 좋아할 것입니다."

미옥은 단호하게 거절했다.

"조선의 백성들을 무참하게 죽인 일본 무사의 집에서 가르칠 수는 없습니다."

"이에야스 님은 히데요시와는 다릅니다. 그분은 처음부터 조선과의 전쟁을 반대하셨습니다. 그분이 앞으로 일본을 이끌어 가실 것입니다. 그분을 통하면 스승님이 조선으로 돌아가실 길이 열릴 수도 있습니다."

조선으로 돌아갈 수 있다는 말에 미옥은 마음이 흔들렸다.

"그러면 한번 만나보고 결정해도 괜찮겠습니까?"

오긴은 이에야스의 인품을 알기에 흔쾌히 수락했다.

"스승님께서 이에야스 님을 직접 만나 뵙고 결정하셔도 좋습니다. 그분은 절대로 강제로 시키실 분이 아닙니다. 제가 목숨을 걸고 보장하겠습니다."

간절한 오긴의 말에 미옥은 도쿠가와를 만나겠다고 승낙했다. 조선으로 돌아갈 희미한 희망이 생겼다는 기대 속에서 그날 미옥은 잠을 이룰 수가 없었다.

오긴은 이 모녀를 조선으로 돌려보내기 위해서는 일본 최고의 실력자 이에야스의 힘이 필요하다는 것을 알고 있었다. 마침 그때, 오긴은 도쿠가와 이에야스의 부탁으로 이에야스의 후계자 히데타다에게 다도를 가르치고 있었다. 그런데 빈을 보는 순간 도쿠가와 가문의 대를 이을 히데타다가 오긴의 마음 속에 떠오른 것은 우연이 아닌 필연처럼 느껴졌다.

1595년 7월, 조카를 죽여라, 간파쿠 히데쓰구의 처형

히데요시의 광기가 극에 이르렀다. 히데요리의 생모 요도도노의 집요함에 늙은 히데요시는 주위의 반대에도 불구하고 히데쓰구를 몰아내려고 했다. 그 중심에는 요도도노와 이시다 미쓰나리가 있었다. 이시다 미쓰나리는 히데쓰구와 사이가 좋지 않았기 때문에 요도도노와 손잡고 히데요리를 후계자로 만드는 작업을 시작했다. 그 시작이 간파쿠 히데쓰구의 제거였다. 이미 히데요시는 늦둥이 아들 때문에 판단력을 잃어 가고 있었다. 히데요시의 조강지처 네네는 히데요시를 찾아가 울면서 호소했다.

"어머니의 유훈을 잊으셨습니까? 제발 조카를 죽이지 마시고 간파쿠 자리만 뺏고 살려주십시오. 하늘에서 어머니가 보고 계십니다."

"그놈을 살려두면 반드시 후환이 있을게요. 그놈은 내가 죽으면 어린 히데요리를 죽이려고 모반을 일으킬 것이오. 내 아들을 위해 살려둘 수 없소."

히데요시는 요도도노의 꼭두각시가 되어 가고 있었다. 결국 히데요시의 조카이자 후계자였던 도요토미 히데쓰구는 1595년 7월 할복 명령을 받고 죽었다. 히데쓰구의 죽음 이후, 네네와 요도도노의 사이는 돌이킬 수 없는 사이가 되었다. 히데요시는 히데쓰구에게 할복 명령을 내린 뒤, 복수가 두려워 히데쓰구의 어린 아들과 딸마저 모두 죽였다. 살려고 발버둥치는 히데쓰구 자녀들의 처절한 모습에 일본 백성들은 히데요시가 미쳐 가고 있다고 혀를 차며 그를 저주했다. 그리고 그 배후에 있는 요도도노와 이시다 미쓰나리를 미워했다.

히데쓰구를 죽인 후에 히데요시는 어린 아들 히데요리의 후계자 지위를 확고히 하기 위해 도쿠가와 가문과 히데요리를 맺어 주는 것이 필요하다고 생각했다. 그는 히데요리 생모인 요도도노의 여동생을 이에야스의 아들인 히데타다와 결혼시키기 위해 에도에 있던 이에야스를 교토로 불렀다. 이에야스는 히데요시가 히데쓰구를 죽이려 한다는 것을 알고 있었지만, 그를 말릴 수 있는 상황이 아니었기에 휘말리지 않으려 에도에서 조용히 머물고 있었던 것이다. 오랜만에 만난 히데요시는 이미 예전의 자신감은 사라지고 마지막으로 발악하는 불쌍한 노인의 모습이었다. 히데요시가 야윈 손으로 이에야스의 손을 잡았다.

"다이나곤, 나는 이제 믿을 사람이 다이나곤밖에 없소. 다이나곤에게 히데요리를 맡기고 싶소."

이에야스는 히데요시가 무엇을 말하려고 하는지 알고 있었으므로 조용히 말했다.

"전하께서 하시는 말씀은 무슨 말씀이라도 받들겠습니다. 말씀만 하십시오."

"다이나곤의 아들이자 후계자인 히데타다와 요도도노의 여동생을 혼인시키고 싶소. 그래서 요도도노와 도쿠가와가를 하나로 묶어서 히데요리를 지키고 싶소."

이것은 히데요리의 생모인 요도도노의 부탁으로 이루어진 것이다. 히데타다가 도쿠가와가의 후계자가 될 것이니 과부가 된 자신의 막내동생을 히데타다와 혼인시켜 자신의 아들 히데요리를 보호하고자 하는 속셈이었다. 이에야스는 이런 사정을 알면서도 받아들일 수밖에 없었다. 이에야스는 자신의 아들이 자신과 똑같은 처지가 되어 가고 있다는 생각에 인생의 슬픔마저 느끼고 있었다. 요도도노의 여동생은 남편이 세 명이나 바뀐 기구한 운명의 여자였다. 세 명의 남편이 모두 전쟁에서 죽었고 아들이 두 명이나 딸린 과부였다. 그런데도 도쿠가와가에 정략적으로 시집을 보내려는 것이다. 히데타다보다 나이도 열 살이나 많고 결혼도 세 번이나 한 두 아이의 엄마와 아직 총각인 히데타다의 결혼은 아무도 예상하지 못했다. 히데타다는 착한 아들로 아버지의 명을 거역할 수 없었다.

이에야스도 요도도노의 여동생 과부를 생각하니, 자신에게 강제로 시집왔던 히데요시의 여동생 아사히히메가 떠올랐다. 시집온 후 눈물로 지새는 아사히히메가 이에야스는 가여웠다. 마음 붙일 곳 없던 아사히히메는 어릴 때 엄마를 잃은 이에야스의 아들, 히데타다에게 마음이 갔다. 그래서 그녀는 히데타다를 자신의 아들처럼 키웠다. 그 히데타다가 자신과 똑같은 경우의 여자를 아내로 맞이한다는 사실을 알면 아사히히메는 저승에서도 오빠 히데요시를 저주할 것이다. 그러나 이에야스는 전날 히데타다에게, 이 모두는 이에야스 가문을 지키고 일본의 평화를 위한 일이니 참아야 한다고 설득을 마친 상태였다.

히데쓰구 가족을 몰살시키고 도쿠가와 히데타다와 요도도노의 동생까지 혼인시킨 후, 1595년 11월 히데요시는 병석에 누웠다. 사람들은 죽은 히데쓰구 가족들의 혼령이 그를 괴롭히고 있다고 수군거렸다. 아들 히데쓰구의 죽음 후에 칠십이 넘은 히데쓰구의 어머니이자 히데요시의 하나밖에 남지 않은 혈육인 누나는 히데요시를 저주하면서 곡기를 끊고 세상을 떠났다. 히데요시는 어릴 때 자신에게 모든 것을 희생한 누나가 죽으면서 자신에게 저주를 퍼부었다는 소식을 듣자 큰 충격에 휩싸였다. 그렇게 점점 정신의 병이 히데요시의 육체를 갉아 먹고 있었던 것이다.

히데요시가 병석에 눕자, 조선 전쟁은 아무 지시도 없이 시간만 보내는 상황이 되었다. 그러자 명나라와의 강화협상에서 음모가 되살아나기 시작했다. 히데요시 이외에는 모두가 조선 전쟁이 빨리 끝나기만을 바라고 있었고, 히데요시의 최측근인 이시다 미쓰나리마저 어떻게 되든 강화가 맺어져 전쟁이 끝나길 바랐다. 그러나 히데요시가 두려워 누구도 입 밖에는 내지 못하고 있었다. 조선과의 전쟁에서 이길 수 없다는 사실은 이미 히데요시 외에는 모두 알고 있었다. 이 기회를 틈타 고니시 유키나가는 심유경과 짜고 명나라와 일본을 속이는 가짜 협상을 진행하고 있었다. 1595년 11월 병석에 누운 히데요시는 가끔 헛소리까지 하면서 정신이 오락가락하기도 하였으나, 넉 달 후인 1596년 3월에 자리에서 일어났다. 히데요시가 병석에서 일어나자 모든 상황이 백팔십도로 바뀌는 사건이 터지게 된다.

1596년 6월, 가토 기요마사의 소환

죽음의 고비에서 살아난 히데요시의 마음은 더욱 급해졌다. 이제 살날이 얼마 남지 않았다는 것을 알고 있는 히데요시는 히데요리의 안전한 승계에만 정신이 팔려 있었다. 히데요시가 아들 히데요리의 승계에만 집중하고 있을 때 조선의 한양에 와 있던 명나라 정사 이종성은 강화 조건이 사기라는 사실을 알게 됐다. 그래서 결국 명나라 황제를 속이는 일은 할 수 없다는 명목으로 겁이 나서 도망쳐 버리는 사건이 발생하였다.

고니시 유키나가는 이 사건이 탄로 나면 자신도 히데요시를 속인 죄로 살아남을 수 없다는 것을 알고 자신의 편인 이시다 미쓰나리에게 도움을 청했다. 이시다 미쓰나리는 히데요시가 다른 곳에 정신이 팔려 있다는 것을 알았기에 가토 기요마사를 희생양으로 삼기로 마음먹었다. 가토 기요마사는 고니시의 협상전략이 처음부터 잘못되었다고 주장했지만, 이시다 미쓰나리가 히데요시에게 올라오는 모든 장계를 막고 있어서 그의 주장은 히데요시에게 전달되지 못했다. 고니시와 이시다 미쓰나리는 명나라 정사 이종성이 일본으로 가지 않고 도망쳐 버린 것은 가토 기요마사가 명나라 사신을 협박한 탓이라며 거짓 보고를 올렸다. 또 이시다 미쓰나리는 히데요시를 대리하고 있는 자신의 명령을 가토 기요마사가 따르지 않고 강화협상을 망쳤다고 보고를 올렸다.

히데요시는 1596년 6월 가토에게 명령불복종죄로 귀국 명령을 내렸다. 사무라이 세계에서 명령불복종은 할복에 처해지는 중죄였다. 이 일로 가토 기요마사는 일본으로 강제 송환되어 히데요시의 명령을 기다리며 후시미성에 감금되었다. 가토 기요마사는 히데요시를 위해 목숨 걸고 싸웠지만, 고니시 유키나가와 한편인 이시다 미쓰나리의 모함으로 죽음의 위기에 처하게 된 것이다. 평소의 히데요시였다면, 그 상황을 알아보기 위해 가토 기요마사를 불러서 조선의 상황을 듣고 판단했겠지만, 지금은 이미 옛날의 히데요시가 아니었다. 히데요리의 승계가 중요한 이 마당에 강화협상을 깼다는 이유로 가토 기요마사에게 소환 명령을 내리고 탄핵 처분을 내린 것이다. 가토 기요마사는 히데요시에게 몇 번이나 만나고 싶다는 요청을 했지만 거절당했다. 울산 왜성에서 일본으로 소환된 가토 기요마사는 배신감과 울분으로 감옥에서 피눈물을 쏟았다. 언제 할복 명령이 내려올지 모르는 상황에서 가토 기요마사는 자신이 무엇을 위해 사람들을 죽여 가며 히데요시에게 충성을 했는지, 지나간 세월이 주마등처럼 스쳐 지났다. 그렇게 죽음을 기다리고 있을 때 그의 목숨을 살려준 사람은 도쿠가와 이에야스였다. 이에야스는 히데요시에게 말했다.

"아직 조선과의 전쟁이 끝나지 않았습니다. 전쟁 중에 장수를 함부로 죽여서는 안 됩니다. 전쟁이 끝난 후에 처리해도 늦지 않을 것입니다."

히데요시도 가토 기요마사를 죽이고 싶지는 않았다.

"그놈이 내 명령을 무시하고 명나라와의 강화협상을 방해하고 있다지 않소."

"그 문제는 전쟁이 끝난 후에 다스려도 늦지 않습니다. 가토 기요마사에게 전쟁에서 목숨 걸고 싸워서 전하께 충성을 보이라는 명령을 내리시는 것이 좋을 듯합니다."

히데요시는 이에야스의 말에 못 이기는 척 가토 기요마사를 살려주며 조선 전쟁에서 승리로 보답하라 명했다. 이 사건으로 인해 가토 기요마사는 자신의 목숨을 살려준 이에야스의 편에 서게 된다.

　1596년 7월, 교토와 오사카에 대지진이 일어났다. 히데요시가 그렇게 공들여 공사한 후시미성이 무너졌다. 히데요시의 첩과 여자들 500명 이상이 깔려 죽고 교토와 오사카는 대혼란에 빠졌다. 히데요시와 히데요리는 다행히 목숨은 건졌지만 교토의 피해는 만만치 않았다. 수천 명의 사람들이 건물 잔해에 깔렸지만 사망자의 숫자조차 파악하기 어려웠다. 사람들은 조선 전쟁에서 죽은 영혼들의 원한이 교토의 히데요시 후시미성에 내렸다고 하기도 하고, 억울하게 죽은 히데쓰구와 처자식의 원한이, 또는 히데요시 누나의 원한이 하늘을 찔렀다고 말하기도 했다.

　히데요시는 진퇴양난의 기로에 서 있었다. 히데요시가 병석에 있는 동안 부하들은 명나라와의 거짓 강화로 그를 속이고 있었고, 자신은 아무것도 모른 채 아들 히데요리의 승계에만 정신이 팔려 있었다. 그 배후에는 고니시와 이시다 미쓰나리가 있었다. 히데요시는 조선 전쟁에서 강화협상이 체결되면 자신의 요구대로 지금 정복하고 있는 조선의 4개 도를 확보해 전쟁에 참여한 영주들에게 나눠줄 생각이었다. 그렇게 되면 영주들도 만족시킬 수 있고, 전쟁의 명분도 챙길 수 있을 것이라 판단했다. 또 하나 강화협상의 조건인 명나라 황제의 딸과 혼인하는 것도 무리가 아니라고 생각했다. 명나라 황제 정비의 소생이 아닌 궁녀의 딸이지만 그것까지는 양보하리라 헛된 꿈을 꾸고 있었다. 그러나 모든 것이 히데요시의 생각과는 반대로 흐르고 있었다. 엎친 데 덮친 격으로 교토의 대지진은 히데요시를 더욱 미치게 하는 원인 중 하나로 자리 잡게 되었다.

1596년, 조선 의병장의 수난과 반란

　전쟁이 소강 상태에 접어들어 휴전 기간이 길어지자, 선조는 의병장들이 백성의 신임을 얻는 것이 못마땅했다. 언제 다시 전쟁이 일어날지 모르는 상황이지만 선조는 의병장들에게 상을 내리기는커녕 세력이 커지는 것이 두려워 탄압하기에 이른다. 임진왜란 당시의 의병장들은 주로 당파싸움에서 밀려난 전직 관료 출신들이거나 귀양 간 유생들의 후손이었다. 유학자들은 맹자가 말씀하신 "백성은 물이요 임금은 배다. 물은 배를 띄울 수도 있지만 뒤집을 수도 있다."는 왕도정치를 강조했다. 유림 출신의 의병장들은 일단 왜적을 무찌른 다음 나라를 바로 세우는 것이 중요하다고 생각했다.

　선조의 의병장들 탄압에 반발한 의병장 이몽학이 의병을 모아서 무능한 선조를 쫓아내고자 난을 일으켰다. 1596년, 이몽학의 난을 진압하기는 했으나 그 후유증은 엄청났다. 반란군은 사람을 모으기 위한 수단으로 김덕령(金德齡),[39] 홍계남, 곽재우, 고언백 등이 장수로 합류하고 이덕형이 중앙에서 호

---

39) 김덕령(1567~1596) : 조선시대 임진왜란 당시의 의병장이다. 임진왜란이 일어나자 형 김덕홍과 함께 의병을 일으켰다. 1595년 이몽학의 반란 때 내통했다는 무고를 받아 혹독한 고문을 받고 옥사했다. 1661년(현종 2) 신원되어 관작이 복구되고, 1678년 광주의 벽진서원에 제향되었으며, 이듬해 의열사로 사액되었다. 시호는 충장(忠莊)이다. 광주의 중심가에 있는 충장로는 김덕령의 시호를 따서 지은 이름이다.

응할 것이라고 선전했다. 선조는 이 반란을 기회로 의병장들을 제거하기로 마음먹었다. 곽재우, 홍계남, 고언백 등 의병장들을 모두 죽이려 했으나 뚜렷한 증거도 없고 백성들의 민심도 두려워 죽이진 못하고, 결국 이들에게서 칼을 빼앗고 귀양을 보내 버렸다. 그리고 김덕령은 역적으로 몰아서 처형시켰다. 홍의장군 곽재우는 이 사건 이후로 가슴에 한을 안고 그만 숨을 거두었다.

임진왜란은 승병과 의병이 없었다면 절대로 승리할 수 없는 싸움이었다. 그러나 선조는 전쟁이 끝나기도 전, 그들에게 상을 주기는커녕 그들의 목숨을 앗아간 것이다. 의병대장 김덕령은 사명대사를 가장 존경했다. 김덕령이 사명대사에게 보낸 편지에는 그가 사명을 얼마나 존경했는지가 애끓는 심정으로 표현되어 있다. 사명은 김덕령이 죽은 후, 그의 위령제를 지내며 또 한 번 눈물을 흘렸다.

유림 출신의 사대부 의병들과 달리 스님들은 속세의 권력에 관심이 없었기에 선조는 승군들에 대해서는 별다른 경계를 하지 않았다. 사명은 휴전 기간 동안 조용히 대구로 내려가 동화사에서 승군들을 훈련시키고 있었다. 김덕령의 죽음 이후 조정의 권력 부패에 염증을 느꼈지만, 백성을 지키기 위해서는 대비를 게을리할 수 없었다. 울산과 남해안에 머물고 있는 왜군들이 언제 전쟁을 다시 일으켜 북상할지 모르는 상황에서 대구는 이들의 길목을 막는 중요한 지점이었다. 그래서 사명은 대구 동화사를 승군 본부로 두고 전쟁에 대비하고 있었던 것이다.

의병 조직이 와해되고 난 후에 갈 곳을 잃은 의병들은 사명의 휘하로 속속 모여들고 있었다. 사명은 의병장들의 목숨을 구하지 못한 죄책감에 시달려야 했다. 선조는 나라보다는 자신의 권력 유지가 더 중요했기에 방해되는 모든 것을 제거해 나갔다. 백성들이 임금인 자신보다 더 존경하고 따른다는 이유로 임진왜란의 영웅 이순신마저도 배척했다. 이순신의 공로는 오히려 선조가 죽고 난 후인 광해군 시대에 재조명되었다. 또한 전쟁이 끝난 후에는 나라를 위해 목숨 바친 승군들도 모두 산으로 내몰고 민가에는 얼씬거리지도 못하게 하였다. 이순신과 마찬가지로 사명대사 역시도 백성의 존경을 받자, 사명에게 내린 벼슬도 거두어들이고 금강산으로 돌아가도록 만들었다. 그만큼 선조는 자신밖에 모르는 비겁하고 야비한 왕이었다. 선조는 왕이 되지 말았어야 할 임금이었다. 그의 안중에는 백성도 없고 충신도 없었다. 자신의 비위에 조금이라도 거슬리는 사람은 가차 없이 처벌하였다. 그래서 선조의 주위에는 사람이 없었다. 유성룡조차도 선조를 너무나 잘 알기에 마지막에는 부름에 응하지 않고 안동에 머물렀다. 사명대사도 그러한 선조에게 불가근불가원의 원칙을 지켰다. 변덕스러운 선조의 마음이 언제 어떻게 변할지는 아무도 모르는 일이었다.

1596년 병신년, 이몽학의 난이 진압되고 의병들이 형장의 이슬로 사라지거나 한을 안고 죽어 가던 즈음 허균이 사명을 찾아왔다. 허균이 스물여덟 살 나이로 승문원에서 근무할 때 서애 유성룡의 집에서 사명을 만난 사실은 『사명집』 서문에 이렇게 나와 있다.

병신년 겨울에 나는 공무로 서애 상공에게 찾아갔는데 그곳에 사명대사가 긴 수염을 늘어뜨리고 앉아 있었다. 나는 손을 잡고 기뻐하며 옛일을 이야기하다가 이내 숙소로 같이 돌아와 당시 세상의 일을 의논했다.

숙소에서 사명과 단둘이 있게 되자, 허균은 술상을 들여왔다. 오랜만에 만난 두 사람은 옛이야기에 시간 가는 줄 몰랐다. 술이 얼큰하게 돌자 허균은 사명에게 속마음을 이야기했다.

"형님도 몸조심하십시오. 임진년에 전공을 세운 사람들이 하나둘씩 사라지고 있습니다. 지금 임금 곁에 남아 있는 사람들은 전쟁 중에 저만 살겠다고 도망쳤던 놈들입니다. 그 사실을 들킬까 두려워서 이제는 의병들을 모함해 죽이고 있습니다. 이제 누가 목숨을 걸고 이 나라를 위해 나서겠습니까? 이 썩어빠진 나라는 망해야 합니다."

사명이 허균의 말을 막았다.

"교산은 목이 두 개라도 있는 것이야? 말조심하게."

허균은 동이에 남은 마지막 술을 비우며 토로했다.

"형님, 저는 이 나라 조선이 싫습니다. 모든 것을 깨부수고 새로운 나라를 만들고 싶습니다. 맹자가 말한 왕도정치를 실현하는 나라를 만들고 싶습니다. 맹자도 나라의 주인은 백성이라고 하지 않았습니까? 지금 우리 백성은 모두 성이 나 있습니다. 임금만 모르고 있습니다."

"모든 것은 때가 있는 법이야. 맹자의 스승인 공자께서 말씀하시지 않았나, 모든 것은 하늘에 달려 있다고. 내가 천시를 살펴보니 아직은 조선이 망할 때가 아니야. 때를 기다려. 모든 것은 역사가 밝혀줄 것이야."

사명은 혈기왕성한 허균이 걱정되었다. 허봉과 누이 허초희마저 세상을 떠났으니 허균이 의지할 곳은 사명밖에 없었다. 사명은 끝까지 허균을 지키고 싶었다. 그러나 야생마 같은 허균은 더러운 세상과 타협할 줄을 몰랐다.

1596년 9월, 명나라 사신이 히데요시를 만나다

　명나라에서는 일본 사신으로 가기로 한 정사 이종성이 강화 조건이 사기라는 걸 알고 겁이 나서 도망간 후에 돌아오지 않자, 그 후임으로 양방형을 임명했다. 심유경은 양방형에게 이미 일본 쪽과는 이야기가 다 되어 있으니 걱정하지 말라면서 뇌물을 주어 안심시켰다. 한편 고니시 유키나가는 이시다 미쓰나리에게 연락해서 히데요시 앞에서 명나라 칙서를 읽을 사람이 누구인지 알아냈다.

　명나라 사신 정사 양방형과 부사 심유경이 일본 사카이항에 도착한 것은 1596년 8월 중순이었다. 히데요시는 한동안 그들을 만나주지 않고 일본의 화려한 모습과 부강함을 보여주며 최고의 대접을 했다. 한 달 후 히데요시가 머무는 후시미성으로 그들을 불렀다. 지진으로 무너졌던 후시미성은 중국 사신들을 맞이하기 위해 백성들을 동원해 급하게 복구하였다. 후시미성의 중앙에 히데요시가 앉고 그 옆에 이에야스가 앉았다. 그들은 모두 명나라 황제가 하사한 명나라 복장을 하고 명나라 사신을 맞았다. 드디어 명나라 황제의 칙서가 히데요시에게 전달되었다. 이시다 미쓰나리와 고니시 유키나가는 사이쇼 죠타이(西笑承兌)[40]에게 미리 손을 써서 자신들이 요구한 대로 칙서를 읽기로 되어 있었다. 히데요시는 그 칙서를 읽기 위해 불려 나온 사이쇼 죠타이를 쳐다보았다. 사이쇼 죠타이는 중국에 유학한 일본 승려로 학식이 높은 승려였다. 칙서를 받아든 사이쇼 죠타이의 손이 떨리는 것을 알아차린 히데요시가 호통을 쳤다.

"글자 하나 틀리지 말고 있는 그대로 말하라. 만약에 토씨 하나 틀린 것이 밝혀지면 너의 목은 몸뚱이에서 떨어져 나갈 것이다."

사이쇼 죠타이는 이시다 미쓰나리에게서 이미 부탁을 받고 왔지만, 황제의 칙서를 보는 순간 몸이 굳어졌다. 내용이 너무나 충격적이었다. 만약에 히데요시를 속인다면 자신도 살아남지 못할 것이라는 생각에 칙서에 있는 내용 그대로 또박또박 읽어 나갔다.

히데요시를 일본의 왕으로 책봉한다.

일본은 전쟁을 멈추고 조선에서 철수한다.

일본의 조공을 허락한다.

어느 곳에도 히데요시가 요구한 내용은 없었다. 히데요시는 자리를 박차고 일어나 칼을 빼 들고 명나라 사신을 향해 죽일 듯이 달려들었다. 명나라 사신 양방형은 오줌을 지릴 정도로 사색이 되었다. 이에야스가 히데요시를 말렸다. 히데요시의 칼은 다시 고니시 유키나가에게 향했다.

"고니시, 네놈이 나를 속였다. 너를 살려둘 수 없다."

히데요시가 칼을 내리치려는 순간, 이시다 미쓰나리가 앞으로 나섰다.

"전하, 고니시도 속은 것입니다. 고니시가 내용을 알았더라면 어찌 저 무례

---

40) 사이쇼 죠타이(西笑承兌, 1548~1608) : 에도 시대 전기에 활동했던 임제종의 승려이다. 도쿠가와 이에야스의 정치 자문역으로 중국어, 조선어 그리고 스페인어와 포르투갈어에도 능통해 통역을 담당하기도 했다. 사명대사와의 편지가 남아 있다.

한 사신을 데리고 왔겠습니까?"

이시다는 고니시가 죽으면 다음 칼날은 자신에게 향할 것이라는 걸 알기에 목숨을 걸고 고니시를 방어했다. 히데요시는 분노에 싸여 벌벌 떨리는 손으로 고니시에게 물었다.

"고니시, 네가 몰랐다는 것이 사실이냐?"

고니시는 눈물을 흘리며 말했다.

"맹세코 저도 몰랐습니다. 죽음은 두렵지 않으나, 누명을 쓰고 전하의 칼에 죽는 것이 억울할 뿐입니다. 저를 다시 조선으로 보내 주십시오. 불충의 죄를 갚고 전쟁터에서 죽고 싶습니다."

히데요시는 칼을 거두었다. 하지만 이제 그 칼끝은 조선을 향했다. 이에야스가 가장 걱정하던 일이 눈앞에 펼쳐지고 있었다. 이미 패배한 전쟁을 또다시 시작하는 것은 죄 없는 백성을 사지로 모는 짓이었다. 그러나 그 상황에서 반대는 곧 죽음이었다. 이에야스는 입을 굳게 닫고 침을 삼키며 스스로를 진정시키고 있었다.

손현이 사명을 찾아오다

손현은 휴전 기간, 혹시라도 살아 있을지 모를 미옥과 빈을 찾아서 헤매었다. 그는 거의 폐인이 될 지경에 이르렀다. 해진 옷에 헝클어진 머리, 거지 차림의 손현이 삶의 목적을 잃은 채 사명을 찾아왔다. 사명은 손현의 모습을 보자 마음이 쓰라렸다.

"이제 그만 놓아주어라. 전쟁에서 죽은 사람이 어디 미옥과 빈뿐이겠느냐? 백성들이 죽어 가는 모습이 이제는 무덤덤할 지경이다."

손현은 눈물을 흘리며 말했다.

"대사님은 어찌 그리 무정하게 말씀하십니까? 저는 두 사람이 살아 있을 거라 확신합니다. 찾다가 죽는 한이 있더라도 꼭 찾고야 말겠습니다."

"살아 있었다면 그들이 먼저 찾아오지 않았겠느냐? 소식이 끊긴 지 벌써 몇 년이 지났다. 강으로 뛰어내렸다는 이야기를 듣지 않았느냐? 헤엄도 못 치는 모녀가 어떻게 살아날 수 있겠느냐? 이제까지 소식이 없으면 이 세상 사람이 아닌 게야."

"저는 시신이라도 찾기 전에는 포기하지 않을 것입니다."

"왜놈들이 죽이고 불태웠다는 소문도 못 들었느냐? 이제 고이 보내 주자. 나라고 보고 싶지 않겠느냐? 나도 사람이다. 내가 빈의 어미에게 많은 죄를 지었다."

"대사님, 저는 이제 어찌하면 좋습니까?"

"사람은 모두 죽는다. 죽음을 남의 일처럼 생각하지만, 언제 어디서 찾아올지 모른다. 지금 조선에 살아남은 사람들의 얼굴을 보아라. 그들은 운 좋게도 자신을 비켜 간 죽음이 결코 자기 일이 아니라 생각하고 있다. 그러나 삶과 죽음은 종이 한 장 차이다. 생사일여(生死一如), 삶과 죽음은 하나다. 삶이 죽음이고 죽음이 곧 삶이라는 것을 받아들여야 한다. 그냥 편하게 죽음을 받아들이는 순간, 구름이 걷히듯 죽음에 대한 두려움이 사라진다. 미옥과 빈은 죽었다. 네가 그 죽음을 받아들이는 것이 먼저다. 사랑하는 사람의 죽음과 너의 죽음을 함께 받아들인다면 마음이 편안해질 것이다."

손현은 참았던 눈물을 터뜨렸다. 사명의 품에 안기며 어린애처럼 펑펑 울었다. 둘의 흐느낌이 하나가 되어 울려 퍼졌다. 사명은 미옥이 만들어 준 불상을 만지며 혼잣말처럼 중얼거렸다.

"나를 떠나면 내 것이 아니다. 관세음보살."

손현은 눈물을 닦고 사명에게 청했다.

"대사님을 아버님처럼 따랐던 빈을 대신해 이제는 제가 곁에서 모시겠습니다."

"네가 결국 승려가 되겠다는 말이냐?"

"대사님 곁에 있으면 됩니다. 스님이 되고 안 되고는 중요하지 않습니다."

"나는 마음속으로 이미 빈을 대신해 너를 곁에 두고 있다. 그러나 지금은 아직 전쟁이 끝나지 않았다. 너는 아직도 비변사 소속이 아니더냐? 전쟁이 끝나거든 나를 찾아오너라. 미옥과 빈의 원수를 갚는 것이 너에게 중요하지 않겠느냐."

사명의 말에 손현은 고개를 떨궜다. 그는 이를 악물었다. 그에게 드디어 삶의 목표가 생긴 것이다.

"대사님께서 제게 살아야 할 이유를 가르쳐 주셨습니다. 오늘 당장 비변사로 돌아가서 조선에 남아 있는 한 놈의 왜적이라도 죽이고 저도 죽겠습니다."

"인명은 재천이다. 죽을 각오로 싸우더라도 꼭 살아서 보자. 우리는 따로 할 일이 있다."

사명은 손현의 손을 꼭 잡아 주었다.

고니시 유키나가의 복수와 이순신의 운명

죽음의 문턱에서 살아남은 고니시 유키나가는 이 모든 일의 배후가 자신을 못마땅하게 여기는 가토 기요마사라고 생각했다. 히데요시가 강화조약이 사기라고 눈치챈 것은 가토 기요마사가 감옥에서 네네를 만나 조약이 조작되고 있다는 사실을 알렸기 때문이었다. 일본으로 소환되어 감방에서 근신하고 있던 가토 기요마사를 먼저 죽였으면 이런 일이 없었을 거라는 생각에 고니시는 잠을 이룰 수가 없었다.

히데요시는 고니시 유키나가와 가토 기요마사를 살려주는 대신에 이번 전쟁에서 공훈을 세워 죄를 배상하라고 명령했다. 가토 기요마사는 자신의 의견이 받아들여진 것에 대해서 안도의 한숨을 쉬었다. 히데요시는 고니시 유키나가에게 먼저 조선으로 들어가라고 명령하고 명예를 회복할 기회를 주겠다면서 선봉을 맡겼다. 고니시는 일본의 대군이 조선으로 들어가기 전에 먼저 출발을 한 것이다.

가토 기요마사는 제2 선봉으로 고니시가 출발한 한 달 후에 울산으로 출발하기로 되어 있었다. 부산으로 먼저 들어간 고니시 유키나가는 생각할수록 분한 마음에 잠을 이룰 수가 없었다. 그의 생각에 다 된 밥에 재를 뿌린 것은 가토 기요마사였다. 고니시는 가토 기요마사를 살려둘 수 없었다. 부산에 도착하자마자 고니시는 그의 부장 요시라(要矢羅)[41]를 불렀다.

"가토 기요마사를 죽일 수 있는 방법이 없겠느냐? 나는 분해서 잠을 잘 수가 없다."

고니시의 모든 것을 잘 알고 있는 전략가이면서 책사인 요시라는 은밀하게 말했다.

"방법이 있습니다. 한 달 후에 가토 기요마사가 울산으로 들어옵니다. 이 정보를 조선에 흘려서 조선 수군이 가토를 공격하게 하는 것입니다. 가토가 죽으면 모든 군사의 통솔권이 영주님께 넘어올 것입니다."

"조선에서 의심하지 않겠느냐?"

"이미 조선에서도 영주님과 가토 기요마사가 원수라는 것을 잘 알고 있습니다. 먼저 강화의 걸림돌인 가토 기요마사를 제거한 후에 영주님께서 원하는 방향으로 강화를 다시 시작하고 싶다고 하면 됩니다. 조선 조정에서도 가토 기요마사의 목에 천 냥의 현상금을 걸었다고 하니 충분히 설득할 수 있습니다."

고니시는 한참 생각한 후에 요시라에게 모든 것을 맡겼다. 요시라는 경상도 우병사 김응서 장군을 찾아갔다. 김응서는 적의 함정이라 생각해 요시라의 말을 믿지 않았다. 그러나 요시라는 일본의 상황을 있는 그대로 설명하면서 조금의 거짓도 없음을 몇 번이나 확인시켰다.

"못 믿겠으면 저를 인질로 잡고 이후에 거짓으로 판명이 난다면 제 목을 치십시오. 저의 영주님은 가토 기요마사 때문에 죽을 뻔했습니다. 믿어 주십시오."

---

41) 요시라(要矢羅) : 임진왜란 때 고니시 유키나가(小西行長) 휘하에서 활동하며 첩자로서의 활동도 행하고 있었는데, 조선 측에 왜군의 정세를 누설하기도 하고, 반대로 조선의 정세를 왜군 진영에 알려주기도 했다.

김응서는 아직 왜의 대군이 들어오지 않은 상황에서 가토 기요마사를 죽일 수 있는 방법이라 생각되어 조정에 장계를 올렸다. 이미 조정에서도 고니시와 가토의 관계를 알고 있는 상황이라 가토를 제거하는 데에 의견의 일치를 보았다. 비변사 회의를 거쳐 선조는 삼도수군통제사 이순신에게 요시라가 일러준 날짜에 울산으로 들어오는 바닷가 길목을 막고 공격해 가토의 목을 가져오라는 명령을 내렸다.[42]

당시 한산도에 본진을 두고 있던 이순신은 이것을 일본의 계략이라고 생각했다. 대함선을 동해 쪽으로 움직이면 넓은 바다에서 포위될 수 있다고 여겨 선조의 명령을 따르지 않았다. 그 사이 가토 기요마사는 유유히 다섯 척의 배로 울산성에 도착할 수 있었다. 가토 기요마사가 울산성에 도착했다는 소식을 듣고 조선 조정은 발칵 뒤집혔다. 이순신이 어명을 거역하고 가토를 죽이지 않은 것이다. 이순신이 바다에서 길목을 막고 습격했으면 몰살시킬 수 있었는데, 어명을 거역하고 오히려 적과 내통하여 길을 내주었다며 분노했다. 어명을 거역하면 죽음뿐이었다. 이순신 장군이 왜 가토 기요마사를 공격하지 않았는가 하는 것은 지금도 역사의 미스터리로 남아 있다. 이순신을 사형시키기로 하자 영의정 유성룡이 사직 상소를 올리면서 이렇게 말했다.

"전쟁 중에 전공을 세운 장수를 죽이는 것은 나라를 위해 도움이 되지 않사옵니다. 목숨만은 살려둬서 전하의 은혜에 보답하게 하소서. 백의종군하게 하여 왜군을 한 놈이라도 쳐부술 수 있는 기회를 주시기 바랍니다."

유성룡은 자신의 의견이 받아들여지지 않으면 사직하고 고향으로 내려간다는 결심으로 이순신 구명운동에 나섰다. 사명도 이순신의 구명운동에 나

---

42) 『선조실록』, 계축년 1월 22일.

섰다. 사명은 선조에게 상소문을 올리면서 말했다.

"한 번의 실수는 병가지상사이옵니다. 전쟁에서 백 번 이긴 장수를 한 번의 실수로 죽이는 것은 나라를 더욱 위태롭게 만드는 것입니다. 부처님의 대자대비한 마음으로 한 번 용서하시되 그 죄를 물어 삭탈관직하고 백의종군으로 성은을 갚게 하심이 옳은 줄로 사료되옵니다. 부디 어진 마음으로 살펴 주시옵소서."

비변사에서는 적과 내통했다는 이유로 사형시켜야 한다고 주장했지만, 사명은 비변사 장군들에게 이렇게 말했다.

"적의 계략이라 판단해 어명을 따르지 않은 것은 이순신의 실책이지만 절대로 적과 내통할 사람은 아니오. 죽이기보다는 잘못을 만회할 수 있는 기회를 주는 것이 마땅하다고 생각하오."

사명은 영웅 이순신을 살리고 싶었다. 유성룡도 사명의 말을 거들었다.

"이순신이 어명을 거역한 것은 죽임을 당해도 마땅하나 지금은 한 사람의 장수가 절실한 상황이오. 이순신이 다른 뜻을 품어서 어명을 거역한 것이 아니라, 적의 상황을 제일 잘 알고 있는 최전선의 장수인지라 그렇게 판단한 것일 수도 있소. 왜적들이 가장 경계하는 이순신을 죽인다면 이는 왜적에게 힘을 실어 주는 것밖에 안 됩니다."

선조는 이순신의 사형을 면하는 대신에 백의종군하여 전공을 세우고 명예를 회복하라는 전교를 내렸다. 이것이 정유재란이 터지기 바로 한 달 전이었다.

이에야스의 고민

히데요시는 모든 사람이 반대하는 것을 알면서 조선에 재출병을 지시했다. 그는 이미 자신의 죽음이 코앞까지 왔다는 사실을 알고 있었다. 그러나 그는 마지막 허세라도 부리고 싶었다. 작년의 대지진으로 그가 그토록 아끼던 후시미성 꼭대기의 상징이 무너지자 백성들은 히데요시의 과한 욕심이 전쟁 실패와 대지진까지 몰고 왔다며 수군거리고 있었다. 마지막까지 전쟁을 밀어붙이는 히데요시의 바짝 야윈 몸은 마치 지독한 악귀가 씌인 것만 같았다. 히데요시는 직접 조선으로 건너가서 지휘하겠다는 다짐과 함께 일본의 모든 영주들에게 군사를 다시 차출하도록 명령했다.

이 상황에서 이에야스는 어떻게 처신해야 할지 고민했다. 분명 실패한 전쟁인데, 실패를 감추기 위해 또 수많은 목숨이 명분도 없이 희생당해야만 하나? 부처님 앞에서 잠시 기도했다. 부처님이 기도에 응답했는지 오긴이 이에야스를 찾아왔다. 불면으로 눈이 퉁퉁 부은 이에야스는 오긴의 손을 잡고 말했다.

"내가 어떻게 처신해야 하는지 다도의 신인 그대에게 가르침을 받고자 합니다."

오긴이 조심스럽게 말했다.

239

"이에야스 님은 다이코 전하의 면전에서 전쟁을 반대하지는 못할 것입니다."

"그러면 어떻게 해야 합니까?"

"다이코 전하가 직접 조선으로 건너가겠다고 말하기 전에 이에야스 님이 먼저 가겠다고 선수를 치십시오. 다이코 전하는 이에야스 님을 절대 조선으로 보낼 수 없습니다. 이에야스 님의 마음을 떠보려고 본인이 직접 조선으로 건너가겠다고 말하는 것입니다. 지금 일본의 내부 사정과 건강 문제로 절대 조선으로 건너갈 수 없음을 본인도 너무나 잘 알고 있습니다. 지금 다이코 전하가 믿을 사람은 이에야스 님밖에 없습니다."

"그래도 조선으로 건너가라고 하면 어쩌지요? 그러면 저는 역사의 죄인이 됩니다. 그럴 수는 없습니다."

"그러니 더욱 이에야스 님이 선수를 치셔야 합니다. 만약 이에야스 님이 나서서 가겠다고 하지 않으면 다이코 전하는 이에야스 님을 믿을 수 없다 판단하고 오히려 이에야스 님에게 조선 전쟁의 선봉을 맡길 것입니다. 다이코 전하도 이 싸움이 승산이 없다는 것을 잘 알고 있습니다. 그런데 이분을 말릴 수 없다는 것이 일본의 비극입니다."

"제가 목숨을 걸고 전쟁을 말리겠습니다."

"그건 이에야스 님의 죽음으로 끝나지 조선과의 전쟁을 멈출 수는 없습니다. 다이코 전하를 너무나 잘 알지 않습니까? 이에야스 님은 이후를 준비하셔야 합니다. 이후를 대비하지 않으면 일본은 다시 전국시대로 돌아가서 끝없는 전쟁 속으로 빠질 것입니다."

오긴의 말을 듣고 나자 이에야스는 머릿속이 복잡해졌다. 무엇이 자신에게 유리할지, 무엇이 일본을 위한 것인지 이런저런 셈을 할 수밖에 없었다.

오긴은 이에야스에게 미옥을 소개할 틈을 찾고 있었다. 조선의 상황을 잘 알고 학식도 깊은 미옥이라면 이에야스를 자신보다 더 잘 인도할 것이라고 확신하고 있었다. 오긴은 이에야스가 생각에 빠져 있는 동안 입을 열었다.

"이에야스 님께 소개시켜 드릴 분이 한 분 계십니다. 그분은 저의 유학 스승으로 조선에서 건너오신 분입니다."

"조선에서 건너왔다면 조선인 포로를 말하는 건가요?"

"네, 조선인 포로가 맞습니다. 그러나 그분의 학식은 일본의 어느 학자보다도 높습니다. 그분은 조선의 상황도 잘 알고 계시니 전쟁이 끝나면 조선과의 평화협상에도 도움을 줄 거라 확신합니다."

"그 양반의 성함이 어떻게 되십니까?"

"황미옥이라 합니다."

"미옥이라 함은 여자분 이름이 아닙니까?"

"네, 조선의 여성 유학자이십니다. 하지만 그분의 학식은 어느 남자보다도 뛰어납니다. 이에야스 님께서 한번 만나 보시고 결정하십시오. 제 스승님도 이에야스 님을 만나 뵙고 결정을 하겠다고 하셨습니다."

"말씀을 들어보니 보통 분은 아닌 것 같습니다. 제가 예를 갖춰 한번 만나 보겠습니다."

"그분은 일본에 대해 한이 많으신 분이십니다. 그 점은 헤아려 주시기 바랍니다."

"일본이 조선에 저지른 죄를 어떻게 갚을지 저도 부처님께 매일 기도드리고 있습니다."

오긴은 이에야스 집을 나서면서 하늘은 왜 저런 분을 대신해서 히데요시와 같은 악마를 일본에 내렸을까 하고 하늘을 향해 원망 어린 눈길을 보냈다. 하늘의 태양은 그 원망의 눈길을 이글거리며 쳐다보았다.

조선의 선제공격

심유경과 고니시 유키나가의 사기가 탄로난 후, 히데요시의 명령으로 가토 기요마사는 1597년 정유년 1월에 조선으로 들어왔다. 한편 강화가 결렬되고 왜군의 움직임이 심상치 않자, 조선에서도 비변사가 급박하게 움직이고 있었다. 가토 기요마사는 고니시 유키나가의 거짓 강화를 만회하고 히데요시의 신임을 얻기 위해 조선과 직접 협상을 시도했다. 그리고 그 대상을 사명으로 정했다. 그는 조선 조정에 사명과 만나고 싶다는 전갈을 보냈다. 그때 사명은 남한산성 보수에 집중하고 있었다. 팔도도총섭의 승군 지휘로 전국 산성의 보수를 하고 있었던 것이다. 유성룡은 사명에게 급히 전갈을 보냈다.

"대사님께 또 큰일을 부탁해야 하겠습니다. 울산의 가토 기요마사가 일본에서 돌아와서 대사님을 만나자고 합니다. 저들은 분명히 대사께 무리한 강화조약을 요구할 것입니다. 부디 그들의 의견을 들어주는 척하며 시간을 끌어 주시기 바랍니다. 그러는 동안에 철군하였던 명나라 군사가 다시 조선으로 들어올 수 있도록 할 터이니 대사께선 시간을 벌어 주십시오."

"저들도 바보가 아닌 이상 우리가 시간을 끈다는 것을 모를 리가 없을 것입니다. 거짓으로 시간을 끌기보다는 소승이 가토 기요마사와 담판을 지어 보겠습니다. 저들이 소승을 만나고자 하는 것은 저들도 전쟁을 더 이상 원하지 않고 물러날 명분을 달라는 이야기일 것입니다. 소승이 몇 년 전, 가토 기요마사의 요청으로 세 번째 방문했을 때 가토 기요마사는 소승을 만나주지도 않고 울산 태화강변에서 기다리게 하더니, 그의 부장과 닛신 스님만 보내더군요. 적들도 이미 강화가 물 건너간 것을 알고 있었습니다. 그러나 필요하다면 우리 백성을 위해서 소승은 천만 번이라도 가겠습니다."

"대사님, 고맙습니다. 이 전란에 대사님 같은 분이 계시기에 조선은 반드시 살아날 것입니다."

"소승은 조선을 위하는 것이 아닙니다. 다만 조선의 가엾은 백성들을 구제하기 위해 이 몸을 던지기로 마음먹은 것입니다."

비변사에서 유성룡과 작별한 후, 사명은 울산으로 내려갔다.

1597년 정유년 3월에 사명은 가토 기요마사와 서생포에서 3차 회담을 하였다. 가토는 사명에게 마지막 선전포고 하듯이 말했다.

"대사님은 죄 없는 조선 백성들의 죽음을 원하지 않는다고 말씀하셨습니다. 저 또한 마찬가지입니다. 대사께서 왕실을 설득해서 조선의 왕자를 인질로 보내고 조선의 왕 또한 일본의 신하가 되게 하십시오. 그러면 일본은 조선의 개 한 마리도 건드리지 않고 온전하게 보존할 것입니다."

사명은 머리끝까지 울분이 치밀어 올랐지만 차분하게 가토 기요마사에게 타일렀다.

"소승은 장군을 같은 불자로서 존중해 왔소. 그런데 어찌 조선에서 절대 들어 줄 수 없는 억지 요구 조건을 내세워 죄 없는 백성을 죽이겠다고 협박하는 것이오?"

"대사님을 존경하기에, 저 역시도 살생을 막기 위해 부탁하는 것입니다."

사명은 닛신이 안 보이는 걸 알고 가토에게 물었다.

"닛신 대사는 같이 오지 않았습니까?"

"닛신 대사님은 일본에 일이 있어 다음 배로 조선에 오실 것입니다."

가토는 예우를 갖춰 대답하면서 일본의 진귀한 보석을 선물로 주었다. 사명은 보석을 사양하며 말했다.

"산에 사는 승려가 이렇게 진귀한 보석이 필요하겠습니까? 도로 넣으시죠."

"아닙니다. 제가 대사님께 드리고 싶은 마지막 선물입니다."

"마지막이라뇨. 인연이 있으면 또 만날 것입니다."

가토는 사명이 떠나는 모습을 끝까지 지켜보았다. 사명이 서생포 왜성을 나와 한참을 걸어가는데 가토의 부장 희팔량이 말을 타고 달려와 사명에게 편지를 건네며 말했다.

"닛신 스님이 대사님께 꼭 전해 달라는 편지입니다."

닛신의 편지를 읽어 가는 사명의 눈은 커져만 갔다.

제가 조선으로 건너갈 때면 이미 전쟁이 시작되었을 것입니다. 이번 전쟁은 임진년의 전쟁과는 다를 것입니다. 대사님께서 몸을 보존하시기를 바라는 간절한 마음에 이 편지를 보냅니다. 소승의 마음을 헤아려 주시기 바랍니다.

사명은 닛신의 편지를 받고 마음이 굳어졌다. 그는 곧바로 붓을 들어 상소문을 쓰기 시작했다. 이 상소문은 먼저 올린 갑오상소와 을미상소에 이은 사명의 세 번째 상소였다. 4년간의 휴전으로 해이해진 조선 조정에 경고를 하는 준엄한 경고장이었다. 사명은 이 마지막 상소에서 조선이 먼저 선제공격하자는 강력한 의견을 피력했다. 어차피 벌어질 전쟁이니 아직 왜군의 본진이 도착하기 전에 먼저 공격해 남쪽 해안에 진을 치고 있는 적의 선봉 부대를 섬멸하자는 것이다. 그렇게 되면 이후에 바다로 들어오는 본진을 육지에서 섬멸하기 쉬울 것이라고 피를 토하는 심정으로 글을 써 내려갔다.

오늘의 형편이 싸워도 위태롭고 싸우지 않아도 역시 위태로우니 적과 싸우지 않
아도 위험할 바에는 성을 등지고 한번 싸움을 하여 승패를 결판 짓는 것이 더 나
을 것입니다. 더구나 지금 현재 적의 선발대 숫자는 1만 명에 지나지 않고 그중에
는 조선인 포로들이 많이 있습니다. 지금 군량이 떨어지기 전에 남으로 내려가 적
을 몰아치면서 한편으로는 수군으로 일본에서 건너오는 군사를 차단하고 다른
한편으로는 육로로 덮쳐 적의 소굴을 쳐부순다면 신 또한 의병을 이끌고 적과 치
열한 싸움을 벌일 것입니다. 만일 이번 기회를 놓치고 수개월이 늦어지면 적의 지
원군 대군이 바다를 건너와서 어려운 싸움이 될 것입니다.[43]

이 상소에서 사명은 남쪽 해안에 남아 있는 일본 군사들을 먼저 공격하라
고 간곡하게 말했다.

지금은 남해안에 있는 왜적의 거점을 소탕할 좋은 기회입니다. 남해안에 있는 왜
성을 섬멸해서 왜적의 조선 땅 거점을 초토화시키면 왜적은 바다에서 조선 땅으
로 접근하기가 쉽지 않습니다. 지금 왜적의 주력부대는 군사를 모으느라 늦어지
고 있습니다. 이 틈에 선제공격하면 남해안에 진을 치고 있는 적들은 우왕좌왕
하여 힘을 쓰지 못하고 항복할 것입니다. 부디 마지막 기회를 잃지 않고 나라를
보존하시기를 소승은 부처님께 기도드립니다.

조정에서는 이러한 상황을 전혀 모른 채, 팔짱만 끼고 강화회담을 지켜보

---

43) 『선조실록』, 정유년 4월 13일.

자는 기회주의자와 자기 목숨만 보존하려는 아첨꾼들로 가득했다. 사명의 상소에 귀를 기울이는 사람은 없었다. 비변사에 접수된 사명의 상소는 조정에 올라가지도 못한 채 묵살되었다. 사명과 친한 유성룡마저도 명나라의 명을 받아야 한다는 이유로 선제공격을 반대했다. 사명은 자신의 상소가 받아들여지지 않자, 하늘을 보고 한탄했다.

'조선의 죄 없는 백성들이 얼마나 더 죽어야 한다는 말인가?'

사명의 말대로 정유재란 본진이 다시 꾸려지기까지는 두 달이나 걸렸다. 만약 이때 임진년 이래 일본으로 돌아가지 못하고 패잔병처럼 남아 있던 1만여 명의 왜군을 선제공격했더라면 정유재란의 판도는 바뀔 수 있었을 것이다. 남해안에 진을 치고 있던 왜군 때문에 일본 본진의 배들은 손쉽게 조선의 항구를 차지하고 상륙했다. 유성룡은 일본군이 대규모로 상륙해 벌인 정유재란으로 인해 임진왜란의 몇 배가 넘는 피해를 당하고서야 탄식했다.

"사명대사의 상소를 받아들여 선제공격했더라면 조선은 정유재란의 전쟁에서 손쉽게 이길 수 있었을 것이다. 아, 아! 하늘이 내려준 기회를 놓쳤구나!"

이에야스와 미옥의 만남

미옥은 이에야스와 만나기로 한 날짜가 정해지자 잠을 이룰 수가 없었다. 원수의 나라에서 어떻게 유학의 도를 펼칠 수 있겠는가? 그러나 미옥은 마음을 다잡았다. 이에야스가 예를 모르는 무장 같으면 목숨을 걸고 싸우겠다고 다짐했다. 드디어 이에야스와 만나는 날짜가 정해지고 미옥은 빈을 남겨 두고 오긴과 함께 이에야스 집으로 향했다. 미옥은 조선의 한복을 단정하게 입고 있었다. 미옥이 한복을 입은 것은 이에야스 앞에서 당당한 조선 여인의 모습을 보여주기 위함이었다. 이에야스 앞에 마주 앉은 미옥의 태도는 한 점의 흐트러짐도 없었다. 이에야스는 미옥의 얼굴에서 범접할 수 없는 기(氣)가 흐르는 것을 느꼈다. 먼저 이에야스가 입을 뗐다.

"그대가 조선에서 유학을 공부한 여인이라 들었소이다. 조선에서는 여인들에게도 유학을 가르치고 있습니까?"

미옥은 이에야스를 쳐다보며 말했다.

"유학은 예(禮)와 충(忠)을 기본으로 하고 있습니다. 예가 없으면 충도 없습니다. 예의 가장 기본이 효입니다. 어머니가 여자라 하여 자식이 효도하지 않는다면 그것이 바른 유학의 길이겠습니까?"

"그대는 누구에게서 유학을 배웠습니까?"

"저의 아버님으로부터 배웠습니다. 제 아버님은 조선의 대유학자로 후학을 가르치며 조선의 젊은이들에게 성리학을 가르쳤습니다."

"아버님의 함자가 어떻게 되십니까?"

"아버님은 황희 정승의 직계 후손으로 함자는 황 자 여 자 헌 자이고, 호는 유촌이라 합니다."

"유촌 황여헌 선생이라."

이에야스는 황여헌의 이름을 적으며 말했다.

"아버님은 무슨 벼슬을 하셨고 지금은 어디에 계십니까?"

"아버님의 벼슬은 정승 반열에 오르셨으나 당쟁에 염증을 느껴 낙향하신 뒤 후학을 가르치고 있었습니다."

"지금도 후학을 가르치고 있습니까?"

미옥은 이에야스의 말에 분노가 치밀어 올랐다.

"장군께서는 지금 조선의 상황을 알고 하시는 말씀입니까? 지금 조선의 백성 절반 가까이가 죽거나 행방불명이 되었습니다. 일본군에게 살해당하고 굶어 죽고 조선의 거리는 시체 썩는 냄새로 거리를 다니는 사람조차 없습니다. 이런 시국에 살아남기도 힘든데 어떻게 한가롭게 학문을 한다는 말씀입니까?"

"그러면 그대의 아버지는 어떻게 되었습니까?"

미옥은 눈물을 참으며 피를 토하듯이 말했다.

"왜군에게 무참히 살해되셨습니다."

이에야스는 더 물을 수가 없었다.

"내가 대신 사죄하겠습니다. 용서해 주십시오."

이에야스는 미옥의 결연한 표정에서 일본은 결코 조선을 정복할 수 없을 것이라는 느낌을 강하게 받았다. 이에야스는 무거운 표정으로 미옥에게 다시 말했다.

"지금 일본은 조선과의 전쟁을 다시 일으키려 하고 있습니다."

미옥은 일본이 다시 조선을 침략한다는 소식을 듣자 가슴이 무너져 내려앉았다. 미옥이 울부짖으며 말했다.

"전쟁을 막아 주십시오. 더 이상의 살육은 막아야 합니다. 조선의 죄 없는 백성들이 또 죽어 가는 모습을 지켜보고만 계실 겁니까?"

미옥의 절규하는 모습에 이에야스는 할 말을 잃고 침묵했다. 옆에서 지켜보는 오긴의 가슴도 함께 타들어 가고 있었다.

정유재란의 시작

조선과의 전쟁에서 아무것도 얻지 못한 도요토미 히데요시는 재침 명령을 내리면서 임진년에 참여하지 않은 영주들에게 군사를 차출토록 했다. 그 결과 15만의 병력이 모이자 1597년 정유년에 재침을 개시했다. 정유재란의 목적은 오직 살육이었다. 히데요시는 자신이 속았다는 것에 분개해서 복수를 다짐했다. 하물며 조선인을 죽인 숫자만큼 포상을 내리겠다는 약속까지 했다. 머리를 잘라 오는 것은 무게가 나가니 그 숫자를 확인하기 위해서는 작고 가벼운 코를 베어 오면 숫자만큼 포상을 내린다는 것이다. 왜군을 따라 정유재란에 참가했던 일본 승려 게이넨(慶念)은 8개월 동안 전장에서 목격한 참상을 다음과 같이 기록했다.

새끼로 목을 묶은 후 여럿을 줄줄이 옭아매 끌고 가는데 잘 걷지 못하면 뒤에서 몽둥이로 두들겨 팼다. 지옥의 아방이라는 사자가 죄인을 잡아들여 괴롭히는 것이 이와 같을 것이다. 조선인들의 통곡 소리로 가득하다. 조선의 땅은 조선의 쌀과 함께 썩고 바람은 조선의 울음과 함께 흐느껴 울며 풀들은 조선의 피로 자랐다.

일본에서 15만 본진이 상륙한 후, 가토 기요마사는 울산에서 북진하고, 고니시 유키나가는 전라도 순천에서 한양을 향해 북진하기 시작했다. 비록 조정에서는 선제공격을 주장한 사명의 상소를 무시하고 받아들이지 않았지만, 사명은 승병을 중심으로 전쟁 대비를 착실하게 하고 있었다. 군량미 확보를 위해 절터에 쌀과 콩을 심어서 곡식을 확보했으며, 산세에 밝은 승려를 선발해 산성 개축에 노력하는 한편, 신무기 제조에도 힘을 기울여 해인사 부근에서 활촉 등의 무기를 만들었다. 또 투항한 일본군 조총병을 비변사에 인도하여 화약 제조법과 조총 사용법을 승병들에게 훈련시켰다. 일본의 대공습이 시작되자, 다급해진 도원수 권율은 사명에게 도움을 청했다.

"대사님, 왜군을 막을 수 있는 지혜와 방책을 주십시오."

"방책은 없습니다. 방책보다 중요한 것은 각오입니다. 죽기를 각오하고 싸우면 이길 것이고 살기 위해 방책을 찾으면 질 수밖에 없습니다."

"저는 죽기를 각오하고 싸우겠습니다."

"장군과 장군의 군사들이 그런 각오로 싸운다면 이 전쟁은 이길 수 있습니다."

"제가 그렇게 만들겠습니다. 조선의 백성들도 임진년 저들의 미친 짓거리를 똑똑히 기억하고 있습니다. 그러니 죽기를 각오하고 싸울 것입니다."

사명은 한참을 생각한 후에 말했다.

"그렇다면 또 두 가지 방책이 있습니다. 첫째는 우리나라의 험준한 산악지대를 이용하는 것입니다. 왜적은 우리의 산악지형에 익숙하지 않습니다. 산성을 쌓고 험준한 지형을 이용해 적의 진입로와 보급로를 차단하는 것이 첫 번째 방법입니다. 두 번째 방법은 평지를 초토화해서 적들의 식량 보급을 원천적으로 차단해야 합니다. 평지에서 왜적들과 싸우면 필패입니다. 임진년에 신립 장군의 가장 큰 실책이 충주 벌판에서 적을 맞이한 것입니다. 적이 충주로 넘어오기 전에 문경새재 협곡에서 마주했다면 이길 수 있는 전쟁이었습니다. 그때 가토 기요마사는 문경새재 협곡을 지나면서 조선군의 매복이 없음을 확인하고 안도의 한숨을 내쉬었다 합니다. 절대로 평야에서 적과 마주하면 안 됩니다. 이 두 가지 점을 명심하시고 죽을 각오로 싸운다면 반드시 승리할 것입니다."

도원수 권율은 사명의 손을 잡고 말했다.

"대사님은 과연 하늘이 내린 인물이시오. 조선에 대사 같은 분이 계시니까 조선은 절대로 무너지지 않을 것입니다. 제 곁에서 도와주십시오."

"소승은 장군 곁에 있을 수가 없소이다. 저는 대구에 본거지를 두고 왜군의 재침에 대비하고 있었습니다. 이제 승병을 이끌고 울산에서 북진하는 가토 기요마사의 군대를 상대해야 합니다. 가토 기요마사는 왜군 가운데 가장 뛰어난 장수입니다. 대구에서 가토 기요마사의 북진을 막을 수만 있다면 이 전쟁에서 승리할 수 있습니다."

비격진천뢰

　사명이 대구와 경주에서 진을 치고 가토 기요마사를 기다리던 중에 경주에서 포공 이장손이 사명을 찾아왔다. 그는 사명에게 손바닥만 한 뭉치를 내밀었다.

　"대사님, 이것으로 왜적을 물리칠 수 있을 것입니다. 제가 만들어서 시험을 해보았는데 파괴력이 대단합니다."

　사명은 그것을 이리저리 살펴보았다.

　"이것은 무엇으로 만들었는고?"

　"겉으로는 둥근 쇠뭉치인데 그 속에 염초와 유황 등 화약을 넣었습니다. 이 심지에 불을 붙이면 손으로 던지는 대포와 같습니다."

　"나에게 보여줄 수 있겠는가?"

　이장손은 쇠뭉치 밖으로 나와 있는 심지에 불을 붙이고서 있는 힘을 다해 멀리 던졌다. 그러자 잠시 후 바닥에 떨어진 쇠뭉치는 벼락과 같은 소리를 내며 폭발했는데, 주변의 나무와 돌이 깨질 정도였다. 사명은 이 물건을 왜적의 조총에 대항하는 조선의 무기로 만들 수만 있다면 전쟁에서 이길 수 있겠다는 희망이 생겼다.

　"이것을 하루에 몇 개나 만들 수 있겠는가?"

"쇠붙이와 염초와 황산만 있으면 하루에 수백 개도 만들 수 있습니다."

"사람을 많이 붙이면 수천 개도 가능하겠는가?"

"네, 주물을 고정으로 늘리고 불을 때는 화로만 갖추면 가능합니다."

"자네가 대단한 일을 해냈네. 내가 조정에 건의할 것이니, 그동안은 이 무기가 다른 사람에게 알려지면 절대 안 되네. 혹시 왜군에게 새어나가게 된다면 모든 것이 수포로 돌아갈 것이야."

사명은 이장손이 만든 무기를 보고 말했다.

"날아가서 벼락소리를 내며 터진다. 그래, 이 무기의 이름은 비격진천뢰다!"

이장손이 만들고 사명이 이름 내린 이 비격진천뢰는 이후 정유재란의 전세를 바꾸는 역할을 한다. 먼저 경주 이장손의 포공 공장에 필요한 물자와 인원이 충원되었다. 이장손은 비밀이 새어나가지 않도록 믿을 만한 사람 말고는 제조 비법을 알려주지 않고 주물과 화약만 만들게 했다. 하루에 수백 개의 비격진천뢰가 경주에서 만들어졌다.

사명은 이미 대구 팔공산과 경주를 중심으로 산속의 절을 산성으로 바꾸고 모든 길목을 지키고 있었다. 그러나 가토 기요마사는 사명과의 전쟁을 피하고 싶었다. 가토는 울산에서 경주와 대구로 가지 않고 밀양으로 방향을 틀어 거창, 함양, 안음에 이르렀다.

이때 안음을 지키던 안음 현감 곽준은 주민들에게 존경받는 목민관으로 이미 전쟁에 대비해서 황석산성을 짓고 적의 길목을 지키는 중이었다. 곽준은 의병장 곽재우 장군의 작은 아버지로 기개가 높은 집안이었다.

가토 기요마사는 경쟁자 고니시 유키나가보다 먼저 전공을 올리기 위해 혈안이 되어 있었다. 그러기 위해서는 빠른 북진을 위해 함양의 황석산성을 뚫어야 했다. 그러나 황석산성의 3천 군사는 열 배가 넘는 3만의 가토 기요마사

군대를 죽을 각오로 막고 있었다. 가토는 수적 열세에 몰린 상대를 쉽게 생각했으나 황석산성은 쉽게 무너지지 않았다. 곽준의 두 아들 곽이상과 곽이후도 아버지를 도와서 끝까지 항쟁했다. 곽준 부자는 야밤에 북쪽 성문을 열고 나와 기습작전으로 100명의 조선군이 1천 명의 왜적을 무찌르는 공을 세우기도 했다. 악에 받친 가토는 총공세 명령을 내렸고, 성을 지키는 군사의 열 배가 넘는 왜군들은 대포와 조총을 쏘면서 성을 오르기 시작했다. 가토는 겁이 나서 후퇴하는 왜군을 뒤에서 죽였다. 왜군들은 앞으로 나가지 못하면 어차피 뒤에서 죽임을 당하기에 동료의 시체를 밟으며 성으로 돌진했다. 왜군의 총공세에 이틀을 버티던 황석산성은 성 한쪽이 허물어지기 시작했다. 성문이 뚫리자 왜군이 물밀듯 성안으로 돌진해 왔다. 곽준은 부녀자들을 먼저 대피시킨 후, 한 놈이라도 더 죽이고 죽겠다는 심정으로 호랑이처럼 포효하며 적을 베어 나갔다. 왜군도 곽준의 살기 가득한 표정에 질려 그에게 감히 접근하지 못했다. 이를 지켜보던 가토는 조총병들에게 집단 발포명령을 내렸다. 곽준은 수십 발의 조총을 맞고도 가토를 향해 걸어왔다. 그리고 부릅뜬 눈으로 우레처럼 소리쳤다.

"저세상에 가서도 네놈들을 꼭 찾아서 모조리 죽일 것이다!"

가토는 곽준의 머리를 칼로 후려쳤다. 곽준의 두 눈은 부릅뜬 채 마지막까지 가토를 쏘아보았다. 아버지의 마지막 죽음을 목격한 곽준의 두 아들은 피를 토하는 심정으로 가토를 향해 돌진했다. 그러나 곽준의 아들 둘도 쏟아지는 총탄을 피하지 못했다. 부녀자들과 함께 몸을 숨겼던 곽준의 딸은 아버지와 오빠들이 죽었다는 소식에 울부짖으며 소리쳤다.

"하늘이시여, 어찌 저 포악한 왜놈들의 손에 아버지와 오라버니들을 죽게 하십니까? 원망스럽고 또 원망스럽습니다!"

그렇게 피맺힌 원망의 한마디를 내뱉고 곽준의 딸은 자결했다. 그녀는 아버지의 명성을 더럽히지 않기 위해 스스로 목숨을 끊은 것이다. 이 사실은 사람들의 입에서 입으로 전해졌고, 기록으로 남겨져 전해진다. 아버지 곽준은 나라를 위해 충성에 죽고, 아들들은 아버지를 위해 효도하다가 죽고, 딸은 절개를 위해 죽으니 한 집안에 충신, 효자, 열녀가 다 있었다. 사람들은 비를 세우고 그 집안의 충정을 기리고 칭송했다. 사명이 승병을 이끌고 곽준의 황석산성을 돕기 위해 찾았을 때 이미 그곳은 시체가 나뒹구는 지옥이 되어 있었다. 사명은 황석산성에서 곽준과 그의 아들들과 딸을 위해 위령제를 올렸다. 사명은 위령제를 지내면서 곽준에게 절을 올리고 그의 아들들과 딸에게 술잔을 올렸다. 곽준의 딸에게 술을 올릴 때 사명은 미옥과 빈을 위해서도 함께 기도했다.

황석산성을 점령한 가토의 군대가 전주성으로 향하고 있다는 소식을 듣고 사명 역시 승병을 이끌고 전라도 전주성으로 향했다. 왜군이 곽준의 함양성을 점령하고 다시 7만 명의 왜군과 함께 전주성으로 북진한다는 소식에 전주성을 지키던 명나라 장수는 지레 겁을 먹고 도망쳐 버렸다. 전주성에 무혈 입성한 왜군은 이제는 천안을 향해 북진을 시작했다. 이에 사명은 왜군이 북진하는 산속의 길목에 승군을 배치시켰다. 그리고 큰 화살에 비격진천뢰를 매달아 쏘도록 했다. 벼락처럼 터지는 비격진천뢰에 북진하던 왜군은 혼비백산했다. 어디에서 무엇이 날아오는지 파악하기도 전에 다른 쪽 산에서도 날아왔다. 사명의 비격진천뢰에 겁을 먹은 왜군은 쉽게 북진하지 못하고 대책을 의논하기 시작했다.

손현의 칠천량 전투

빈의 원수를 갚기 위한 손현의 전쟁은 처절했다. 일본이 정유재란을 일으켜 다시 쳐들어오자 손현은 빈의 원수를 갚기 위해 비변사를 나와 최전선에 지원했다. 감옥에 갇힌 이순신 대신 삼도수군통제사에 오른 원균의 수하로 들어가 칠천량 해전을 치르는 중이었다. 당시 원균은 권율 도원수에게 수륙 협공을 해야만 성공할 수 있다고 강력하게 주장했다.

"육지에서 바다 연안 가를 먼저 공격해서 왜적의 배후를 차단해야만 해상에서 적을 물리칠 수 있습니다."

"지금 이렇게 급박한 상황에 앞뒤 가릴 겨를이 어디에 있다는 말인가? 우리의 판옥선으로 왜선을 밀어붙이면 되지 않는가? 이렇게 먼저 겁을 먹으면 어떻게 전쟁에서 이길 수 있다는 말인가?"

"장군, 아무리 조선의 판옥선이 강하다 하더라도 육지의 지원이 없으면 불리한 상황에 처합니다. 재고해 주시기 바랍니다."

권율은 원균의 말을 듣지 않았다. 끝까지 버티는 원균에게 권율은 명령 불복종이라는 이유로 곤장을 쳐 강제로 칠천량 전투에 참여시켰다. 원균은 눈물을 머금고 바다에 배를 띄웠다. 그러나 왜의 수군은 임진왜란 당시의 수군이 아니었다. 한산대첩의 수모를 갚기 위해 왜군은 휴전 기간 4년 동안 조선의 판옥선에 대항하는 왜선을 만들었다. 칠천량 해전에서 조선의 수군은 판옥선으로 왜의 배를 공격했지만, 왜는 조선의 판옥선과 부딪쳤을 때 침몰하지 않는 배를 이미 준비한 것이다. 왜의 배는 부서지지 않고 오히려 화력을 보강해서 집중포화를 퍼붓기 시작했다.

원균이 이끄는 수군은 180척이었으나 왜선은 그의 두 배가 넘는 400척이었다. 원균은 다음 날 새벽 적진 깊은 곳까지 침투했다가 바다와 육지에서 공격하는 왜군에 완전히 포위되어 함선 백여 척이 모두 불타고 사람들은 죽기 살기로 바다로 뛰어들었다. 손현은 침몰하는 배에서 왜놈 한 놈이라도 더 죽이고 자신도 죽겠다는 심정으로 마지막까지 싸웠다. 배가 가라앉으면서 큰 돛대가 손현의 머리를 때렸다. 손현의 붉은 피가 바다를 붉게 물들였다. 쓰러진 손현의 눈앞이 점점 흐려졌다. 흐릿해져 가는 기억 속에서도 빈의 얼굴은 또렷이 그려지고 있었다.

손현은 겨우 정신이 들어 눈을 떴다. 자신의 뺨을 꼬집어 봤다. 아픈 것이 느껴지니 아직 죽지는 않았다고 생각했다. 그는 겨우겨우 지팡이에 의지해 권율의 막사를 찾아갔다. 마침 그곳에 사명이 권율과 함께 있었다. 사명을 보자 눈물부터 쏟아졌다. 이제 정말 죽는다 생각할 때 빈의 얼굴을 떠올렸는데, 사명을 만나니 더욱 빈이 그리웠다. 사명이 손현의 상처를 보듬으며 말했다.

"부처님이 너를 살리신 특별한 뜻이 있을 것이다. 함부로 죽는다는 이야기는 하지 말거라."

"대사님, 저도 대사님을 따라서 불교에 귀의하고 싶습니다. 지난번에는 반대하셨지만, 이제는 제 뜻을 받아 주십시오."

"아직 전쟁이 끝나지 않았어. 지금 사찰의 모든 승려들도 칼을 들고 왜군과 싸우고 있다. 네가 승려가 되고 싶으면 전쟁이 끝난 후에 다시 이야기하자."

"그럼 저를 대사님 곁에 있게 해주십시오. 그것이 빈이 바라는 바일 것입니다."

사명은 손현을 측은하게 바라보았다. 자신도 어릴 때 아랑을 사랑했고 그녀가 죽었을 때 따라 죽고 싶었으며, 그 원수를 갚고 싶었다. 지금의 손현과 젊었던 자신의 모습이 겹쳐졌다. 사명은 손현이 자신의 곁에 머무르는 것을 허락했다. 그 후로 손현은 사명의 곁을 떠나지 않았다.

천안 직산(稷山) 전투

민었던 조선의 수군이 칠천량 전투에서 대패해 원균이 죽고 배들마저 거의 파손되면서 조선은 다시 해상권을 잃게 되었다. 그 사이 조선군과 명나라 군사는 천안에 군사를 집결시켜 한양을 사수하기 위한 총력전을 펼치고 있었다. 한편, 조선의 조정에서는 전주성이 함락되고 한양으로 왜군이 북진한다는 소식에 또다시 피난길을 준비하고 있었다. 천안에 집결한 명나라 군사는 양호가 총대장을 맡고 있었다. 조선의 권율 도원수는 사명대사를 명나라 총대장 양호에게 소개시켰다.

"조선의 사명대사입니다. 이분은 천리와 운명을 간파하시는 큰 인물이십니다. 이분의 방책을 들어보심이 좋을 듯합니다."

"적장 가토 기요마사의 가슴을 서늘하게 하고 천문과 역법과 불법에 통달하신 큰스님이라고 익히 들었습니다. 저는 이번 천안의 전쟁이 조선과 왜군의 운명을 가를 전쟁이라 생각합니다. 부디 좋은 방책을 주시기 바랍니다."

"명나라의 대장군께서 어찌 조선의 일개 승려에게 방책을 묻습니까? 그저 힘없는 중생이 고통받는 전쟁을 하루빨리 끝내 중생을 구제하는 것이 부처님의 뜻이라 생각해 제 생각을 도원수께 말씀드린 것입니다만, 대장군께도 도움이 된다면 말씀드리겠습니다."

사명의 눈빛이 형형히 빛났다. 독실한 불자인 양호는 두 손을 합장하며 말했다.

"부디 큰스님의 가르침을 받들고 싶습니다."

"그러시다면 제 의견을 말씀드리리다. 탁 트인 평야지대에서 왜적을 마주치면 우리가 불리합니다. 천안은 평야이니 왜적을 유인해서 궁지에 몰아넣는 방법을 써야 합니다. 마주쳐 싸우다 지는 척 후퇴하면서 우리 군사가 매복하고 있는 산속으로 유인해 포위해야 합니다. 매복했던 군사들이 화살과 대포로 공격하면 섬멸이 가능하고, 만약 도망치는 자가 있다면 승군들이 그들을 칠 것입니다. 승군들은 산속의 사정을 손바닥 보듯 알고 있으니, 한 놈도 살아남지 못할 것입니다."

양호는 사명의 말을 듣고 탁자를 치며 말했다.

"말씀을 듣고 나니 소장의 가슴이 뚫리는 것 같습니다. 대사님의 승군이 산속의 길잡이를 해주십시오. 전적으로 대사님의 말씀을 따르겠습니다."

이렇게 천안의 전투는 준비되고 있었다. 한편 일본은 10만의 군사로 천안에 진을 쳤다. 명나라의 양호는 기병 2만을 동원해 왜적의 본진을 기습 공격했다. 왜군은 초반 기습 공격에 혼비백산했지만, 곧 전열을 가다듬고 총공격을 해왔다. 2만의 기마병은 후퇴하면서 적을 좁은 산길로 유도했다. 일본의 연합군은 승리를 위해 경쟁하듯이 후퇴하는 명군을 뒤쫓았다. 이미 전주성에서 명나라 군사들이 성을 버리고 도망친 사실을 알고 있기에 왜군들은 승리를 의심하지 않았다. 그러나 그들은 이 천안 직산 전투의 뒤에 사명이 있다는 것을 모르고 있었다. 왜군이 경쟁하듯 명나라 군을 쫓아서 산속 좁은 길로 들어섰을 때 갑자기 대포와 불화살이 비 오듯 쏟아졌다. 불화살은 바로 비격진천뢰가 장착된 화살이었다. 왜군은 독 안에 든 쥐 꼴이 되었다. 화살에 맞거나 곤봉에 맞아 죽은 일본인이 1천여 명에 이르렀고, 살아남은 자들은 산

에 올라가 백기를 들고 달아나기 시작하였다.[44]

　천안의 직산 전투가 왜군에게는 임진년의 평양성 전투 패배보다도 더 큰 패전이었다. 직산 전투 패배 이후 왜군은 더 이상 북진을 포기하고 남쪽으로 흩어져서 살아남기에 바빴다. 가토 기요마사는 남은 병력을 이끌고 울산으로 도망쳤고, 고니시는 순천으로 도망갔다. 일본에서는 조선 전쟁의 3대 패전을 평양성 전투, 행주산성 전투 그리고 천안의 직산 전투로 기록하고 있다. 조선 조정에서는 천안 직산 전투의 승리 소식을 듣고 사명대사에게 이듬해 종2품 가선대부(架善大夫) 동지중추부사(同知中樞府事)를 제수했다. 당시 숭유억불 정책의 조선에서 승려에게 종2품 벼슬을 내리는 것은 전무후무한 일이었다. 그만큼 조선 조정에서는 사명대사의 공적을 인정할 수밖에 없는 상황에 놓이게 된 것이다.

---

44) 『선조실록』 권92, 선조 30년 9월 9일 병신.

1598년, 울산성 가토 기요마사의 위기

조선을 재침한 왜군이 천안 직산 전투에서 패배한 이후 수세에 몰리면서 울산성을 지키기도 힘들다는 전갈이 히데요시에게 전해졌다. 히데요시는 불같이 화를 내며 소리쳤다.

"내 생애에 패배는 없다. 죽더라도 조선에서 죽게 하라. 패배하고 일본으로 돌아오는 놈은 내 칼에 모두 죽으리라."

이미 일본의 패배가 확실한데도 히데요시의 서슬 퍼런 광기에 누구도 전쟁을 포기하고 철수하자는 말을 못했다. 전갈을 받은 울산성의 가토 기요마사는 차라리 울산성에서 죽을 각오로 싸웠다. 천안 직산 전투에서 승리한 조선과 명나라 군사는 승리의 기세를 몰아 왜군의 예봉인 울산성의 가토 기요마사를 목표로 삼고 총공세를 퍼붓는 중이었다. 수세에 몰린 가토 기요마사의 군사들 시체가 산을 이루어 울산성을 뒤덮었다. 가토는 마지막이라고 생각하고 부처님께 기도를 올렸다.

"마지막까지 무사로서 명예롭게 죽게 해주십시오."

가토 기요마사는 죽기를 각오하고 마지막 전쟁에 임했다. 그 사이 히데요시로부터는 일본의 모든 병력을 울산성으로 집결시켜 가토를 지키라는 명령이 내려왔다. 히데요시도 이미 조선 전쟁에서 패했다는 사실을 알았지만 인정할 수가 없었다. 그럴수록 그의 광기는 일본 백성들을 공포 속으로 몰아넣었다. 히데요시의 광기가 더할수록 그는 악마처럼 변해 갔다. 잠을 자지 못하고 악몽에 시달리며 헛소리를 지껄였다. 정월 하례도 참석 못할 정도로 병이 깊어져 일어나지도 못했다. 이에야스는 걱정이 되어서 히데요시를 찾았다. 히데요시는 병석에서 이에야스를 보자 대뜸 말했다.

"내대신, 조선 전쟁은 이미 패했소. 하지만 나는 인정할 수 없소. 조선 전쟁의 패배를 백성들에게 알리지 않고 다른 쪽으로 관심을 돌렸으면 하오. 후시미성(伏見城)에서 가까운 다이고지(醍醐寺)[45)]에 전국의 벚나무를 옮겨 심어 춘삼월에 벚꽃놀이를 했으면 좋겠소. 그때 내대신이 꼭 내 옆에 있어 주기를 바라오."

이때 이에야스는 다이나곤에서 한 단계 높은 내대신으로 승진해 있었다. 이에야스는 히데요시가 실성을 한 것인가 생각했다. 조선에서는 군사들이 죽어 가고 있는데 일본에서는 화려한 벚꽃놀이라니. 보통 사람으로서는 할 수 없는 일이었다. 그러나 이에야스는 공손하게 말했다.

"그럼 어서 쾌차하셔서 벚꽃놀이를 하셔야지요. 그런데 이곳 교토에 3월까지 어떻게 그 많은 벚나무를 심을 수 있겠습니까? 벚꽃이 많은 오사카로 가셔서 꽃놀이를 하는 것은 어떻습니까?"

"아니오, 내대신. 후세 사람들은 나를 전쟁광이라고만 말할 것이오. 그래서 나는 내가 있는 이곳에 십리 벚꽃길을 만들어서 히데요시도 꽃을 좋아하는 사람이었다라고 기억되고 싶은 것이오. 그러니 어린 벚꽃이 아니라 큰 벚꽃을 이리로 옮겨 심으라고 할 것이오."

---

45) 다이고지(醍醐寺) : 일본 불교 진언종의 중요한 사찰로 세계문화유산으로 지정되었다. 이곳에서는 도요토미 히데요시가 죽기 전에 심어놓은 벚꽃으로 '교토 다이고지 벚꽃놀이 축제'가 매년 열리고 있다.

"십리 길에 큰 벚꽃나무를 옮겨 심는 일은 많은 백성들이 필요한 대공사가 될 것입니다."

"그래서 더 하려는 것이오. 백성들의 관심을 그쪽으로 돌리기 위해서지. 정치는 그렇게 하는 것이오. 백성들은 쉽게 잊어버리지. 조선 전쟁에 대한 관심을 성대한 벚꽃놀이로 돌려서 히데요시가 건장하다는 것을 보여줘야만 무사들이 나를 따를 것이고, 히데요리도 따를 것이오. 내 뜻을 알겠소?"

이에야스는 히데요시가 마지막까지 운명을 거부하고 그 운명과 싸우는 허세를 부리고 있다고 생각했다. 그리고 자신의 잘못된 판단으로 수십만 명이 생명을 잃어도 눈 하나 깜짝하지 않고 권력에만 집착하는 가련한 인생이 불쌍하기도 하고 두렵기도 했다. 판단력을 잃은 사람의 독재가 어떤 파국을 가져올지 모른다고 생각하니 두려움이 엄습해 왔다. 히데요시의 명령을 거부하는 것은 바로 죽음이었다. 일본 내의 모든 공사는 중지되고 온 백성이 벚꽃 옮기기에 동원되었다. 전쟁에 나가 있는 군사들은 보급이 끊겨 죽어 가는데 일본에서는 벚나무 옮기는 일에 온 백성이 동원되는 기이한 현상이 벌어지고 있었다. 벚나무를 옮기다가 벚꽃이 죽으면 사람도 함께 죽여 버렸다. 한 사람의 광기가 온 나라를 공포 속으로 몰아넣었다. 조선에 나가 있는 영주들 사이에서 히데요시의 암살 이야기가 은밀히 오가고 있었다. 그러나 이에야스는 신중한 입장이었다. 그는 이미 히데요시가 오래 살지 못할 것을 알고 있었다. 그의 마지막 발악에 대항하는 것은 무모한 생명만 잃게 만든다는 것을 알기에 끝까지 묵묵히 기다리겠다는 자세였다.

일주일째 명나라와 조선군이 합세해서 총공세를 퍼부었지만 죽음을 각오하고 지키는 가토 기요마사의 울산성을 뚫지는 못하였다. 왜군의 시체가 온 성을 나뒹굴고 있었다. 조급해진 명나라 장군 양호는 전쟁을 빨리 끝내고 그

성과를 명나라 황제에게 보고하기 위해서 무리하게 밀어붙이고 있었다. 시간이 지날수록 조선과 명나라의 사상자도 늘어났다. 양호는 군사들의 피해를 줄이기 위해 가토 기요마사의 항복을 받아내고 싶었다. 담판을 지을 사람을 찾았는데, 사명밖에 없었다. 사명이 가토의 항복을 설득하기 위해 나섰다. 먼저 닛신에게 사명이 가토를 만나고 싶어 한다고 하자, 가토는 사명 혼자만 성 안으로 들어오는 것을 허락하였다. 사명은 명나라의 반대에도 불구하고 손현과 함께 먹을 것을 숨겨서 가지고 들어갔다. 울산성으로 들어가니 지옥이 따로 없었다. 열흘째 굶으며 버틴 참혹한 풍경이 사명의 가슴을 찔렀다. 성 밖에서 물길을 막았기 때문에 물이 없어 오줌을 받아 마시고, 음식이 없어 말을 잡아먹고 심지어 시체를 먹을 정도로 참담한 풍경이었다. 사명은 가토를 만나자마자 가져온 음식을 풀었다. 가토도 며칠째 굶었으리라 생각했다.

"장군, 많지는 않지만 음식을 조금 가져왔습니다."

그러나 가토는 사명이 가져온 음식을 먹지 않고 부장에게 내주었다.

"대사님, 고맙습니다. 잘 먹겠습니다. 하지만 지금은 쌀 한 톨이라도 나눠 먹어야 합니다."

그리고는 부하에게 말했다.

"이 음식을 조금씩이라도 나눠서 군사들에게 먹여라."

사명이 가토에게 말했다.

"장군, 이 싸움은 이제 끝났습니다. 불쌍한 부하들을 위해서라도 항복하시고 일본으로 돌아가십시오. 명나라 장군도 안전하게 일본으로 돌아갈 수 있도록 한다고 약속했습니다. 소승이 목숨을 걸고 장군의 신변을 책임지겠습니다."

가토 기요마사는 사명의 말을 듣고 생각에 잠겼다.

"대사님, 저는 어릴 때부터 전쟁터에서 살아온 무사입니다. 여기서 비겁하게 항복하면 제 가문의 수치이고 저는 일본으로 돌아갈 수 없습니다. 만약 일본으로 돌아간다고 하더라도 저와 제 부하들은 모두 죽임을 당할 것입니다. 저는 본국에서 철수 명령이 떨어질 때까지 마지막까지 싸우다가 명예롭게 죽을 것입니다. 인명은 재천이라 하지 않았습니까? 제 목숨은 부처님이 알고 계실 것입니다."

사명은 가토 기요마사를 더 이상 설득할 수 없음을 알았다.

"우리가 이 전쟁으로 만나지 않고 부처님의 법당에서 만났다면 장군과 소승은 더 좋은 인연이 되었을 것입니다. 소승은 그만 물러가겠습니다."

사명이 마지막 인사를 하고 일어서려는데 가토 기요마사가 어렵게 입을 열었다.

"대사님, 마지막 부탁이 있습니다."

사명은 다시 앉으며 말했다.

"무엇이든 말씀하세요. 소승이 할 수 있는 일은 다 들어드리겠습니다."

"이 성이 함락되어 소장이 죽으면 조선에서는 제 목을 잘라서 거리에 내다 걸 것입니다. 제 목이 조선의 가장 큰 보배라고 대사님이 말씀하지 않았습니까? 대사님께서 제 목을 거두어 불교식으로 화장하고 일본을 향한 바다에 뿌려 주십시오."

사명은 가토 기요마사의 말을 듣고 나무아미타불만 외쳤다. 그리고 대답했다.

"소승이 약속하겠습니다."

"이제 저도 편안하게 죽을 수 있겠습니다. 대사님, 진심으로 고맙습니다."

사명은 지옥과 같은 울산성을 빠져나왔다. 울산성을 나오자, 동행했던 손현이 물었다.

"대사님은 철천지원수인 가토 기요마사를 왜 인간적으로 대우하십니까?

저놈들은 인간이기를 포기한 짐승보다 못한 놈들입니다."

분을 참지 못하는 손현에게 사명이 말했다.

"피는 피를 부르고, 원수를 갚으면 그것은 또 다른 원수를 낳게 된다. 너도 이제 용서하는 마음을 가슴에 담아라. 공자님도 유교의 가장 중요한 덕목은 용서라고 했다."

손현은 사명의 말을 받아들일 수가 없었다. 사명에게 대들고 싶은 마음이었지만 말없이 묵묵히 걸었다. 울산성 주변의 피비린내가 손현의 코에서 가슴으로 전해졌다.

히데타다와 빈의 만남

　조선의 울산성에서 죽음의 전투가 치러지는 동안, 일본은 겉으로 보기에 평온한 나날이 계속되었다. 이에야스는 전쟁 후를 대비하고 있었다. 전쟁이 끝나면 혼란스러운 일본을 어떻게 통합해야 할지가 고민이었다. 이에야스는 무력 통합보다는 조선의 성리학에서 추구하는 덕으로 통합하고 싶었다. 그런 데 마침 오긴에게서 소개받은 조선의 여성 유학자가 마음에 들어 히데타다의 스승이 되어 주기를 요청했다. 미옥은 도쿠가와 가문이 권력을 잡으면 나중에 고향으로 돌아갈 수 있다는 믿음으로 이에야스의 요청을 수락하였다.

　미옥은 조선 도공마을에서 떠나지 않으려는 빈을 설득해서 도쿠가와 가문으로 이사를 왔다. 도쿠가와 가문은 그 당시 에도를 개척하고 일본 동부를 지배하는 권력자로 일본 백성들의 존경을 받고 있었다. 아직도 앳된 모습의 히데타다는 퇴계 이황의 유교사상에 흠뻑 빠진 아버지 도쿠가와 이에야스로부터 엄격한 후계자 수업을 받고 있었다. 그가 처음 미옥에게 조선의 성리학 수업을 들을 때 빈은 참석하지 않았다.

　한 달이 지난 후 미옥의 설득에 억지로 수업에 참석한 빈은 아무 말도 하지 않고 무표정하게 앉아 있었다. 빈을 처음 본 히데타다는 부끄러워서 고개를 들지 못했다. 하지만 빈과 함께 유학 교육을 받을 때면 가슴이 뛰는 것을 느겼다. 히데타다는 빈을 보면서 일본 여자에게서는 느낄 수 없는 묘한 매력에 빠져들고 있었다. 그러나 빈은 히데타다를 여전히 무시하고 있었다. 시간이 지날수록 히데타다의 마음은 타들어 갔다. 평생 처음 느끼는 감정이었다. 히데타다는 수업이 있을 때마다 빈에게 예쁜 선물을 가지고 왔다. 서양에서 건너온 진기한 물건과 화장품이었다. 당시 일본에는 서양의 선박들이 자유로이 왕래했기 때문에 서양 문물을 일찍 접하고 있었다. 빈은 선물을 받지 않고 매번 되돌려 보냈다. 일 년 동안 되돌려 보냈지만, 그래도 계속해서 선물을 보내왔다. 일 년이 지난 어느 날 오긴이 미옥을 찾아왔다.

"히데타다 님은 따님을 사모하고 있습니다. 시간이 흐를수록 마음이 깊어져서 병에 걸렸다고 합니다. 히데타다 님의 마음을 따님에게 전달해 주시겠습니까?"

미옥은 오긴을 물끄러미 쳐다보며 냉랭하게 말했다.

"우리가 비록 포로로 왜에 끌려와 있지만 언젠가는 조선으로 돌아갈 것입니다. 원수인 왜인과의 연분은 상상할 수도 없는 일입니다."

"히데타다 님은 스승님의 원수가 아닙니다. 비록 일본이 조선을 침략했지만 이에야스 님께서는 전쟁을 반대했습니다. 일본에서도 조선 전쟁을 반대한 사람들이 많습니다. 히데타다 님을 원수로 생각하지 말아 주십시오."

"부모 자식과 사랑하는 사람을 전쟁으로 잃어버린 조선 사람의 분노를 생각하지 않으십니까?"

"저는 항상 죄스러운 마음으로 조선인 포로들을 대하고 있습니다. 저도 속죄하는 마음으로 살고 있습니다. 히데타다 님의 마음도 같을 것입니다. 히데타다 님의 마음을 이해해 주십시오."

"제가 어떻게 히데타다 님을 이해할 수 있겠습니까?"

"히데타다 님은 따님을 진정으로 사랑하고 있습니다."

"히데타다는 이미 혼인하지 않았습니까?"

"네, 하지만 정략결혼으로 열 살이나 많은 과부와 혼인해야만 했습니다. 둘 사이에 사랑은 애초부터 없었습니다."

"제 딸을 그 사람과 엮지 말아 주십시오. 빈은 이미 조선에서 혼인을 약속한 남자가 있습니다. 제 딸은 죽을 때까지 그 남자를 기다릴 것입니다."

"강요는 하지 않겠습니다. 그러나 히데타다 님께서 보내는 선물은 거절하지 말아 주십시오. 히데타다 님께서는 따님의 마음이 돌아설 때까지 기다리겠다고 하셨습니다."

"전쟁이 끝나면 저희는 조선으로 돌아갈 것입니다. 오긴 님께서도 도쿠가와 가문이 우리를 고향으로 보낼 수 있다고 하지 않았습니까?"

"히데요시의 야망은 끝이 없습니다. 히데요시는 조선을 정벌하고 명나라까지 넘보고 있습니다. 조선은 무력으로 일본을 이길 수 없습니다."

"문(文)이 무(武)를 이길 것입니다."

"현실은 그렇지 않습니다. 하지만 저는 스승님 편입니다."

갑자기 미옥의 눈에 눈물이 핑 돌았다. 미옥은 울면서 말했다.

"조선이 없어져도 우리는 고향으로 돌아갈 것입니다. 자꾸 빈을 괴롭힌다면 도쿠가와 가문을 떠나 도공마을로 돌아가겠습니다."

미옥은 차갑게 쏘아붙였다. 오긴은 설득할 수 없음을 알고 미옥에게 사과했다.

"제가 대신 사죄드리겠습니다. 앞으로는 절대로 이런 일이 일어나지 않도록 히데타다 님께 주의를 드리겠습니다."

그 후로 빈은 미옥이 가르치는 강학에 참여하지 않았다. 오긴은 진정으로 두 모녀를 돕고 싶었다. 그리고 히데타다를 위해서도 이렇게 학문 수준이 높은 조선 여인을 소개해 일본과 조선의 진정한 화평을 이루고 싶었다. 열아홉 살의 히데타다는 결혼을 세 번이나 하고, 자식이 둘 딸린 열 살 많은 여자와 정략결혼을 할 수밖에 없었다. 히데요리의 생모 요도도노의 여동생과 정략결혼을 해서 딸이 생긴 이래 두 사람의 부부관계는 형식적으로 이루어지고 있었다. 히데타다는 사랑이 없는 결혼에 힘들어하고 있었다. 그래서 히데타다는 더 외로웠다. 오긴은 이런 히데타다의 외로움을 알기에 그가 진정으로 사랑하는 빈을 히데타다에게 연결해 주고 싶었다. 히데타다는 건실한 청년으로 아버지를 존경하며 아버지의 뜻을 이어가기 위해 목숨을 바칠 각오를 하고 있었다. 또 아버지 이에야스의 뜻을 받들어 유학자인 스승으로부터 배운 조선의 유학을 통일된 일본의 통치이념으로 삼기 위해 열심히 공부하고 있었다. 그런 히데타다에게 처음 사랑의 눈을 뜨게 해준 것이 동갑의 조선인 처녀 빈이었다. 히데타다는 빈이 자신을 거부하면 할수록 더 깊이 그녀에게 빠져들고 있었다.

1598년 8월, 히데요시의 죽음

1598년 5월에 접어들자 히데요시는 구역질을 하고 음식을 삼키지 못했다. 의원은 위에 커다란 혹이 생겨서 소화를 못 시킨다고 했다. 음식을 먹지 못하니 일어설 기력마저 없었다. 히데요시는 죽음이 멀지 않았다는 것을 알고 마음이 조급해졌다. 아직 어린 아들, 여섯 살 히데요리가 걱정되어 눈을 감을 수가 없었다. 고민 끝에 단옷날 이에야스를 불렀다.

"내대신, 히데타다와 요도도노의 여동생 사이에 딸이 태어났다고 들었소. 그 딸의 이름이 뭐라고 했지?"

"센히메(千姫)⁴⁶⁾입니다."

히데요시가 갑자기 히데타다의 딸 센히메에 대해 묻자 이에야스는 불안감이 엄습해 왔다. 자신의 아들인 히데타다와 요도도노의 여동생 다쓰 부인을 강제로 결혼시킨 것도 히데요시였다. 그런데 그들 사이에 딸이 태어나자마자 아이에 대해 물으니 이에야스는 불안해졌다. 히데요시는 기침을 한 후에 바싹 마른 입을 열었다.

"내가 요도도노와 의논해서 결정한 일이오. 우리 히데요리와 센히메가 부

---

46) 센히메(千姫) : 도요토미 히데요리의 부인. 도쿠가와 막부 제2대 쇼군인 도쿠가와 히데타다와 다쓰의 딸로 태어났으며, 정략결혼으로 어린 나이에 히데요리와 결혼하였다.

부의 연을 맺었으면 하오.”

이에야스는 당황스러웠다.

“센히메는 태어난 지 한 달도 되지 않은 젖먹이입니다.”

“그러니까 우리 히데요리와 딱 어울린다는 말이지. 히데요리는 여섯 살, 센히메는 한 살. 서로 잘 어울리는 나이이지 않소? 이것은 하늘이 맺어 준 인연이야. 이 둘의 혼인이 도요토미가와 도쿠가와가를 하나로 연결하는 마지막 튼튼한 끈이 될 것이오. 히데타다는 내 여동생인 아사히히메가 아들처럼 키우면서 나에게 부탁했소. 그리고 히데요리의 생모인 요도도노는 센히메의 이모가 되지 않나? 히데요리와 센히메 사이에 아기가 태어나면 나에게는 손자, 내대신에게는 증손자가 되니 도요토미가와 도쿠가와가는 누가 뭐래도 하나가 되어 그 누구도 넘볼 수 없는 가문이 되지 않겠소?”

이에야스가 우려했던 일이 현실로 다가오고 있었다. 그러나 절대로 거절할 수 없다는 것도 잘 알고 있었다. 히데요시가 천하를 잡고 나서 자신만만하게 외쳤던 소리가 귓가를 때렸다.

“나보다 더 용기 있고 똑똑한 놈이 있으면 나에게서 천하를 **뺏어가라.**”

그 배짱은 어디 가고 이제는 후계를 잇기 위해 안간힘을 쓰고 있는 히데요시가 불쌍해 보였다. 무엇이 그를 이렇게 만들었나? 세월인가? 그러면 그 세월이 나도 이렇게 만들어 버리지 않을까? 두려움 속에서 쉽게 답을 내리지 못하고 우물쭈물하고 있을 때 히데요시가 냉정한 목소리로 다시 물었다.

“내대신은 나의 제안을 거절하는 거요?”

이에야스는 바로 대답했다.

“아닙니다. 도쿠가와 가문으로서는 그지없는 영광입니다만 혹시 다른 영주들이 시기하지 않을까 걱정스러운 마음뿐입니다.”

“그 일이라면 걱정하지 마시오.”

그리고 히데요시는 이시다 미쓰나리를 불렀다.

"미쓰나리, 그대가 오늘 우리의 말에 증인이 되어라."

이시다 미쓰나리는 무릎 꿇고 조아렸다.

"분부대로 거행하겠나이다."

히데요시는 마른침을 삼키며 미쓰나리에게 말했다.

"앞으로 내대신이 히데요리를 지켜줄 것이야. 히데요리와 내대신의 손녀 센히메가 혼인함으로써 내대신은 히데요리의 수호자가 될 것이야. 그대는 이 사실의 증인이 되어야 한다."

히데요시에게 도쿠가와 이에야스는 믿을 수 없는 사람이라고 그렇게 말을 했건만, 히데요시는 미쓰나리의 말을 듣지 않고 고양이에게 생선을 맡기듯 히데요리의 대리인으로 이에야스를 임명하고, 그의 손녀와 히데요리를 혼인시키려 하고 있었다. 미쓰나리는 속으로 몇 번이고 반대한다고 말하고 싶었지만, 히데요시가 이미 결정한 사항은 따를 수밖에 없었다. 히데요시가 죽은 후 이에야스와 미쓰나리는 권력 쟁탈을 위해 또 한 번 전쟁을 치르지 않으면 안 되었다. 히데요리와 센히메가 혼인한 지 한 달 후, 1598년 8월 히데요시는 숨을 거두었다. 수많은 사람을 죽인 악마와 같은 히데요시는 그렇게 세상에 대한 미련을 버리지 못하고 고통스럽게 죽었다.

히데요시의 죽음을 비밀로 하라

히데요시가 죽자 제일 먼저 손을 쓴 사람은 이시다 미쓰나리였다. 히데요시는 이에야스에게 마지막 부탁을 하고는 정신이 혼미해져 헛소리만 하며 일주일을 고통 속에서 숨만 쉬고 있었다. 이에야스는 히데요시가 곧 죽을 것이라는 사실을 직감했다. 그러나 이시다 미쓰나리는 히데요시의 죽음을 숨기면서 히데요시의 명이라는 것을 핑계로 요도도노와 손잡고 자신에게 반감을 품은 영주들을 비밀리에 제압하기로 했다. 그래서 이시다 미쓰나리와 요도도노는 히데요리를 보호한다는 명분 아래 히데요시의 정부인이자 조강지처인 네네에게도 임종을 알리지 않았다. 그러나 네네를 계속 속일 수는 없었다. 네네는 히데요시가 죽은 것을 알고 오열했다. 미운 정 고운 정이 주마등처럼 스쳐 지나갔다. 네네는 이시다 미쓰나리를 불러놓고 따졌다.

"전하의 죽음을 왜 나에게도 알리지 않고 비밀로 했는가?"

이시다 미쓰나리는 눈 하나 깜빡하지 않고 말했다.

"임종 시에 전하의 유언이었습니다."

"그 유언에 나를 부르지 말라고 하셨나?"

"그 말씀은 없으셨습니다."

"그러면 왜 나에게까지도 비밀로 했는가?"

"전하께서 돌아가신 걸 알면 온 나라가 혼란에 휩싸일 것입니다. 그래서 아무한테도 이야기하지 않았습니다."

"요도도노에게도 이야기하지 않았나?"

"요도도노 님은 전하께서 마지막에 히데요리 님을 보고 싶다고 하셔서 히데요리 님과 함께 임종을 지켰습니다."

이시다의 이야기를 듣자 네네는 치밀어 오르는 분노를 억제할 수 없었다. 그러나 네네는 감정을 드러내지 않고 말했다.

"내대신에게도 알리지 않았나?"

"네, 알리지 않았습니다."

"지금 바로 내대신에게 알려라. 전하가 마지막에 내대신에게 히데요리를 부탁하고 히데요리가 성인이 될 때까지 일본을 관리하라고 한 말을 그대는 듣지 못했는가?"

히데요시의 조강지처 네네는 이시다 미쓰나리가 음모를 꾸미고 있다는 것을 알기에 히데요시의 죽음을 이에야스에게 알려야 한다는 마음이 앞섰다. 그러나 이시다 미쓰나리는 냉정하게 말했다.

"그러나 마지막 임종 때 저에게 다른 유언을 남기셨습니다."

히데요시가 마지막 일주일을 말을 하지 못하고 혼수상태에 빠지자, 요도도노와 이시다 미쓰나리는 모든 사람의 출입을 막고 히데요시 사후의 음모를 꾸미고 있었다. 네네는 요도도노와 같이 있는 것이 불편해서 자신의 거처에서 기도하며 기다리고 있었던 것이다. 네네도 히데요시가 마지막에 말을 할 수도 없는 지경이었다는 것을 알고 있었지만, 시치미를 떼고 물었다.

"그래 뭐라고 하시던가?"

미쓰나리는 이를 악물고 네네를 쳐다보았다. 이에야스와 네네가 친하다는 것을 알기 때문에 더욱 힘주어 말했다.

"히데요리를 부탁한다. 만약에 내대신이 다른 생각을 품고 있다면 그 진의를 살피고 대처하라고 말씀하셨습니다."

"그것이 전하의 말씀이냐, 요도도노의 말이냐?"

미쓰나리는 네네의 말에 정신이 번쩍 들었다. 속마음을 들킨 사람처럼 입이 바싹 말랐다. 이건 요도도노와 짜고 한 일이기 때문이었다.

"이 일과 요도도노 님은 아무런 관련이 없습니다."

네네는 큰소리로 말했다.

"나는 돌아가신 전하의 정부인, 기타노만도코로야. 전하가 계시지 않으면 히데요시 집안의 최고 어른이야. 어찌 이 같은 일을 나를 제쳐놓고 처리한다는 말이냐?"

네네는 간파쿠의 정부인에게만 수여되는 기타노만도코로(北政所)의 직위를 언급하면서 미쓰나리의 책임을 추궁했다.

"용서하십시오. 만일 전하께서 돌아가신 사실이 조선에 알려지면 조선에 남아 있는 군사들은 우왕좌왕하다가 몰살당할 것입니다. 그래서 전하의 죽음을 비밀로 한 것입니다."

"그러면 오늘 당장 내대신을 찾아가서 모든 사실을 이야기하고 그분과 협조하도록 하라."

이시다 미쓰나리는 네네의 명령에 따를 수밖에 없었다. 미쓰나리는 이마의 땀을 닦으며 말했다.

"지금 당장 내대신을 찾아뵙고 그분의 지시를 따르겠습니다. 그러나 조선에 나가 있는 군사들이 무사히 철수하면 그때는 전하의 유언을 한 번 더 재고해 주십시오. 도요토미 가문을 유지하느냐 죽느냐 하는 중대한 사건에 직면하게 될 것입니다."

"돌아가신 전하께서는 모든 사람이 반대해도 도쿠가와가를 품었어. 그래서 일본을 전쟁에서 구한 것이야. 노부나가 님과 돌아가신 전하와 이에야스는 뜻이 같았어. 전쟁의 소용돌이 속에서 혼란한 일본을 통일하고 평화를 이루는 꿈이었지. 그대가 다시 일본을 그 혼란 속으로 몰아넣지 않기를 바란다."

"저는 다른 욕심이 없습니다. 오직 주군을 위해 목숨 바치고 도요토미 가문이 이어져서 일본을 통치하게 하라는 전하의 유훈을 지킬 뿐입니다."

네네는 미쓰나리의 속셈을 알기에 경고하듯이 엄중하게 말했다.

"히데요리를 지키기 위해서라도 내대신과 대결하지는 마라. 그분은 내가 누구보다도 잘 안다."

"믿는 도끼에 발등을 찍힌다는 말이 있지 않습니까? 권력 앞에서는 부모도 자식도 없다고 했습니다."

"그대도 권력 때문에 그러는가?"

"저를 못 믿으시면, 저는 이 자리에서 할복이라도 하겠습니다."

"그대의 충정은 이해한다. 그러나 세상에는 힘보다도 중요한 것이 마음을 얻는 것이네. 돌아가신 전하의 뜻을 받들어 내대신의 마음을 얻도록 하게."

이시다 미쓰나리는 더 이상 네네를 설득할 수 없다고 생각하고 빨리 자리를 뜨고 싶었다.

"그러시면 분부대로 내대신을 만나 뵙고 모든 것을 상의하겠습니다."

네네는 당당하게 걸어가는 이시다 미쓰나리의 뒷모습을 보면서 앞으로 큰일이 벌어질 수도 있겠다는 생각에 가슴이 답답해졌다. 저 한 사람의 무모함으로 일본이 다시 전쟁의 도가니 속으로 빠져들 것 같은 불안한 예감이 뼛속을 파고들었다. 그때 한 생각이 퍼뜩 머리를 스쳐갔다.

'그러면 히데요리는 무사할까?'

살아남기 위한 철수 전쟁

이시다 미쓰나리는 조선에 남아 있는 군사들을 철수시키기 위해 모든 배의 징발 명령을 내렸다. 전함 외에 상선 그리고 고기잡이배까지 동원령을 내렸다. 그만큼 급박했던 것이다. 하지만 배만 있으면 누가 그 배를 운행한단 말인가? 어부들에게도 총동원령이 내려졌다. 일본 역시 7년 전쟁 동안 제일 고통받은 이들은 일반 백성들이었다. 규슈 지방의 어떤 마을은 인구의 반이 줄었다. 전쟁에서 죽거나 징발에 못 이겨 마을을 떠난 것이었다. 남은 사람은 살기 위해 자식을 파는 눈물겨운 상황이었다. 이러한 상황에서 규슈 바닷가 지방에서는 남자가 부족하자 여자까지 징발했다. 전쟁에서 남편의 생사를 모르는 여자와 남편을 잃은 여자들은 남편의 생사를 확인하기 위해, 혹은 시체라도 찾기 위해 어선에서 노를 저으며 조선으로 갔다. 그들은 언제 조선 수군의 공격에 물고기 밥이 될지도 모르는 상황이지만, 조선으로 가서 남편을 찾고자 하는 실낱같은 희망을 품고 출발했다. 고통에 신음하는 일본 백성의 절규를 외면하고 정유재란의 재침을 강행한 히데요시의 망령이 조선과 일본 사이를 흐르는 현해탄 파도에 일렁이고 있었다.

본국으로부터 철수 명령을 받은 후 동쪽의 가토 기요마사와 서쪽의 고니시 유키나가는 본국에 변고가 있다는 것을 직감했다. 그러나 알면서 속을 수밖에 없는 것이 히데요시의 죽음이었다. 이 사실이 만약 조선과 명나라의 귀에 들어간다면 안전하게 일본으로 돌아갈 수 없다는 것을 너무나 잘 알고 있었다. 일본과 가까운 동해 쪽 울산 방면의 가토 기요마사는 철수 상황이 유리했다. 그러나 서쪽 전라도 순천에 있는 고니시 유키나가의 상황은 남해의 이순신 때문에 불리하게만 돌아갔다.

고니시는 협상을 핑계로 명나라 도독을 만나서 히데요시가 명나라의 요구대로 협상을 인정한다는 말로 명나라를 속이려 했다. 어떻게든 안전하게 돌아가기 위한 거짓말이었다. 그러나 이를 수상하게 여긴 명나라의 첩보에 의해 히데요시가 죽었다는 사실이 알려졌다. 이 사실이 조선 수군에게 전달되자 이순신은 바다의 길목을 막고 왜군들을 기다렸다. 고니시 유키나가는 독 안에 든 쥐가 되었다. 고니시는 명나라 도독에게 조선에서 수탈한 금과 보물을 뇌물로 주며 조용히 도망가게 해달라고 눈물로 호소했다. 명나라 도독은 어차피 도망가는 적을 죽이면서까지 자신의 병사를 잃을 필요가 없다고 생각하고 고니시의 뇌물에 응했다. 그에 더해 고니시의 엄청난 뇌물 공세에 고니시에게 명나라 군사를 붙여주며 호위까지 하게 하는 어처구니 없는 짓을 자행했다.

1598년 11월 18일부터 19일 이틀 사이에 이순신과 진린이 이끄는 조·명 연합함대가 노량 앞바다에서 마지막 전쟁을 치르고 있었다. 이순신의 함대는 도망치는 적들을 끝까지 쫓아 마지막 한 명의 왜적도 살려 보내지 않겠다는 각오로 전투에 나섰다. 고니시 일행이 거제 노량해협으로 들어서자 조선 수군은 기다렸다는 듯이 공격을 시작했다. 고니시의 수군은 맥없이 무너졌다. 바다에 뛰어드는 왜군이 수천에 이르렀고, 육지에 닿으면 그야말로 악에 받친 조선인들에 의해 무참히 살해되었다. 지옥이 따로 없었다. 고니시가 이젠 죽었다고 포기하는 순간 거제도에 머물고 있던 시마즈의 수군이 고니시를 도우러 왔다. 시마즈 수군은 조선 수군의 후방에서 이순신을 공격했다. 쫓기던 왜군들도 배를 돌려 이순신이 타고 있는 배에 공격을 퍼부었다. 그러나 명나라 수군은 포위된 이순신을 도와 싸울 생각조차 없었다. 결국 조선의 영웅 이순신은 시마즈 군의 조총에 맞아 장렬히 숨을 거뒀다. 조선 수군은 이순신의 죽음으로 전세가 밀리기 시작했으며, 그 틈을 타서 고니시 유키나가는 탈출할 수 있었다.

1598년 11월, 일본 하카타항에는 철수한 일본 배들이 들어오고 있었다. 그들의 몰골은 사람이 아니었다. 지옥에서 살아온 악귀처럼 뼈만 남은 얼굴에는 원한에 사무친 악마의 눈빛만 이글거렸다. 이들을 맞는 영주들의 마음도 편치 않았다. 특히 이시다 미쓰나리는 어쩔 줄 몰라서 안절부절못했다. 가장 먼저 도착한 것이 가토 기요마사의 군대였다. 가토 기요마사는 고향 땅을 밟으며 피가 끓는 심정으로 흐느꼈다. 육지에서 남편이나 자식이 살아 돌아올까 하고 기다리는 사람들의 눈빛이 두려웠다. 가토의 군사는 출발할 때는 3만의 군사로 출발했으나 돌아올 때는 1만 명이 되지 않았다. 삼분의 이 이상의 군사를 잃고 혼자서 살아 돌아왔다는 자괴감으로 그 유족들을 어떻게 대할 수 있을 것인가 생각하다 그 슬픔이 분노로 바뀌기 시작했다. 분노의 대상이 눈앞에 보였기 때문이다. 그 대상은 바로 이시다 미쓰나리였다.

이시다 미쓰나리가 먼저 하카타에 와서 조선에서 돌아오는 장수들을 만나는 것은 그들을 포섭해 이에야스에게 대항하기 위해서였다. 조선에 나가서 싸운 장수들은 모두 히데요시의 최측근들이었다. 그들의 불만을 잠재우고 힘을 합하여 히데요시 가문을 지키자는 것이 이시다 미쓰나리의 목적이었다. 그러나 그들을 하나로 결집시키기에는 가토 기요마사와 고니시 유키나가의 감정의 골이 너무 깊었다. 이시다 미쓰나리는 그 두 사람이 힘을 합치지 않으면 이에야스에게 대적하기 힘들다는 것을 알기에, 하카타항에 이에야스보다 먼저 도착해서 그들을 기다리고 있었던 것이다. 이시다 미쓰나리는 먼저 도착한 가토 기요마사와 아사노 요시나가 등의 장수를 조촐한 식사 장소로 초대했다. 고니시 유키나가는 아직 도착하지 않았기 때문에 같이 못했다고 했지만, 이것도 미쓰나리의 전략 중 하나였다. 고니시가 도착하기를 기다렸다가 함께하는 것이 정상이지만, 가토와 고니시를 한자리에 두면 분위기가 험악해질 것을 알고 따로 식사 자리를 만든 것이다. 미쓰나리는 이 자리에서 가토와 화해하고 히데요시의 유언에 따라 힘을 합해서 히데요시 가문에 충성하자고 설득할 참이었다.

식사 장소로 들어오는 가토 기요마사의 얼굴에는 살기가 감돌았다. 사지에서 부하를 잃고 혼자 살아 돌아왔는데 깔끔한 얼굴로 웃으며 자신을 대하는 미쓰나리의 모습에 환멸이 느껴졌다. 가급적 가토의 비위를 맞추려는 미쓰나리는 최대한 감정을 자제하고 말했다.

"전하는 돌아가셨습니다. 이제는 우리가 전하의 아드님을 지켜야 합니다. 그래서 제가 직접 이곳까지 내려왔습니다."

가토가 살기 띤 눈으로 이시다 미쓰나리에게 물었다.

"그대가 전하의 후계자입니까? 왜 그대가 전하의 대리인처럼 우리를 훈시하는 겁니까?"

가토가 빈정거렸다. 그러나 미쓰나리는 꾹 참고 다시 말했다.

"전하의 유언을 그대로 따르는 것뿐입니다. 전하께서는 다섯 대로와 다섯 행정관을 지정하시고 합의로 아드님이 성인이 될 때까지 이 나라를 이끌어 달라고 유언하셨습니다."

"그대가 오늘 여기 온 것도 다섯 대로님과 나머지 행정관의 합의가 있었습니까?"

미쓰나리는 기분이 상했지만 꾹 참고 말했다

"당연히 합의가 있어서 내가 대표로 내려왔지요."

가토 기요마사도 어릴 때부터 히데요시의 충신이었기 때문에 히데요시의 아들에 대해 이야기하면 수긍할 것이라고 생각해 미쓰나리는 화제를 히데요리에게로 돌렸다.

"히데요리 님은 이제 여섯 살인데 아주 명석하고 전하를 그대로 닮았습니다. 요도도노께서도 가토 장군이 돌아오시면 꼭 히데요리 님을 인사시키겠다고 하셨습니다."

"기타노만도코로님은 잘 계신가요?"

기타노만도코로는 간파쿠의 정부인에게만 내리는 정식 직위이다. 가토는 요도도노의 이야기가 나오자 일부러 어릴 때부터 자신을 아끼고 좋아해 주던 히데요시의 조강지처인 네네의 이야기로 화제를 돌려버렸다. 이는 자신은 요도도노의 사람이 아니라 네네의 사람이란 것을 미쓰나리에게 정확히 경고하는 것이었다. 미쓰나리와 요도도노가 히데요리를 등에 업고 정부인인 네네를 무시하고 제거하려 한다는 소문이 이미 가토의 귀에도 들어갔기 때문이었다. 미쓰나리는 가토의 입에서 네네의 이야기가 먼저 나오자 비로소 가토의 눈에서 살기가 퍼져 나오는 걸 눈치채게 되었다. 둘은 말없이 밥만 먹었다. 콩자반 씹는 소리만 더욱 크게 들리며 방안의 분위기를 압도하고 있었다.

고니시 유키나가는 이순신 때문에 병력의 반을 잃고 겨우 목숨만 건져서 패잔병처럼 일본의 하카타로 들어왔다. 하카타에는 먼저 들어온 가토 기요마사의 군대가 있었다. 고니시는 가토 기요마사의 군대를 보자 화가 치밀어 올랐다. 자신은 죽을 고비에서 싸우며 왔는데 가토 기요마사는 자신을 구해 주러 오지 않고 먼저 안전하게 일본으로 탈출한 것이다. 고니시 유키나가는 이시다 미쓰나리를 만나자마자 입에 거품을 물며 가토 기요마사를 욕하기 시작했다.

"가토 놈은 일부러 나를 구하러 오지 않았습니다. 제가 순천에서 적에게 포위되어 빠져나올 수 없었을 때 도움을 요청했지만, 가토는 부산에서 한 발짝도 움직이지 않았습니다. 시마즈가 나를 도우러 오지 않았다면 저의 군사들은 조선에서 몰살당했을 것입니다. 시마즈 군이 왔음에도 불구하고 고전을 면치 못해 군사의 반을 잃었습니다. 가토 군이 도와줬더라면 우리는 마지막 전쟁에서 적들의 간담을 서늘하게 하면서 유유자적 일본으로 돌아올 수 있었을 것입니다. 가토는 일부러 도와주지 않았습니다. 제가 죽기를 바랐으니까요."

고니시는 쉬지 않고 말을 했다. 얼마나 감정이 격했는지 말하는 가운데 입가에 거품이 솟아올랐다. 미쓰나리는 이 둘의 화해는 이미 물 건너갔다고 생각했다. 머리 회전이 빠른 미쓰나리는 차후의 포석에 대한 고민으로 더 이상 고니시의 말들이 귀에 들어오지 않았다.

조선인 포로의 탈출과 히데타다의 도움

히데요시가 죽고 왜군이 조선에서 철수했다는 소문을 들은 조선 도공 몇 명은 이 기회를 이용해 조선으로 탈출하고자 했다. 이들은 그동안 푼푼이 모은 돈으로 작은 어선을 구해 야밤을 틈타 조선으로 돌아갈 계획을 세웠다. 도공 한 사람이 조용히 미옥을 찾아왔다.

"우리가 힘을 합쳐 배를 마련했습니다. 같이 고향으로 돌아갑시다."

미옥은 도공의 말에 감정이 격해져서 당장이라도 함께 가겠다 할 뻔했지만, 차분한 이성이 그녀의 감정을 눌렀다. 미옥은 생각을 정리한 끝에 말했다.

"탈출하려다가 성공한 사람이 한 사람도 없습니다. 조그만 어선으로 큰 바다를 건너려다가 모두 바다에 빠져 죽거나 잡혀서 사형을 당했습니다."

"압니다. 하지만 모든 것을 하늘에 맡길 뿐이지요."

"저는 앞길이 창창한 딸이 있습니다. 조금 더 기다리겠습니다."

도공은 미옥을 이해한다는 듯이 말했다.

"네, 무슨 말씀인지 잘 알겠습니다."

"꼭 성공해서 고향으로 돌아가시기를 빕니다."

그리고 잠시 침묵이 흐른 후, 미옥이 머뭇거리다가 말했다.

"혹시 조선에 도착하면 사명대사 님을 찾아뵙고 밀양의 미옥이 여기 일본에 포로로 잡혀 있다고 말씀 전해 주시겠습니까?"

"반드시 조선에 살아 돌아가 부인의 말을 전하겠습니다."

미옥은 약간의 돈을 그에게 주며 말했다.

"조선으로 돌아가시면서 이 돈을 유용하게 쓰시기 바랍니다."

미옥이 할 수 있는 것은 그것밖에 없었다. 미옥도 혼자였으면 죽음을 무릅쓰고 그들과 함께 조선으로 건너갔을 것이다. 그러나 그녀는 빈 때문에 그럴 수가 없었다.

며칠 후 야밤에 조선으로 향하려던 그들은 일본인 어부의 밀고로 출발 직후에 일본 수군에게 체포되었다. 그들은 곧바로 영주의 감옥에 수감되어 사형이 선고되었다. 당시 조선인 포로가 탈출하다 잡히면 모두 사형을 시켜 탈출하려는 사람들에게 본보기를 보여주고 있었다. 그 소식이 조선인 포로들 사이에 곧바로 전해졌다. 미옥도 이 소식을 듣고 잠을 이루지 못하고 눈물로 지새웠다.

"어머니, 너무 슬퍼하지 마세요. 어머니 몸이 상할까 봐 걱정입니다."

빈은 어머니가 일본에 와서 그렇게 상심하는 것은 처음 봤다. 미옥은 고민 끝에 생각했다.

'이 사람들을 살릴 수 있는 사람은 히데타다밖에 없다.'

히데요시가 죽고 난 후 이에야스는 다섯 대로의 수장으로 교토에 있었기 때문에 모든 일은 히데타다가 결정하고 있었다. 남아 있던 도공마을의 사람들은 미옥에게 도움을 청했다. 미옥은 자신을 위기에서 구해 준 도공들의 은혜를 외면할 수 없었다. 그런데 히데타다를 움직일 수 있는 사람은 빈밖에 없었다. 미옥은 조용히 빈에게 말했다.

"조선으로 탈출하려다 잡힌 도공들은 우리가 도와주지 않으면 내일 사형에 처해진다. 이들을 살려달라고 간청하는 저분들의 외침을 나는 거절할 수가 없어. 저분들은 우리가 어려울 때 도와준 은인들이다. 은혜를 모르면 짐승과 같다고 했다.”

“저에게 어떡하라는 말씀입니까?”

빈은 미옥이 자신에게 무엇을 부탁하는지 알면서도 반항하며 말했다.

“너의 한마디에 저들의 목숨이 달려 있어. 히데타다 님이면 저분들의 목숨을 살릴 수가 있다.”

“죽었으면 죽었지 그 남자를 만날 수는 없습니다.”

“너에게 그 남자와 혼인하라는 이야기가 아니지 않느냐? 사람의 목숨이 달린 문제이다. 우리 생명의 은인들이다. 그 도공들이 아니었으면 우리는 벌써 왜놈 장수들의 성노리개가 되었을 것이야.”

“그러면 어머니나 저는 깨끗이 자결하여 세상을 떠나면 되지 않겠습니까?”

“에미한테 그게 무슨 몹쓸 말이냐? 너 하나 보고 이때까지 목숨을 부지해왔는데 내 앞에서 목숨을 끊겠다는 말이 그렇게 쉽게 나오느냐? 너와 혼인을 약속한 손현이가 죽었을 때도 너는 죽고 싶다고 했다. 그러나 세월이 우리의 상처를 아물게 했어.”

“어머니는 많이 변했어요.”

“살아남기 위해서는 어쩔 수 없지 않느냐.”

미옥은 이 말을 하고는 설움에 복받쳐 눈물이 쏟아졌다. 세상이 원망스럽고 사명이 원망스러웠다.

“네가 자존심을 한 번만 굽히면 저들의 목숨을 살릴 수 있어. 죄 없는 사람의 목숨을 구할 수만 있다면 나는 자존심 따위는 내팽개치겠다. 네가 그 사람과 사귀라는 말이 아니지 않느냐.”

그날 밤, 빈은 히데타다를 찾아갔다. 히데타다는 빈이 찾아왔다는 소식을 듣고는 하던 일을 버려두고 반갑게 맞이했다. 빈이 무겁게 입을 열었다.

"청이 있어 찾아왔습니다."

히데타다는 청이 있다는 말에 자신이 그녀를 위해 할 수 있는 일이 있다는 것이 반가웠다.

"무슨 청이든 말해 보시오."

"고향으로 돌아가려다가 잡힌 도공들의 목숨을 살려주십시오."

빈의 말을 듣는 순간 히데타다는 움찔했다. 법은 중요했기 때문이다. 영주가 법을 지키지 않으면 어떻게 백성들에게 법을 지키라고 할 수 있겠는가. 히데타다는 고민이 되었다. 그러나 빈을 위해 무엇이든 해주고 싶었다. 한참을 고민한 후에 히데타다가 말했다.

"그대의 청이니 죽이지는 않겠소. 그러나 법을 어겼으면 벌을 받아야 하는 법, 도공들의 재산을 몰수하고 멀리 귀양을 보내는 것으로 마무리하겠소. 그들은 실력이 있는 사람들이니 멀리 귀양을 가더라도 잘 살 수 있을 것이오."

"고맙습니다. 그러나 감사의 대가를 드릴 수는 없습니다."

"내가 그대의 사랑을 바라고 청을 들어주는 졸장부는 아니오. 그대의 마음이 돌아설 때까지 나는 천년이고 만년이고 기다릴 것이오."

빈은 히데타다에게 말했다.

"저는 이미 조선에 남편이 있는 몸입니다. 조선에서는 정절을 목숨보다 소중하게 여깁니다. 부디 저의 입장을 헤아려 주시기 바랍니다."

"나도 낭자와 강제로 혼인하기는 싫습니다. 낭자를 옆에 두고 학문을 토론하고 친구처럼 대화를 하고자 합니다. 낭자의 마음이 열리기 전에는 절대 혼인 이야기는 없을 것입니다."

빈은 히데타다의 거짓 없는 말에 믿음이 갔다.

빈은 인사하고 돌아서면서 눈물이 쏟아졌다. 그 눈물은 사랑하는 낭군 손현에 대한 회한의 눈물이기도 하고, 또한 손현을 씻으려는 눈물이기도 했다.

도요토미 히데요시가 죽은 후 이에야스는 교토에 머물면서 전쟁 수습에 여념이 없었다. 그동안 히데타다는 아버지를 대신해 에도성을 지키고 있었다. 남들이 보기에 모든 것을 다 가진 것 같았지만 히데타다의 마음 한구석에는 항상 외로움이 자리 잡고 있었다. 정략결혼으로 자식이 있는 유부녀와 결혼하라는 아버지의 명령을 받았을 때 히데타다는 고민에 빠지지 않을 수 없었다. 총각인 히데타다에게 유부녀에게 장가가라고 하는 아버지가 야속했지만, 히데타다는 아버지의 명령을 받아들였다. 정략결혼에 애틋한 사랑의 감정이 있을 수 없었다. 그런 히데타다에게 외로움은 일상이 되었다. 그런데 빈을 본 순간 그의 가슴에 사랑의 쓰나미가 덮쳐 온 것이다. 그러나 빈은 히데타다에게 마음을 열지 않았다. 마음을 열기에는 자신의 상처가 너무 컸기 때문이다. 히데타다는 날이 갈수록 연모의 정이 깊어졌다. 어느 날 술에 취한 히데타다가 빈을 찾아왔다.

"저의 스승이 되어 주십시오. 그대에게 조선의 성리학을 배우고 싶습니다."

히데타다는 빈에게 유학을 배우고 싶기도 했지만 이렇게 해서라도 매일 만나고 싶었던 것이다.

"어머니는 저보다 좋은 스승이십니다."

"알고 있습니다. 그러나 그대에게 배우고 싶습니다."

히데타다는 빈과 단둘이 있는 시간을 만들고 싶었다. 빈은 히데타다의 이 요청마저 거절할 수가 없었다.

"저번에 영주님이 제 청을 들어주셨기 때문에 저 또한 이 청을 거절할 수가 없습니다. 제가 학식이 부족하지만, 영주님과 조선의 성리학을 함께 공부하도록 하겠습니다."

히데타다는 뛸 듯이 기뻤다.

"고맙소, 고맙소."

고맙다는 말이 연거푸 쏟아졌다. 히데타다는 빈과 같은 공간에 있는 것만
으로도 행복했다. 그 후 빈과 히데타다는 매일 한 시간씩 같이 공부했다. 함
께 있는 시간이 늘어갈수록 빈은 히데타다의 순수함에 마음이 조금씩 열리
고 있었다.

가토 기요마사와 고니시 유키나가의 운명

임진왜란 이후 일본은 도쿠가와 이에야스를 지지하는 파와 도요토미 히데요시의 어린 아들, 히데요리를 등에 업은 이시다 미쓰나리를 지지하는 파가 마지막 패권을 두고 대결하고 있었다. 도쿠가와 이에야스는 덕장으로, 어릴 때 아버지가 전쟁에서 죽은 후 인질로 잡혀가 있던 아픈 추억이 있었다. 그는 어릴 때부터 오다 노부나가와 친하게 지냈다. 오다 노부나가가 일본 전역을 통일했을 때 도쿠가와 이에야스는 그의 동반자로서 형제처럼 그를 도왔다. 오다 노부나가가 일본을 통일하고 쇼군이 되었을 때 그는 권력싸움에 뛰어들지 않고 자신의 영지로 돌아가 조용히 지냈다. 이 사이에 하급 무사 출신인 도요토미 히데요시가 오다 노부나가의 측근으로 발탁되어 그의 신임을 받으며 주변 세력을 견제하기 시작했다. 그러나 오다 노부나가가 가장 믿는 사람은 자신의 형제와도 같은 도쿠가와 이에야스였다. 그런데 오다 노부나가의 최측근인 아케치 미스히데가 반란을 일으켰다. 혼노사(本能寺)에서 쉬고 있는 오다 노부나가를 공격한 것이다. 군사들도 없이 급습을 당한 오다 노부나가는 마지막까지 아들과 함께 싸우다 혼노사에 불을 지르고 장렬하게 불타 죽는다. 오다 노부나가가 후계자인 장남과 함께 암살당한 후에 아케치 미스히데는 자신이 쇼군임을 선포하고 모든 영주에게 굴복을 요구했다. 이때 배신자를 처단하기 위해 일어선 것이 도쿠가와 이에야스와 도요토미 히데요시였다.

이에야스와 히데요시는 오다 노부나가의 복수를 위해 손을 잡았다. 그리고 배신자를 처단하였다. 그 후 둘 사이에 팽팽한 긴장감이 돌았다. 누가 일본의 쇼군이 될 것인가? 둘의 군사력은 막상막하였다. 만약 두 사람이 전쟁을 벌인다면 일본 전체가 파멸에 이를 것이라는 것을 도쿠가와 이에야스는 누구보다도 잘 알고 있었다. 이때 도요토미 히데요시는 도쿠가와 이에야스를 끌어안기 위해 무모한 결정을 한다. 자신을 쇼군으로 밀어 주면 도쿠가와 이에야스의 영지는 절대 보장하고 그 신뢰의 징표로 자신이 가장 사랑하는 어머니를 인질로 보내겠다고 했다. 또 하나밖에 없는 여동생을 강제로 이혼시키고 도쿠가와 이에야스에게 시집 보내겠다고도 했다. 도요토미 히데요시의 야망을 알고 있는 이에야스는 그 제안을 받아들이고 일본 평화를 위해 모든 것을 양보했다. 히데요시 역시도 이에야스의 힘을 알기에 서로 간섭하지 않으면서 팽팽한 긴장의 끈을 유지하고 있었던 것이다. 이에야스는 에도 개척이라는 명분을 가지고 교토를 떠나 히데요시와 거리를 두고 에도에서 생활했다. 히데요시가 임진왜란을 일으킬 때도 이에야스는 반대했지만 간섭은 하지 않았고, 자신의 군대는 조선에 파병하지 않았다.

이에야스는 임진왜란 이후를 대비하고 있었다. 도요토미 히데요시가 죽고 임진왜란이 끝나자 일본은 대혼란기에 접어들었다. 히데요시가 여섯 살 된 어린 아들만 남겨놓고 죽은 것이다. 히데요시의 측근인 이시다 미쓰나리는 이 어린아이를 이용해 쇼군 행세를 하기 시작했다. 도쿠가와 이에야스는 가만히 두고 볼 수 없었다. 참고 참은 인내의 세월을 거쳐 드디어 그에게 기회가 온 것이다. 이시다 미쓰나리의 횡포에 불만을 품은 무사들은 들고 일어나기 시작했다. 이에야스가 이끄는 동군과 이시다 미쓰나리가 이끄는 서군이 다시 한 번 일본을 전쟁 속으로 몰아넣었다. 이때 가토 기요마사는 이에야스의 편에 서게 되었고, 고니시 유키나가는 이시다 미쓰나리의 편에 서게 되었다. 둘의 운명은 이렇게 갈리게 된 것이다.

도요토미 히데요시가 죽고 임진왜란이 끝난 후 일본으로 돌아온 가토 기요마사와 고니시 유키나가는 숙적의 운명으로 치닫고 있었다. 이에야스는 전쟁을 피하기 위해 몇 번이고 이시다 미쓰나리에게 항복을 요구했지만, 전력에서 열세인 이시다 미쓰나리는 결사 항전을 다짐했다. 이 전쟁의 마지막 싸움이 세키가하라 전투[47]였다.

---

47) 세키가하라 전투 : 1600년 9월 세키가하라에서 벌어진 전투. 일본 국내 전쟁 중 가장 규모가 크고 중요한 전투 중 하나로, 도요토미가를 지키려는 이시다 미쓰나리의 서군과 도쿠가와 이에야스를 중심으로 한 동군 간의 내전이다. 세키가하라 전투는 일본의 역사를 결정지은 중요한 전투였다. 이 전투의 승자인 도쿠가와 가문은 향후 260여 년간 일본을 지배하게 된다.

세키가하라 전투

히데요시가 죽은 후, 유언에 따라 다섯 명의 유력 영주로 구성된 오대로(五大老) 체제가 유지되었다. 이에야스는 당시 도요토미 가문의 직할지를 제외하고는 가장 넓은 영지를 소유하고 있었고, 히데요시 역시 이에야스의 존재를 의식해서 히데요리를 이에야스의 손녀와 혼인시켰으나, 이는 오히려 자신의 사후에 이에야스의 입김을 더욱 크게 만드는 요인이 되었다. 도요토미 히데요시가 살아 있는 동안 정무를 담당한 이시다 미쓰나리는 히데요시를 등에 업고 전권을 휘둘렀는데, 그 사이에 그에게 앙심을 품은 사람들이 늘어 갔다. 이러한 갈등은 임진왜란 과정에서 더욱 증폭되었다. 가토 기요마사와 고니시 유키나가의 갈등은 도요토미 히데요시의 생전에는 그의 권위에 눌려 표출되지 않았으나, 1598년 도요토미 히데요시가 죽고 도요토미 히데요리가 6세의 나이로 그의 지위를 계승한 뒤로는 정권의 존립을 위협하는 문제로 떠올랐다. 일본의 영주들은 조선에서 수년간 목숨을 걸고 인력과 물자를 동원해 싸웠지만 전공은커녕 목숨만 건져 귀국하였고, 그들의 불만은 최고조에 달했다. 이시다 미쓰나리와 임진왜란 때부터 대립하던 가토 기요마사와 구로다 나가마사(黑田長政)는 이시다 미쓰나리에 대한 분노로 잠을 이루지 못하고 있었다. 그런 와중에 이시다 미쓰나리는 도요토미 가문에 충성을 맹세하며 도요토미의 가신들을 규합해 이에야스를 칠 준비를 하고 있었다.

드디어 이시다 미쓰나리에게 그 기회가 찾아왔다. 1600년 7월 26일, 에도 북쪽에 있던 우에스기 가게카스가 군사를 일으킨 것이다. 우에스기 가게카스는 히데요시나 이에야스 중 누구에게도 굴복하지 않고 변방에서 독립적인 세력을 구축하고 있었다. 도쿠가와 이에야스는 모반을 진압하기 위해 군대를 이끌고 오사카를 떠나 아이즈(會津) 정벌에 나섰다. 이시다 미쓰나리는 이것이 하늘이 준 기회라 생각하고 이에야스가 오사카를 비운 틈을 타 군사를 일으켰다. 평소 이에야스의 힘에 눌려 기회를 엿보던 히데요시의 가신들도 히데요리를 옹립한다는 명분으로 속속 모여들고 있었다. 그 중심에 고니시 유키나가가 있었다. 이시다 미쓰나리와 고니시 유키나가는 오타니 요시쓰구(大谷吉繼) 등과 함께 군대를 일으켜 8월 21일 오사카성을 점령했다. 그리고 8월 25일에는 도쿠가와 이에야스의 탄핵안을 영주들에게 공포했다.

이시다 미쓰나리가 군대를 일으켰다는 소식을 들은 도쿠가와 이에야스는 아이즈 정벌을 중단하고 1600년 9월 1일 오야마성(小山城)에서 자신을 따르는 영주들과 동군(東軍)을 결성했다. 에도에 있던 히데타다는 대군을 이끌고 이에야스의 군대와 합류하기 위해 세키가하라로 출발했다.

히데타다는 아버지의 명을 받고 에도에서 군사를 이끌고 전쟁터로 나가기 전날 빈을 불렀다.

"이번 전쟁에 나가면 살아 돌아오지 못할 수도 있소. 그래서 마지막으로 그대를 보고 싶어서 불렀소."

히데타다의 말 속에 그동안 묻어 왔던 외로움이 물밀 듯이 밀려왔다. 그는 술을 못하지만, 마지막이 될지도 모른다는 생각에 빈과 술을 한잔 하고 싶었다. 그리고 술의 힘을 빌려 얘기했다.

"그대를 진심으로 사랑하오. 그대가 내 곁에 있는 것만으로도 나는 삶의 희망을 가졌소. 나는 권력도 싫고 재물도 싫소. 조선의 퇴계 선생이 추구했던 안빈낙도의 삶을 살고 싶었소. 그러나 내 어깨에 지워진 일본의 운명을 저버릴 수 없었소. 어깨의 짐이 무거울수록 내 외로움은 커져 가는 듯하오. 지금까지 나는 사무라이로서 죽음을 두려워하지 않고 싸웠소. 그런데 지금은 죽음이 무섭소. 당신을 사랑하기 때문이오. 나에게 진정한 사랑을 알게 해준 그대에게 감사한 마음뿐이오."

빈은 묵묵히 듣고 있었다. 히데타다는 가슴에서 시계를 풀어 빈에게 건넸다.

"이것은 서양에서 건너온 물건이오. 내가 어디에 있건 이 시계가 돌아가는 한, 나는 당신과 함께 있을 것이오."

히데타다는 시계를 빈의 목에 걸어 주었다. 빈의 가슴에 걸린 작은 시계는 짤칵짤칵 소리 내며 돌아가고 있었다. 죽음의 전쟁터로 떠나는 히데타다의 고백에 빈은 눈물을 흘렸다.

"꼭 살아서 돌아오셔야 합니다."

히데타다는 떨고 있는 빈의 손을 잡았다.

"그대를 위해서라도 나는 꼭 살아서 돌아오겠소. 사랑하오."

히데타다는 빈을 꼭 껴안았다. 빈은 그대로 히데타다의 가슴에 안겼다. 시계의 째깍거리는 초침 소리가 심장의 고동 소리와 겹쳐 둘의 가슴은 터질 것만 같았다.

에도를 본거지로 하는 이에야스의 동군과 규슈 지방을 본거지로 하는 이시다 미쓰나리의 서군이 전쟁을 시작하였다. 이것이 임진왜란 이후 일본의 운명을 판가름 나게 한 세키가하라 전투이다. 이시다 미쓰나리는 세키가하라로 이동해 동군과의 결전에 대비했다. 먼저 도착한 서군이 진을 쳤고, 이어서 동군이 도착하여 서군을 바라보고 진을 쳤다. 서군이 전장의 전 지역에 걸쳐 고지대를 점령하고 있는데다, 동군을 포위한 형국이었기에 미쓰나리에게 유리한 전투였다. 하지만 가토 기요마사와 구로다 나가마사가 조선 전쟁에서 쌓인 고니시 유키나가와 이시다 미쓰나리에 대한 원한으로 도쿠가와의 편인 동군에 가담함으로써 서군은 분열되기 시작했다. 전쟁은 한쪽으로 힘이 쏠리면 걷잡을 수 없을 정도로 추락하게 마련이다. 서군의 주력인 오타니 요시쓰구와 고니시 유키나가의 부대가 괴멸되면서 전투는 동군의 압도적인 승리로 끝났다.

고니시 유키나가의 죽음

세키가하라 전투에서 승리한 가토 기요마사는 고니시 유키나가가 죽음을 앞두고 있다는 사실을 알고 한편으로는 그가 불쌍하였다. 조선 전쟁에서 함께 목숨 걸고 싸운 것이 아쉬운 마음이 들어 그의 목숨만은 살리고 싶었다. 그는 편지를 써서 고니시 유키나가에게 사람을 보냈다. 산속으로 쫓겨간 고니시 유키나가는 죽음이 가까워졌음을 알았다. 고민을 하고 있는 고니시에게 사람이 찾아왔다. 고니시는 가토의 편지를 뜯었다.

"우리가 미운 정 고운 정 다 들었기에 나는 장군을 죽이기가 싫소. 이미 전세가 기울었다는 것을 장군도 알 것이오. 장군이 우리 쪽으로 합류하면 이에야스 쇼군께서도 용서하고 받아 주실 것이오. 조선에서 목숨을 같이한 동지로서 마지막 부탁이오. 그동안 많은 오해가 있었지만 나는 장군을 살리고 싶소. 나의 솔직한 심정이오. 이 전쟁이 끝나면 둘이서 술이나 한잔 하면서 모든 것을 풀고 싶소."

가토 기요마사의 편지를 읽고 고니시 유키나가의 손은 떨렸다. 그는 붓을 들어 답장을 썼다.

"그대의 편지에 나도 감동했소. 이제는 원한 없이 죽을 수 있어서 마음이 편하오. 우리가 친구처럼 지낼 수 있었는데 하늘이 우리를 시기한 것 같소. 그대의 마지막 편지는 마음으로 받겠소. 저승에서 만나면 술 한잔 같이 합시다. 고맙소."

고니시는 답장을 보내고 나서 마지막으로 어떻게 명예롭게 죽을 것인가를 고민했다. 고니시는 독실한 천주교 신자로 교리에 의하면 자살은 큰 죄악이었다. 고니시는 마지막까지 살아남은 100여 명의 부하들에게 말했다.

"너희들은 농부 옷으로 갈아입고 각자 흩어져서 살길을 찾아라. 그들의 목표는 나이지 너희들이 아니다. 굳이 아까운 목숨을 나 때문에 버릴 생각은 하지 말아라."

그 말에 모두들 울면서 부르짖었다.

"저희들도 영주님과 함께 깨끗하게 죽겠습니다."

"너희들은 살아남아야 한다. 살아남아서 히데요리 님을 지켜야 한다. 나의 마지막 명령이다."

고니시는 옆의 부관에게 말했다.

"너만 남도록 해라. 마지막에 할 일이 있다. 나머지는 지금 당장 흩어지도록 하라. 그리고 죽지 마라. 죽음은 곧 불충이다. 반드시 살아남아야 한다."

고니시는 떠밀듯이 부하들을 내보냈다. 부하들은 울면서 하나둘씩 사라졌다. 마지막으로 부관과 단둘이 남게 되었을 때 고니시는 부관에게 말했다.

"나는 천주교 신자이기 때문에 자결할 수가 없다. 네가 나의 목을 치기 바란다. 그리고 나의 목을 가지고 너의 목숨을 구하도록 하라."

부관이 울면서 말했다.

"어찌 저에게 이런 가혹한 명령을 내리십니까? 저는 영주님의 목을 칠 수 없습니다."

"마지막 부탁이다. 나는 신앙을 지키고 싶다. 죽음을 앞두고 내 모든 죄를 주님께 고하려 한다. 나를 위해 목숨을 바친 수많은 나의 군사들 그리고 조선에서 죄 없이 죽어간 무고한 백성들의 영혼을 위해 마지막으로 참회하고 있다. 그런 나의 참회가 진실로 하느님께 닿을 수 있도록 내 마지막을 죄로 물들게 하고 싶지 않다. 나를 이해하겠느냐?"

"그러시면 영주님의 목을 가지고 제 목숨을 구걸하라는 명령은 취소해 주십시오. 영주님의 부탁을 들어드린 후에 저도 할복을 하겠습니다. 그것이 저의 마지막 부탁입니다."

고니시는 아무 말이 없었다. 그리고 속으로 기도했다.

"주님, 저의 죄를 용서하시고 부관의 죄를 용서하소서."

그리고 눈을 뜨고 말했다.

"좋다. 내가 죽은 후에는 그대 뜻대로 하도록 하라."

그는 눈을 감았다. 감은 눈앞에 그동안의 삶이 파노라마처럼 펼쳐졌다. 죽음을 눈앞에 둔 고니시 유키나가는 자신의 인생이 과연 무엇이었나 생각했다.

'히데요시를 위한 충성은 나의 욕심에서 비롯된 것이 아닐까? 모든 잘못은 나의 과한 욕심 때문에 빚어진 것이 아닐까? 인생의 어떤 순간에도 나는 스스로에게조차 진실되지 못하였다. 내가 서군의 이시다 미쓰나리 편에 선 것도 따지고 보면 가토 기요마사와의 조선에서의 원한 때문이었다. 그것도 따지고 보면 나의 진심을 속인 결과이고 욕심이 부른 결과였다. 모든 것이 나의 욕심에서 비롯된 것이었구나.'

고니시는 죽음을 앞두고 하느님께 먼저 용서를 청하고 그다음에 자신의 욕심으로 인해 목숨을 잃은 조선 백성을 위해 기도했다. 그 순간 마음이 잔잔해졌다. 그는 부관에게 고개를 끄덕였다. 부관의 손은 떨렸지만, 한칼에 고니시의 목을 내리쳤다. 고니시의 얼굴은 편안해 보였다. 고니시의 목을 친 다음 부관은 단도를 꺼내어 자신의 배를 십자가 모양으로 그었다. 부관은 마지막으로 중얼거렸다.

"영주님의 하느님, 저도 기억해 주소서."

고니시의 목은 이시다 미쓰나리와 함께 교토 사거리에 걸려서 지나가는 사람들의 조롱거리가 되었다. 가토 기요마사는 목이 잘려 매달려 있는 고니시 유키나가의 찌그러진 얼굴을 보며 많은 생각을 했다. 그렇게 밉던 사람도 죽음 앞에서는 숙연해졌다. 가토는 중얼거렸다.

'내가 저 자리에 있을 수도 있었다. 인생은 한순간의 선택이다.'

세키가하라 전투에서 이시다 미쓰나리의 서군이 패배한 후 일본은 도쿠가와 이에야스가 지배하는 에도 막부 시대를 열었고, 가토 기요마사는 도쿠가와 이에야스로부터 구마모토(熊本)의 영주로 발령받고 7년에 걸친 대공사 끝에 구마모토성을 건축했다. 그리고 그 후손들이 구마모토 성주로 대를 이었다. 구마모토성은 오사카성(大阪城)과 나고야성(名古屋城)과 함께 일본의 3대 명성(名城)으로 이름을 날리고 있다. 그리고 일본은 세키가하라 전투 이후 삼백년 가까이를 도쿠가와 집안이 이끌었다. 메이지유신이 일어나기 전까지 도쿠가와 시대가 이어진 것이다.

빈과 히데타다의 사랑, 그리고 번민

세키가하라 전투가 끝나고 일 년이 지났다. 미옥과 빈도 일본으로 끌려온 지 거의 10년이 되어 가고 있었다. 포로로 끌려온 사람들 중 이제는 고향으로 돌아갈 희망을 포기하는 사람들이 하나둘씩 늘어 갔다. 도공마을 사람들은 울분을 토로했다.

"조선 조정에서는 아무래도 우리를 잊은 것 같다. 전쟁이 끝났는데도 포로 송환에 대한 말도 없고, 사자도 오지 않으니 조선은 우리를 포기한 것이다. 어떻게 이럴 수가 있단 말인가?"

기다림에 지친 포로들은 귀국을 포기하고 일본인과 혼인하거나 정착하는 사람이 늘어 갔다. 그런 가운데 세키가하라 전투 이후 어느 정도 마음의 문을 연 빈은 히데타다에게 예전처럼 차갑게 대하지는 않았다. 빈은 히데타다와 조선의 유학을 공부한다는 명목으로 오전 강학 시간에 매일 만났다. 그 자리에는 일본 최고 다도 명인 오긴도 함께했다. 오긴은 빈의 학문 실력을 인정하고 빈을 마치 쇼군의 왕비 대하듯 극진히 대접했다.

히데타다는 빈과 함께 공부하면서 한편으로는 가슴이 타들어 가고 있었다. 하루라도 빈을 보지 못하면 가슴이 터질 정도로 갈망은 짙어 가고 있었다. 히데타다는 일본 최고의 권력자인 쇼군의 아들로 겉은 화려했지만 사실 내면의 슬픔과 외로움은 일상이 되고 있었다. 그 허전한 마음을 빈이 채워주고 있었다. 히데타다는 빈을 만나면 만날수록 그녀의 인품과 학식에 빠져들었다. 그러나 빈을 강제로 취할 수는 없는 일이었다. 빈의 상처를 알고 있기에 그녀의 상처가 아물기를 기다리는 수밖에 없었다. 히데타다는 빈에게 혼인을 약속한 남자가 있었고, 혼인식 한 달 전에 터진 임진왜란으로 그 남자가 죽었다는 사실 또한 알고 있었다. 히데타다는 빈의 불행이 꼭 자신 탓인 것만 같아 사죄하는 마음으로 더욱 정성스럽게 대했다. 빈의 마음도 조금씩 풀리는 듯했지만, 사랑을 받아들이지는 않았다. 하루는 히데타다가 빈에게 말했다.

"삶이 그렇게 길지 않습니다. 우리 모두 언제 죽을지 모르는 하루살이 인생입니다. 죽은 사람은 죽은 사람에게 맡기고 산 사람의 인생은 산 사람끼리 해결해야 되지 않겠습니까?"

빈도 히데타다의 감정을 모를 리가 없었다. 그러나 쌀쌀맞게 대답했다.

"저는 산 사람과 죽은 사람을 구별 짓고 싶지 않습니다."

히데타다는 빈의 표정을 살피면서 조심스럽게 말했다.

"공자님도 부모님이 돌아가시면 삼년상을 치르고 애도하면 충분하다고 말씀하셨습니다. 낭자는 혼인을 약속한 분이 돌아가신 지가 십 년이 다 되어 갑니다. 그분도 낭자가 이렇게 사는 것을 원하지 않을 것입니다."

"제 가슴속에 그분 외의 다른 남자를 받아들일 수가 없습니다."

"저를 그분 대신에 받아달라는 말이 아닙니다. 제가 어찌 그분을 대신할 수 있겠습니까? 다만 제 옆에 있어만 달라는 말입니다. 저는 매일 밤 낭자를 생각하며 잠을 이루지 못합니다. 내 마음도 내가 어찌할 수가 없습니다. 그대의 마음 한끝이라도 조금만 내어준다면 그대를 행복하게 해드리겠습니다."

"고향으로 돌아가는 것이 저의 행복입니다."

"고향으로 돌아갈 수 없다는 것은 잘 알고 있지 않습니까? 조선과 일본은 전쟁 후 국교가 단절되어 오고 가지 못합니다. 단념하십시오. 이제 이곳 일본에서 행복을 찾아야 합니다."

조선인 포로 중에는 이미 일본에 자리 잡고 출세한 사람도 있고, 영주에게 시집가서 잘살고 있는 사람도 있다는 걸 빈도 알고 있었다. 어머니 미옥에게서도 조선으로 돌아가겠다는 희망이 조금씩 사라지고 있다는 것을 어렴풋이나마 느끼고 있었다. 그러나 한편으로 손현을 생각하면 그를 죽인 원수의 나라에서 원수 남자와 사랑한다는 것은 있을 수 없는 일이었다. 빈은 스스로를 다그치며 하루하루를 버티었다. 그러나 날이 갈수록 그 마음조차도 조금씩 약해지고 있었다.

그녀의 고민이 깊어질수록 히데타다의 사랑도 깊어만 갔다. 남들이 보기에는 세상 모든 것을 가진 일본 최고의 권력자 아들이지만 그에게는 남들이 모르는 깊은 상처가 있었다. 빈은 히데타다의 깊은 상처에 자신의 상처가 겹쳐지는 듯했다. 히데타다에 대한 저항의 몸부림은 시간이 지날수록 봄의 따스한 햇볕이 겨울눈을 녹이듯 사랑으로 녹아내리고 있었다.

3부

탐적사(探敵使)

세키가하라 전투 이후 도쿠가와 이에야스는 권력을 잡고 조선과 강화를 하고 싶었으나 조선에서는 꼼짝도 하지 않았다. 이때 가장 속이 탄 사람은 대마도 도주였다. 대마도는 일찍부터 조선의 도움 없이는 살아갈 수가 없었다. 지리적으로 조선과 더 가까운 대마도는 땅이 척박해 쌀이 없었다. 그래서 대마도 도주, 소 요시토시(宗義智)는 매년 조선에 조공을 바치고 조선에서 보내 주는 쌀로 백성들이 연명하고 있었다. 그러나 임진왜란 발발 이후에 일본의 앞잡이가 되어 조선 침략의 발판이 된 대마도 도주를 조선의 조정에서 좋아할 리 없었다. 대마도 도주의 끈질긴 사정에도 조선은 문을 열지 않았다. 대마도 백성들 중 굶어서 죽어 나가는 사람이 많았다. 대마도주 소 요시토시는 살길을 찾기 위해 이에야스를 찾아갔다.

"조선은 아직도 우리 일본을 무시하고 얕잡아 보고 있습니다. 조선의 사신을 쇼군께 보내라고 몇 년째 연락했지만, 저들은 답이 없습니다. 어찌 이런 수모를 겪고 참을 수가 있겠습니까. 돌아가신 쇼군도 조선이 우리를 철저히 무시했기에 전쟁을 일으킨 것입니다. 그런데 저렇게 당하고도 아직도 우리를 무시하고 있으니 그냥 두고 볼 수만은 없습니다. 군사를 다시 일으키겠다고 저들을 위협하면 저들은 겁을 먹고서라도 강화 사절을 보낼 것입니다."

이에야스는 대마도 도주가 읍소하는 모습을 보고 그 청을 거절할 수가 없었다.

"다시는 이 나라에 전쟁은 없다. 얼마나 많은 백성이 죽어야 한다는 말인가. 전쟁을 하지 않고 강화를 할 수 있는 방법이 없겠는가? 조선의 왕도 백성들이 그렇게 당했는데 웃으며 강화를 할 수 있겠는가? 조선은 유학의 나라야. 유학에서는 명분이 목숨보다 소중한 것이야."

대마도주는 말했다.

"저들은 움직이려고 하지 않습니다. 협박을 해서라도 강화협상을 이끌어야 쇼군께서도 위엄이 서실 것입니다."

"내가 어떻게 하면 좋겠는가?"

"강화를 하지 않으면 다시 군사를 일으킬 것이라 협박을 하는 것입니다."

이에야스는 대마도주를 달래기 위해 조선이 강화하지 않으면 다시 전쟁을 일으킬 수도 있다는 뜻을 넌지시 보이긴 했으나 실질적인 문서는 내리지 않았다. 하지만 대마도주는 군사를 일으킨다는 가짜 문서를 만들어 전쟁의 분위기를 조성했다. 또 일본에 끌려와 있던 조선인 포로들에게 군사들이 훈련하는 모습을 일부러 보인 후 석방해 그 소식을 조선에 전하도록 유도했다.

일본이 조선과 화친을 원한다며 대마도주 소 요시토시가 그 뜻을 보내 왔다. 조선으로서는 원수와 화친을 맺을 수 없다는 대의명분론과 중신들의 파쟁으로 인한 의견 불일치로 결정을 미루어 왔다. 이렇게 여러 해를 끌던 중 1604년(선조 37) 대마도주가 다시 사신을 보내 새로운 권력자로 등장한 도쿠가와 이에야스의 명이라면서 강화에 응하지 않으면 다시 전쟁이 발생할지도 모른다고 전해 왔다. 조선 조정에서는 대마도주의 말과 일본에서 풀려난 포로들의 말이 일치하는 것을 보고 지레 겁을 먹기 시작하였다. 조정 대신들은 아무도 사신을 맡으려 하지 않았다. 일본에 가면 목숨을 잃을 것 같아 두려웠던 것이다. 선조는 대신들을 불렀다.

"일본에서는 강화 사절을 보내지 않으면 다시 전쟁을 일으키겠다고 하니 어찌하면 좋겠소?"

강골의 유림 사대부들은 말했다.

"짐승 같은 놈들과 어찌 강화를 할 수 있다는 말씀이십니까? 명분 없는 강화는 죽음보다 못하다고 하였습니다."

"그러면 다시 전쟁에 몰아넣어 백성들을 다 죽이자는 이야기인가?"

이때 영의정 이덕형이 앞으로 나서며 말했다.

"전하, 명분도 중요하고 실리도 중요하옵니다. 명분도 찾고 실리를 찾는 묘안이 제게 있사옵니다."

"그게 어떤 방법인지 말씀해 보시오."

"일본에 당한 수모를 생각하면 조선의 고위관리를 강화 사절로 보내는 것은 백성들에게 명분이 서질 않습니다. 그래서 비공식적인 사절단을 보내는 것이 좋을 것 같사옵니다."

"강화 사절단으로 어찌 당상관 이상을 보내지 않을 수가 있겠소?"

"일본은 불교를 숭상하는 나라이옵니다. 조선의 고승을 강화 사절단으로 보내면 일본도 무시하지 못할 것입니다."

"고승이라 함은 누구를 염두에 두고 하는 소리요?"

"당연히 사명대사 한 분뿐입니다. 일찍이 사명대사는 가토 기요마사의 진중에 들어가서 그를 굴복시킨 적이 있습니다. 가토 기요마사도 사명대사의 인품에 감복해서 존경한다고 합니다. 그리고 일본 사람들은 사명을 존경하고 그의 말을 따르는 이들이 많다고 하옵니다. 사명대사를 강화 사절로 보낸다면 명분도 살리고 실리도 챙기게 될 것입니다."[48]

옆에 있던 백사 이항복도 소리 높여 말했다.

"영의정의 말씀이 신의 한 수인 것 같습니다. 윤허하여 주시옵소서."

편전에 모인 모든 대신들이 소리 높여서 말했다.

"윤허하여 주시옵소서."

그들은 모두 안도의 한숨을 쉬면서 사명을 강화 사절로 보내라고 한목소리로 외쳤다. 편전에 모인 모든 대신들은 강화 사절이 되어 일본에 가기를 꺼렸고, 혹시 자신이 뽑힐까 봐 노심초사하고 있었던 것이다.

선조는 사명을 불러 답답한 심정을 토로했다.

"이 나라에는 대사밖에 없는 것 같구려. 대사께서 강화 사절이 아니라 탐적사(探敵使)의 신분으로 일본을 다녀와 주기 바라오. 정식 사절이 아니라서 국서를 가질 수 없소. 그러나 과인의 선물을 가지고 가서 일본이 과연 강화의 뜻이 있는지 살펴주기 바라오."

"전하, 소승이 일본으로 가서 전하의 뜻을 전하고 일본에 끌려가 있는 조선인 포로들을 반드시 데리고 오겠나이다."

"과인이 대사를 볼 면목이 없소."

이 두 사람의 대화를 기록하고 있던 사관은 다음과 같이 실록에 자신의 감정을 숨김없이 적어 놓았다.

---

48) 『선조실록』, 1604년 6월 8일. "유정(사명대사)은 왕년에 여러 번 청정(가토 기요마사)의 진중을 출입해서도 대언(大言)으로 굽히지 않아 가토 기요마사가 매우 존경했다. 일본에 돌아가서도 기요마사는 사명대사의 사람됨을 칭송했다. 일본에 포로로 잡혀 갔다가 도망쳐온 조선 사람들까지 '송운(사명대사의 호)'의 이름이 일본인들 사이에 자자하다.'라고 했다."

묘당의 계책이 비루하다. 나랏일을 꾀할 자가 유정(사명대사) 한 사람뿐이라니, 아 마음이 아프다.[49]

사명이 일본으로 가기로 결정된 후, 허균에게 문제가 생겼다. 권력만 차지하려는 조정 대신들의 위선을 신랄하게 비판하고, 패거리 당파싸움을 하는 썩어빠진 조정 대신들을 공격하다가 탄핵을 당한 것이다. 허균이 형장의 이슬로 사라지기 전에 이 소식을 들은 사명대사는 조정에 허균을 살려달라는 상소를 올렸다. 그리고 허균에게 편지 한 장을 보냈다.

> 다른 사람 장단점은 말하지 마시게   休說人之短與長
> 이는 이롭지 못할 뿐 아니라 재앙을 부르네.   非徒無益又招殃
> 만약 입 지키기를 병마개 막듯이 한다면   若能守口如甁去
> 이것이 몸 편히 할 으뜸가는 방편일세.   此是安身第一方[50]

허균이 다른 사람의 장단점에 대해 입바른 소리를 해 미움을 받고, 그로 인해 적이 많은 것을 경계하라는 사명의 걱정이 담겨 있었다. 정여립 사건에서 허균이 사명을 살렸다면 이번에는 사명이 허균을 살린 것이다. 허균과 사명은 인연의 긴 골짜기에서 서로를 지켜주면서 당파싸움으로 무너져 가는 조선을 안타까워했다. 일본으로 가는 출발 날짜가 늦어지는 가운데 허균이 그나마 사형을 면하고 삭탈관직당해 강원도로 유배 갔다는 소식을 듣게 됐다. 사명은 스승 서산대사에게 문안 인사를 하겠다는 핑계로 강원도로 향했다.

---

49) 『선조실록』.

50) 『사명집』 권4, 「허균에게 글을 주다(贈許生)」.

먼저 서산대사에게 인사를 드리고 곧바로 허균을 찾았다. 허균은 『사명집』 서문에서 그때의 만남을 이렇게 회고하고 있다.

> 불교의 마음을 밝히고 성품을 보는 것, 명심견성(明心見性)에 대해 물었더니, 스님은 대답하였다.
> "마음을 밝혀 본성을 보며, 본성을 보아 부처를 이룬다. 사람마다 모두 불성을 가지고 있으며, 이러한 불성이 곧 모든 사람의 본심이다."
> 우리는 며칠 동안 함께 묵으며 불교의 오묘한 이치를 깨닫게 되었다.

사명은 귀양살이하면서 울분을 참지 못하는 허균에게 명심견성(明心見性)의 마음으로 깨닫도록 격려했다. 그런 후에 허균에게 말했다.

"교산이 그렇게 싫어하는 조정 대신들의 부탁으로 내가 일본 탐적사로 가게 되었네."

허균은 의아해서 사명에게 물었다.

"강화 사절도 아니고 탐적사가 무슨 말입니까?"

"승려가 어떻게 조선을 대표하는 강화 사절의 대표가 될 수 있겠나? 나는 말 그대로 일본의 상황을 살피러 가는 탐적사에 불과해. 조정 관료들이 아무도 갈 사람이 없어 내가 가게 되었어."

"임금 주위에는 썩은 고기만 찾아다니는 똥파리들만 모여 있습니다. 제가 바른말 하다가 이렇게 쫓겨나지 않았습니까?"

"교산도 마음을 비우고 미워하는 감정을 버리게. 내가 일본에 다녀온 후에 교산의 탄핵을 풀어 보겠네."

허균은 겸연쩍어하며 말했다.

"저는 항상 형님의 도움만 받는 못난 놈입니다."

"교산은 항상 내 동생 같은 느낌이야. 하늘이 허봉을 대신해서 교산 같은 동생을 나에게 선물한 것 같아."

허균은 사명을 볼 때마다 돌아가신 형님 허봉이 생각났다. 허균은 사명을 형님이 하늘나라에서 보내신 생불이라고 믿고 있었다. 사명이 허균에게 말했다.

"울분을 안으로 삭이면 몸에 병이 되네. 안으로 삭이지 말고 부처의 마음으로 승화시키게."

"지금의 조선은 썩어 뭉크러지고 있습니다. 그러나 아무도 반성하지 않고 양반들은 자기 권력만 지키려고 안달이 나 있습니다. 또다시 외적이 쳐들어오면 이제 누가 칼을 들고 싸우겠습니까? 진정으로 백성을 위해서 칼을 든 의병들은 시기와 모함을 받아서 형장의 이슬로 사라졌습니다. 전쟁 때 목숨이 아까워 숨어 지내던 대신들이 후환이 두려워 그들을 죽인 것입니다. 스님들도 마찬가지 아니겠습니까? 승병들이 목숨 걸고 나라를 지켰는데, 스님들은 아직도 백정보다 못한 취급을 받고 있습니다. 이런 위선적인 유학자들을 저는 경멸합니다."

"좋은 유학자도 있어. 유학이 나쁜 것이 아니라 그 학문을 잘못 배운 사람이 나쁜 것이야."

"좋은 유학자도 있다는 것을 저도 알고 있습니다. 그러나 그들도 결국 목소리를 내지 못하고 사라질 것입니다. 탐욕에 눈이 먼 승냥이 같은 위선자들이 조정을 어지럽히고 거기에 동조하는 조선의 임금도 마찬가지입니다. 임금은 권력싸움을 부추기고 왕권 유지에만 관심이 있지 굶어 죽어가는 백성은 안중에도 없습니다. 그래서 저는 새로운 나라를 만들고 싶은 겁니다."

"이상적인 새로운 나라는 없네. 그것은 꿈에 불과해."

"저는 그 꿈을 절대 버리지 않겠습니다."

"그 꿈을 지금 직접 표현하면 자네는 역적으로 몰려 죽음을 면치 못할 것이야. 그러나 비유적으로 글로 써서 남긴다면 후세가 판단할 것이야."

"저는 형님을 주인공으로 소설을 만들고 싶습니다. 백성들은 형님을 살아 있는 부처에 비유합니다. 도술에 능통해 구름을 타고 변신도 한다고 말이죠. 저는 그런 형님을 주인공으로 해서 소설을 만들어 보고자 합니다."

사명은 허균의 말을 듣고 웃으며 말했다.

"나까지 역적으로 몰아가지는 말게."

"제가 생각하는 주인공은 조선의 백성을 대변하는 영웅입니다. 스님이 아닙니다. 차별 받고 있는 서얼 출신들을 저는 많이 만났습니다. 그들의 분노에 형님의 철학을 담는 것입니다."

"좋구나. 그렇다면 주인공의 이름은 길에 있는 똥으로 해라. 양반들이 자신의 하인들을 부르는 이름이 길똥이다. 길에 있는 똥처럼 더러운 아이라는 의미지. 천민들을 대표하는 그 이름을 써서 그들의 억울함을 알리고, 그 이름을 거룩하게 만들어 보게."

허균은 사명의 말을 곰곰이 되씹었다. 자신의 울분을 비유에 담아 글로 써보라는 주문이었다. 허균은 그날 밤 조선의 썩은내 나는 모든 것을 비유에 담아 써 내려갔다. 그것이 바로 『홍길동전』이었다.

사명이 떠나기 전날, 허균이 말했다.

"저도 형님을 위해 뭔가 도움 되는 일을 하고 싶습니다. 제가 전라도에 있을 때 일본에 포로로 끌려갔다가 3년 만에 탈출한 선비를 만났습니다. 그분의 함자는 강항이라는 분인데, 학문이 대단한 분입니다. 그분이 일본에 있을 때의 일을 기록한 글을 제가 본 적이 있습니다. 그분이 일본에 조선의 성리학을 전수했다고 합니다. 일본의 제자들이 돈을 모아서 그분을 몰래 조선으로 탈출시켰다고 하더군요. 형님께서 일본으로 가시기 전에 그분을 만나 일본의 상황을 먼저 듣는 것도 도움이 될 것 같습니다."

사명은 무릎을 쳤다.

"역시 교산이야. 그분을 소개해 주게."

허균이 웃으면서 말했다.

"제가 귀양의 몸이 아니면 형님과 함께 가겠습니다만 귀양지를 벗어나면 저는 사약을 받아야 할 몸이라 같이 가지 못함이 원통합니다. 대신 제가 소개장을 써드리겠습니다."

허균은 강항에게 편지를 쓰기 시작했다.

사명과 강항(姜沆)[51]의 만남

사명은 허균의 편지를 들고 강항을 만나기 위해 출발했다. 강항은 정유재란 때 일본에 포로로 잡혔다가 3년 후 일본을 탈출하여 조선에 귀국한 유학자였다. 그는 일본의 사정을 상세히 조선 조정에 보고하였고, 일본에 끌려간 조선인 포로들의 상황을 글로 남겼다. 강항은 임금에게 상소를 올린 후 고향으로 내려가 세상을 등지고 살고 있었다. 사명은 강항의 얼굴을 본 순간 그가 얼마나 지옥 같은 고통을 겪었는지를 알 수 있었다. 강항은 먼저 자리에서 일어나 사명을 맞이하였다.

"큰스님께서 이렇게 미천한 자를 직접 찾아오셨습니까?"

사명은 강항의 마른 손을 잡았다.

"왜에 끌려가서 큰 고초를 겪었다고 들었습니다. 얼굴을 보니 그 고초를 소승이 느낄 정도입니다."

---

51) 강항(姜沆) : 선조 때 활동한 문신, 일본에 퇴계학을 전파한 유학자. 1597년(선조 30) 정유재란 당시 왜적 사토(佐渡)의 부하에게 사로잡혀 포로로 끌려간 뒤 오사카성, 후시미성 등으로 옮겨 다녔다. 그곳에서 강항은 도쿠가와 이에야스의 스승인 승려 후지와라 세이카(藤原醒窩)를 만나 주자의 성리학과 조선의 퇴계학을 전수하였고, 근세 일본 성리학이 퇴계학을 중심으로 발전하는 계기를 마련하였다. 강항은 탈출 후, 일본에서 3년 동안 포로생활을 하면서 보고 들은 것을 기록한 『문견록(聞見錄)』 한 권을 조정에 바쳤는데, 이것이 뒤에 『간양록(看羊錄)』으로 간행되었다.

"아직도 고초를 겪고 있을 조선인 포로들을 생각하면 밤마다 악몽에 시달립니다."

"그 때문에 찾아왔습니다. 저는 다음 달에 탐적사로 왜의 왕을 만나러 갑니다."

"왜의 왕은 허수아비이고 무사의 우두머리인 쇼군이 일본을 지배하고 있습니다. 지금의 쇼군인 도쿠가와 이에야스는 불심이 깊고 덕이 있는 사람으로, 그는 스승인 후지와라 세이카(藤原醒窩)[52]에게서 조선의 성리학을 배웠습니다. 후지와라 세이카는 제가 왜에 포로로 끌려가 있을 때 저의 유학을 인정하고 저와 조선의 성리학에 대해 토론을 많이 하였습니다. 그는 승려 신분으로서 유교 이론에 관심이 많은 분이었습니다. 그는 특히 퇴계 선생님의 성리학 이론인 이기이원론에 심취해서 저에게 퇴계의 성리학에 대해 많이 물었습니다. 그리고 퇴계의 성리학 이론을 이에야스에게 가르쳤다고 합니다."

"전쟁만 좋아하는 무사들이 어찌 퇴계 선생의 성리학을 깊이 이해하겠소? 그들이 성리학을 안다면 저렇게 무모하게 죄 없는 백성들을 살육하지는 않았을 것이오."

"그것은 임진왜란을 일으킨 장본인 도요토미 히데요시 때문입니다. 그자는 도와 의를 모르는 하급무사 출신으로, 오직 칼로만 정권을 잡은 자입니다. 그에게 성리학이란 개나 돼지에게 사서삼경을 가르치는 것과 같았습니다. 그

---

52) 후지와라 세이카(藤原醒窩) : 에도 시대 초기의 유학자로, 승려에서 유학자로 변신한 인물이다. 후지와라 세이카는 1590년 조선통신사 일행 가운데 종사관인 허성(許筬, 허난설헌의 오빠)을 만나면서 유학에 대한 관심이 높아졌으며, 정유재란 때 포로가 된 조선인 유학자 강항과의 만남은 세이카의 인생에 한 획을 그었다. 후지와라 세이카는 근세 일본 유학의 시조로 여겨지고 있으며, 문하의 제자 가운데 특히 하야시 라잔(林羅山)이 유명하다. 후지와라 세이카는 도쿠가와 이에야스에게 인정받아 그에게 유학을 강의했고, 유학을 도쿠가와의 통치철학으로 만들었다. 이에야스로부터 관직 출사를 요청받지만 사퇴하고 대신 제자 라잔을 추천하였다.

러나 도쿠가와는 도요토미와는 완전히 다른 사람입니다. 그는 덕으로 나라를 다스리려고 하고, 불교와 유교에 깊은 관심을 가지고 있습니다. 일본에 가시면 도쿠가와를 만나기 전에 그의 성리학 스승인 후지와라 세이카를 꼭 만나시기 바랍니다. 제가 조선으로 도망칠 수 있었던 것도 저의 학문을 높이 산 후지와라 세이카의 도움이 없었으면 불가능했을 것입니다."

"알겠습니다. 꼭 그를 만나보겠습니다."

사명은 깊은 한숨을 쉰 후에 강항에게 다시 물었다.

"일본에 끌려간 조선인 포로의 수가 얼마나 되는지 아십니까?"

"정확한 숫자는 모르지만 10만 명 가까이 된다고 들었습니다. 그들은 일본 전역에 뿔뿔이 흩어져 남자들은 전쟁으로 죽은 사람 대신에 농업에 투입되고, 여자들은 사무라이의 부인이 되거나 첩으로 팔려가고, 어린이들은 서양의 노예로 팔려가고 있다고 들었습니다. 그중에 도자기 기술자나 나전칠기 기술자들은 대접을 받고 있다고 합니다."

사명은 손이 떨렸다. 조선의 포로들이 끌려간 지가 10년이 훨씬 넘어가고 있었다. 10년이면 강산도 변한다는데 조선인 포로들도 변하지 않았을까 걱정이 되었다. 그사이 조선은 백성을 돌려받을 아무런 대책도 없이 권력싸움에만 바빴다. 강항은 사명의 표정을 보고 계속 말을 이었다.

"어떤 사람들은 매일 서쪽 바다를 바라보며 고향을 향해 절을 합니다. 조각배를 타고 거센 바다에 뛰어들었다가 죽어서 다시 시체로 떠밀려오는 경우도 허다했지요. 또 탈출하려다가 잡혀서 모조리 죽임을 당하기도 했습니다."

"내가 가서 조선 백성들을 한 사람도 빠짐없이 데려올 것이오."

강항은 엎드려 절하며 말했다.

"저는 혼자 탈출한 것이 영영 죄스러워서 매일 잠을 이루지 못하고 있습니다. 큰스님께서 저의 죄책감을 조금이라도 덜어 주신다면 저는 그 은혜를 목숨으로 갚겠나이다."

"소승이 목숨을 걸고 그 약속을 지키겠습니다."

강항은 일본에 있는 제자 후지와라 세이카에게 보내는 편지를 주며 작별 인사를 하였다.

히데타다와 빈의 결혼

미옥과 빈이 에도성에 머문 지 3년이 되자 히데타다는 빈에게 정식으로 청혼했다. 세키가하라 전투 이후 빈은 히데타다에게 마음을 열었고, 둘 사이는 조금씩 가까워진 것이다. 이미 고향으로 돌아갈 희망은 조선인 포로들 사이에서 사라지고 있었다. 일본에서 10년 이상 사는 동안 이제는 일본말이 오히려 수월해졌다. 고향에 대한 기억도 희미해지고 조선이 멀게만 느껴졌다. 빈은 하루도 빼지 않고 손현의 제사를 지냈다. 그런 딸을 보는 미옥의 마음도 편하지 않았다. 어느 날 미옥이 빈을 불렀다.

"빈아, 우리가 일본에 끌려온 지도 10여 년이 흘렀다. 네가 혼인식도 올리지 못한 남편에게 제사 지내는 것도 이제 그만하면 되었다 생각한다. 이제 손현을 놓아 주자. 네가 그만큼 했으면 조선에서도 열녀문을 세웠겠다."

몇 년 전까지만 해도 빈은 미옥이 이런 말을 할 때면 화를 냈지만 오늘은 순순히 미옥의 말을 듣고 있었다. 미옥이 무겁게 입을 열었다.

"히데타다가 너를 좋아한다고 매달릴 때 처음에는 나도 결사코 반대했지만, 사랑이 변하지 않고 이렇게 오래가는 것을 보니 나는 믿음이 생겼다. 이제 너도 그 마음을 이해하고 청혼을 받아 줘라. 우리는 어차피 조선으로 돌아갈 수 없는 몸이다. 10년이 넘도록 조선에서 아무런 연락이 없는 것을 보면 조선은 이미 우리를 포기한 것이다."

미옥은 설움이 복받쳐 올랐다. 포기하는 순간 사명이 떠올랐고 고향의 산하가 떠올라서 눈물을 참을 수가 없었다. 빈은 어머니의 손을 꼭 잡았다.

"어머니의 마음은 누구보다도 제가 잘 알고 있습니다. 어머니 말씀에 따르겠습니다. 이제부터는 어머니의 눈에 절대로 눈물 나게 하지 않겠습니다. 어머니의 행복을 위해서 히데타다와 혼인하겠습니다."

미옥은 눈물을 닦고 말했다.

"나의 행복을 위해서가 아니고 너의 행복을 위해서 혼인해야 하는 것이다."

"어머니, 저의 행복이 어머니의 행복 아니겠습니까?"

미옥은 빈을 왈칵 끌어안았다.

"그래 이제는 지난 모든 것을 잊고 행복만 생각하자. 우리는 행복을 누릴 충분한 자격이 있어."

그날 저녁 두 모녀는 꼭 껴안고 잠이 들었다.

히데타다는 빈이 청혼을 받아들이겠다고 했다는 전갈을 받고 춤을 추고 싶은 심정이었다. 비록 정부인은 아니지만, 자신이 이 세상에서 가장 사랑하는 사람과의 혼인인지라 그는 아침부터 마음이 들떠서 일이 손에 잡히지 않았다. 그는 먼저 교토에 있는 아버지 이에야스에게 편지를 썼다. 이에야스는 세 번이나 결혼한 아내와의 정략결혼으로 사랑을 모르고 지내는 아들이 못내 안쓰러웠는데, 이제 진정으로 사랑하는 사람과 혼인한다는 소식에 누구보다도 기뻐했다. 그리고 아들의 혼인식에 참석하기 위해 에도에 오겠다는 전갈이 왔다.

히데타다와 빈의 혼인식은 성대하게 열렸다. 이에야스는 이 혼인이 일본에 끌려온 조선인 포로 10만 명에 대한 포용이라고 생각했다. 조선인 포로 출신인 빈이 일본 최고의 권력자인 자신의 아들과 혼인함으로써 대외적으로는 조선인 포로를 일본인과 동등하게 인정한다는 증표였고, 일본 백성들에게도 조선인 포로에 대한 차별을 없애자는 선언적인 의미가 있었다. 이미 조선인 포로 중에 유학자들은 도쿠가와 가문에 중용되었으며, 도공과 한지 기술자들은 일본 내에서 돈을 벌어 입지를 구축하고 있었다. 이에야스는 조선인 포로가 서양의 노예로 팔려 가는 것을 금지시켰다. 조선인 포로들도 히데타다와 빈의 혼인을 보며 조선으로 돌아갈 꿈을 포기하는 사람이 늘어 갔다.

혼인식이 끝나고 히데타다는 빈에게 말했다.

"나의 끈질긴 구애를 받아 줘서 고맙소. 나는 천년만년 당신을 기다릴 생각이었소."

빈은 살포시 고개를 들고 말했다.

"저는 상처가 많은 사람입니다. 서방님의 사랑만큼 제가 사랑을 드릴 수가 있을까 염려 됩니다."

"당신의 상처를 어찌 내가 다 치유할 수 있겠소만, 상처받은 것 이상으로 내가 당신을 행복하게 해주겠소. 당신은 충분히 그럴 자격이 있습니다. 당신에게 상처를 입힌 사람은 바로 우리 일본인이니까요. 나는 평생 속죄하는 마음으로 당신의 상처를 어루만지겠소."

빈의 상처는 안개가 걷히듯이 조금씩 사라져 갔다. 그날 밤 에도의 밤하늘에는 축하라도 하듯 별들이 춤추고 있었다.

전별시(餞別詩)

일본으로 떠나는 사명의 환송 잔치가 열렸다. 하늘은 구름에 가려 잔뜩 찌푸렸다. 떠나는 사명은 무표정했다. 반면 목숨이 아까워 일본에 가기를 두려워하던 관리들은 술을 마시고 흥청망청 춤추며 희희낙락했다. 사명은 그들을 보며 인간적으로 가여운 생각이 들었다. 뒷간을 가는 체하고 연회장을 빠져나가는 사명을 이덕형이 따랐다.

"대사님, 용서해 주십시오. 제가 모두를 대신해서 사죄드리겠습니다."

이덕형은 평소에 사명을 존경하고 사명의 마음을 깊이 이해하고 있었다.

"아닙니다. 한음께서 사죄하실 일이 뭐가 있겠습니까. 소승은 단지 조선의 백성들이 걱정될 뿐입니다."

"대사님의 뜻을 받들어 백성을 위한 정치에 이 한 몸 바치겠습니다."

"그게 어디 한음 한 분의 목숨으로 해결되겠습니까?"

"저와 뜻을 같이하는 사람이 또 있습니다. 오성 이항복입니다. 저와 어릴 때부터 같이 자란 친구로 사람들은 저희를 오성과 한음이라 부릅니다. 이항복과 제가 뜻을 모아 바른 정치를 펴겠습니다."

"아무리 오성과 한음이 바른 정치를 하려고 한들 임금께서 들어주지 않으면 소용없는 일이지요. 임금은 아첨의 무리를 좋아해서 바른말 하는 사람은 모두 버렸습니다. 퇴계 선생도 그러했고 율곡 선생도, 그리고 유성룡 선생까지 버렸습니다. 부디 한음 선생도 바른말 싫어하는 왕께 직설하지 마시기 바랍니다. 소승이 일본에 다녀온 후에 목숨을 걸고 직설을 하려 합니다.”

이덕형은 사명에게 고개를 숙였다. 그때 임금이 사명을 찾는다는 전갈이 왔다. 사명과 이덕형은 연회장으로 다시 돌아갔다.

창덕궁에서 음악에 맞춰 춤을 추는 무희의 모습이 애처로워 보였다. 사명은 백성들의 피와 땀으로 만든 호화스러운 잔치음식을 목으로 넘길 수가 없었다. 전쟁 후유증으로 백성들은 굶어 죽어가고 있는데 살찐 조정의 대신들은 입에 기름을 묻혀 가며 고기를 뜯고 있었다. 위선으로 가득 찬 권력자들의 모습에 헐벗고 굶주린 백성들이 떠올랐다. 이덕형이 눈짓을 하여 음식도 먹지 않고 하늘만 쳐다보고 있는 사명 앞으로 이항복을 불렀다. 오성 대감 이항복이 문무백관 앞에서 사명의 심정을 헤아리듯 시 한 수를 읊었다. 일본으로 떠나는 사명을 위한 전별시였다.

큰 칼이 구름과 물 사이를 비로소 휘두르니	尺劍初揮雲水間
위엄이 종유관(鍾楡關)에 높이 떨쳤네	威名藉甚鍾楡關
전쟁이 겨우 멎자 다시 일본으로 가는 바다 건너니	腥塵裁歇扶桑海
풍악산에 돌아갈 꿈은 깨어지고 말았구나	歸夢旋催楓岳山
훈공(勳功)을 세웠지만, 조정의 직책을 받지 아니하시고	勳業不煩三箭定
행장은 언제나 지팡이 하나만 짚고 돌아오네	行裝終付一筇還
일이 끝나신 후 금강산 일만이천봉 속에서	他年萬二千峯裏
반나절은 바쁘고 반나절은 한가히 지내소서	半日忙中半日閑

이항복은 임진왜란 최고의 영웅이면서도 공훈을 바라지 않고 조정의 직책보다는 지팡이 하나로 조선 팔도를 다니며 나라를 구한 사명이 금강산 일만이천봉에서 쉬지도 못하고, 바다를 건너 일본으로 가는 심정을 대신 표현한 것이다. 이항복의 전별시를 듣고 사명은 그제야 술잔을 들어 단숨에 들이켰다. 이번에는 한음(漢陰) 이덕형(李德馨)이 사명에게 술을 따르며 친구 이항복의 전별시에 화답하며 사명을 위한 전별시를 지었다.

어지럽고 험난함은 저절로 많아질 텐데	紛紛蛙坎自爲多
구만리 바람 치는 큰 어른의 뜻을 누가 알리요	誰識搏風九萬賖
가시는 길 세심하게 주의해도 위태로우나	道可適機心要細
대사의 말씀은 속세를 놀라게 해서 중생의 평화를 이루시리라	言能驚俗氣須和
여기 맛난 음식 있어도 이를 즐기지 않으시니	此間有味無人會
험난한 적지에 대사님을 보냄은 세상의 자랑일세	難處輸君與世誇
뜻 이루고 노스님이 배 저어 돌아오는 날	記得老師廻棹日
마귀 같은 왜놈의 항복 받았다고 세상 끝까지 전하리	盡傳殊域伏降魔[53]

사명은 두 사람의 전별시를 듣고 술과 눈물을 함께 들이켰다. 마음으로 알아주는 사람이 있다는 것이 사명에게는 위안이 되었다. 오성과 한음은 사명과 함께 자리를 옮겨 북악산 뒤편으로 가서 밤이 새도록 술을 마셨다. 그러나 그들의 갈증은 해소되지 않았다. 북악산 뒤편의 백성들이 사명의 소식을 듣고 모여들어 노래를 부르며 칭송했다.

---

53) 『한음문고(漢陰文稿)』, 「일본으로 가는 송운을 보내다(送松雲赴日本)」.

묘당에 세 정승이 있다 말하지 말라   莫道廟堂三老在

국가의 안위는 한 스님에게 달려 있다   安危都付一僧歸[54]

54) 이 시구(詩句)는 『일월록(日月錄)』에 있는 것을 『연려실기술(燃藜室記述)』에 수록한 것인데, 지은이가
누구인지는 모르나 당시뿐만 아니라 임진란 이후 유림 간에 회자되던 시구이다.

일본으로 떠나는 사명

.

일본으로 향하는 사명 일행은 정식 외교사절이 아니라서 단출했다. 역관 두 명과 종사관 두 명 그리고 항상 사명을 수행하는 손현이 전부였다. 사명 일행은 한양을 출발해서 단양과 죽령을 거쳐 안동에서 밀양으로 내려갔다.

손현을 배려해서 사명은 밀양에서 하루를 머물렀다. 손현은 빈과의 추억이 깃든 집으로 갔다. 미옥과 빈이 살던 집은 주인을 잃고 쓸쓸하게 버려져 있었다. 손현은 허무한 듯이 무너진 벽과 담을 손으로 어루만졌다. 사명은 그런 손현을 말없이 기다려 주었다. 잡초 우거진 마당에 멍한 얼굴로 한동안 서 있다가 손현은 사명 일행에게 돌아왔다. 그리고 두 사람은 말없이 걸었다. 사명은 밀양 부사가 마련한 숙소에 머물렀다. 해질녘에 영남루에 올라 남천 강을 바라다보았다. 바람에 날리는 버드나무의 속삭임이 사명의 귀를 간지럽혔다. 사명은 아랑을 떠올렸다. 아랑과 뛰어놀던 남천강이 사명을 그 시절로 데려가는 것만 같았다. 사명이 옛 생각에 빠져 있을 때 손현은 옆에서 울고 있었다. 눈물을 보이지 않으려고 애쓰는 그의 모습이 마음을 더 아프게 했다. 두 사람의 마음을 아는지 모르는지 남천강의 버드나무는 달빛에 춤을 추고 있었다.

부산까지는 배를 타야 했다. 남천강을 따라 낙동강으로 합류하는 뱃길이었다. 남천강과 낙동강은 삼랑진의 뒷기미에서 합쳐졌다. 낙동강, 남강, 남천강 이렇게 세 개의 강이 만난다 해서 삼랑진(三浪津)이라 이름 붙여진 것이다. 배는 낙동강에 합류한 후에 아랑과의 추억이 있는 작원관을 지나고 있었다. 작원에서 아랑과 주고받던 사랑의 추억이 강바람의 회오리 속에서 물밀듯이 밀려왔다. 서로를 보고 싶어 밤에 다리를 만들었던 기억이 가슴을 파고들었다. 사명은 그 감정을 주체하지 못하고 붓을 들었다. 흔들리는 배 위에서 쓰는 필체는 흐트러졌다. 흐트러진 글씨체가 사명의 마음을 더욱 흐트러지게 하는 것만 같았다. 그 시가 바로 「승주유하작원(乘舟流下鵲院), 배를 타고 작원관을 지나며」였다. 백발이 되어도 사랑을 잊지 못하는 것일까? 아랑을 잊은 줄 알았는데 아니었나? 사명은 낭만과 회한이 가득한 얼굴로 유유히 흐르는 낙동강을 바라보았다. 작원관 절벽 밑의 작은 모래섬에 아랑과 함께 만들었던 두 개의 다리가 눈에 들어왔다. 사명의 눈가에 이슬이 맺혔다. 그 이슬에 다시 미옥의 얼굴이 그려졌다. 미옥에게 평생 아픔만을 주었다. 이제는 저세상으로 가버린 미옥을 생각하니 가슴이 찢어지는 것만 같았다.

사명 일행은 아랑과 미옥의 추억을 뒤로 하고 낙동강을 지나 부산에서 하루 머문 후, 일본으로 향하는 검푸른 바다에 몸을 실었다. 사명은 일본을 향해 남쪽 바다로 떠나면서 배 위에서 그 심정을 시로 읊었다.

근래는 수염이 세월 따라 희어지는데	邇來鬢逐逐年華
8월에 남쪽 바다에 또 뗏목을 띄운다	又泛南溟八月槎
팔 굽히고 허리 꺾는 것은 내 뜻이 아닌데	曲臂折腰非我意
내가 어찌 머리 숙여 원수의 집에 들어가는가	奈我低首入讐家[55]

55) 『사명집』.

옆에서 지켜보는 손현의 심정도 착잡하였다. 원수의 나라에 들어가면서 손현은 이를 꽉 물었다. 바다에 일렁이는 파도가 그의 마음을 아는 것처럼 세차게 배를 때렸다.

빈의 아들이 태어나다

벚꽃이 만발한 3월에 빈이 아들을 낳았다. 히데타다는 빈이 아들을 낳았다는 소식을 듣고 모든 집무를 팽개치고 달려왔다. 히데타다는 갓 태어난 딸 센히메를 정략결혼으로 히데요시의 아들 히데요리에게 보내고 밤새 울었다. 그것이 히데타다에게 깊은 상처로 남았는데, 아들이 태어났다는 소식에 그 상처의 아픔이 씻겨 내려가는 것 같았다. 히데타다가 도착하니 미옥이 아들을 안고 있었다. 미옥은 빈의 아기를 안는 순간 태어나서 행복이란 것을 처음 느꼈다. 아기의 눈망울이 이슬처럼 빛났다. 미옥은 아기를 히데타다에게 넘겨주고 히데타다가 기뻐하는 모습을 옆에서 지켜보았다. 하늘은 눈부시게 빛났으며 벚꽃은 눈처럼 휘날리고 있었다. 미옥의 가슴에 행복이 밀려들어 왔다. 지금의 행복이 믿기지 않았다. 너무 행복해하면 그 행복이 도망갈까 봐 겁이 났다. 빈은 어머니와 남편을 번갈아 보며 산고의 고통도 잊은 채 가슴이 뜨거워졌다.

이에야스도 손자가 태어났다는 소식에 교토에서 선물을 보내왔다. 교토의 이에야스는 히데요시의 아들 히데요리를 어떻게 해야 할지 고민에 싸여 있었다. 세키가하라 전투에서 승리한 동군의 영주들은 모두 히데요리를 죽여서 후환을 없애야 한다고 강력하게 주장했지만, 이에야스는 히데요시에게 돌보겠다 약속한 히데요리를 차마 죽일 수 없었다. 그리고 사랑하는 손녀 센히메가 걱정되었기 때문에 히데요리를 죽이지 않고 오사카성에 감금한 채 보호하고 있는 상황이었다. 이에야스가 새해 인사차 에도에 왔을 때 미옥은 이에야스에게 말한 적이 있었다.

"조선인의 원한을 갚아 주는 의미에서도 히데요리를 죽여야 합니다. 살려 두면 앞으로 큰 후환이 남게 될 것입니다."

이에야스는 미옥의 말에 대답하지 않고 묵묵히 듣기만 했다.

설보화상이 일본으로 오다

사명 일행의 배가 대마도를 거쳐 적관해협(赤關海峽)에서 세토나이카이(瀨戶內海)를 통과하며 오사카에 접근할 때 사명과 손현은 온갖 생각으로 머리가 복잡했다. 일본 사람들은 사명과 손현의 마음도 모른 채 환영 잔치를 열고 환호했다. 손현은 일본 땅을 바라보자 가슴에 품고 있던 비수에 저절로 손이 갔다.

"너는 여기에 복수하러 온 것이 아니다. 조선인 포로를 구하기 위해 온 것이다. 네 가슴속의 칼을 버리지 않으면 일본 땅을 밟지 못하게 할 것이야. 우리가 여기에 온 목적을 절대 잊지 말아라."

손현은 도둑질하다가 들킨 사람처럼 얼굴이 붉어졌다. 손현은 두말없이 가슴속 단도를 꺼내 바다에 던졌다.

"이렇게 칼은 버리지만 제 마음의 칼은 버리리 않을 겁니다."

사명이 손현을 타일렀다.

"우리는 저 야만인들에게 조선의 높은 문화와 인격을 보여줌으로써 그들을 문(文)으로 이겨야 한다. 결국엔 문(文)이 무(武)를 이긴다는 것을 보여줘야만 한다."

손현은 머리를 숙이며 말했다.

"머리로는 대사님의 말씀이 이해가 되지만, 제 가슴은 그 말씀이 받아들여지지 않습니다. 저의 어리석음을 용서해 주십시오."

사명은 말없이 손현의 가슴에 손을 얹으며 껴안아 주었다.

한양을 출발한 지 석 달여 만에 교토에 도착한 사명 일행은 혼포지(本法寺)에 머물렀다. 숙소인 혼포지는 가토 기요마사의 종군 승려, 닛신이 주선한 것이었다. 사명이 일본 주류 불교인 선종이 아닌 일련종의 본사인 혼포지에 머물렀던 이유는 가토 기요마사 때문이었다. 사명은 일본 도착 전 대마도에 머물 때 먼저 닛신을 통해서 가토 기요마사에게 편지를 보냈다. 닛신은 조선에 있을 때 사명을 만난 이후 사명을 존경하고 따르고 있었다. 닛신은 사명의 편지를 받고 몸이 떨렸다. 살아 있는 부처님이 일본을 방문한다는 사실이 믿기지 않았다. 닛신은 가토 기요마사를 찾아가 사명이 만나고 싶어 한다는 말을 전했다. 가토는 닛신에게 말했다.

"나는 송운대사를 만나보고 싶지 않소. 그는 보통사람이 아니오. 나는 그분 앞에만 서면 부처님 앞에 있는 것처럼 마음을 놓아 버린단 말이오."

닛신은 가토에게 말했다.

"송운대사 님은 살아 있는 부처님이십니다. 그분이 영주님을 뵙고자 하는 것은 영주님의 깊은 불심이 그분을 이리로 이끌었기 때문입니다. 꼭 그분을 만나 뵙기를 청하옵니다."

"송운대사를 못 볼 줄 알았는데 그분이 일본으로 오시다니 믿기지가 않습니다. 이것이 불가의 인연인가 봅니다."

그는 사명을 떠올리며 말했다.

"송운대사께서 나를 만나면 반드시 또 꾸짖을 것입니다. 그분은 나의 목이 조선의 보배라고까지 하지 않았습니까? 나는 그분을 보면 어린애처럼 겁이 납니다."

"천하의 대장군께서 어찌 스님이 겁난다고 하십니까? 송운대사는 불법을 전하는 스님이십니다."

가토는 닛신에게 솔직하게 말했다.

"나는 칼을 잡은 무사는 겁이 나지 않습니다. 염주를 든 송운 스님의 눈이 더 무섭습니다. 나는 그분 앞에만 서면 작아진단 말입니다."

닛신은 가토의 말이 진심임을 알았다. 사명에게는 그만큼 사람을 끌어당기는 힘이 있었다. 일본 불교의 거장인 본인도 사명 앞에서는 어린애처럼 작아지는 것을 느꼈다.

가토 기요마사는 히데요시의 정실 부인인 네네가 어릴 때부터 키운 무사였다. 그는 히데요시 가문을 지키기 위해서는 도쿠가와 가문과 협력해야 한다는 네네의 말을 충실히 따르고 있었다. 그러나 세키가하라 전투 이후 이에야스가 아무리 히데요리를 보호하려고 해도 어린 히데요리는 매사에 어긋난 행동을 하고 있었다. 히데요리가 2대 쇼군, 히데타다의 대관식에 참석해서 모든 영주가 보는 가운데 히데타다와 나란히 앉아서 둘의 협력을 보여준다면 더 이상 떠돌이 무사들에게 전쟁 빌미를 제공하진 않을 것이다. 그런데 히데요리는 참석하지 않겠다고 버티고 있었다. 지금 상황은 도쿠가와가 쇼군으로 등극했으니 이미 힘으로는 히데요리가 더 이상 적수가 되지 못했다. 도쿠가와에 힘으로 대항한다는 것은 계란으로 바위 치기였다. 가토 기요마사가 이런저런 걱정을 하고 있는데 조선에서 온 송운대사가 교토에 도착했다는 전갈이 왔다.

사명은 가토 기요마사를 만날 때 일부러 손현을 데리고 가지 않았다. 사명은 역관 한 사람만 대동하고 가토 기요마사를 만나러 갔다. 사명대사보다 18세

어린 가토 기요마사는 일본에서 사명대사를 만나니 기쁘기 그지없었다. 가토 기요마사는 사명에게 합장하며 인사를 올렸다.

"대사님을 일본에서 뵈니 가슴이 먹먹해집니다."

사명도 가토에게 합장하며 인사했다. 고개를 들고 가토의 얼굴을 쳐다보던 사명은 깜짝 놀랐다. 임진왜란 당시 조선에서 보았던 기골이 장대하고 수염이 장비처럼 울쑥불쑥하던 장군 가토 기요마사의 모습이 아니었다. 얼굴은 핼쑥해졌으며 수염도 드문드문 빠져 있었다. 그러나 어딘가 온화하고 평안한 모습이었다.

"얼굴에 부처님의 모습이 보입니다."

가토는 얼굴을 붉히며 말했다.

"과찬의 말씀입니다. 저는 속죄하는 심정으로 살고 있습니다. 조선에서 죄 없이 죽어간 백성들의 혼령을 달래며 매일매일 기도하고 있습니다. 그러나 저는 아직도 죄를 용서받지 못했는지 악몽에 시달릴 때가 많습니다. 대사님께서 저의 죄를 씻어 주시옵소서."

"장군이 조선에서 지은 죄는 진정한 마음의 회개가 필요합니다. 소승이 조선인 희생자를 위한 위령제를 지내고자 합니다. 장군과 임진왜란에 참여한 일본 장군들의 참여와 사죄가 필요합니다."

일본 영주들 가운데 조선 침략을 정당화하는 이들도 여전히 존재했다. 그러나 조선과의 강화를 바라는 이에야스의 의지가 강해서 목소리를 낮추고 있는 것이었다.

"제가 그 위령제의 제주(祭主)로 참가하겠습니다. 그리고 뜻을 같이하는 영주들을 모으겠습니다. 저도 몸에 병이 생겨 살날이 많이 남지 않은 것 같습니다. 제가 죽기 전에 꼭 사죄하고 부처님께 귀의하고 싶습니다."

가토 기요마사의 말을 듣고 보니 가토의 얼굴에 병색이 완연했다.

"장군께서는 어디 아픈 데가 있습니까?"

"죽음의 고비를 수차례 겪은 후, 마음의 병이 깊어져 몸으로 온 것 같습니다. 대사님께서는 모르시겠지만, 조선 전쟁이 끝난 후에 이곳 일본에서는 조선 전쟁보다도 더 큰 전쟁이 몇 번 있었습니다. 그 싸움에서 조선 전쟁에 같이 참여했던 장수끼리 서로 칼을 겨누고 죽여야만 했습니다. 고니시 유키나가와 이시다 미쓰나리 등 도요토미가의 영주들은 모두 목숨을 잃었습니다."

"그것은 그들의 업보입니다. 히데요시는 지금 지옥불에 떨어져 있을 것입니다. 장군께서 히데요시의 편에 서지 않은 것은 부처님의 도움이라 생각합니다."

"수많은 죽음의 고비를 넘기고 나니 몸도 마음도 황폐해졌습니다. 지친 몸과 마음을 문예와 다도로 다스리고 있습니다."

사명은 자신보다 훨씬 젊은 가토 기요마사가 병들어 가는 모습이 안타까웠다. 가토 기요마사가 차를 따라 주었다. 차의 향기가 무거운 방 안의 분위기를 달래주고 있었다.

교토에 도착한 이후 도쿠가와 이에야스와의 면담을 위한 기다림은 길어지고 있었다. 사명은 초조하고 답답한 날들을 견뎠다. 그사이 가토 기요마사는 이에야스를 대신해서 매일 사명을 방문했다. 사명이 교토에 머물고 있다는 소식에 일본 불교계의 영향력 있는 승려와 유학자들은 사명을 만나고 싶어 했다. 설보화상이 일본에 도착했다고 하니 조야(朝野)의 인사들이 앞다퉈 사명대사의 친필로 쓴 시 한 편을 받으려고 북새통을 이루었다. 그들은 하나같이 사명대사를 향해 "설보화상(說寶和尙)"을 연호했다.

먼저 엔니(円耳)[56] 스님은 사명에게 제자 되기를 청했다. 고쇼지(興聖寺) 창건주 엔니는 사명의 명성을 듣고 혼포지에 머물고 있던 사명을 찾아와 불법을 청했다. 그리고 사명의 법문에 감동해 눈물을 흘렸다. 사명은 그런 엔니에 게 법호와 자(字)를 내렸다. 사명이 엔니에게 친필로 내린 자는 허응(虛應)이고, 법호는 무염(無染)이었다. 엔니 스님은 달마(達磨)를 종주로 하는 임제종(臨濟宗) 의 큰스님이다. 고쇼지는 사명과 엔니와의 깊은 인연 탓에 사명의 짙은 체취 가 지금까지 이어져 오고 있다. 고쇼지에 두루마리 문서로 보관되어 있는 「자 순불법록(諮詢佛法錄)」에는 엔니가 묻고 사명대사가 답한 글이 기록되어 있다. 「자순불법록」은 부처의 가르침에 대한 이해를 10개의 질문과 답변으로 정리 한 글이다. 엔니는 자신이 이해한 내용이 맞는지 사명대사에게 글을 보이고 가르침을 받고자 했다.

엔니 다음으로 사명을 초대한 스님은 이에야스의 스승이며 쇼코쿠지(相國 寺)의 주지스님인 사이쇼 죠타이(西笑承兌) 스님이었다. 사이쇼 죠타이는 명나 라 황제의 칙서를 이시다 미쓰나리가 시킨 대로 읽지 않고 있는 그대로 읽어 서 히데요시를 격노하게 한 인물이다. 사명은 쇼코쿠지에서 일본의 승려들을 모아놓고 법문을 행하였다. 일본의 고승들은 사명의 법문에 깊은 감명을 받 았다. 쇼코쿠지는 임제종 총본산의 거대 사찰이다.

1605년 2월 말, 사명대사는 도쿠가와 이에야스를 만나기 전 녹원원(鹿苑 院)[57] 법회에 참석했다. 녹원원 법회는 사명대사를 초청한 대규모 법회였다. 이 녹원원 법회에는 일본의 모든 고승과 유학자들이 찾아와서 넓은 마당에 발 디딜 틈이 없을 정도였다. 그 법회에서 사명과 사이쇼 죠타이는 서로의 운 자를 빌려 시를 주고 받았는데, 사명이 사이쇼 죠타이의 운자에 답한 시가

---

56) 엔니 료젠(円耳了然, 1559~1619) : 고쇼지를 창건한 일본 승려. 고쇼지에는 선종의 기본 개념과 임제종의 가르침에 대한 이해를 10개의 질문과 답변으로 정리한 글 「자순불법록(諮詢佛法錄)」이 있다. 엔니는 자신이 이해한 내용이 옳은지 사명대사에게 이 글을 보이고 가르침을 받았다.

57) 녹원원(鹿苑院) : 지금 교토의 금각사(金閣寺).

『사명집』에 실려 있다.

승태(사이쇼 죠타이)의 운을 따라 답하다(次承兌韻)

세상 어느 곳에 숨겨진 배를 찾으려니	世間何處覓藏舟
하늘 밖의 신선 산은 갈 길이 멀구나	天外仙山去路脩
한 조각 외로운 돛대 창해가 멀었으니	一片孤帆滄海遠
흰머리 공연히 떠도는 생을 한탄한다	白頭空恨此生浮[58]

　사명은 이 법회를 통해 그들에게 자비 정신을 일깨웠다. 종교적 양심에 호소한 사명에게 일본의 고승들은 경의를 표했다. 녹원원 법회가 끝난 후, 사이쇼 죠타이는 도쿠가와 이에야스에게 사명의 이야기를 전했다. 사명과 죠타이의 관계는 끈끈하게 이어졌다. 사명이 조선에 돌아온 2년 뒤 여우길이 정식 외교사절로 일본에 파견될 때 사명이 사이쇼 죠타이에게 보내는 편지를 가지고 갈 정도였다. 그 편지에는 조선인 포로들을 끝까지 송환시키겠다는 사이쇼 죠타이의 약속에 대한 믿음이 깔려 있었다.

　도쿠가와 이에야스에게 영향을 미친 사람은 불교의 사이쇼 죠타이와 유교의 후지와라 세이카(藤原惺窩)였다. 독실한 불교 신자인 이에야스는 불교를 믿었지만, 그의 통치 철학은 유교를 기본으로 하고 있었다. 불교가 인간을 구원하는 종교라면 유교는 국가를 통치하는 기본 이념이라 생각한 것이다. 사명은 불교 승려이지만 유교에도 정통했기 때문에 불교와 유교 학자를 두루 만날 수 있었다. 닛신은 일본 정토종으로 가토 기요마사가 지원했지만, 사이쇼

---

58) 『사명집』.

죠타이는 불교 종파에 구애받지 아니하고 열린 마음으로 이에야스의 정신적인 스승이 되어 있었다. 사명은 교토에 머물면서 매일 그를 만났다. 사이쇼 죠타이는 히데요시에 이어 이에야스에게까지 영향을 끼친, 일본에서 최고로 존경받는 스님이자 임제종 본산의 주지였다. 독실한 불교신자인 이에야스는 어려운 결정을 할 때마다 사이쇼 죠타이를 불러서 그의 의견을 들었다. 사명과 사이쇼 죠타이는 국적을 떠나 같은 부처님의 제자로서 서로 마음이 통했다. 그리고 사이쇼 죠타이는 사명을 선각자로서 높이 존경했다.

교토에서 일본의 스님과 유학자를 만나 교류하고 있을 때, 사명에게 특이한 손님이 찾아왔다. 세스페데스 신부[59]였다. 그는 선교를 위해 가톨릭 신자인 고니시 유키나가를 따라 조선에 들어갔다가 전쟁의 참혹한 광경을 보게되었다. 무고한 조선 백성들의 고난에 눈물로 기도하며 백성들을 도왔다. 그래서 지금도 창원 웅천에는 그를 기리는 공원이 조성되어 있다. 전쟁이 끝나고 난 후 세스페데스가 조선에 대한 안타까움으로 번민하고 있을 때 조선에서 강화사절이 왔다는 소식을 듣고 사명을 찾아온 것이다. 세스페데스는 먼저 사명에게 자신을 소개했다.

"조선의 사람들은 천성적으로 착하고 정이 많습니다. 그렇게 어려운 가운데도 서로 돕는 모습을 보고 저는 감동을 받았습니다. 조선도 일본과 같이 개방을 해야 합니다. 서양의 문물을 빨리 받아들여서 힘을 키워야 합니다. 저는 조선을 사랑하기에 드리는 말씀입니다."

---

59) 그레고리오 데 세스페데스 신부(1551~1611) : 1593년 12월 27일 세스페데스 신부는 고니시 유키나가를 따라 조선에 와서 약 1년 동안 머물면서 당시 임진왜란에 참전한 천주교 신자였던 일본 군인들에게 복음을 전파했다. 조선에 대해 관심을 갖고, 조선에 대한 글을 남겼으며, 조선 땅을 방문한 최초의 서구인이었다. 그는 마지막 죽을 때까지 일본에 머물렀다.

사명은 벽안의 신부 말에 의아했지만 진지한 그의 태도에 곧 믿음이 갔다. 사명이 세스페데스 신부가 목에 걸고 있는 십자가를 보고 물었다.

"그대의 가슴에 있는 열십 자 모양은 무엇을 의미합니까?"

"이것은 십자가라 합니다. 십자가는 우리의 죄를 대신하여 못 박혀 돌아가신 예수님을 상징하고 있습니다."

"예수님의 가르침은 한마디로 무엇입니까?"

"사랑입니다. 예수님은 원수까지도 사랑하라고 말씀하셨습니다."

사명은 신부의 말에 마치 망치로 머리를 한 대 맞은 듯한 충격을 받았다. 원수까지 사랑하라는 말은 불가의 자비와 같은 말이 아닌가.

"불가에서도 가장 중요한 율법이 자비입니다. 자비는 곧 사랑이겠지요. 이는 동양과 서양이 서로 통한다는 말씀입니다."

세스페데스 신부는 사명의 말을 듣고 머리 숙여 말했다.

"과연 대사님은 큰스님이십니다. 종교를 초월한 사랑을 실천하시는 분이십니다. 조선으로 돌아가시면 제가 머물던 창원 웅천의 사람들에게 제 조그만 성의를 전해 주시기 바랍니다. 이 선물은 저희 예수회 소속 신부들이 조선의 굶주린 백성들을 위해 모은 것입니다."

신부는 십자가 한 개와 금붙이를 사명에게 내밀었다.

"웅천의 백성들은 이 십자가의 의미를 알고 있습니까?"

"그때 저를 도와준 창원의 박씨가 있습니다. 그분에게 십자가를 드린다고 약속했는데 갑자기 철수하느라 인사도 못하고 떠나와서 마음 한구석이 항상 허전했습니다. 그래서 이렇게 찾아뵙게 된 것입니다. 이 십자가는 지니고 있는 것만으로도 하느님의 은총과 보호가 내릴 것입니다. 급하게 철수하느라 그들에게 주지 못하고 온 것이 계속 마음에 걸렸습니다."

사명은 그 신부의 진심이 느껴졌다.

"소승이 조선에 가면 꼭 전하도록 하겠습니다."

그러자 신부는 자신의 목에 걸고 있던 십자가를 풀어서 사명에게 주며 말했다.

"감사한 마음으로 제 십자가를 대사님께 드리고 싶습니다. 이 십자가가 부처님과 함께 대사님을 지켜드릴 것입니다."

사명도 자신의 목에 걸고 있던 염주를 풀어서 신부에게 주며 말했다.

"소승도 신부님께 이 염주를 드리겠습니다. 이 염주가 신부님을 지켜드릴 것입니다."

"감사합니다. 이 염주는 우리의 묵주와 닮았습니다. 사랑과 자비가 하나라면 우리도 하나가 될 수 있을 것입니다."

사명은 세스페데스 신부가 돌아간 후에 한참을 생각했다. 조선에서는 불교에 대한 배척으로 인해 유교와 불교가 화합하지 못하고 있다. 하지만 사명은 유불선이 하나 되는 통합의 정신으로 깨달음을 얻고자 했다. 그런데 오늘 유불선과 더불어 새로운 서양의 종교가 사명의 마음속에 함께 자리 잡게 되었다. 신부가 떠난 후 사명은 십자가를 뚫어지게 쳐다보았다.

도요토미 히데요시에 대한 사명의 분노

사명은 탐적사로서 일본의 상황을 살필 필요가 있었다. 이에야스가 에도에 있다는 핑계로 회담이 연기되자 사명은 닛신에게 교토의 여기저기를 살펴보고 싶다는 부탁을 했다. 이에야스는 이를 허락했고 사명은 일본의 동태도 살필 겸 닛신과 자유롭게 여행을 했다. 일행은 교토를 둘러보다 이상한 무덤을 발견했다. 그런데 기이하게 생긴 큰 무덤을 닛신은 일부러 피하는 기색이었다. 사명을 모시고 함께하던 손현이 놀라 비명을 질렀다. 그것은 임진왜란 당시에 조선인들의 귀와 코를 베어와 모아 둔 코무덤[60]이었다. 이는 히데요시에게 자신의 전공을 확인받기 위해 무지막지한 짓을 자행한 일본인들의 잔인함 그 자체였다. 사명은 울부짖는 손현을 그대로 두었다.

"이 속에 빈의 것이 있을지도 모릅니다."

손현은 하늘을 향해 울부짖었다. 그의 눈에서는 분노로 끓어오르는 피눈물이 쏟아져 나왔다. 사명의 눈에도 눈물이 맺혔다. 사명은 종이에 시를 써 내려갔다.

---

60) 일본 교토시 히가시야마구에 있는 코무덤. 임진왜란 때 전리품을 확인하기 위해 왜군이 죽인 조선인들의 수급 대신 베어 간 코를 묻은 무덤이다. 이 코무덤에는 조선인 12만 6천 명분의 코가 묻혀 있다.

남의 아비 죽이고 남의 형을 죽이면	殺人之父殺人兄
남도 또한 너의 형을 죽이리라	人亦還應殺爾兄
어찌 네게 돌아올 줄 생각하지 않고	何乃不思反乎爾
남의 아비 남의 형을 죽였는가	殺人之父殺人兄[61]

사명은 붓을 놓고 손현에게 말했다.

"부처님은 살아 계신다. 도요토미 히데요시의 업보는 그의 어린 아들이 짊어지고 갈 것이다."

사명의 예언대로 도요토미가는 한 사람도 살아남지 못하고 지옥의 구렁텅이로 빠져들었다. 지상에서 도요토미가의 씨는 말라 버렸다. 사명은 손현의 울부짖음이 가라앉길 기다렸다.

"우리가 피로 복수를 하지 않아도 세상이 벌을 내린다. 하늘 무서운 줄을 알아야 한다. 죄를 지으면 자신이 아니라도 반드시 후대에 그 죄의 대가를 치르는 것이 세상의 이치이고 하늘의 도리이다."

손현은 분에 못이겨 말했다.

"이놈들은 더한 천벌을 받을 것입니다. 왜놈들은 이미 인간이기를 포기한 놈들입니다. 조선이 왜 이런 짐승 같은 놈들과 화해를 해야만 합니까? 모두 죽여 버리고 싶은 마음뿐입니다."

"복수는 복수를 부를 뿐이다. 사절단으로 나를 따라온 이상 몸가짐을 더욱 조심해라. 감정을 함부로 드러내지 마라. 내 말 알겠느냐?"

손현은 사명의 위세에 눌려 더 이상 말하지 못했지만, 가슴속은 부글부글 끓고 있었다.

---

61) 『사명집』.

말은 그렇게 했지만 사명의 마음도 편치 않았다. 아무리 수양을 하고 덕을 쌓았다 하나 사명도 사람이었다. 사명은 화를 누르기 위해 하늘을 올려다보며 흐르는 눈물을 닦았다. 하늘이 히데요시를 처단하기 전에 자신이 히데요시를 죽이지 못한 것이 한스러울 뿐이었다. 왜적의 총탄에 죽은 조선 병사와 죄 없이 쓰러져 간 백성들의 시체가 사명의 눈앞에 어른거렸다. 왜군에게 몸을 짓밟히고 목을 맨 아녀자들의 모습도 떠올랐다. 사명은 하루 온종일 조선인 코무덤 앞에서 불경을 외었다. 목소리가 쉬어 갈라지고 목에서 피가 나도록 불경을 외었다. 그러나 사명의 불공 소리가 코무덤의 원혼을 달랠 수는 없었다. 닛신도 사명과 함께 불경을 외었다. 닛신은 사명과 손현의 얼굴을 쳐다볼 수가 없었다. 그의 눈에도 눈물이 고여 있었다.

분이 풀리지 않은 사명은 코무덤을 떠나기 전 일본 사람들 앞에서 히데요시를 미친놈이라고 했지만, 누구도 사명을 욕하거나 말리는 사람이 없었다. 사명은 히데요시를 천하를 뒤집어엎은 미친놈이라고 하며 다음과 같은 시를 남겼다.

성인과 미친놈 잘못 분별하기 쉽고	聖狂易得分邪路
미친놈이 큰 인물을 흉내 내었지만 본성은 감추기 어렵네.	藏不難齊履大方
미친 종놈이 천하를 움직여 뒤집어엎을 줄 누가 알았으랴?	誰料奚奴動天下
세상은 너같이 미친놈 생각대로 뒤집어지지 않는다.	世間翻覆絶思量[62]

---

62) 『사명집』, 「임진왜란의 원흉 도요토미 히데요시의 결진처(結陣處)를 지나며(過平秀吉結陣處)」.

역사는 반복되는 것인가?

코로나가 풀리면서 일본 여행이 자유로워졌다. 코로나로 일본을 가지 못한 것이 3년째였다. 진수의 대학 선배 진복은 일본 게이오 대학 동양학과 교수로 있었는데, 진복이 한국에 오면 진수 집에 머무르고 진수가 일본에 가면 그 선배 집에 머무르는 허물없는 사이였다. 진수와 진복은 대학 동문으로 대학 다닐 때 하숙을 같이하며 형제처럼 지냈다. 그런데 코로나로 안부만 주고받을 뿐 왕래가 없어 궁금하던 차에 진수는 일본에 남아 있는 사명의 흔적을 찾기 위해 아내와 함께 비행기에 몸을 싣고 일본으로 날아갔다. 공항에 마중 나온 진복은 진수를 껴안으며 말했다.

"야, 이 박사. 오랜만이야. 코로나가 우리를 이렇게 막을 수 있을 거라곤 생각도 못했네."

진복은 껄껄 웃으면서 옆의 아내에게도 인사했다. 진복은 항상 진수에게 박사라고 불렀다. 박사학위도 없는 진수에게 박사라고 부르는 것이 부담스러워 그렇게 부르지 말라고 당부하자 진복은 이렇게 말했다.

"네가 박사 아니면 누굴 박사라고 하겠냐? 박사학위는 종이 쪼가리에 불과해. 교수 되기 위해 박사학위 받은 나보다 한 분야에 그렇게 몰두하며 파고드는 너야말로 진정한 박사다. 내가 인정하는 박사야."

그 후로 진수는 아무 말도 못하고 그냥 넘어가게 되었다. 진수가 쑥스러워 하는 모습을 아내는 옆에서 재미있다는 듯이 웃으며 지켜보았다. 집에 도착 하자 시원한 맥주로 이야기꽃을 피웠다. 진수가 먼저 이번 작품에 대해 설명 한 후에 대화를 시작했다.

"세키가하라 전투 이후 히데요시의 아들 히데요리는 어떻게 되었습니까?"

"이시다 미쓰나리가 히데요리를 반역의 수괴로 옹립했지만, 이에야스는 히 데요리를 용서했어. 도쿠가와 무사들은 후환을 없애기 위해 히데요리를 죽이 자고 했지만 이에야스는 아무것도 모르는 어린아이를 죽일 수가 없다고 말 했지. 그리고 이에야스가 가장 사랑하는 손녀 센히메를 위해서도 히데요리를 죽이지 않고 용서하기로 한 거지."

진수는 궁금해서 다시 물었다.

"그러면 히데요시의 아들 히데요리는 오사카성에서 계속 살아남았다는 이야기입니까?"

"세키가하라 전투가 끝나고 10년 후, 히데요리가 열여덟 살이 되던 해에 결 국은 세키가하라에서 패배한 떠돌이 무사들의 종용으로 히데요리는 다시 이 에야스에게 반기를 들었어. 그런데 이 당시 이에야스는 영국과 네덜란드의 프 로테스탄트, 즉 신교를 받아들임으로써 불만이 가득한 스페인의 가톨릭 구 교도들이 이에야스에게 반기를 들면서 일종의 종교전쟁의 색깔도 띠게 되었 지. 스페인 국왕 필리페 3세가 함대를 이끌고 구교를 보호하기 위해 일본으로 오고 있다는 거짓말에 솔깃해서 히데요리는 결국 전쟁을 일으키게 되었어. 히 데요시가 설계한 불굴의 오사카성에서 6개월만 버티면 스페인의 함대가 와 서 이에야스 군을 무찌를 거라는 착각에 반기를 든 것이지. 그러나 73세의 이 에야스는 히데요리가 꼬임에 넘어가 반역을 했다고 보고 항복하면 히데요리 모자를 살려두고 싶어 했다. 그래서 마지막에 오사카성을 비우면 시골에 다른 영지를 주고 조용히 살게 해주겠다고 화해의 사자를 보냈지. 하지만 히데요리는 결국 그 협상을 받아들이지 않고 죽음의 길로 이르게 된 것이야."

진수는 바로 응답했다.

"그것이 바로 천벌을 받은 것이지요. 사명대사의 말씀처럼 그 아비 히데요시가 조선의 양민을 죽인 대가를 그 아들이 받은 것입니다."

진수는 이 말을 하면서도 화가 치밀어올라 말을 더듬거렸다. 그런 진수의 모습을 보고 진복이 말했다.

"이제는 감정에 휘말리지 말고 냉정하게 역사를 바라보아야 해. 히데요시의 아들 히데요리도 결국은 역사의 희생자인 거야."

진수는 화를 가라앉히고 말했다.

"그걸 알면서도 100만 명 가까운 조선 백성을 죽인 것을 생각하면 쉽게 용서가 되지 않습니다."

생각해 보면 모두가 역사의 피해자였다. 미치광이 독재자의 결정이 얼마나 많은 무고한 백성의 목숨을 앗아가는지 역사가 보여주고 있음에도 똑같은 일이 벌어지고 있는 현실이 진수의 가슴을 더욱 답답하게 했다. 지금도 히데요시와 같은 미치광이 푸틴 한 사람 때문에 2년 가까이 전쟁이 계속되고 있다. 후세의 역사가들은 푸틴 역시 히데요시와 같은 평가를 하지 않을까? 진수는 혼자 생각하며 쓸쓸하게 웃음 지었다.

TV에서는 우크라이나 전쟁 소식을 전하는 뉴스가 화면을 채우고 있었다. 가족을 잃고 오열하는 모습, 피를 흘리는 부상자의 모습을 여과 없이 보여주고 있었다. 전쟁은 한 사람의 독재자로 인해 반복되고 있다. 정신병자 같은 독재자 때문에 수많은 죄 없는 민간인들이 죽어 나가고 있다.

'역사는 반복되는 것인가? 살인자 히틀러 이후에도 똑같은 사람들이 반복적으로 역사에 등장하는 것은 무슨 의미일까? 21세기 밀레니엄 시대, 우주로 확장하는 지금 이 순간에도 전쟁은 반복되고 있다. 임진왜란에서 희생된 백성들의 원한이 아직도 하늘에서 울리는 것이 아닐까? 북한의 김정은은 아직도 핵전쟁을 불사한다는 정신병적인 위협을 하고 있다. 전쟁을 일으킨 독재자의 최후는 역사가 보여주고 있다. 그들은 역사가 무섭지도 않은가?'

조선인 포로와의 만남

사명의 소식이 교토와 오사카 지역에 퍼지자, 조선인 포로들의 귀에도 사명이 왔다는 소식이 전해졌다. 조선인 포로 하나가 소식을 듣고 탈출해 며칠을 헤맨 끝에 사명이 머무는 숙소로 찾아왔다. 뼈만 앙상하게 남은 그는 거지 형색을 하고 있었으나 눈빛만은 살아 있었다. 사명을 만난 순간 그는 쓰러져 버렸다. 사명은 이틀 밤낮을 극진히 보살폈다. 기력을 찾고 정신이 든 그는 사명 앞에서 어린애처럼 울기 시작했다. 사명이 손을 잡으며 물었다.

"얼마나 고초를 겪었는지 그대를 보니 짐작을 할 수 있겠소. 이곳으로 끌려온 조선인들의 실상을 이야기해 줄 수 있겠소?"

"대사님, 이곳에 끌려온 조선인은 사람 취급을 받지 못합니다. 저도 죽지 못해 살아왔습니다. 굶주림과 추위보다도 더 견디기 힘든 것은 고향에 못 돌아간다는 사실이었습니다. 조선인 마을에서 대사님이 오셨다는 소식을 듣고 탈출해서 여드레를 헤매다가 찾아왔습니다."

"잘 오셨소. 내가 그대들을 반드시 조선으로 데리고 갈 것이오. 일본에 끌려온 조선인들은 서로 연락을 하고 있소?"

"일본에 끌려온 조선인은 각각 다이묘라고 불리는 영주에게 할당되어 그 영지에 분산되어 있습니다. 조선인의 대우도 영주가 누구냐에 따라서 다릅니다. 저의 영주는 욕심이 많고 돈을 좋아해서 조선인을 짐승처럼 취급하면서 강제노동을 시켜 돈을 벌고 있습니다. 저는 도자기를 만드는 흙을 구하는 일을 맡았기에 좋은 흙을 구한다는 핑계로 여러 곳을 다닌 적이 있습니다. 제 곁에는 항상 감시병들이 따라다녔습니다. 여러 영지를 다니면서 감시병에게 좋은 도자기를 뇌물로 주고 조선인을 만날 수 있게 해달라고 부탁했습니다. 어떤 영주는 불심이 깊어 조선인들에게 땅을 주어 농사를 짓게 하는 경우도 있고, 어떤 영주는 조선인들을 노비로 만들어 무사들에게 배당하기도 하고, 돈에 눈먼 영주는 조선인 포로를 서양 노예선에 팔아 버리기도 합니다. 지금까지 팔려 나간 조선인 포로가 수백 명이 넘는다고 합니다. 힘깨나 쓰는 젊은이와 어린애까지 서양의 노예로 팔려 가고 있습니다. 부탁드리건대, 대사님께서는 먼저 서양의 노예로 팔려 나가는 것부터 막아 주십시오. 그들은 짐승처럼 팔려 나가고 있습니다. 일본에서 죽지 못해 살고 있는 조선인은 그래도 언젠가는 조선에 돌아갈 수 있다는 희망 하나로 살아갈 수 있지만, 서양으로 팔려 간 조선인은 그 꿈마저 사라져 버리는 것입니다. 그래서 노예선에서 고향을 바라보며 바다에 빠져 죽는 사람들도 많다고 합니다.”

사명은 그 말을 듣고 가슴에서 치밀어 오르는 불덩이가 몸을 불태우는 것만 같았다.

‘힘없는 백성들이 무슨 죄가 있어 이 고초를 겪는단 말인가? 조선의 조정에서는 자기 살 궁리만 하고 있지, 포로들의 절규를 애써 외면하고 있다!’

사명은 감정을 추스른 후에 말했다.

“내가 반드시 그대들을 한 사람도 빠짐없이 모두 고향으로 데리고 가리다.”

“아마 조선으로 돌아가지 못할 사람들도 있을 것입니다. 이곳으로 끌려온 지 10년이 지났습니다. 일본 무사들의 성노리개로 들어간 조선 여자들은 이미 아기도 낳고 일본 무사의 후처가 된 사람들도 많이 있습니다. 일본 무사의 후처가 된 조선 여자는 조선인들의 손가락질을 받으면서도 굶주린 조선인에게 먹을 것을 주면서 서로 통곡을 하고 있는 실정입니다."

사명은 그 말을 듣자 숨이 막히는 것 같았다. 사명은 숨을 고르며 말했다

"일본 무사의 후처가 된 조선인 여자가 많이 있소?"

"각 영지마다 수백 명은 될 것입니다. 일본 무사들은 조선인 여자들이 배움이 있고 예쁘다 하여 젊은 여자는 물론이고 마흔이 넘은 여자들까지 후처로 들이고 있다고 합니다."

"내 반드시 여기에 끌려온 모든 조선인들을 데려갈 것이오. 그러지 못하면 나도 조선으로 돌아가지 않을 것이오. 그대가 한 사람이라도 빠지지 않도록 모두 찾아 주기 바라오."

"제가 목숨 걸고 마지막 한 명까지 찾아내겠습니다."

사명은 잠을 이룰 수가 없었다. 사명의 소식을 듣고 몰래 찾아오는 조선인 포로의 숫자가 늘어 갔다. 사명이 지나가는 길목에 숨었다가 불쑥 나타나서 도움을 청하는 모습을 보고 사명은 가슴이 무너져 내렸다. 그들은 헐벗고 굶주린 상태의 노예와 같았다. 사명은 자신을 만나기 위해 탈출한 조선인 포로들이 굶지 않도록 닛신 스님에게 식량을 부탁했다.

사명과 후지와라 세이카와의 만남

　사명은 닛신과 함께 강항의 제자 후지와라 세이카(藤原惺窩)를 찾았다. 사명
은 후지와라 세이카에게 강항의 편지를 건네주었다. 후지와라 세이카는 무
릎을 꿇고 조선에서 온 스승 강항의 편지에 엎드려 절을 했다. 후지와라 세이
카가 그의 스승 강항을 얼마나 존경하는지 알 수 있었다. 강항의 편지는 이렇
게 시작되었다.

　　유교의 가장 큰 덕은 용서입니다. 공자님께서도 제자들이 물었을 때 용서를 먼저
　　꼽았습니다. 저는 조선을 침략한 히데요시의 죄를 잊을 수는 없지만, 용서하기로
　　했습니다. 그러나 용서받는 자의 마음이 가장 중요합니다. 히데요시는 조선에 엄
　　청난 죄악을 저지르고 반성 없이 죽었습니다. 그의 죄를 그 아들과 후손들이 받
　　을 것입니다. 전쟁 후의 상처는 용서가 없으면 또다시 피를 부릅니다. 부디 통일
　　된 일본에서 조선 성리학의 도리로 통치하여 칼이 아닌 도(道)로 다스리는 나라
　　를 만들어 주십시오. 그것이 제가 일본에 끌려간 세월의 보상이 될 것입니다.

　후지와라 세이카는 그 편지를 읽고 눈물을 흘렸다. 그리고 사명에게 말
했다.

"스승님의 뜻을 꼭 일본에서 이루어 내겠습니다. 일본이 도쿠가와 쇼군을 가졌다는 것은 큰 행운이라고 저는 생각합니다. 히데요시는 전쟁밖에 몰랐지만 도쿠가와 쇼군은 나라를 이끌어갈 경영 능력이 탁월합니다. 서양 기술이 뛰어나다는 것을 알고 그들을 적극 활용해 선진 기술을 도입하고, 그들과 경쟁할 수 있게 해외로 눈을 돌리고 있습니다. 히데요시는 해외 전쟁을 일으켰지만, 도쿠가와 쇼군은 해외 무역으로 돈을 벌 목적으로 무사들을 루손이나 필리핀 등으로 내보내는 담대한 계획을 가지고 있습니다."

사명은 세이카에게 말했다.

"일본의 쇼군인 도쿠가와가 조선의 성리학에 관심이 많다는 이야기를 들었소이다. 사실입니까?"

"저의 쇼군께서는 종교는 불교지만, 통치철학은 성리학을 기본으로 삼고 있습니다. 그래서 조선에서 포로로 끌려온 분 중에서 학식이 높은 분이 지금 쇼군의 막부에서 조선의 성리학을 가르치고 있습니다."

"임진왜란 때 도공뿐만 아니라 조선의 유학자들도 많이 끌려왔다는 것이 사실이군요. 임진왜란 이후 일본이 조선의 유학 서적을 모두 뺏어가 조선에서는 세자가 공부할 책도 없다는 소문이 나돌고 있습니다."

임진왜란 때 일본에 끌려간 포로들 중 도공보다 더 많이 끌려간 게 유학자들이었다. 일본은 조선의 학문을 숭상하였고, 학문적인 열등감을 조선의 유학자들로부터 해결하려고 했다. 임진왜란 때 조선 유학 서적의 7할 정도가 일본에 의해 강탈당했다. 그러니 그 유학 서적을 가르칠 선생이 필요했던 것이다. 일본으로 끌려간 조선의 유학자들은 처음에는 치욕으로 생각하고 일본을 무시했지만 도쿠가와 막부의 끈질긴 공세에 하나둘씩 일본 유학의 선구자가 되었다. 그들은 조선의 당파싸움에 진저리가 났으며, 자신들의 학문을 일본에서 마음껏 펼치고 싶은 욕망도 마음 한구석에서 일어났다. 오랜 포로 생활에서 일본 여인과 결혼하고 아이까지 생긴 다음에는 조선으로 돌아갈 꿈을 포기하기에 이르렀던 것이다. 후지와라 세이카는 사명에게 일본 막부에서 유학을 가르치고 있는 조선인 포로 유학자를 소개시켜 주었다. 사명을 만난 일본의 조선 유학자들은 사명에게 자신들의 솔직한 심정을 이야기했다.

"저희들은 조선으로 돌아가도 대접받지 못할 것이며, 일본에 아부한 유학자라고 손가락질을 받을 것입니다. 오히려 일본에 남아 전쟁밖에 모르는 야만적인 일본 영주들에게 예(禮)와 의(義)를 가르치고, 조선과 평화롭게 사는 방법을 가르치겠습니다."

사명은 그들의 말을 듣고 더 이상 설득할 수 없었다. 임진왜란으로 일본에 끌려온 조선 유학자들의 후손들이 일본의 근세 혁명을 주도한 메이지유신의 주역이 되었다는 사실을 역사는 기록하고 있다.

도쿠가와 이에야스와의 만남

이에야스는 원래 조선 국왕의 정식 인장을 가지지 않은 조선 승려를 만날 계획이 없었으나 가토 기요마사의 추천 편지와 스승 사이쇼 죠타이(西笑承兌)와 후지와라 세이카(藤原惺窩)의 권유로 사명을 만나기로 결심했다.

기록에 의하면, 1605년 1월 말과 2월 사이에 사명대사와 도쿠가와 이에야스는 사이쇼 죠타이가 배석한 가운데 몇 차례 회담하였다.[63] 이에야스는 사명이 일본에서도 설보화상으로 존경받고 가토 기요마사마저도 존경하는 것을 보고 그가 진실로 대단한 스님인지를 시험해 보리라 마음먹었다. 먼저 사명을 목욕탕으로 안내하면서 목욕탕 밑바닥에 독사를 잔뜩 집어넣게 했다. 그리고 사명이 깜짝 놀라 튀어나오며 허둥대는 모습을 지켜보고 놀려주고 싶었다. 그런데 사명은 뱀이 우글거리는 속에서 태연히 목욕을 마치고 나오는 것이 아닌가. 그 소식을 듣고 이에야스는 깜짝 놀랐다. 사명은 수련하면서 모든 것은 마음에 달려 있기에 정신을 집중하면 못할 것이 없다는 사실을 이미

---

63) 사명대사 석장비(慈通弘濟尊者四溟大師石藏碑). "대사가 도쿠가와 이에야스를 만나 '두 나라 백성이 오래도록 도탄에 빠졌기 때문에 구원하려고 왔다.'라고 했다. 이에야스도 역시 불교를 믿는 사람이어서 대사를 부처처럼 공경하며, 화친을 맺고 돌아올 때 그 기회로 포로가 된 남녀 1,500명을 한꺼번에 데리고 왔는데, 임금이 그 노고를 가상히 여겨 가의대부(嘉義大夫, 종2품)에 가자(加資)하고, 말과 저사포(紵絲袍)를 하사하여 포상했다."

깨닫고 있었다. 먼저 목욕탕에서 독사가 우글거리는 것을 보고 독사는 뜨거운 물에 있지 못한다는 것을 알고 있기에 목욕탕에 뛰어들었다. 과연 발밑의 유리창에서 독사들이 이글거리는 모습을 보며 사명은 태연하게 목욕을 하였다. 이에야스는 사명을 직접 만나기로 결정했다. 당시 이에야스는 일본 전국을 통일한 후라 기세가 하늘을 찌를 듯할 때인데도 사명은 전혀 기가 죽지 않았다. 둘의 기싸움은 팽팽했다. 먼저 도쿠가와 이에야스는 사명을 보자 준비했던 시를 한 수 읊었다.

돌멩이에는 풀이 나기 어렵고	石上難生草
방안에는 구름이 일어나기 어렵거늘	房中難起雲
너는 도대체 어느 산에 사는 새이기에	汝爾何山鳥
감히 봉황이 노는 무리 속에 찾아왔느냐	來參鳳凰群

이에야스는 사명을 조롱하는 시를 준비해 건넸다. 그 시를 보고 사명은 즉석에서 붓을 들어 일필휘지로 써 내려갔다.

나는 본래 청산에 노니는 학인데	我本靑山鶴
항상 오색구름을 타고 놀다가	常遊五色雲
하루아침에 오색구름이 사라지는 바람에	一朝雲霧盡
잘못하여 닭 무리 속에 떨어졌노라	誤落野鷄群

이에야스는 미리 시를 준비했지만, 사명은 즉석에서 오히려 이에야스를 닭의 무리로 표현하고 자신을 청산의 고고한 학(鶴)으로 응수했다.

"과연 듣던 대로 큰스님이십니다. 위세에 위축되지 않고 상대의 폐부를 찌르는 명문을 즉석에서 지으시다니 대단합니다. 저의 결례를 용서해 주십시오. 대사의 소문을 익히 듣고 있었습니다. 꼭 한번 만나 뵙고 싶었습니다.”

사명은 얼굴색 하나 변하지 않고 말했다.

“나는 정치는 모릅니다. 오직 도탄에 빠진 백성을 구하고자 합니다. 조선의 백성이나 일본의 백성이나 모두가 부처님의 제자들입니다. 장군께서도 부처님의 제자일 뿐입니다.”

불자인 이에야스는 합장을 하며 말했다.

“지당하신 말씀입니다.”

이에야스는 사명의 당당하면서도 막힘없는 태도에 긴장했다. 왜 사람들이 사명에게 살아 있는 부처라 하는지 그제야 이해할 수 있었다. 이에야스는 부드럽게 대화를 이어갔다.

“대사님은 저보다 두 살이 적지만, 학식은 저보다 높습니다. 저의 스승인 후지와라 세이카 님에게 불교뿐만 아니라 성리학에서도 대사님을 따라갈 사람이 없다고 들었습니다. 이렇게 직접 뵙고 나니 저로서도 영광입니다.”

도쿠가와 이에야스가 몸을 낮추는 모습에 사명은 한편으로는 무슨 꼼수가 있는 것이 아닌가 의심을 하며 짐짓 말했다.

“일본이 일으킨 전쟁으로 조선의 죄 없는 백성들이 죽고 다쳤습니다. 무모한 전쟁을 일으켜 죄 없는 백성을 도륙한 장군께서 어찌 부처님이나 성리학을 입에 담는다는 말입니까?”

사명은 이에야스의 반응을 보기 위해 일부러 강하게 말했다. 주위의 영주들이 눈을 부라리며 사명을 쳐다보았다. 그러나 이에야스는 사명의 말에 수긍하며 몸을 낮췄다.

“제가 일으킨 전쟁이 아닙니다. 그리고 저는 평화를 원하고 있습니다.”

“진정한 사과가 없으면 평화도 없습니다. 모든 책임을 죽은 도요토미 히데요시에게 돌리고 지금 권력을 잡은 쇼군께서는 책임이 없다고 함은, 쇼군께서는 일본 사람이 아니라는 말씀입니까? 진정한 사죄가 없으면 용서도 없는 것입니다."

"제가 조선을 침략한 일본을 대표해서 사죄드립니다. 저의 진정한 사죄를 받아 주십시오."

그제서야 사명은 화를 풀고 염주를 굴리면서 말했다.

"진정한 반성 없이는 회개가 없다고 부처님은 말씀하셨습니다. 부처님의 제자인 쇼군께서 스스로 부처님의 말씀을 실천하셨습니다. 이제 소승은 쇼군을 믿고 평화를 위해 기도드리겠습니다."

도쿠가와 이에야스는 오랜 전쟁터에서 목숨을 잃을 위기도 많이 겪었지만, 오늘처럼 떨리지는 않았다. 그는 사명 앞에서 자꾸만 작아지는 자신을 느꼈다.

사명의 소식을 듣고 놀라는 미옥과 빈

사명대사가 일본으로 와서 이에야스를 만난다는 소식이 교토에서 멀리 떨어진 에도의 히데타다에게 전해졌다. 히데타다는 빈에게 말했다.

"조선에서 이름 높은 스님이 강화 사절로 오셨다고 합니다. 양국의 평화를 위해 아버님과 회담을 하신다고 합니다."

빈은 조선의 사자로 스님이 오셨다는 이야기를 들었을 때 대수롭지 않게 생각했다. 그리고 사명은 승군 총대장으로 일본과 전쟁을 치렀기에 올 수 없을 것이라 애써 생각했다.

"스님의 함자가 어떻게 되시는가요?"

"설보화상이라고 일본에서도 유명한 스님이십니다. 가토 기요마사에게 당신의 머리가 조선에서 가장 귀중한 보물이라는 말씀을 해서 일본에서는 설보화상이라고 불리게 됐는데, 살아 있는 부처라는 소문이 있는 송운 스님이십니다."

"혹시 사명대사 유정 스님이 아니신가요?"

"맞습니다. 사명대사 유정 스님이 맞습니다. 어떻게 아십니까?"

사명이라는 말에 빈은 말을 잇지 못하고 숨이 멎는 것 같았다.

"히데타다 님, 그 스님을 꼭 뵙게 해주십시오."

빈은 히데타다에게 사명과 어머니 미옥의 관계를 하나도 빠짐없이 설명했다. 그리고 빈은 히데타다에게 울면서 말했다.

"하늘이 저희를 버리지 않았습니다. 송운대사님은 저에게 아버지와도 같은 분이십니다. 어머니께서 이 소식을 들으면 아마 기절하실 것입니다. 송운대사님과 어머니를 만나게 해드리는 것이 저의 마지막 효도입니다."

히데타다의 얼굴에 불안한 기색이 떠올랐다. 그러나 사랑하는 부인의 청을 거절할 수는 없었다. 빈이 다시 부탁했다.

"이번 주에 쇼군이 계신 교토에 가신다고 들었습니다. 그곳에 저희 모녀를 꼭 데려가 주십시오."

"어머님만 모시고 가면 안 되겠습니까? 부인은 아기도 있고……. 여기 에서 교토는 먼 길이라 위험할 수도 있습니다."

그러나 빈은 완강했다. 사명을 꼭 만나보고 싶었다.

"아기도 이제 커서, 먼 여행이지만 데려가기에 어렵지 않습니다. 제가 어머니를 모시고 가고 싶습니다."

빈의 간곡한 부탁을 히데타다는 거절할 수가 없었다.

"알겠습니다. 무슨 일이 있더라도 송운대사님을 꼭 만나게 해드리리다."

빈은 날아갈 듯이 기뻤다. 만남 뒤의 비극은 생각할 수도 없었다. 빈은 기쁜 마음에 미옥에게 달려갔다. 미옥은 내실에 마련된 불상 앞에서 기도를 올리고 있었다. 빈이 흥분된 목소리로 말했다.

"어머니 기도가 부처님을 감동시켰습니다."

"무슨 일이길래 이렇게 흥분하고 난리냐?"

"어머니, 놀라지 마세요. 사명대사님이 일본에 오셨습니다."

빈의 입에서 사명의 이름이 나오자 미옥은 숨이 멎는 것만 같았다.

"사명대사님이 조선을 대표해서 쇼군을 만나러 교토에 와 계십니다. 어머니와 제가 사명대사님을 뵈러 교토에 갈 예정이구요.”

미옥은 잠시 정신이 아뜩해졌다. 숨이 가쁘고 눈앞이 흐릿해졌다.

“이게 꿈이냐, 생시냐? 어떻게 이런 일이 있을 수 있다는 말이냐?”

미옥의 울부짖음은 기쁨에서 한탄으로 바뀌어 갔다. 기쁨은 사명대사와 함께 고향으로 돌아갈 수 있다는 희망이었고, 한탄은 이미 일본인의 아내가 된 빈의 처지 때문이었다.

미옥은 다시 사명을 볼 수 있다는 생각에 얼굴이 붉어졌다. 그날 밤 미옥은 잠을 이룰 수가 없었다. 그리고 거울에 비친 자신의 모습을 보았다. 오십줄에 접어들어 사명을 좋아하던 수줍은 처녀의 모습은 어딘가로 사라지고 이제는 흰머리가 성성한 초로의 할머니였다. 거울 속에는 어린 시절 순수하게 사랑하던 자신의 모습과 사명에게 매달리던 어린 미옥이 있었다. 거울이 흐릿해졌다. 뜨거운 눈물이 두 뺨을 타고 흘렀다. 미옥은 머리를 단정하게 빗고 거울을 치웠다.

도쿠가와 이에야스가 속마음을 털어놓다

사명과 첫 번째 회동 이후 이에야스는 다음 날 사명을 다시 초대했다. 일본의 영주들은 술렁이기 시작했다. 조선의 정식 사자도 아닌데 일본의 최고 권력자가 또 초청한다는 소식이 교토 시내에 삽시간에 퍼졌다. 이에야스는 일본의 평화를 찾은 후 조선과도 평화를 유지하고 싶은 마음이었다. 그래서 후계 구도를 정하고 쇼군의 자리를 아들 히데타다에게 넘길 계획을 세우고 있었던 것이다. 그리고 일본의 모든 영주들이 쇼군에게 복종할 수밖에 없는 여건을 만들고자 했다. 사명을 두 번째 만난 이에야스는 훨씬 친근하게 사명을 맞았다.

"이제 두 번 뵈었는데 오랜 친구처럼 느껴집니다."

"그렇게 말씀해 주시니 소승이 몸 둘 바를 모르겠습니다."

"조선에서는 스님들을 천대한다고 들었습니다."

"일부 비뚤어진 유학자들 이야기지요. 하지만 조선 백성들의 불심은 아주 깊습니다."

인사를 주고받은 후에 이에야스는 하고 싶은 말을 시작했다.

"대사님, 제 아들 히데타다에게 쇼군 직을 넘기려 합니다. 일본의 모든 영주들에게 그 사실을 공표한 다음 양위 의식을 치를 것입니다. 그 자리에 대사님께서 참석해 주셨으면 합니다. 대사님께서 공식적으로 참석해 주신다면 영주들뿐 아니라 대외적으로도 인정받는 모양새를 갖추게 될 것이고, 저는 그렇게 해서 영주들에게 절대적인 복종을 요구할 것입니다."

"저를 쇼군의 양위에 이용하시겠다는 말씀이신가요?"

"일본의 평화를 위해서입니다. 일본 내의 평화가 유지되어야 대사님께서 가장 염려하시는 조선 재침략이 없을 것입니다. 저를 믿고 도와주십시오."

사명은 한참을 생각한 후에 말했다.

"장군께서 원하시면 소승이 참석하겠습니다."

"감사합니다."

"전쟁을 없애고 나라를 바르게 다스리겠다는 쇼군의 깊은 뜻이 저를 움직였습니다. 소승은 쇼군의 불심이 깊다고 들었습니다. 부처님께서는 개인의 깨우침에 대해 가르치셨고, 나라를 다스리는 법은 유학에 있다고 생각합니다."

사명의 말에 이에야스는 귀가 번쩍 뜨이는 것만 같았다. 이에야스는 사명에게 다시 정중하게 물었다.

"그렇다면 나라를 다스리는 가장 좋은 방법은 무엇입니까?"

"왕도정치를 수행하는 것입니다."

"왕도정치가 무엇입니까?"

"힘으로 백성을 다스리지 않는 것입니다. 칼로써 백성을 다스리면 그것은 패도정치입니다. 왕도정치는 백성의 마음을 얻는 것입니다. 민심은 무서운 파도와 같습니다."

이에야스는 이미 조선의 높은 유학 이론을 알고 있었다. 그는 사명에게 부탁했다.

"스님께서 조선의 유학을 저희들에게 가르쳐 주십시오. 통일된 일본에서 필요한 것은 칼이 아닌 교육입니다. 영주들에게 유교의 정치 이념을 교육시키고 싶습니다."

"일본에도 이미 높은 경지의 유학자가 있다고 들었습니다."

이에야스는 깜짝 놀라서 물었다.

"그가 대체 누구입니까?"

"장군께서 말씀하셨던 후지와라 세이카입니다. 일본에 포로로 끌려왔던 조선의 유학자 강항이라는 선비가 있었습니다. 그의 높은 학문에 이끌려 장군의 스승이신 후지와라 세이카가 그의 제자가 되었다고 합니다. 후지와라 세이카는 강항이 일본에 머문 3년 동안 조선의 성리학을 전수받았다고 하니 후지와라 세이카가 일본의 왕도정치를 이룰 수 있을 것입니다."

"저의 스승께서 조선의 유학자를 많이 등용하였지만, 대사님만큼 큰 인물은 없었습니다. 부디 계시는 동안 가르침을 부탁드립니다. 저의 신불께서 대사님을 저에게 인도하셨다고 생각합니다. 이렇게 귀한 인연이 통일된 일본에 도움이 되도록 소장은 최선을 다하겠습니다. 이제 일본은 칼을 버리고 조선의 문을 취하며, 조선과 평화를 만들어 내겠습니다."

"쇼군의 말씀을 들으니 더욱 믿음이 가는군요."

"일본은 무사들이 지배하는 세상입니다. 쇼군이 힘이 없을 때 저들은 언제든 힘으로 들고 일어날 것입니다. 칼은 칼로써 망하는 것입니다. 저는 조선의 높은 유학 정신을 본받고 싶습니다. 칼이 아니라 덕(德)과 인(仁)으로 일본을 다스리고 싶습니다. 저의 스승을 통해 조선 퇴계 선생님의 학문을 공부하면서 더욱 깨달았습니다."

사명은 조선의 퇴계를 존경한다는 이에야스의 말에 믿음이 갔다. 그렇게 이에야스의 인품을 파악한 다음, 가장 중요한 조선인 포로 문제를 꺼냈다.

"임진왜란 중 일본에 포로로 끌려온 조선 사람이 많다고 들었습니다. 조선인 포로들을 반드시 조선으로 돌려보내야 합니다."

이에야스는 웃으며 대답했다.

"저는 조선인 포로들을 일본인과 똑같이 예우하라 지시를 내렸고, 노예로 파는 행위도 법으로 막았습니다. 그리고 조선인 포로 중 도공과 유학자들은 이미 높은 자리에 오른 사람도 있습니다."

"그렇지만 그들은 강제로 끌려온 사람들입니다. 고국으로 돌려보내셔야 합니다."

"조선인 포로 중에 학식이 뛰어난 유학자는 막부에서 중요한 직책을 맡아 일하고 있습니다. 또 조선의 학식이 높은 여자는 일본인 고위층과 혼인해서 자식까지 낳은 사람도 있습니다. 그들이 일본에 온 지 벌써 10년이 지났습니다. 그들도 살아남기 위해 이곳에서 열심히 살아온 것입니다."

사명은 묵묵히 듣고 있었다. 이에야스가 덧붙였다.

"조선인 포로들을 조선으로 돌아가게 해 줘야 하는 것이 맞습니다. 그렇지만 각자의 자유의사에 맡겨야 한다고 생각합니다. 강제로 조선인 포로들을 또 조선으로 데려가면 그것 또한 폭력이 되지 않겠습니까?"

이에야스의 말에 사명은 반박하였다.

"물론 자유의사가 중요하지만, 영주들의 협박에 못 이겨 뜻을 밝히지 못하는 경우도 있을 것입니다."

"그러면 조선으로 돌아가지 않겠다고 하는 사람은 대사님이 직접 만나 뜻을 확인할 수 있도록 해드리면 되겠습니까?"

이에야스의 자신에 넘치는 말이었다. 사명은 더 이상 반대할 수 없어서 그 조건에 응할 수밖에 없었다.

이에야스는 술이 한잔 들어가자 자신의 스승이자 조선어에 능통한 사이쇼 죠타이만 남겨두고 가신들을 모두 물러가게 했다. 그리고 사명에게 술을 한잔 권한 후에 사이쇼 죠타이에게 말했다.

"스승님은 지금 제가 하는 말을 비밀로 지켜주시기 바랍니다. 저의 속마음을 오늘 송운대사께 모두 털어놓고 싶습니다."

"저를 없는 사람이라 생각하시고 무엇이든 말씀하십시오."

이에야스는 다시 술을 한잔 들이켠 후에 고해성사하듯 말했다.

"대사님, 저의 조상은 한반도에서 건너온 도래인이었습니다. 제 성(姓)이 왜 도쿠가와, 덕천(德川)인 줄 아십니까? 원래 저의 조상들은 조선반도의 남쪽 덕천강(德川江)[64] 가에 살았습니다. 그 사실을 잊지 않기 위해 고향의 강 이름을 우리 가문의 성으로 만든 것입니다. 그러나 제가 어려서 오카자키 영주로 있던 할아버지가 돌아가시고 제가 슨푸성에 인질로 잡혀 있을 때 강제적으로 성을 바꿔야 했습니다. 그리고 오다 노부나가 님의 도움으로 영지를 되찾고 영주가 되었을 때 저는 성도 되찾았습니다. 저는 조상의 고향 덕천강을 한 번도 잊은 적이 없습니다. 그것이 제가 조선과의 전쟁을 반대한 이유이기도 합니다."

사명은 잠깐 당황했으나, 곧 그의 진심이 느껴져 마음이 움직이기 시작했다. 사명도 지리산에서 수행할 때 덕천강 주변에 머문 적이 있었다. 지리산에서 흘러내리는 물이 섬진강과 덕천강으로 흘러서 바다로 이어졌다.

"소승도 지리산에 있을 때 덕천강에 가본 적이 있습니다. 지금은 조선의 하동군에 속해 있지요. 쇼군께서 이렇게까지 솔직하게 말씀해 주시니 드릴 말씀이 없습니다."

"대사님께 이런 말씀을 드리는 것은 일본의 침략을 진심으로 사죄드린다는 뜻이고, 또 제 말의 진정성을 위한 것입니다. 제 조상이 조선반도에서 건너

---

64) 덕천강(德川江) : 지리산에서 발원하여 경상남도 산청군, 진주시, 사천시, 하동군 등지를 흐르는 하천.

온 도래인이라는 것을 알게 되면 그것을 빌미 삼아 저를 공격할 사람이 많습니다. 그들 중에도 도래인의 후손이 있지만 서로 숨기고 있습니다. 가야와 백제 그리고 신라가 멸망한 후에 일본으로 건너온 사람이 그 당시 일본 인구의 절반이 넘었습니다. 그전에 정착해서 지배층을 형성한 사람들도 모두 일찍이 조선반도에서 건너온 도래인들이었습니다. 지금의 일본은 도래인의 후손들이 만든 나라입니다. 조선반도에서 쫓겨온 도래인들은 조상을 쫓아낸 한반도에 원한이 많았습니다. 대사님께서도 대대로 내려오는 한을 이해해 주시기 바랍니다."

"쇼군의 말씀을 들으니 사람의 인연이 얼마나 무서운지 다시 한번 느끼게 됩니다. 본래 같은 뿌리에서 나왔지만, 복수의 전쟁으로 원수가 되는 이 인연을 어떻게 해석해야 할는지요? 결국 복수는 복수만 키울 뿐입니다."

"저도 대사님의 생각과 같습니다. 저는 어릴 때부터 문과 무를 동시에 갖추어야 한다고 교육받으며 자랐습니다. 조부님으로부터 공자님의 유학에 대해 처음 배웠고, 몇 년 전에 조선의 퇴계 선생님 책을 접하고는 그분에게 흠뻑 빠졌습니다. 퇴계 선생님이 계신 조선의 높은 학식을 존중하게 되었습니다."

"조선은 성리학과 함께 불교의 뿌리 또한 갖고 있습니다. 부처님의 말씀이 공자님의 말씀과 다르지 않습니다. 모든 화는 욕심에서 비롯되는 것입니다. 공자님의 인(仁)과 불교의 공(空)은 같은 것입니다. 사람은 태어날 때 빈손으로 왔다가 죽을 때도 빈손으로 돌아갑니다. 이 세상에 자신의 것은 하나도 없습니다. 많은 것을 가지려고 할수록 그에 따른 화가 수반됩니다. 쇼군께서도 나라를 다스릴 때 백성들에게 많이 베푸십시오. 결국, 공자님의 인(仁)도 베푸는 것이요 부처님의 공(空)도 베푸는 것입니다. 죽을 때는 베푼 것만이 남습니다."

"대사님의 말씀을 들으니 스승이셨던 센 리큐 스님이 떠오릅니다. 그분은 저에게 항상 덕으로 다스리라고 말씀하셨습니다. 대사님의 큰 가르침을 부탁드립니다."

"조선은 일본의 침략을 받고 엄청난 피해를 봤지만 항복하지 않았습니다. 저는 쇼군과 일본 백성들에게 문(文)으로 무(武)를 되갚아 준다는 사명을 가지고 이곳에 온 것입니다. 조선의 높은 문화로 문이 무보다 강하다는 것을 가르쳐 드리기 위해서 목숨을 걸고 왔습니다."

이에야스는 사명의 말을 되새겼다.

"문으로 무를 되갚는다. 소름이 돋는 말입니다. 대사님의 말씀 가슴 깊이 간직하겠습니다."

사명은 이에야스가 이런 마음으로만 정치를 한다면 일본과 조선 사이에는 평화가 정착될 것이라 확신했다. 이에야스는 사명에게 마지막 가르침을 부탁했다. 사명은 이에야스를 한참 바라보다가 붓과 종이를 달라고 해 다음과 같이 써 내려갔다.

세월은 가서 사라지는 것이 아니라
흘러서 모이는 것이다

어제 본 강물은 똑같이 흐르지만
이미 오늘의 강물은 아니다

산속의 냇물이 흘러서 강물이 되고
강물이 흘러서 바다가 되듯이
바다는 모든 흐르는 물을 받아준다

흐르는 것에 집착하지 마라
결국은 바다로 모여든다

집착을 하면 흐르지 못하고 고인다
고인 물은 바다로 가지 못하고 썩는다
인생도 집착하면 바다로 가지 못하고 썩는다

이에야스는 고개 숙여 사명의 글을 받았다. 사명이 이에야스에게 말했다.

"세상의 모든 권력과 부는 내것이 아닙니다. 잠시 나에게 맡겨진 것입니다. 쇼군의 권력과 재산도 잠시 쇼군에게 맡겨진 것뿐입니다. 잠시 맡겨진 것을 소유하려 들면 집착이 생기고 그 집착이 화를 부릅니다. 인생은 공수래공수거라고 했습니다. 빈손으로 왔다가 빈손으로 돌아간다는 이 진리를 잊지 마십시오."

이에야스는 합장하고 나무아미타불을 중얼거렸다. 사명이 그 순간 부처님으로 보였기 때문이다. 그리고 사이쇼 죠타이에게 말했다.

"스승님, 오늘 회담 내용은 기록으로 남기지 마십시오."

사이쇼 죠타이는 그 말의 의미를 잘 알고 있었다. 순간 죠타이는 이에야스와 사명의 앞에 무릎을 꿇고 말했다.

"저는 오늘 세상에서 가장 아름다운 화해의 모습을 보았습니다. 기록은 남지 않겠지만 저의 뇌리에는 영원히 기록될 것입니다."

밤이 깊었는데도 이에야스는 기분이 좋은지 사명을 계속 붙잡았다. 취기가 오른 이에야스가 말했다.

"대사님, 제가 대사님께 청이 하나 있습니다."

"천하의 권력을 다 잡으신 분이 이 미천한 승려에게 무슨 청이 있습니까?

말씀하십시오. 제가 할 수 있는 일이라면 들어드리겠습니다."

이에야스는 무겁게 입을 뗐다.

"제 자식 문제입니다. 저를 이어 2대 쇼군에 오를 히데타다는 조선의 성리학에 심취해 있으니 분명 문과 무를 겸비한 쇼군이 될 것입니다. 부디 제 아들에게 많은 가르침을 주십시오. 전쟁의 시기에는 저 같은 무사가 필요하겠지만, 평화의 시대에는 유학을 존중하는 아들이 다스리는 것이 맞는 것 같습니다. 유학을 일본의 통치 이념으로 삼을까 합니다. 제 뒤를 이어 쇼군에 오를 아들이 앞으로 일본을 통치하는 데 필요한 지혜를 주십시오. 오늘 대사님이 저에게 주셨던 지혜를 제 아들에게도 다시 한번 부탁드립니다."

사명은 이에야스의 갑작스러운 부탁에 당황스러웠다. 조선을 침략한 일본 최고의 권력자가 자신의 뒤를 이을 쇼군에게 가르침을 부탁하다니, 이것은 조선의 경우로 보자면 다음 왕위에 오를 세자의 교육을 맡는 것과 같지 않은가? 사명이 잠시 고민하는 사이에 이에야스가 말했다.

"지금의 평화를 지키기 위해서는 순조로운 권력 이양이 이어져야 합니다. 대사님께서 도와주셔야 합니다."

히데타다, 에도에서 교토로 들어서다

이에야스가 에도에 있는 아들 히데타다를 교토로 부른 것은 두 가지 이유에서였다. 첫 번째는 일본 천황을 알현해서 2대 쇼군직을 정식으로 인정받고, 두 번째는 조선의 사신들에게도 인사시켜서 대외적으로도 공식적인 후계자로 선포하겠다는 의도였다.

교토 거리는 술렁거리고 있었다. 쇼군직을 넘겨받으려 천황에게 인사를 오는 히데타다의 행렬이 장엄했기 때문이다. 그 행렬 속에는 미옥과 빈도 있었다. 히데타다는 16만의 군사를 이끌고 에도를 출발하여 교토로 들어왔다. 이어마어마한 군사 행렬에는 영주들이 히데타다에게 굴복하기를 바라는 이에야스의 마음과 전쟁의 싹을 미리 자르겠다는 의지가 담겨 있었다. 이에야스는 히데요시의 아들 히데요리에게는 내대신의 자리를 주어 천황가를 대변하게 하고, 자신의 아들 히데타다는 2대 쇼군으로서 전국의 영주를 관리하게 되면 더 이상 전쟁은 없을 것이라 계산하고 있었다. 그래서 히데타다가 쇼군으로 임명되는 순간 히데요리도 내대신에 임명해서 전국의 영주들이 충성 맹세를 하도록 하는 계획을 세우고 있었다. 그런데 히데요리의 생모 요도도노는 그 제안을 거절하고 쇼군 히데타다에게 히데요리가 있는 오사카성으로 인사하러 오라고 명하였다.

이 속 좁은 여인의 결정으로 다시금 전쟁의 씨앗이 잉태되고 있었다. 히데요리가 히데타다 쇼군의 환영식에 참가하지 않는 것은 이에야스에게 굴복하지 않는다는 명분을 떠돌이 무사들에게 제공하는 것이다. 이시다 미쓰나리가 세키가하라 전투에서 히데요리를 옹립하면서 반역을 일으켰으나, 히데요시와의 약속 때문에 히데요리를 지켜 주었다. 그런데 히데요리의 생모 요도도노는 정신병적인 히스테리가 극에 달해 있었다. 아무도 그녀를 말릴 사람이 없었다. 히데요리 주변에서 요도도노를 부추겨 이에야스에게 대항해야 한다고 주장하는 떠돌이 무사들이 늘어나고 있었다. 세키가하라 전투에서 도망친 떠돌이 무사들이 오사카성의 히데요리에게 몰려들고 있다는 소문이 이에야스의 귀에까지 들려오고 있었다. 그러나 이에야스는 모르는 체하고 그냥 넘어갔다. 결국 히데요리는 병을 핑계 대고 히데타다의 쇼군 대관식에 참여하지 않았다.

사명은 히데타다가 16만 군사를 이끌고 행렬하는 것을 보고 생각했다.

'이에야스는 이 군사 행렬로 기선을 제압하려 하고 있구나. 모두에게 굳이 이 행렬을 보게 한다는 것은 그들도 마음이 급하다는 증거이다. 아직 일본 내의 전쟁이 끝나지 않았는데 어찌 다시 조선과 전쟁을 할 수 있겠는가?'

히데타다의 긴 군사 행렬을 보고 사명은 회심의 미소를 지었다. 그런데 그 행렬 속에서 미옥과 빈도 가마를 타고 함께 움직이고 있었다.

사명과 이에야스의 마지막 만남

이에야스는 비밀리에 사명과 마지막으로 한 번 더 만나고 싶다는 전갈을 보냈다. 사명이 찾아가니 역시 모든 사람을 물리고 통역을 담당하는 죠타이만 옆에 두고 앉아 있었다. 사명은 먼저 합장을 하고 인사했다. 이에야스도 자리에서 일어나 사명에게 합장했다.

"며칠 후 조선으로 떠나신다고 들었습니다. 떠나시기 전에 대사님을 꼭 뵙고 저의 번뇌와 고뇌를 털어놓고 싶었습니다. 제 얘기를 좀 들어 주시겠습니까?"

사명은 일본의 최고 실권자 쇼군이 조선의 승려에게 자신의 번뇌를 털어놓겠다는 말에 당황했으나 바로 마음을 가다듬고 말했다.

"소승이 쇼군의 번뇌에 무슨 깨달음을 드릴 수 있을지는 모르겠습니다. 다만 부처님을 따르는 같은 불자로서 쇼군의 번뇌를 들어보겠습니다."

이에야스는 잠시 침묵하다가 무겁게 입을 열었다.

"대사님, 저는 전쟁의 참혹함을 뼈저리게 느끼며 살아왔습니다. 제가 한 살되던 해에 영주로 있던 할아버지와 아버지가 칼에 찔려 돌아가셨으며, 어머니는 적에게 끌려가 적의 아내가 되었습니다. 저는 가신들의 도움으로 여섯살까지 성을 지키려고 했지만, 조상들의 영지를 살리기 위해 오다 가문의 볼

모로 잡혀 가야만 했습니다. 어릴 때 만난 오다 노부나가 공이 저를 동생처럼 대해 줘서 살아남았습니다. 볼모에서 풀려 영지로 돌아와 보니 백성은 뿔뿔이 흩어지고 늙은 가신들만 지키고 있었습니다. 곧 정략결혼으로 이마가와 요시토시의 조카딸과 혼인했습니다. 저는 그녀를 사랑했습니다. 그녀는 쓰키야마 마님으로 불렸고 우리는 행복한 신혼생활을 즐겼습니다. 그리고 첫아들이 태어났습니다. 이름은 노부야스였습니다. 눈에 넣어도 아프지 않은 아들이었지요. 그러나 전국시대의 전쟁은 우리를 가만히 놓아두지 않았습니다. 오다 노부나가 공이 이마가와 요시토시를 정벌하면서 상황이 급변했습니다. 저는 영지를 지키기 위해 오다 노부나가 공의 편을 들지 않을 수 없었습니다. 자신의 부친과 백부를 죽인 오다 노부나가와 제가 손을 잡았다는 이유로 아내는 친정과 내통하며 저를 미워하기 시작했습니다. 저는 오다 노부나가 공의 신임을 얻기 위해 사랑하는 아내를 죽여야만 했습니다. 엄마가 죽는 모습을 지켜본 아홉 살의 아들 노부야스는 그때부터 저를 원망하며 멀리했습니다. 열다섯이 되자 그는 엄마의 원수를 갚는다고 오다 노부나가 공에게 반기를 들었습니다. 저는 또다시 노부나가 공을 위해 제 손으로 아들을 할복시켜야 했습니다."

이렇게 이야기하고 이에야스는 어린애처럼 펑펑 울기 시작했다. 사명은 이에야스의 울음이 멎기를 잠자코 기다렸다. 울음을 그치고 이에야스가 말했다.

"대사님, 저는 전국시대의 전쟁으로 할아버지와 아버지를 잃고 아내와 자식까지 죽여야 했습니다. 제 어머니는 아버지를 죽인 원수의 첩이 되어 아직도 생사를 확인하지 못하고 있습니다. 이런 저보다 전쟁의 상처를 더 크게 받은 사람이 있을까요? 그래서 저는 일본 내의 전쟁을 끝내고 싶어서 이렇게 발버둥치고 있는 것입니다."

사명은 드디어 입을 열었다.

"피는 피를 부르고 칼은 칼을 부릅니다. 장군께서는 무사입니다. 무(武)라는 글자를 뜯어보면 그칠 지(止)에 창 과(戈) 자입니다. 다시 말하면 무(武)는 창을 멈춘다는 뜻이니, 무는 싸움을 멈추기 위해서 존재하는 것입니다. 피를 흘리기 위해서 무가 존재하는 것이 아닙니다. 전쟁으로 입은 장군님의 큰 상처를 부처님이 어루만지실 것입니다."

"명심하겠습니다. 대사님 앞에서 저의 부끄러운 과거를 말씀드리고 나니 속이 후련합니다. 쇼군의 자리는 고독한 자리입니다. 그러나 저도 사람입니다. 오늘 이렇게 큰스님께 모든 것을 털어놓으니 부처님을 만난 듯이 기쁩니다."

사명은 염주를 굴리며 나무아미타불을 계속 외었다. 그것은 이에야스를 향한 진심어린 사명의 기도였다. 침묵이 흐른 후 사명은 천천히 잔을 들며 말했다.

"부처님의 뜻을 생각하셔야 합니다. 인간이 죽는다고 모든 것이 끝나는 것이 아닙니다. 죽음 후에 다른 사람의 삶에 끼칠 영향을 생각해 봐야 합니다."

이에야스는 사명의 말을 듣고 깊은 생각에 잠겼다. 그리고 입을 뗐다.

"히데요시 대신이 죽을 때 나이보다 저는 한 살을 더 먹었습니다. 그래서 내일 쇼군직을 아들에게 물려주려고 합니다. 대사님께서도 제 아들 히데타다의 쇼군 대관식에 꼭 참석해 주시기 바랍니다. 그리고 히데타다가 쇼군 대관식이 끝난 후에 대사님을 찾아뵐 것입니다. 많은 가르침을 부탁드립니다."

"소승이 무슨 도움이 될지 모르지만, 분부하신 대로 아드님을 꼭 만나 뵙겠습니다. 그러나 쇼군이 물러나시면 일본이 안정되겠습니까? 일본이 안정되지 않으면 우리 조선도 불안하기에 여쭙는 것입니다."

"아직도 세키가하라 전투에서 패배한 무사들이 전국을 떠돌며 말썽을 일으키고 있습니다. 그들은 조그만 중심점이라도 생기면 반역의 무리로 뭉칠 것입니다."

"그 조그만 중심점이 히데요시의 아들 아니겠습니까?"

"대사님께서는 어떻게 그런 생각을 하시게 되었습니까?"

사명은 이에야스의 긴장된 모습을 보고 웃으며 말했다.

"세상 이치는 봄이 가면 여름이 오고 여름이 가면 가을이 옵니다. 그리고 다음에 겨울이 오는 것은 당연한 순리지요. 세상의 일도 이와 같습니다. 모두가 알고 있지만 감추고 싶어 하기에 드러나지 않을 뿐입니다."

이에야스는 다시 몸을 낮추고 말했다.

"어떻게 하면 좋을지 길을 안내해 주십시오."

"나라를 다스리는 사람은 사사로운 감정에 얽매여서는 안 됩니다. 쇼군께서는 은퇴하신 이후의 일과 죽음 이후의 일도 함께 생각하셔야 합니다. 그것이 부처님이 말씀하신 인연의 도리라고 생각합니다."

사명은 화의 근원을 뿌리 뽑아야 한다고 말하고 싶었지만, 히데요시에 대한 반감의 표현으로 보이고 싶지 않아 에둘러 표현했다. 이에야스의 마음은 흔들리기 시작했다. 하지만 이에야스는 아들을 끝까지 지키겠다는 히데요시와의 약속 때문에 끝내 사명의 말을 받아들이지 않았다. 몇 년 후에 사명의 예견대로 세키가하라에서 패배한 떠돌이 무사들이 히데요시의 아들 히데요리가 있는 오사카성으로 몰려들어 쇼군을 상대로 반란을 일으켰다. 미리 막을 수 있었던 사건으로 일본은 또 한번 피를 흘려야 했다. 히데요리와 그의 생모는 결국 자결로 생을 마감해야 했다. 히데요시의 업보가 그가 가장 사랑한 아들에게 내린 것이다.

사명은 이에야스와의 마지막 회담을 마치고 나오면서 이렇게 생각했다.

'일본에 포로로 끌려온 조선의 유학자가 일본을 이렇게 바꾸었다고 생각하니 놀랍구나. 이야말로 문(文)으로서 무(武)를 이긴 것이로구나. 그렇다면 임진왜란은 조선의 승리였던 게 아닐까? 일본이 침략해 들어와 우리 백성을 죽이고 괴롭혔으나 오히려 일본이 철저히 패했고, 결국 높은 조선 문화의 포로가 되어 조선의 성리학을 도쿠가와 막부의 통치 교육으로 삼았다. 이 얼마나 놀라운 역사의 역설이고 모순인가?'

그렇게 생각을 하는 순간 사명은 자비의 마음으로 돌아섰다.

왜덕산(倭德山)

　진수가 사명의 흔적을 찾아 일본 게이오 대학의 교수로 있는 선배, 진복의 집에 머물고 있을 때 TV에서 한국 관련 뉴스가 나왔다. 일본의 전총리가 우리나라 진도의 왜덕산(倭德山)[65]을 찾아갔다는 것이다. 함께 뉴스를 보던 진복이 말했다.

　"임진왜란 때 이순신 장군에게 수몰당한 왜군의 시체가 진도 앞바다에 산더미처럼 떠내려 왔다고 해. 조선의 양민들은 원수인 왜군의 시체를 그냥 버리지 않고 일본이 보이는 진도의 야산에 묻고 장례를 치러 주었어. 그래서 그 야산을 왜덕산이라고 부른다더라고. 왜덕산(倭德山)이란 왜군에게 덕을 베푼 산이라는 뜻이야. 그 기록이 알려지면서 일본 전 총리가 고마움의 표시로 전라남도 진도 왜덕산을 방문해 그곳에 묻힌 일본 조상의 무덤에 절을 올렸다는 거지. 임진왜란은 조선뿐만 아니라 일본에도 엄청난 피해를 안겨준 무모한 전쟁이었어. 한 미치광이 지도자의 오판으로 죄 없는 백성들이 무수히 죽어 나갔던 것이야."

　우리나라 국민이 일본에 갖는 원한의 깊숙한 뿌리는 한일합방보다 오히려

---

65) 왜덕산(倭德山) : 진도군 고군면의 북동쪽에 위치한다. '일본 수군에게 덕을 베풀었다'라는 뜻에서
　　왜덕산(倭德山)이라는 이름이 붙었다.

임진왜란에 있다는 사실에 진복은 주목했다. 임진왜란으로 일본에 끌려갔거나 행방불명된 사람의 숫자가 그 당시 조선 인구의 절반에 가깝다는 충격적인 자료를 발표하기도 했다. 임진왜란 당시 일본으로 끌려온 포로에 대한 정확한 자료는 없지만, 각종 자료들을 분석하면 10만 명 이상이 된다는 것이 진복의 주장이었다. 그중에 동인도회사의 노예로 팔려간 조선인 포로의 숫자가 1천 명이 넘는다는 기록도 남아 있었다. 임진왜란의 상처는 400년이 지난 지금도 한국과 일본에 깊은 상처를 남기고 있는 것이다. 진복의 이야기에 진수는 한마디 거들었다.

"지금도 마찬가지 아닙니까? 한일관계가 이렇게 얼어붙은 것도 양국의 정치지도자들이 자신의 세력을 유지하기 위해 냉전을 조장하고 있기 때문 아닌가요? 히데요시가 일본 통일 이후 무사들의 불만을 없애기 위해 조선을 침략한 것과 지금의 일본 극우 보수 지도자들이 자신들의 정치적 입지를 강화하기 위해 한국을 희생 제물로 삼는 것은 결국 똑같은 행동이라 생각합니다."

"맞는 말이야. 그러나 나는 한국의 정치지도자들도 똑같다고 생각해. 한국의 정치지도자도 자신들의 권력을 유지하기 위해 냉전을 이용하고 있는 거야. 임진왜란 때는 아무도 히데요시에게 반대할 수 없었지만 지금 일본의 양심 있는 학자와 지식인들은 들고 일어나고 있어. 한국에서도 똑같은 상황이 일어나야 한다고 생각해. 미국과 중국의 패권경쟁 속에서 한국과 일본이 살아남기 위해서는 힘을 합쳐야 한다고 나는 보고 있어. 중국은 뿌리부터 우리와 다른 민족이야. 역사적으로 중국이 힘이 있을 때 우리나라는 항상 고통받았어. 고려와 조선의 건국만 해도 중국이 힘이 없고 분열되었을 때 새로운 나라를 만들 수 있었어. 중국은 지금 패권국가로 나아가고 있어. 중국인들의 뿌리 깊은 마음속에는 한국이 자신들의 속국이라는 생각이 있어. 그래서 지금 대만을 놓고 미국과 경쟁을 하고 있지만, 중국의 다음 목표는 한국이야. 미국이 힘이 약해지면 대만을 흡수하고 그다음이 한국이라고 생각해."

"선배님은 일본에 계시니까 너무 일본 입장에서 말씀하시는 것 아닌가요? 저는 그렇게 단정적으로 생각하지 않습니다. 일본이 진주만을 공습하고 2차 세계대전에서 미국과 싸울 때 내건 것이 내선일체와 대동아공영권 아닙니까? 지금 선배님 말씀은 그 논리와 비슷한 것 같습니다."

진복은 진수의 반론을 듣고 속이 타는지 담배에 불을 붙이고 힘껏 한 모금 빤 후에 연기를 내뿜으며 말했다.

"내가 일본에서 교수를 하니까 일본 편에서 이야기한다고 다들 생각하더군. 그러나 역사를 냉정하게 살펴봐야 해. 우리가 일본의 식민지였을 때는 일본과 경쟁 상대가 되지 않았어. 그러나 지금의 한국은 이미 일본을 뛰어넘고 있어. 우리는 아직도 식민지였을 때의 박탈감에서 벗어나지 못하고 있어. 나는 그것에서부터 벗어나야 한다고 생각해. 지금 세계시장에서 우리나라와 일본이 협력하면 미국도 중국도 우리를 감히 넘볼 수 없는 상황이야. 그래서 진정한 파트너로서 협력해야 냉정한 국제질서에서 살아남을 수 있다는 이야기를 하는 것이야."

"일본이 저렇게 반성하고 있지 않은데 우리만 먼저 협력하자고 하는 것도 문제가 있는 것 아닙니까?"

"그러니까 한국과 일본의 건전한 지식인들이 정치적 유불리를 떠나 머리를 맞대고 고민해야 한다는 이야기야."

"선배 말을 들으니 머리로는 이해가 되지만 가슴으로는 동의하기가 힘듭니다."

"이제 그 가슴을 열어야 해. 나는 네가 이번에 사명대사와 도쿠가와 이에야스의 만남을 연구하는 것도 가슴을 여는 시발점이라고 생각해. 사명대사는 모든 원한을 뒤로 한 채 가슴을 열고 이에야스를 만났어. 그래서 이에야스로

하여금 조선의 높은 문화를 깨우치게 했던 것이야. 이에야스는 사명대사를 진심으로 존경했어. 사명대사는 불교뿐만 아니라 유교적 관점에서도 이에야스를 감동시켰던 거야. 나는 사명대사의 마음으로 한국과 일본의 새로운 관계를 만들어야 한다고 생각해."

TV 뉴스에서는 코로나 이후 보복관광이라도 하듯이 한국 관광객이 일본 거리를 가득 메우고 있다는 보도가 흘러나오고 있었다.

사명과 히데타다의 만남

　히데타다는 쇼군 대관식이 끝난 후, 아버지의 분부대로 사명을 만나러 갔다. 아버지 이에야스가 그렇게나 존경하는 조선의 송운대사가 어떤 분인지 궁금했다. 또 한편으로는 자신의 후궁인 빈이 아버지처럼 생각하는 분이며, 장모인 미옥이 사랑했던 분이라고 하니 이미 알고 지낸 사람처럼 친근감마저 들었다. 히데타다가 방으로 들어가니 사명이 차를 마시고 있었다. 사명은 일어나서 합장하며 예를 표하였다. 히데타다도 머리 숙여 사명에게 인사했다.

　"말씀을 많이 들었습니다. 이렇게 큰스님을 뵙게 되어서 영광입니다."

　히데타다는 깍듯이 예를 차렸다. 사명은 히데타다의 얼굴을 살폈다. 왠지 일본의 다른 무사들과는 다른 학자풍의 모습이 보이기도 했다.

　"소승도 말씀을 많이 들었습니다. 그리고 먼발치에서 2대 쇼군이 되시는 대관식도 지켜보았습니다. 경하드립니다."

　"감사합니다. 조선의 대사님께서 대관식에 참석해 주셔서 저로서는 너무나 큰 영광이었습니다."

　"그날 대관식에 참가한 것은 저의 개인적인 참석이 아니라, 조선과 일본의 평화를 2대 쇼군께서 이룩하실 것이라는 믿음의 증표로 조선을 대표해서 참석한 것입니다."

"저는 아버님의 뜻을 이어서 반드시 조선과 일본의 평화를 이루어 내겠습니다. 저에게 많은 가르침을 주시기 바랍니다."

사명과 히데타다는 조선의 성리학, 그리고 히데타다가 존경하는 퇴계와 율곡 선생에 관해 시간 가는 줄 모르고 토론하였다. 히데타다는 불교의 선에 대해서도 많은 질문을 했다. 사명과 대화를 할수록 그의 학식과 인품에 깊이 빠져들던 히데타다는 사명에게 평생 좌우명으로 삼을 글을 부탁했다. 사명은 그 자리에서 일필휘지로 히데타다를 위한 시를 한 수 지어서 건넸다.

이에야스의 장자는 선학에 뜻이 있어 부지런히 불도를 구하므로 지어 주다

(家康長子有意禪學求語再勤仍示之)

우리가 사는 세상은 감춤도 다함도 없으며	一大空間無盡藏
인간의 본성은 냄새도 없으며 또한 소리도 없다	寂知無臭又無聲
지금 설법 듣겠다고 무엇을 번거롭게 물을 것인가	只今聽說何煩問
구름은 청천에 있고 물은 병 속에 있느니라	雲在青天水在瓶[66]

히데타다는 원래 이에야스의 장자는 아니지만, 쇼군의 직을 물려받았으므로 사명은 히데타다를 이에야스의 장남이라 칭했다. 사명은 히데타다에게 권력은 무상하며 인생은 구름과 병 속의 물처럼 허무하다는 것을 비유적으로 가르쳐 주고 싶었다. 히데타다는 사명의 시를 두 손으로 공손하게 받아들고 감사의 인사를 전했다.

"대사님이 저에게 내려주신 글귀의 내용을 깊이 새기겠습니다. 허무한 권

---

66) 『사명집』 권7.

력에 취하지 않고 항상 낮은 자세로 백성의 편에서 다스리겠습니다."

히데타다의 다짐에 사명은 그가 아버지 뒤를 이어서 일본을 잘 다스릴 것이라는 생각을 가지게 되었다. 히데타다는 사명에게 술을 한잔 올렸다. 사명과의 공식 회담이 끝나고 히데타다는 주위 사람들을 물러가게 했다. 사명과 단둘이 있게 되자 히데타다가 조심스럽게 말했다.

"대사님을 꼭 만나고 싶어 하는 분이 계십니다. 대사님을 뵙기 위해 에도에서 이곳까지 달려왔습니다."

"그분이 누구십니까?"

"조선인 포로였지만 학문이 높아서 지금은 저의 유학 스승님이 되셨습니다."

사명은 일본에 포로로 끌려온 조선의 유학자들이 일본 무사에게 성리학을 가르치고 있다는 소문을 듣고 있었기에 그들 중 한 사람으로 생각하고 히데타다에게 다시 물었다.

"어떤 벼슬을 한 유학자입니까? 나를 알고 계신 분입니까?"

"대사님을 사랑하는 분이십니다."

사명은 히데타다가 농담하는 줄 알고 웃으며 말했다.

"농담도 지나칩니다. 이 노인을 놀리는 겁니까?"

히데타다가 정색을 하고 말했다.

"제가 어디라고 농을 하겠습니까? 대사님을 평생 흠모한 가련한 여인이십니다. 황미옥이라고 기억하십니까?"

황미옥이라는 말에 천하의 사명도 깜짝 놀라 뒤로 물러나 앉았다.

"뭐라고 하셨습니까? 미옥이 살아 있다는 말입니까?"

"네, 살아 계십니다. 대사님을 뵙기 위해 이곳에 와 계십니다."

"그 딸 빈도 살아 있습니까?"

"네, 같이 와 있습니다."

빈도 살아 있다는 이야기에 사명은 심장이 터질 것 같았다. 이 소식을 빨리 손현에게 알려야겠다는 마음이 앞섰다. 그러나 히데타다의 다음 이야기에 사명은 할 말을 잃었다.

"빈은 저와 혼인해서 아들을 낳았습니다."

사명은 정신을 가다듬고 말했다.

"소승의 임무 중 가장 중요한 것은 조선인 포로를 조선으로 데려가는 일입니다. 아버님이신 쇼군께서도 소승에게 약조하셨습니다."

"저도 들었습니다. 자유의사에 맡긴다고 들었습니다."

"만약에 빈이 조선으로 돌아가겠다고 하면 그때는 어쩌시겠습니까?"

사명의 말에 히데타다는 당황하기 시작했다. 그는 아기까지 있는 빈이 떠날 것이라고는 꿈에도 생각지 못했다. 히데타다는 더듬거리며 말했다.

"빈이 자유의사로 조선으로 돌아가겠다고 하면 저는 돌려보내겠습니다. 그러나 빈은 자식을 버리고 떠날 모진 여인이 아닙니다."

히데타다의 강한 자신감에 사명은 일말의 분노를 느꼈다.

"빈의 남편도 소승과 함께 왔습니다. 우리는 두 모녀가 전쟁 중에 강으로 뛰어들었다기에 죽은 줄로만 알았습니다. 그래도 빈의 남편은 끝까지 포기하지 않고 빈을 찾겠다며 조선 팔도를 뒤졌지요. 그런데 빈이 이곳에 살아 있다니 소승도 믿기지가 않습니다."

빈의 남편이 살아 있다는 말에 히데타다의 안색도 변하였다.

"빈의 남편은 분명히 죽었다고 했습니다."

"소승도 지금 이 상황이 믿기지가 않습니다."

히데타다는 목에 힘을 주며 말했다.

"그래도 빈은 절대 조선으로 돌아가지 않을 것입니다."

"소승이 빈을 만나 보겠습니다."

"제가 얘기하겠습니다. 그리고 대사님과 빈의 만남은 빈의 뜻에 맡기겠습니다."

화기애애하던 분위기는 빈의 이야기로 찬물을 끼얹은 듯 냉랭해졌다. 히데타다는 무거운 표정으로 사명에게 인사하고 집으로 돌아갔다. 사명은 자리를 뜨지 못하고 한참을 앉아 있었다.

빈의 고민, 그리고 히데타다

사명을 만나고 집으로 돌아온 후, 히데타다는 고민에 휩싸였다.

'조선인 남편이 살아 있다는 것을 알면 빈은 아기를 두고서라도 조선으로 돌아간다고 할 것인가? 빈이 조선으로 돌아가면 나는 어떻게 해야 하나?'

히데타다는 그 생각만 하면 괴로웠다. 자신의 아버지 도쿠가와 이에야스는 조선인 포로 중 자유의사로 돌아가겠다는 사람은 모두 조선으로 돌려보내겠다고 사명에게 약속했다. 신의를 지키는 아버지의 말을 자식이 어길 수는 없다. 쇼군인 자신부터 이를 지키지 않는다면 아버지의 권위는 땅에 떨어질 것이고, 정권을 잡은 도쿠가와가는 영주들의 신뢰를 잃게 될 것이다. 저녁상을 가져온 빈을 보자 히데타다는 밥이 넘어가지 않았다. 히데타다의 표정을 보고 빈이 입을 열었다.

"어머니는 종일 당신이 돌아오기를 학수고대하며 기다리고 있었습니다. 사명대사님을 만나 뵈었습니까? 만나 뵙고 저희 모녀 이야기를 하셨는지요?"

히데타다는 빈의 목소리가 귀에 들어오지 않았다. 다짜고짜 빈에게 물었다.

"당신도 조선으로 돌아가고 싶소?"

"고향으로 돌아가고 싶지만, 제가 어찌 갈 수 있겠습니까?"

"아버님은 본인이 가고 싶다고 하면 모두 돌려보내겠다고 조선의 사자에게 말씀하셨소."

히데타다의 표정을 읽고 빈은 말했다.

"저는 사랑하는 아들이 있는데, 아무리 고향이 좋다고 한들 자식을 버리고 가겠습니까? 고향에는 저를 기다리는 사람이 없습니다. 그리고 저는 당신의 아내입니다."

"당신은 나를 사랑하오?"

"사랑합니다."

히데타다는 사실대로 이야기했다.

"사명대사님은 당신 모녀를 조선으로 데려가고 싶어 하오."

"어머니가 조선으로 돌아가실지는 어머니께 여쭤보겠습니다."

히데타다는 순간 망설였다. 손현의 이야기를 해야 할지 말아야 할지 혼란스러웠다. 하지만 어차피 해야 할 이야기였다.

"사명대사가 당신을 만나고 싶다고 하셨소. 그리고 또 한 가지, 당신과 혼인을 약속했던 손현이라는 남자도 사명대사의 수행원으로 같이 왔다고 하오."

빈은 히데타다의 입에서 손현의 이름이 나오는 순간 심장이 멎는 것 같았다. 손현이 살아 있다는 소식도 기겁할 일이지만 그가 사명대사와 함께 이곳에 왔다는 사실이 믿기지가 않았다.

"그분은, 그분은 분명히 돌아가셨습니다. 그분이 살아서 여기까지 왔다는 것을 믿을 수 없습니다."

"손현을 만나지는 못했지만, 사명대사가 그렇게 말씀하셨소."

빈은 그만 기절하듯이 쓰러졌다. 히데타다는 급하게 의원을 불렀다.

정신을 차린 빈은 설움에 복받쳐 통곡했다. 히데타다는 빈의 마음이 가라 앉을 때까지 기다려 주었다.

"그대를 붙잡고 싶은 심정은 그 누구보다도 큽니다. 그러나 여기 남으라고 강요하지는 않겠습니다."

빈이 정색을 하며 물었다.

"우리가 처음 만났을 때처럼 여전히 저를 사랑하시나요?"

빈의 갑작스런 질문에 히데타다는 소년처럼 순진하게 대답했다.

"이 세상 어느 여인보다 그대를 사랑합니다. 내게 사랑을 일깨워 준 사람은 바로 당신입니다."

"그런데 왜 흔들리는 제 마음을 잡아주지 않으십니까?"

"나는 당신이 행복했으면 하는 바람뿐입니다. 그것이 사랑하는 사람에 대한 도리라고 생각해요. 당신이 진정으로 원하는 쪽으로 결정하시오."

"제가 진정으로 원하는 것이 무엇인지 모르겠습니다. 제 마음을 저도 모르겠습니다. 손현은 당신을 만나기 전에는 저의 전부였습니다. 그러나 전쟁이 우리를 갈라놓았고 죽은 줄로만 알았습니다. 그런데 그 사람이 살아서 저를 찾고 있습니다. 그분에게 돌아가야 한다는 생각이 듭니다. 하지만 저에게는 이미 아이가 있습니다. 어찌 에미가 자식을 버리고 갈 수 있겠습니까? 짐승도 그렇게 하지는 못합니다."

"전쟁을 일으킨 일본을 대신해서 손현에게도, 당신에게도 사죄하고 싶습니다. 그 사죄의 의미로 나는 당신의 결정에 따르려고 하는 것입니다."

"저의 결정만을 강요하지 마세요. 잔인한 말씀입니다."

"당신이 여기 일본에 남든 조선으로 돌아가든 손현을 만나보고 결정했으면 합니다."

"그분을 만나면 저는 무너집니다. 무너지지 않기 위해서 만나지 않으려는 것입니다. 쇼군의 명분이 그렇게 중요합니까? 명분보다 중요한 것이 인간의 감정입니다."

히데타다는 눈물을 흘리며 말했다.

"저를 용서해 주십시오. 그리고 저를 위해 남아 주세요."

히데타다는 빈에게 무릎을 꿇고 사정했다. 빈은 히데타다를 끌어안고 절규했다. 두 사람의 울음소리에 잠자던 아기가 놀라서 울음을 터트렸다. 세 사람의 울음이 교토의 성을 먹구름처럼 감싸고 있었다.

일본에서 만난 사명과 미옥

미옥은 조선 탐적사 사절이 머무는 숙소에 사람을 보내서 사명에게 만나고 싶다는 편지를 전달했다. 미옥의 편지를 받은 사명의 손은 떨렸다. 사명은 손현에게 알리지 않고 미옥이 교토에서 머무는 집을 찾았다. 그 집은 미옥이 에도로 가기 전까지 살았던 집으로, 일본식 정원이 예쁘게 꾸며져 있었다. 일본식 정원 한가운데 피어 있는 봉숭아꽃이 사명의 눈에 들어왔다. 미옥이 조선에서 유독 좋아한 꽃이었다. 미옥이 봉숭아꽃을 따다 손톱에 물들이고는 사명에게 자랑하던 모습이 눈에 선했다. 사명은 별채 하인의 안내로 문 앞에 섰다. 사명의 가슴은 고동치며 떨렸다. 일본의 쇼군 도쿠가와 이에야스를 만날 때도 당당했던 사명은 미옥의 별채 문 앞에서 무너져 내리고 있었다. 드디어 문이 열리고 미옥이 모습을 드러냈다. 미옥은 예전 모습과 변한 것이 하나도 없었다. 이미 오십이 가까운 나이였지만 사명의 눈에는 여전히 자신을 따르던 어린 처녀의 모습이었다. 미옥은 사명을 보자 맨발로 뛰어나와 사명의 가슴을 치며 통곡했다.

"왜 이제야······."

미옥은 그만 혼절하고 말았다. 사명의 눈에도 눈물이 흘렀다. 사명은 혼절한 미옥을 안아 주었다. 어떤 말도 할 수 없었다. 그냥 말없이 미옥을 가슴으로 안고 한참이 흘렀다. 정신을 차린 미옥과 사명은 방으로 들어갔다. 하인이 내온 차를 대접하며 미옥은 그동안의 일을 부처님 앞에서 고하듯이 토해냈다. 말하는 순간순간 고통스러운 기억에 미옥은 말을 끊고 눈물을 흘렸다. 사명은 빈을 보고 싶어 했지만, 빈은 나타나지 않았다. 손현이 살아서 사명과 함께 왔다는 소식에 사명을 만나고 싶어 하지 않은 것이다. 얼마 후 빈 대신 히데타다가 방으로 들어왔다. 사명은 원수의 나라에서 딸 같은 빈을 빼앗아간 히데타다가 원망스러웠다. 그런 사명을 보고 히데타다가 말했다.

"대사님께서 무슨 생각을 하시는지 저도 알고 있습니다. 꽃이 바람에 맞서면 꽃은 꺾입니다. 그러나 꽃이 바람을 타면 그 향기는 십 리를 갑니다."

"바람도 바람 나름이오. 임진왜란은 피바람이었습니다."

"피바람도 세월이 흐르면 피 냄새는 사라지고 잔잔한 바람으로 바뀝니다. 저는 빈이 피바람을 이겨내고 잔잔한 바람에 향기를 피우게 하고 싶습니다. 저는 절대로 빈과 강제로 혼인하지 않았습니다. 빈이 저를 사랑할 때까지 기다렸습니다. 빈이 마음을 돌리지 않는다면 저는 평생을 기다릴 생각을 했습니다. 저는 제 목숨보다 더 빈을 사랑합니다. 대사님 저의 진심을 믿어 주십시오."

사명은 말없이 지켜보기만 했다. 미옥은 또다시 눈물을 쏟기 시작했다. 그 눈물은 사위에 대한 연민과 또 한편으로는 딸에 대한 안타까움이었다. 사명은 손현의 이야기는 꺼내지 않았다. 히데타다를 보니 사명에게는 손현의 얼굴과 겹쳐졌다.

'이 무슨 운명의 장난이라는 말인가?'

사명은 실타래처럼 엉킨 인연의 골짜기에서 어떻게 나올 수 있을까 계속 생각했다. 손현은 아직도 빈을 찾아 헤매고 있는데, 이렇게 빈은 일본 무사의 아내가 되어 살고 있는 이 인연의 장난을 어떻게 해석해야 할까. 사명은 생각을 정리하기 힘들었다. 사명은 히데타다에게 말했다.

"내가 직접 빈을 만나고 싶습니다."

히데타다는 사명에게 약속했다.

"빈은 지금 아무도 만나고 싶어 하지 않습니다. 그렇지만 제가 설득해서 대사님을 꼭 만나 뵙게 하겠습니다."

사명은 빈의 마음을 이해할 것 같았다. 손현 때문에 자신도 만나고 싶어 하지 않는 빈의 처지에 가슴이 아팠다.

히데타다가 사명이 만나고 싶어 한다는 말을 전하자 빈은 단호하게 거절했다. 사명을 만나면 손현을 꼭 만나야 한다는 것을 알았기 때문이다. 그 두 사람을 만나게 되면 자신의 마음이 변할지 모른다는 두려움도 함께 있었다. 그러나 빈의 마음을 모른 채 히데타다는 말했다.

"사명대사가 당신에게는 아버지 같은 분이라 들었소. 한번 만나 보시오."

빈은 히데타다가 원망스러운 듯 눈에 눈물을 가득 안고 말했다.

"왜 대사님을 보고 싶지 않겠습니까? 대사님을 뵈면 제 마음이 흔들릴까 봐 두려운 것입니다. 저는 조선에서 온 그 사람을 만나고 싶지 않습니다. 그분을 만나면 그분도 힘들고 저도 힘들어집니다. 그분도 죽은 사람이고 저도 어차피 죽은 사람입니다. 제발 만나지 않게 해 주십시오."

히데타다는 빈이 안쓰러웠다.

"그대의 뜻에 따르겠소."

그리고는 빈을 꼭 껴안았다.

"내가 그대를 꼭 지킬 것이오."

빈은 그 말이 귀에 들어오지 않았다. 손현을 떠올리기만 해도 온몸의 기운이 다 빠져나가는 것만 같았다. 한편으로는 죄책감으로, 또 한편으로는 아직 남아 있는 사랑의 감정으로 빈은 자신을 통제할 수가 없었다.

손현의 고뇌

숙소로 돌아온 사명은 빈의 소식을 손현에게 어떻게 알려야 할지 고민스러웠다. 저녁에 단출한 술상을 마련하고 손현을 불렀다. 손현은 사명의 어두운 낯빛을 걱정하며 물었다.

"어디 불편한 데라도 있으십니까?"

사명은 말없이 술을 따라주었다.

"인생이란 게 참 우습구나. 죽을 때가 되어 가는데도 인생을 모르겠어."

손현은 사명의 말뜻이 궁금했으나 그저 따라주는 술만 마셨다. 사명도 술을 한잔 마시곤 결심한 듯 입을 열었다.

"너는 아직도 빈을 못 잊고 있느냐?"

"저는 아직도 빈이 어디에선가 나타날 것만 같은 꿈을 꾸며 살고 있습니다."

"그 빈이 살아 있다."

"네? 어떻게요? 빈이 정말로 살아 있습니까?"

손현의 목소리는 떨리기 시작했다. 사명은 눈을 감고 말했다.

"내가 오늘 빈의 에미 미옥을 만났다."

손현은 호흡이 가빠졌다.

"혹시 빈도 만나셨습니까?"

"빈은 만나지 못했다."

사명에게 빈의 소식을 들은 손현은 가슴을 치며 말했다.

"당장 빈을 만나고 싶습니다. 빈을 만나게 해주십시오."

사명의 머뭇거리는 표정에 손현은 문득 불안한 마음이 밀려왔다. 사명은 진실을 말해 주는 것이 옳다고 생각했다.

"흥분하지 말고 지금부터 내가 하는 말을 잘 들어라. 빈은 이미 이곳에서 다른 사람과 혼인하여 아기까지 있다고 한다."

손현은 번개에 맞은 듯 머리가 하얘졌다.

"그럴 리가 없습니다. 빈이 그럴 리가 없습니다."

"빈이 이곳 일본에 포로로 끌려온 지 10년이 훨씬 넘었어. 그 두 모녀가 비참한 포로 생활을 어떻게 버티어 왔는지 자네는 모를 걸세. 빈이 살아 있는 것만으로도 고맙게 생각해야 해. 빈은 자네의 편지를 받아 보고 따라 죽으려고 했다네. 제 어미가 간곡하게 설득해서 자결까지는 막을 수 있었다고 하더군."

"그러면 빈의 남편은 누구입니까?"

"지금 일본의 2대 쇼군인 히데타다야."

"히데타다의 정실부인은 오다 노부나가 여동생의 딸이라고 들었습니다."

"빈은 정실부인이 아니고 그의 둘째 부인으로 살고 있어."

손현의 눈은 분노의 핏기로 가득 찼다.

"대사님, 빈을 한번만이라도 만나게 해주십시오."

"빈은 지금 누구도 만나고 싶지 않다고 하더군."

"만나서 제 눈으로 확인하고 싶습니다."

"자네가 빈을 이해해 주었으면 하네. 지금 빈의 심정을 조금이라도 알아주었으면 해."

"대사님, 저에게는 빈 하나밖에 없습니다. 제가 빈을 만나지 못하면 저는 이곳에서 할복하여 저 더러운 왜놈에게 죽음으로 복수하겠습니다."

손현의 감정은 깊은 곳에서부터 떨리고 흔들렸다. 사명은 손현이 측은해서 견딜 수가 없었다. 손현은 부들부들 떨면서 한참을 울었다. 사명은 손현의 울부짖음을 가만히 지켜보며 나무아미타불을 외었다. 울음을 그친 손현이 사명에게 사정했다.

"그러면 빈의 남편인 히데타다라도 만나게 해주십시오. 제 목숨보다 사랑하는 빈의 행복을 위해서 히데타다를 만나보고 제 마음을 결정하겠습니다."

"히데타다는 일본의 왕, 쇼군이야. 조선의 말단 하급관리가 일본의 쇼군을 어떻게 만난다는 말이냐? 불가능한 일이다."

손현은 감정을 주체하지 못하고 흐느껴 울기 시작했다.

"너의 인생도 참 나와 닮았구나. 부처님은 왜 이런 인연들을 만들어 내었을까?"

손현은 어린애처럼 사명의 무릎에 얼굴을 묻고 울음을 터뜨렸다. 그 울음은 배고픈 어린애가 어머니의 젖을 찾는 인간의 가장 원초적인 울부짖음이었다. 사명은 어머니처럼 손현의 등을 어루만졌다. 손현이 고개를 들고 말했다.

"대사님, 빈을 볼 수 없으면 장모님이라도 뵐 수 있게 해주십시오."

"빈의 어미는 만나게 해주마."

손현의 서러운 울부짖음이 흐느낌으로 변하고, 그 흐느낌은 밤새도록 일본의 밤공기를 적시고 있었다.

미옥을 만나기 전날 밤, 손현은 가슴이 두근거렸다. 혹시 미옥을 통해서 빈의 마음을 돌릴 수 있지 않을까 하는 가냘픈 희망 때문이었다. 다음 날 미옥의 집을 찾았다. 사명은 함께 가지 않고 그들이 만나는 동안 절에 가서 기도를 올렸다. 다다미로 연결된 손님 방에서 미옥을 기다리던 손현은 곱게 한복을 차려입고 걸어오는 미옥의 모습에 참았던 눈물을 쏟았다. 손현은 미옥에게 큰절을 올렸다. 손현이 바싹 마른 입으로 침을 삼키며 말했다.

"장모님, 그동안 얼마나 고생이 많으셨습니까? 제가 이렇게 살아서 원수의 나라에서 장모님과 처를 만나다니 하늘도 우리의 사랑을 시샘하는 모양입니다."

손현의 말에 미옥도 참았던 눈물을 쏟았다. 손현을 만나도 울지 않겠다고 다짐을 했건만 흐르는 눈물을 주체할 수 없었다. 그러나 미옥은 이를 악물고 소리 내지 않고 울었다. 마음으로는 다가가서 안아주고 싶었지만, 몸이 움직이지 않았다. 손현이 미옥의 표정을 보고 말했다.

"장모님, 울지 마세요. 장모님의 눈물이 모든 것을 말해 주고 있습니다."

미옥이 떨리는 목소리로 말했다.

"미안하네, 내가 자네 볼 면목이 없어."

"아닙니다. 제가 오히려 장모님과 빈에게 죄인입니다."

"세상이 원망스럽네."

손현은 조심스럽게 말했다.

"장모님, 한번만이라도 빈을 보게 해주십시오."

"빈이를 보면 자네의 마음만 더 아플 거야. 빈이도 자네를 볼 면목이 없다고 계속 울고만 있네."

"제가 빈을 만나서 설득해 보겠습니다."

"설득하다니? 일본인과 혼인해서 애까지 딸린 여자를 설득해서 데려가겠다는 말인가?"

미옥의 단호한 말에 손현은 설움이 복받쳐 올랐다.

"저는 빈이 가지 않겠다면 이곳 일본에서 죽을 작정입니다."

"그냥 빈이가 죽었다고 생각하게."

"살아 있는 사람을 어떻게 죽었다고 생각합니까? 제가 이 전쟁 중에 모진 목숨을 버리지 않고 버틴 것은 빈이 살아 있을 거라는 희망 때문이었습니다. 이제 그 희망을 찾았는데 어떻게 빈을 죽은 사람 취급 할 수 있겠습니까?"

"자네와 빈이의 인연은 거기까지라 생각하게. 더 이상 인연을 얽히게 하지 말게나."

"저는 얽힌 인연을 풀려고 합니다. 제발 한번만이라도 빈을 만나게 해주십시오."

미옥은 간절히 애원하는 손현의 부탁을 차마 거절할 수 없었다.

"빈이를 만나면 빈이의 뜻에 따르겠나? 자네가 약조하면 내가 마지막으로 만나게 해주겠네."

미옥은 애써 정을 떼려는 듯 쌀쌀맞게 말했다. 그러나 그녀의 마음은 손현에 대한 애틋함으로 타들어 가고 있었다. 방안을 밝히는 촛불이 애처로운 듯 두 사람을 밝히고 있었다.

눈물의 재회

빈은 끝까지 손현을 만나지 않으려 했다. 그를 만나면 마음이 흔들릴까 봐 두려웠던 것이다. 그런 빈에게 미옥이 말했다.

"너의 마음은 이 어미가 잘 안다. 네가 손현을 만나서 마음이 흔들릴 것 같으면 만나지 않아도 좋다. 그러나 그렇게 갈망하는 손현의 얼굴을 보지 않고 보내면 너도 평생 후회하면서 살 것이다. 만나서 깨끗하게 보내 줘라."

미옥은 목이 메어 더 이상 말을 잇지 못하였다.

손현과 빈이 만나기로 한 날, 봄날의 벚꽃이 만발했다. 하지만 빈의 마음은 얼어붙은 겨울이었다. 손현은 벚꽃이 만발한 교토의 공원에서 빈을 기다렸다. 저 멀리 가마에서 빈이 내렸다. 손현은 미친 듯이 뛰어 빈에게로 갔다. 빈의 눈물에 젖은 벚꽃잎이 사방에 휘날리고 있었다. 더 성숙해지고 아름다워진 빈의 모습에 손현의 가슴은 터질 것만 같았다. 빈 역시도 손현을 보자 심장이 멎을 것처럼 호흡이 가빠졌다. 손현은 마음을 가다듬고 옛날 어릴 적 그랬던 것처럼, 아무 일 없었다는 듯 말했다.

"너무 보고 싶었어. 지금 꿈을 꾸고 있는 것 같다. 하늘이 우리를 다시 만나게 해준 것 같아."

빈은 고개를 숙이고 울음을 참았다.

"저도 이 모든 것이 꿈이었으면 하면서 여기까지 왔습니다. 오는 도중에 제발 꿈이길 바랐습니다."

"예전 친구일 때처럼 말해 줘. 나는 그 시절로 돌아가고 싶어."

"지나간 세월은 엎질러진 물처럼 되돌릴 수 없습니다."

"너만 마음을 바꾸면 모든 것을 없던 것처럼 되돌릴 수 있어."

"제 마음도 함께 엎질러졌습니다."

"나는 네가 어딘가 살아 있을 거라는 희망 하나로 살아남았어. 대사님을 따라 일본으로 같이 온 것도 혹시나 네가 일본에 포로로 끌려오지 않았을까 하는 마음에 따라온 거야. 사명대사님이 공무를 수행하고 계실 때 나는 포로들을 만나며 너와 장모님을 찾아다녔어."

"저는 당신이 죽은 줄 알았습니다. 저도 따라 죽으려고 했지만, 어머니 때문에 죽지 못했습니다."

손현은 고개 숙이고 있는 빈의 모습을 뚫어지게 쳐다봤다. 어릴 때 모습 그대로였다.

"빈아, 이 순간만이라도 우리 옛날로 돌아가서 친구처럼 얘기하자."

"저는 이미 몸을 더럽힌 여자입니다. 그리고 다른 남자의 아기까지 낳았습니다."

"나는 누가 뭐라든 상관하지 않아. 내가 목숨 바쳐 사랑할 수 있는 사람이 내 곁에 있는 한 모든 것을 지킬 거야. 제발 나에게 돌아와줘. 이렇게 사정할게."

"저는 왜군에 쫓겨 어머니와 함께 죽으려고 강으로 뛰어들었는데, 그만 이곳으로 끌려왔습니다. 그리고 도공들의 도움으로 이곳 일본에서 몸을 더럽히지 않고 살아왔습니다."

"그런데 어떻게 원수의 아들과 결혼을 한 거야? 너답지 않게 말이야"

"저도 당신을 죽인 원수의 아들과 결혼할 생각은 꿈에도 없었습니다. 그러나 우리 목숨을 살려준 도공들의 은혜를 배반할 수 없었고, 5년간이나 저를 묵묵히 기다려준 지금의 서방님에게서 당신의 모습을 찾았습니다. 지금도 저의 사랑은 당신밖에 없습니다. 그러나 아이의 엄마가 되고 나니 엄마는 달랐습니다. 아이를 위해 제 목숨을 바칠 수도 있다는 생각밖에 없습니다. 당신이 저를 찾아서 일본에 왔다는 소식을 듣고 저는 숨을 생각만 했습니다. 당신을 만나고 싶지 않았습니다. 당신을 만나면 제 마음이 약해질까 두려웠습니다."

"내가 네 아이의 아버지가 될게. 아버지가 되어 고향으로 돌아가서 옛날처럼 살자."

"고향으로 돌아가면 저는 화냥년이라고 손가락질을 받겠지요. 그리고 아이까지 왜놈의 자식이라고 손가락질하겠지요."

"그러면 고향이 아니라 아무도 모르는 곳에 가서 살면 되지 않겠어?"

"당신이 견디기 힘들 것입니다."

"그 사람을 사랑하는 거야?"

"그분은 아이의 좋은 아버지입니다. 저희 모녀에게 은혜를 베푸신 분입니다. 그분을 배반할 수 없습니다."

"그러면 나는 배반해도 괜찮다는 말이야?"

"저에게 이미 당신은 죽은 사람입니다."

빈의 단호한 말에 손현은 하늘이 무너져 내리는 것 같았다. 손현은 빈의 입에서 히데타다의 이야기가 나오자 억눌렀던 감정이 폭발했다.

"우리 조선의 원수인 그런 놈 편을 들다니, 나는 그런 놈을 죽이지 못하는 것이 한스러울 뿐이다."

손현은 감정에 복받쳐 울부짖은 후, 하늘을 향해 무릎을 꿇고 저주하듯 퍼부었다.

"이것이 무슨 하늘의 장난이란 말입니까? 제가 뭘 그리 잘못했기에 이렇게 큰 아픔을 주신단 말입니까? 사랑하는 사람을 찾기 위해 여태까지 목숨을 부지하고 살았는데, 사랑하는 사람은 일본으로 끌려와 원수의 아들과 결혼을 하다니, 이 무슨 하늘의 장난이란 말입니까? 하늘이 원망스럽습니다."

손현은 주먹으로 땅을 내리쳤다. 주먹에서는 피가 쏟아져 나왔고, 흙과 돌은 피와 뒤범벅이 되어 손현의 얼굴을 때렸다. 빈은 말없이 눈물만 삼키고 있었다. 감정을 억제하지 못한 손현은 가슴이 터질 것 같은 심정으로 매달렸다.

"우리 다시 옛날로 돌아가자. 우리 사랑만 있다면 뭐든지 할 수 있어. 우리 집은 네가 가꾼 모든 게 그대로 있어. 네가 심은 살구나무에 살구가 열렸지만 나는 네가 생각나서 그 살구를 먹을 수가 없었어. 우리 집은 모든 것이 그대로야. 우리 집 곳곳에 너의 자취가 없는 곳이 없어. 나는 항상 너와 함께하고 있었어. 네가 꼭 살아서 돌아올 것만 같아서 대문도 걸지 않았어. 밤에라도 네가 불쑥 올 것 같아서 문을 열고 초롱불을 대문에 걸어놨지."

손현은 목이 메어 더 이상 말을 잇지 못했다. 빈은 무너져 내려갔다. 입술이 떨려 말이 나오지 않았다. 그녀의 가슴도 터질 것만 같았다. 빈도 참았던 울음을 울면서 어린애처럼 말했다.

"미안해, 미안해. 너를 볼 염치가 없어서 너를 만나지 않으려고 했어. 나도 네가 살아서 나를 찾고 있다는 소식을 듣고 몇 번이고 너에게 달려가고 싶었어. 그러나 나는 너를 볼 자격이 없는 여자야. 나는 죽고만 싶은 심정이야."

"일본에서 벌어진 일을 꿈이라고 생각하고 옛날로 돌아갈 수 없겠어?"

"나는 너에게 바쳐야 할 순결을 잃었어."

"무슨 소리를 하는 거야? 우리의 사랑만 있다면 나는 무엇이든지 할 수 있어. 우리 조선으로 가서 아기와 함께 아무도 모르는 곳에서 살자."

"우리는 일본을 벗어날 수가 없어. 그러고 싶지만 사명대사님이 이룬 일이 물거품이 되어 버리는 것은 원하지 않아. 그리고 네 마음속 깊은 상처는 결국 곪아 터져 내 아이와 나에게 화살이 되어 돌아오겠지. 그래서 나는 네가 일본에 왔다는 소식을 듣고 죄책감과 괴로움에 죽으려고 목을 매달았지만 아이 때문에 죽지 못했어. 나는 지금 죽고 싶은 마음밖에 없어."

손현은 빈의 이야기를 듣다 보니, 이러다 빈이 목숨을 버릴 수도 있겠다는 생각이 들었다. 손현은 감정을 추슬렀다.

"나를 용서해 줘. 네 입장을 생각하지 않고 나만 생각한 이기적인 사랑을 용서해 줘."

빈은 눈물을 흘리며 말했다.

"아니, 나를 용서해 줘. 내가 죽일 년이야."

"빈아, 내가 미안하다. 죽지만 말아다오. 나는 너를 강제로 데려가지 않을 거야. 네가 살아 있다는 것만으로도 부처님께 감사드릴 일이야. 나는 조선으로 돌아가면 머리를 깎고 스님이 되어 전국을 떠돌아다니며 살 거야."

빈은 고개를 숙이고 통곡에 가까운 울음을 터뜨렸다. 손현은 빈의 통곡하는 모습을 애처롭게 보며 말했다.

"마지막으로 너를 한번 안아보고 싶어."

빈이 고개를 끄덕였다. 손현은 빈을 힘껏 안았다. 빈의 향기가 손현의 몸속으로 파고들었다. 빈이 속삭이듯 말했다.

"이대로 시간이 멈추었으면."

빈이 참았던 눈물을 폭포처럼 쏟아냈다. 손현은 옷깃으로 빈의 눈물을 닦아 주었다. 그 눈물이 손현의 마음의 상처를 씻어 주었다. 둘은 그렇게 한참을 껴안고 떨어질 줄 몰랐다. 휘날리는 벚꽃이 그 둘을 감쌌다.

마지막 만남, 그리고 영원한 이별

빈을 만나고 온 후, 손현은 잠을 이룰 수가 없었다. 세상이 원망스러워 이불을 뒤집어쓴 채 목에 피가 나도록 소리를 질렀다. 한참을 악에 받쳐 소리 지르자 온몸의 힘이 빠졌다. 다음 날 아침 손현의 마음은 오히려 잔잔해졌다. 빈을 놓아주기로 마음먹은 것이다. 빈이 행복하기만 하다면 자신은 어떻게 돼도 좋다는 생각이 그의 마음을 편안하게 했다. 손현은 사명에게 말했다.

"제가 진심으로 빈을 사랑한다면 빈을 놓아주는 것이 맞는 것 같습니다. 사랑은 집착이 아니라고 대사님께서 말씀하셨지요. 저도 이제 집착을 버리고 빈의 행복만을 생각하겠습니다. 모든 것을 버리겠다 생각한 순간 마음이 편안해졌습니다. 어차피 빈손으로 온 세상, 빈손으로 떠나고자 합니다."

"나와 함께 조선으로 돌아가자. 마음을 비우면 새로운 세상이 보일 것이다. 그것이 바로 깨달음이다."

손현은 사명의 말에 다시 눈물을 쏟았다. 그리고 그 눈물이 그의 마음을 정화시켰다.

빈은 손현을 그냥 보낼 수가 없었다. 손현이 자신에 대한 한(恨)을 안고 조선으로 떠나면 더 이상 살 수가 없을 것만 같았다. 그래서 손현이 떠나기 전날 집으로 초대했다. 손현을 한 번이라도 더 보고 싶다는 마음도 있었다. 손현을 만난 이후 숱한 밤을 잠 못 이루고 뒤척였다. 날이 밝자 빈은 거울 앞에서 얼굴을 단장했다. 아름다운 모습으로 손현의 마지막 기억에 남고 싶었다. 빈은 고향 음식을 정성스럽게 준비했다. 손현이 어릴 때 좋아하던 콩잎을 된장에 묻혀 준비하고, 밀양 개울가에서 함께 미꾸라지를 잡아 추어탕을 끓여 먹던 기억을 되새기며 추어탕을 준비했다. 거기다 방아잎을 준비해서 넣었다. 손현은 빈이 차린 음식 앞에 앉자 눈물부터 쏟아졌다. 그 음식이 무엇을 뜻하는지 알고 있었다. 오직 둘만을 위한 밥상이었다. 마치 신혼부부처럼 빈이 먼저 손현에게 숟가락을 건넸다. 손현의 손은 떨리고 있었다. 눈물이 추어탕 속으로 뚝뚝 떨어졌다. 빈은 그 모습에 가슴이 찢어지는 것만 같았다. 빈이 울부짖듯이 말했다.

"용서해 주세요. 내가 나쁜 년입니다."

"아니, 내가 잘못했소."

빈은 손현의 손을 잡으며 어린 시절로 돌아간 것처럼 말했다.

"시간을 되돌릴 수만 있다면 어린 시절로 돌아가고 싶어. 개울에서 미꾸라지 잡고 뛰어놀던 때가 그리워. 나는 지금도 너와 놀던 그 시절을 꿈꿔. 그럴 때 꿈인 줄 알면서도 그 꿈에서 깨어나기 싫어 꿈을 붙잡고 울었어. 아침에 일어나면 그 눈물이 이불을 적셨어."

손현은 빈의 눈망울에 눈물이 맺히는 것을 보고 가슴이 아려 왔다.

"나도 돌아갈 수만 있다면 그때로 돌아가고 싶어."

빈은 흐르는 눈물을 닦지 않고 말했다.

"꿈에서 깨면 지옥이었어. 사는 것이 지옥이었어. 하지만 어머니 때문에 죽지 못했어. 네가 살아 있다는 걸 알았다면 나는 절대 혼인하지 않았을 거야. 그리고 죽어서라도 일본을 탈출해서 영혼이나마 너를 만나러 갔을 거야."

손현은 빈의 눈물을 닦아 주며 말했다.

"죽지 말고 살아만 있어. 네가 살아 있겠다고 약속하면 나는 혼자 조선으로 돌아갈 거야. 네가 어느 곳에 있든 살아만 있다면 나는 그것으로 행복해. 그것이 너에 대한 나의 진정한 사랑이라는 것을 알아주기를 바라. 나는 죽을 때까지 너를 사랑할 거야. 내 마음은 너를 처음 본 순간부터 네 생각으로 가득 채워졌어. 다른 사람은 그곳을 비집고 들어올 틈이 없었어."

빈은 흐느끼며 말했다.

"나도 내 마음속에는 너밖에 없어. 내 몸은 이미 더럽혀졌지만 내 마음은 항상 똑같았어. 내가 진정으로 사랑하는 사람에게 내 순결을 바치고 싶었는데, 하늘이 원망스러워."

"네가 이곳에서 잘살고 있는 모습을 보았으니 행복하게 조선으로 돌아갈 수 있을 것 같아. 행복해야 해. 네가 행복하면 나도 행복해. 이것이 이승에서 우리의 마지막 만남이라고 생각하니 추억 하나하나가 소중하게 느껴져. 소중한 추억을 만들어 줘서 고마워. 정말 미안하고 사랑해."

손현은 빈을 꼭 껴안았다. 빈의 어릴 적 체취가 코를 덮쳤다. 손현은 마지막 빈의 향기를 담으려는 듯 깊은숨을 들이마셨다. 손현은 품속에서 편지를 꺼내 빈에게 주었다.

"내가 떠난 뒤에 읽어 봐."

손현은 마지막으로 빈의 얼굴을 쓰다듬고는 일어났다. 그리고 뒤도 돌아보지 않고 떠났다. 빈은 큰절로 마지막 인사를 했다. 이것이 마지막이라고 생각하니, 순간 손현을 따라가고 싶은 충동마저 일었다. 이것이 무슨 인연이라는 말인가? 빈은 하늘을 원망하고 세상을 원망하는 절규를 가슴속에 꾹꾹 눌렀다. 그 절규가 곧 터져나올 것만 같았다.

미옥과 빈의 이별

사명이 조선으로 떠나기 전날 밤, 미옥은 안절부절못하며 밥이 넘어가지 않았다. 그런 모습의 어머니를 보고 빈은 마음에 결심을 하고 말했다.

"어머니는 사랑하는 사람을 따라 조선으로 가세요."

미옥은 빈의 말에 펄쩍 뛰었다.

"내가 어찌 너를 여기 남겨두고 간다는 말이냐? 절대로 그럴 수는 없다."

"조선으로 돌아가셔서 제가 보고 싶던 고향의 산천을 어머니 눈으로 보셔야 합니다. 저는 어머니 눈을 통해서 이곳 일본에서 고향을 볼 것입니다. 그리고 제가 못 이룬 사랑을 어머니는 꼭 이루시기 바랍니다. 저는 아이 때문에 갈 수 없지만 제 마음은 어머니를 따라서 갈 것입니다."

미옥은 빈의 간절한 마음에 눈물부터 쏟아졌다.

"내가 어떻게 너를 두고 간다는 말이냐? 나는 절대 그럴 수가 없다."

미옥의 눈물은 통곡으로 바뀌고 있었다. 빈은 어머니의 손을 잡고 말했다.

"어머니 제 걱정은 하지 마세요. 저는 제 아이를 잘 키워 조선의 위대함을 이곳에 심겠습니다. 저는 제 아들을 통해서 조선과 일본의 가교 역할을 할 것이며, 일본이 조선을 절대 넘볼 수 없도록 하겠습니다."

미옥은 빈의 당당하고 바른 모습에서 범접할 수 없는 위엄을 느꼈다.

'빈은 이제 내 품속의 자식이 아니다. 이제는 내가 빈을 놓아주어야 한다.'

미옥은 눈물을 닦고 말했다.

"그래 너의 뜻이 그렇다면 나는 사명대사님을 따라서 조선으로 들어가겠어. 그리고 남은 평생 그분을 곁에서 모시고 싶어."

"어머니가 제 몫까지 해주세요. 저희는 사랑을 이루지 못했지만 어머니는 이루시길 바랄게요. 그리고 손현이 꼭 좋은 사람을 만나 장가가도록 도와 주세요."

빈은 이 말을 끝내지 못하고 또 어머니 앞에서 오열했다. 어머니마저 떠나면 자신은 이제 영원한 고아가 된다는 생각에 눈이 퉁퉁 부어오를 때까지 울었다. 미옥은 그런 딸이 안쓰러워서 꼭 안아 주었다. 두 모녀는 마지막 밤을 함께 새웠다. 빈은 미옥을 위해 금과 은을 궤짝에 넣어 준비하였다.

"어머니, 옛날처럼 배곯지 마세요. 제 마지막 부탁입니다."

미옥은 빈을 위해 준비해 두었던 한복을 건넸다.

"내가 입던 한복이다. 이 어미가 생각나면 이 한복을 입고 조선 쪽을 바라보거라. 나도 너 있는 쪽을 항상 바라볼 거야."

"어머니, 매일 아침 이 한복을 입고 어머니를 향해 절을 올리겠습니다."

미옥과 빈은 꼭 껴안고 밤새 울었다.

다음 날 출발을 앞둔 미옥은 발이 떨어지지 않았다. 빈도 어머니와 마지막이라고 생각하니 다시 눈물이 쏟아졌다. 미옥이 빈을 껴안으며 애원하듯이 말했다.

"에미는 너를 두고 혼자서는 못 가겠다."

"어머니는 가셔야 합니다. 지금까지 저를 위해 희생하셨으니 이제는 어머니의 인생을 찾으셔야 해요."

미옥은 빈을 놓지 않으려는 듯 더욱 꽉 껴안으며 말했다.

"너에게도 너의 인생이 있지 않느냐. 네가 진정으로 바라는 일을 해라. 자식 때문에 네 인생을 포기하지 마라. 아이는 네가 없어도 도쿠가와 가문에서 잘 키울 거야. 그리고 히데타다도 너를 대신할 정비와 후궁이 많이 있다. 그러나 손현은 너밖에 없어. 너 하나만을 바라보고 여기까지 온 거야. 나는 사랑하는 사람을 보지 못하고 평생 가슴 아파하는 일을 너에게 물려주고 싶지 않다. 너는 나처럼 평생 한을 안고 살지 않았으면 하는 게 이 어미의 바람이야. 어차피 한평생은 짧은 기간이다. 그 인생을 후회하며 살지 않기를 바랄 뿐이야."

빈은 어머니의 말을 듣고 더욱 슬프게 울었다. 미옥은 계속 말했다.

"히데타다도 분명히 너의 자유의사에 맡기겠다고 했다. 나와 함께 고향으로 돌아가서 아무 일도 없었던 것처럼 오순도순 재미있게 살자."

빈은 울음을 그치고 미옥에게 말했다.

"저도 아무 일 없었던 것처럼, 꿈이었다 생각하며 돌아가고 싶습니다. 그러나 어머니도 아시다시피 저는 몸을 더럽힌 여자입니다. 제가 어떻게 조선으로 돌아갈 수 있겠습니까? 조선 포로 중에서 저를 알고 있는 사람이 많은데 모두 저에게 손가락질할 것입니다. 저도 어머니를 따라서 가고 싶지만, 조선 사회에서는 여자의 정절을 목숨보다 소중하게 가르치고 있습니다. 저는 정절을 지키지 못했을 뿐 아니라 왜군 장수의 아들까지 낳았습니다. 그러니 저는 조선에서 살 수 없을 것입니다. 그리고 무엇보다도 손현에게 못할 짓입니다. 저 때문에 이렇게 고통 받는 손현에게 또 무거운 짐을 지우기 싫습니다."

미옥은 빈의 마음을 더 이상 아프게 하고 싶지 않았다.

"그러면 너는 이곳에서 이 어미 없이 혼자 살아갈 자신이 있느냐?"

"제 걱정은 하지 마시고 이제는 어머니의 행복을 찾으셔야 합니다. 조선으로 가고 싶어 하는 어머니의 마음을 제가 누구보다도 잘 알고 있습니다. 이제

저 때문에 더 희생하지 마시고 어머니의 마음이 움직이는 대로 사명대사님을 따라서 조선으로 가시기 바랍니다."

미옥은 떨어지지 않는 발길을 눈물로 밟으며 빈과 헤어졌다.

미옥이 떠나고 혼자 남은 빈은 마루에서 멍하게 하늘을 쳐다보았다. 빈의 가슴속은 용광로처럼 들끓고 있었다.

'이제 어머니마저 떠나시면 나는 이곳 일본에서 누구를 의지하고 살아야 한다는 말인가?'

사랑하는 사람도 보내고 어머니마저 보내야 하는 심정이 그녀의 가슴을 헤집어 팠다. 그 순간 떨려서 읽지 못하고 가슴에 품었던 손현의 편지가 손에 잡혔다. 빈은 떨리는 손으로 그 편지를 펼쳤다. 편지에는 손현의 마음을 담은 시가 적혀 있었다.

죽어서 이별한 것이라면 눈물을 삼키면 그만이련만	死別已呑聲
살아서 이별은 슬픔이 영원하도다	生別常惻惻
그대가 오늘 나의 꿈에 들어오니	君今入我夢
내가 평생 그대를 기억하라는 뜻을 하늘이 밝혔습니다	明我長相憶

마지막 죽는 순간까지 빈을 기억하고 사랑하겠다는 자신의 심정을 두보의 시를 빌려서 표현한 것이었다.

'죽음의 이별보다 더 고통스러운 것이 살아서의 이별이라고 했다. 손현에게 평생 살아서의 고통을 안겨줄 수는 없다. 아이는 내가 없더라도 도쿠가와 가문에서 잘 키울 것이다. 금은보화와 좋은 집에서 비단옷을 입고 마음의 상처를 안고 사는 것보다 초가집에서 무명옷을 입고 조밥을 먹어도 사랑하는 사람과 함께 사는 것이 행복이라고 했다. 조선에서 화냥년이라 찢겨 죽는 한이 있더라도 나는 가야 한다. 용기가 없는 사랑은 사랑이 아니라고 했다. 내가 무엇 때문에 떠나지 못하는가? 남에게 손가락질 받으면 어떤가? 남을 의식하지 말고 내 마음이 시키는 대로 결정하자. 후회 없는 인생을 살자.'

빈은 어머니와 손현을 따라가고픈 충동이 벼락처럼 일었다.

'그래, 복잡하게 생각하지 말고 내 마음이 시키는 대로 하자. 남의 눈치 보지 말고 내가 진정으로 원하는 것을 따르자.'

결정을 하고 나니 마음이 편안해졌다. 그녀는 주섬주섬 옷가지만 챙겼다. 화려한 기모노는 모두 버리고 어머니가 주신 한복만 챙겼다. 빈은 히데타다 에게 마지막 작별인사를 하려다가 마음을 바꿨다. 더 이상 이별의 상처를 주고 싶지 않았다. 대신 편지를 썼다.

"저는 조선의 남편과 히데타다 님 사이에서 어찌할 바를 몰라 목숨을 끊으려 했습니다. 그러나 제가 죽으면 두 분 모두에게 상처를 주는 일이라 생각해 차마 죽지 못했습니다. 많은 고민 끝에 진정으로 제가 원하는 것이 무엇인지 깨달았습니다. 저는 이제 조선의 남편을 따라 고향으로 돌아갑니다. 히데타다 님, 그동안 감사했고 또 고마웠습니다. 당신에 대한 저의 사랑 또한 진심이었습니다. 그동안 행복했습니다. 부디 우리 아들을 잘 키워주시기 바랍니다."

편지에 그만 눈물이 떨어져 글씨가 번졌다. 눈물로 얼룩진 편지를 남기고 빈은 아기에게 갔다.

"잘 있거라. 훌륭한 사람이 되기를 이 어미가 기도하마."

아기를 유모에게 맡기고, 빈은 뒤도 돌아보지 않고 조선 사신들의 배로 달리기 시작했다. 안개가 사라지고 구름이 걷히는 기분이었다. 날 것 같은 기분에 빈은 한 마리의 자유로운 새가 되어 하늘을 날고 있었다.

세월은 상처를 안고 흐른다

코로나가 끝난 후, 교토 거리는 한국인 관광객들로 넘쳐나고 있었다. 한국의 젊은이들은 임진왜란 때 포로로 끌려온 선조들의 상처를 아는지 모르는지 재잘거리며 다코야끼를 입에 물고 거리를 활보하고 있었다. 마침 교토는 다이고지의 벚꽃축제로 발 디딜 틈이 없을 정도로 사람이 많았다. 그 모습을 보고 진복이 말했다.

"내가 왜 너를 이곳으로 데려온 줄 알아? 그냥 벚꽃 보여주려고 여기 온 게 아니야. 이 다이고지의 벚꽃은 히데요시가 1598년에 임진왜란의 패배를 감추기 위해 전국민을 동원해 옮겨심은 거야. 백성의 시선을 돌리기 위해 이곳에서 대대적인 다이고 벚꽃놀이를 개최한 거지. 그리고 이 벚꽃놀이가 열린 지 불과 두 달 뒤, 히데요시는 죽었어."

진수는 깜짝 놀라서 물었다.

"이 많은 벚꽃을 히데요시가 심었다는 거예요?"

"전 국민을 동원해서 큰 벚나무를 옮겨 심은 거야. 미친 짓이지. 히데요시가 죽기 두 달 전에 열었던 벚꽃놀이가 지금 일본 벚꽃축제의 시작이 되었어. 히데요시의 다이고 벚꽃놀이를 기념하기 위해 지금도 일본 전역에서는 벚꽃축제가 열리고 있지."

진수는 다이고지의 벚꽃을 보면서 마음이 불편했다. 벚꽃축제의 유래가 히데요시에게서 시작된 것도 모르고 우리나라에서도 봄이면 온통 벚꽃축제가 열리고 있다. 임진왜란 때 목숨을 잃은 선조들이 본다면 지하에서 통곡을 할지도 모른다. 어두운 진수의 표정을 본 진복이 말했다.

"다이고 벚꽃놀이에서 히데요시는 이렇게 노래했다고 기록되어 있어. —이처럼 아름다운 벚꽃은 몇 년이고 계속되어 또다시 봄이 와도 질리지 않을 것이다. 나의 영화도 이 벚꽃의 아름다움처럼 영원히 계속될 것이다.—"

"정말 히데요시는 제정신이 아니었네요."

다이고지 벚꽃이 휘날리는 개천가 술집에서 진수는 떨어진 벚꽃을 밟고 앉아 술을 마셨다. 진수는 한국 관광객들을 보며 세월이 모든 상처를 흔적도 없이 쓸어가 버린 것만 같아 안타까웠다. 진수는 술을 몇 잔 들이켠 후 진복에게 말했다.

"선배님, 참 역사는 알다가도 모르겠습니다. 역사를 들여다볼수록 선조들의 고통과 아픔이 느껴지는데, 이렇게 벚꽃 아래에서 술을 한잔 하면 그 아픈 역사도 사라지는 걸까요?"

"그렇게 상처는 아물어 가는 거야. 그 상처가 아물지 않는다면 우리는 어떻게 살아가겠냐?"

"상처는 아물겠지만, 역사를 지울 수는 없는 것 아닙니까? 우리 젊은이들이 역사를 잊지 않았으면 좋겠습니다."

"그렇지. 역사를 잊은 민족에게는 미래가 없는 법이지. 상처는 아물지만, 흉터는 남는 법이거든."

진수는 술을 한잔 마시고는 조선인 포로들이 이 땅에서 당한 고초들을 되씹어 보았다. 그리고 진복에게 다시 물었다.

"포로로 끌려온 조선인들의 기록이 일본에 많이 남아 있습니까?"

"일본은 자신들이 잘못한 것은 기록으로 남기지 않아. 일부러 기억을 지우고 있지. 그러나 임진왜란 이후 일본을 다녀간 통신사 가운데 조선인 포로들의 실상을 기록해 놓은 강홍중의 기록이 있어."

임진왜란이 끝나고 20여 년이 지난 1624년, 조선통신사의 부사(副使)로 일본을 다녀간 강홍중(姜弘重)은 『동사록(東槎錄)』[67]을 지어 조선인 포로들에 대해 상세하게 설명하였다. 진수는 조선인 포로에 대해 기록해 놓았다는 그 책에 촉이 곤두섰다.

"『동사록』 이야기를 좀 해주십시오."

"『동사록』에 조선인 포로 가운데 양반집 출신 두 여자가 조선통신사를 찾아와 조선에 계신 부모님이 살아 계신지 물어봤다는 이야기가 나와. 그때 강홍중이 '그대들은 왜 조선으로 돌아가지 않소?' 하고 물으니, '조선을 떠난 지 오래 되어서 조선 말도 다 잊어먹고 여기 자식들이 성장해서 갈 수 없는 몸입니다.'라고 말하더라는 기록이 있어."

진수는 그 이야기를 들으니 빈의 모습이 떠올랐다. 일본에 포로로 끌려와 살아남기 위해서 원수의 아이를 가진 조선 여자들의 슬픔을 누가 알 수 있다는 말인가? 진수는 연거푸 술을 들이켰다. 알코올이 그의 감정을 더욱 흔들었다.

"조선인 포로로 잡혀 온 여자들의 아픔에 가슴이 저리네요."

진복은 진수의 감정을 가라앉히려는 듯 덤덤하게 말했다.

"임진왜란 때 일본에 끌려온 대다수가 여성과 아이들이었어. 그리고 소수의 유학자와 기술을 가진 기술자들이었지."

"임진왜란 때 끌려온 조선인 포로라 하면, 우리는 도공부터 먼저 생각하는

---

67) 『동사록(東槎錄)』: 통신부사(通信副使) 강홍중(姜弘重)이 1624년 8월부터 다음 해 3월까지 7개월 간 일본에 사신으로 다녀온 내용을 정리한 사행 기록이다.

데요.”

"사실 도공의 숫자는 그렇게 많지 않았어. 도공들이 일본에서 성공했기에 많은 것처럼 느껴질 뿐이지. 어린아이들은 주로 노예시장에 팔렸고, 여자들은 사창가나 무사들에게 물건처럼 지급되었지. 그중에는 높은 영주들의 첩으로 들어간 사람도 있다고 기록에 나와 있어.”

진수는 좀처럼 흥분이 가라앉지 않아 계속 술을 마셨다.

"임진왜란 포로 10여 만 명 중에서 조선으로 돌아간 사람은 1만 명도 되지 않았어. 그렇다면 나머지 사람들은 조선으로 돌아가지 못할 피치 못할 사정이 있었을 거야. 그들의 한(恨)은 하늘과 땅만이 알고 있겠지.”

진수는 술기운이 올라왔다.

"그들의 아픔은 누가 보상해 줍니까? 조선이라는 나라는 힘 없는 여자와 아이들을 버린 것입니다. 명분상으로만 조선인 포로를 귀환시킨다고 했지, 실제로는 그들을 구해 주지 못했습니다. 나라가 그들을 버린 것입니다.”

진복은 그런 진수를 달래듯이 말했다.

"우리 민족은 오뚝이처럼 일어난다고 하잖아. 우리 조선 여성은 일본에서 그렇게 나약하지 않았어. 포로로 잡혀 온 조선의 유학자와 양반가 여성들은 후손들에게 조선의 높은 유교 문화를 전수했어. 그리고 일본의 문화를 바꾸었어. 그래서 도쿠가와 막부가 조선의 성리학을 통치 이념으로 삼게 된 것이야.”

진복의 말에 진수는 술이 확 깨는 기분이었다. 사명대사가 한 말이 그의 머리를 때렸다. "문으로 무를 갚는다.” 그렇다, 조선은 임진왜란의 패배자가 아니라 승리자였다. 진수는 술김에 혼자 이런 생각을 하며 위안을 삼았다. 일본 사케가 목구멍을 찌르며 넘어갔다. 진수는 물었다.

"지금 현재 일본에 남아 있는 사명대사의 흔적들이 있습니까?”

"사명대사가 교토를 방문했을 때 머문 혼포지(本法寺) 옆의 고쇼지(興聖寺)에는 사명의 글씨 몇 점이 보물처럼 보관되어 있는데, 그 글씨를 처음 봤을 때 일본을 호령하는 듯한 느낌을 받았어. 당시 사명이 도쿠가와를 만나러 교토에 왔을 때 사명의 글씨를 받기 위해 일본인들이 줄을 섰다고 해. 어떻게 보면 지금의 한류라고나 할까?"

진수와 진복은 택시를 타고 고쇼지로 향했다. 진수는 사명의 글씨 앞에 섰다. 사명의 필체는 용이 하늘로 승천하는 듯 힘이 있었다.

강호에서 만나기로 약속한 지 오래되지만	有約江湖晚
어지러운 세상에서 지낸 것이 벌써 10년이네	紅塵已十年
갈매기는 그 뜻을 잊지 않은 듯	白鷗如有意
가웃가웃 누각 앞으로 다가오는구나	故故近樓前

유묵 글씨 끝에 '송운(松雲)'이라는 사명의 친필을 보고 진수는 가슴이 떨렸다. 사명의 마음이 전해져 오는 것 같았다. 진복이 옆에서 말했다.

"고쇼지(興聖寺)에는 일본 승려 엔니(円耳)에게 준 글과 도호(道號)가 적힌 시 등 사명의 필적들이 소중하게 보관되어 있어. 사명대사가 400여 년 전 '승려 엔니에게 준 편지'를 고쇼지는 지금도 최고의 보물로 간직하고 있어. 이것은 그만큼 일본 불교가 사명을 살아 있는 부처처럼 존경하고 있다는 표시 아니겠어?"

진수는 일본에 남아 있는 사명의 흔적을 하나도 놓치지 않으려는 듯 고쇼지 구석구석을 사명의 발자취를 따라 걸었다. 그리고 둘은 사명이 법회를 열었다는 녹원원을 찾았다. 녹원원이 있던 자리에는 금각사가 자리 잡고 있었다. 그리고 사명이 머물렀던 쇼코쿠지(相國寺)와 닛신이 창건한 절에도 들렀

다. 그곳에는 사명의 체취가 그대로 남아 있는 것 같았다. 그날 저녁 진복이
말했다.

"사명대사의 유물이 가장 많이 보관되어 있는 곳은 구마모토성이야. 구마
모토성은 가토 기요마사의 성이고."

진수는 사명을 존경한 가토 기요마사가 사명의 글씨를 받아와 후손들에게
보물로 보관토록 한 그곳을 가보고 싶었다. 다음 날 첫 신칸센을 타고 진수와
진복은 구마모토로 향했다. 구마모토성의 입구에 가토 기요마사의 동상이
서 있었다. 구마모토성은 가토 기요마사가 도쿠가와 이에야스로부터 하사받
은 구마모토 땅에 지은 화려한 성으로, 현재 나고야성, 오사카성과 함께 일본
의 3대 성으로 알려져 항상 관광객이 북적거리는 곳이다. 진수는 가토 기요마
사의 동상을 한참 동안 쳐다보았다. 심정이 착잡했다. 한국 관광객들은 가토
기요마사의 동상 앞에서 사진 찍기에 바빴다. 가토 기요마사가 우리 선조들
을 얼마나 많이 죽였는지 그들은 알고 있을까? 구마모토현(熊本縣)은 가토 기
요마사의 영지로 그와 관련된 유품만을 전시한 유물전시관이 있는데, 여기에
도 사명의 친필 유묵 넉 점이 400년 동안 보관되어 오고 있다. 이 유묵은 혼
묘지의 초대 주지인 닛신(日眞) 스님이 사명대사로부터 받은 것이라고 한다. 구
마모토의 혼묘지와 구마모토성을 거닐면서 진수는 온갖 상념에 젖었다.

"선배님, 이제 마지막으로 사명의 흔적이 남아 있는 한국으로 돌아가서 사
명대사의 이야기를 마무리지어야겠습니다."

"너 때문에 사명대사 자료를 찾다 보니 나도 어느새 사명대사님께 빠졌어.
네 마지막 작업에 나도 참여하고 싶은데, 괜찮겠어?"

진수는 선배의 마음이 너무 고마웠다.

"선배님, 바쁘신데 괜찮겠습니까? 선배님께서 함께해 주시면 저는 그저 고
마울 뿐입니다."

"마침 프로젝트도 끝났고 시간도 괜찮으니까 네가 하는 역사적 작업이 잘 마무리되도록 나도 돕고 싶다."

진수는 선배의 마음에 감동했다. 그래서 더욱 자신이 하려는 일에 조그만 빈틈도 있어서는 안 되겠다는 책임감이 몰려왔다.

사명대사의 십자가

한국에 있는 사명의 흔적을 찾아서 진수는 진복과 함께 비행기에 몸을 실었다. 사명이 일본에 갈 때 한 달이나 걸렸던 바다를 이제는 한 시간도 채 걸리지 않고 지난다. 진복이 비행기 창문으로 바다를 내려다보면서 말했다.

"사명대사가 이 바다를 지나면서 치통을 앓으셨다는 기록이 있어. 아픈 몸을 이끌고 일본으로 건너가는 사명의 마음을 나는 이해할 것 같아. 사명은 치통에 시달릴 때마다 작은 불상을 들고 기도했어. 사명이 평생 들고 다니던 불상이 포항의 대성사에 보관되어 있다는 기록을 찾았어."

진수는 사명의 호신불 이야기를 듣자 미옥이 떠올랐다.

"선배님, 그럼 먼저 사명이 평생 들고 다녔다는 그 호신불을 봐야겠습니다."

"그러면 내가 아는 교수에게 전화해 볼게. 그분이 대성사 주지 스님과 친분이 있으니 아마 가능할 거야."

사명의 호신불을 볼 수 있다는 생각에 진수의 마음은 비행기가 뚫고 가는 구름처럼 부풀었다.

사명의 운수행 10여 년간 곁에서 수행을 지켜주었던 호신불(護身佛)은 현재 포항 대성사(大聖寺)에 봉안되어 있었다. 대성사 주지 스님은 진수와 진복을 반갑게 맞이하며 호신불에 대해 설명했다.

"이 불상은 원래 사명대사께서 처음 승군을 모집했던 금강산 건봉사 낙산 암에 소장되어 있었습니다. 그런데 1900년대 초에 사라진 뒤 1913년 조선총독부가 촬영한 사진으로만 전해져 왔는데, 대성사 주지였던 운봉 스님이 스승으로부터 이 불상을 건네받아 지금까지 소장해 오고 있습니다."

진수는 궁금해서 물었다.

"그러면 이 불상이 사명대사께서 평생 지니셨던 불상이라는 것을 어떻게 알 수 있습니까?"

"그것은 이 불상 안에서 사명대사의 친필이 나왔기 때문입니다. 이 불상 복장 안에서 발원장이 나왔는데, 그 발원장이 사명대사의 친필임이 확인되어서 국가문화재로 지정된 것입니다."

진수는 10센티미터가 되지 않는 작은 불상을 뚫어지게 쳐다보았다. 사명은 그 작은 불상을 평생 지니고 다닌 것이었다. 진수는 그 작은 불상을 보자 미옥의 안타까운 사랑이 떠올랐다. 진수는 사명의 작은 호신불에 절을 하면서 하늘에서 사명과 미옥이 함께하기를 기도했다. 진복은 그 모습을 보고 말했다.

"너 성당 다니지? 우리나라 최초의 십자가가 절에 보관되어 있다는 사실을 알아?"

십자가가 절에 있다는 이야기를 듣자 진수는 소름이 끼쳤다.

"선배님, 혹시 그 절에 보관되어 있다는 십자가가 사명대사와 연관이 있다는 말씀입니까?"

"맞아. 임진왜란 때 가톨릭 신자였던 고니시 유키나가를 따라서 조선에 온 종군 신부와 사명대사의 이야기가 있어."

"그 절이 어디에 있습니까?"

"땅끝마을 해남의 대흥사야."

진수는 당장 차를 돌려서 해남으로 향했다. 진수는 흥분을 가라앉힐 수가 없었다.

'어머니가 그렇게 이야기하시던 사명대사의 십자가가 아닐까?'

해가 질 무렵 해남 대흥사에 도착했다. 진수는 대흥사의 주지 스님을 찾아 뵙고 여기까지 찾아온 이유를 설명했다. 그러자 주지 스님은 빙그레 웃으며 말했다.

"십자가가 어떻게 우리 절에 오게 되었는지 기록이 없어서 자세히 알지는 못하지만, 임진왜란 때 제1선봉장으로 조선을 침략했던 고니시 유키나가는 가톨릭 신자였습니다. 그 고니시 진영에는 종군 신부로 스페인 출신인 세스페데스 신부가 있었는데, 우리 절의 십자가는 그가 전해 준 것이라고 보고 있습니다. 대흥사에는 선조 임금이 서산대사에게 내린 수많은 유물이 보존되고 있는데, 서산대사가 남긴 많은 유물 목록 가운데 흥미를 끄는 것이 칠보로 장식된 황금 십자가였습니다. 그런데 서산대사의 유물 중에는 사명대사가 서산대사에게 전해 준 물건이 많기 때문에 십자가를 사명대사의 유물로 보고 있는 것입니다."

진수는 목이 바싹 타는 기분이었다. 어머니가 말씀하신 그 십자가를 볼 수 있다는 흥분에 휩싸였다.

"스님 그 십자가를 볼 수 있겠습니까?"

스님은 아쉬운 듯 말했다.

"그 황금 십자가가 세상에 알려지면서, 1962년 이 사실을 전해 들은 천주교 광주교구 측은 당시 가격으로 100만 원에 황금 십자가를 매입하겠다는 의사를 전달해 왔습니다. 그 당시 100만 원이면 지금 가치로는 몇 억이 넘는 거금이었습니다. 그러나 대흥사 측은 서산대사의 유물이기 때문에 보존해야 한다는 이유를 들어 이를 완곡히 거절했습니다. 그런데 그 높은 금액에도 팔지 않은 어마어마한 보물이 대흥사에 있다는 사실이 입소문을 타게 되면서 대흥사에 밤손님이 들어왔습니다. 그 도둑은 서산대사의 다른 유물은 그대로 두고 오직 황금 십자가만 훔쳐 달아났습니다. 그래서 지금은 사진으로밖에 볼 수 없습니다."

주지 스님은 옛날에 기록용으로 찍어 놓은 사진을 진수에게 보여주었다. 그 십자가는 우리 민족의 고난과 아픔을 그대로 전해 주는 것 같았다. 진수는 한참 동안 사진 속의 십자가를 뚫어지게 쳐다본 후, 대흥사 불상에 큰절을 하고 진복과 함께 걸어 나왔다.

"임진왜란 때 신부님이 우리나라에 최초로 오신 것이 맞습니까?"

"모두가 모르고 있는데 그게 진실이야. 가톨릭 순교자의 나라인 우리나라에 최초로 온 신부는 아이러니하게 임진왜란 때 조선을 침략한 일본군을 따라온 가톨릭 신부가 최초야. 가톨릭 신자인 고니시 유키나가는 평양성 전투의 패배 이후 조선의 창원 부근에 진을 치고 방어할 때, 병사들의 사기 진작을 위해 일본에 신부 파견을 요구했어. 1593년 12월 28일 스페인 출신 예수회 세스페데스 신부가 창원 웅천에 당도했는데, 이분이 한국에 최초로 들어온 가톨릭 신부였어. 이때 사명대사가 울산에 있는 가토 기요마사의 협상 파트너로 네 차례 만나면서 고니시 유키나가와도 만났을 가능성이 있고, 고니시 유키나가를 따라온 세스페데스 신부와도 만났을 거라 짐작돼. 혹은 사명대사가 일본에 갔을 때, 세스페데스 신부도 일본에 있었기 때문에 그때 만났을 가능성도 있어. 사명은 신부님과 통역을 통해 몇 마디 주고받으면서 부처님과 그들이 믿는 하느님은 같은 분이라고 생각했지. 그리고 신부님과 사명대사는 서로 통하는 것이 있어서 신부님은 사명에게 십자가를 건네주고 사명대사는 신부님에게 염주를 전해 주었다고 전해지고 있어."

가톨릭 신자인 진수는 믿을 수 없었다. 우리나라에 처음 온 신부가 왜군을 따라 들어왔다니 허탈하기까지 했다.

"피의 순교로 이룩한 한국 가톨릭에 왜군을 따라온 신부가 한국 땅을 밟은 최초의 신부라니요?"

진복은 웃으면서 말했다.

"우리나라에서 최초로 가톨릭 미사에 참여한 사람은 누구인지 알아?"

"이승훈 아닌가요?"

"그분은 최초로 영세 받으신 분이고."

"그러면 누가 최초로 미사에 참석했습니까?"

"그분은 바로 『홍길동전』을 쓴 허균 선생이시지."

"허균이 가톨릭 신자였습니까?"

"허균은 가톨릭 신자는 아니었지만, 가톨릭 교리를 처음 접하신 분이지. 허균이 가톨릭 교리를 접한 것은 사명대사 때문이었어. 사명대사는 세스페데스 신부를 만난 후, 허균에게 그 경험을 이야기했지. 사명에게서 천주교 이야기를 처음 듣고 사명이 건네준 십자가를 만지며 허균은 많은 생각을 하게 되었어. 사명의 십자가에 영향을 받은 허균은 후에 청나라에 갔을 때 최초로 미사에 참여했다는 기록이 있어. 허균은 영세는 받지 않았지만, 우리나라 최초로 천주교 미사에 참여한 인물이 되는 것이지."

진수는 어머니에게서 들은 사명대사의 십자가 이야기가 궁금해졌다.

"사명대사의 십자가가 하나가 아니고 몇 개일 수도 있겠네요."

"그럴 수도 있겠지. 세스페데스 신부가 사명에게 십자가를 몇 개 선물했는데 그중에서 가장 귀한 황금 십자가를 스승인 서산대사에게 선물했을 가능성도 있어."

진수는 어머니가 그렇게 찾고 있던 십자가가 분명히 우리나라 어딘가에 있을 것만 같았다. 진수는 대흥사에 보관되어 있는 사진 속의 십자가를 쳐다보았다. 그 십자가에는 임진왜란 때 죽은 백성들의 피가 예수님이 십자가 위에서 흘린 피와 같이 아직도 흐르고 있는 것만 같았다.

사명의 귀환

사명이 일본으로 간 지 10개월이 지나도 소식이 없자 『조선왕조실록』에서는 이렇게 기록하고 있다.

사명이 일본에 간 지 10개월이나 지났는데 소식이 망연하다.[68]

사명은 1605년 3월 27일 일본을 떠났다. 조선인 포로들은 고향으로 돌아간다는 사실이 꿈만 같았다. 도쿠가와 막부에서 제공한 범선 50척에 나누어 타고 고국으로 돌아가는 것이다. 고향도, 부모도 보지 못한 채 왜군의 땅에서 노예처럼 살며 삶을 포기하려던 순간 사명이 그들 앞에 나타났다. 그들은 사명을 살아 있는 부처라며 존경했고, 사명의 손을 붙잡고 눈물을 흘렸다. 그 눈물이 현해탄의 검푸른 바다로 떨어져 내렸다. 미옥과 빈도 그 속에 끼어서 하염없이 바다를 쳐다보고 있었다. 현해탄을 건너는 배 안에서 미옥과 빈은 꼭 껴안고 잤다. 그리고 그 옆을 손현이 지키고 있었다. 빈과 손현은 조선에 도착하면 먼저 몰래 빠져나가 아무도 모르는 곳에서 살기로 했다. 그래서 사람

---

68) 『선조실록』, 선조 38년 5월 4일.

이 없는 배의 선미에 자리를 잡고 있었다.

일본에서 배가 출발할 때, 이에야스는 조선인 포로들이 불편하지 않도록 50척의 범선에다 먹을 것을 충분히 준비해 주었다. 사명은 음식을 포로들에게 골고루 분배했다. 그리고 조정에 상신하여 포로들이 고향으로 돌아갈 수 있도록 미리 배편과 음식을 준비해 달라고 부탁했다. 사명의 부탁에 조정에서는 동래 부사에게 지시를 내렸지만, 동래 부사는 기생들과 술을 먹으면서 사명이 도착했음에도 마중조차 나오지 않았다. 그리고 포로 천오백 명을 재울 숙소도 마련하지 않고, 음식도 준비하지 않았다. 조선의 땅들이 어렴풋이 보이자 포로들은 고향의 산천을 보며 통곡하기 시작했다. 그 통곡 소리가 사명의 마음을 울렸다. 천오백 명의 포로와 함께 조선으로 돌아오는 사명은 온갖 생각으로 감회에 젖었다. 뱃머리가 부산포로 들어서자 포로들은 감격에 겨워 남몰래 조용히 눈물을 흘리며 조국의 산하를 바라보았다. 드디어 배가 부산포에 도착하자 조선인 포로들은 배에서 뛰어내려 땅에다 입을 맞추고 조선의 땅에 얼굴을 비비는 사람도 있었다. 그만큼 고향의 산천이 그리웠다는 표현이었다. 사명은 안타까운 마음으로 물끄러미 그들을 바라보고 있었다.

배가 육지에 도착하자마자 손현과 빈은 아무도 모르게 사라졌다. 이미 미옥과 사명에게는 얘기된 것이었다. 그러나 부산포에 도착한 포로들은 길거리에서 잠을 자며 일본에서 가져온 남은 음식으로 허기를 채워야 했다. 조정에서 귀환하는 포로들을 위해 불편하지 않도록 준비하라고 일렀지만, 동래 부사는 아무런 준비도 하지 않았고, 오히려 포로들이 일본에서 가져온 귀중품을 빼앗는 포졸까지 있었다. 사명의 분노는 하늘을 찔렀다. 동래 부사는 승려인 사명을 천민처럼 우습게 여겨 대접하지 않았을 뿐 아니라 포로들도 천민 다루듯 했다. 분노한 포로들 중 하나가 동래 부사에게 대들다가 죽을 위기에 놓이게 되었다. 동래 부사는 유학자인 그의 몰골만 보고서 천민으로 엄하게 다루면서 곤장을 쳤다. 이에 사명은 임금의 어패를 보여주며 말했다.

"너는 공록을 받는 국가의 신하로 하늘이 두렵지 않느냐? 전쟁으로 끌려간 포로들이 무슨 죄가 있느냐? 나라를 잘못 다스린 너희들의 책임이 아니더냐? 전쟁 중에는 목숨을 보전하려고 제일 먼저 도망친 너희들이 전쟁이 끝나자 가짜 공적으로 다시 나라를 말아먹고도 부족해서 목숨을 걸고 고향으로 돌아온 사람들을 이렇게 박대해도 괜찮다는 말인가?"

동래 부사는 사명의 말은 귀에 들어오지 않고 사명이 보여준 어패만 눈에 들어왔다. 어패는 임금을 대신해 생사여탈권을 가진, 권력을 상징하는 징표였다.

"제가 잘못했습니다. 대사님이 어패를 가지고 계신 줄 모르고 어리석은 행동을 하였습니다."

"네가 어리석은 행동을 한 것이 이 어패의 존재를 몰랐기 때문이라는 말이냐? 너는 만약 이 어패가 없었으면 여기 모든 포로들을 죽이려 했겠구나!"

동래 부사는 추상같은 사명의 말에 겁이 나서 부들부들 떨었다. 사명은 이런 자들이 살아 있는 한 조선은 가망이 없다고 생각했다. 그리고 포로들이 보는 앞에서 일벌백계로 왜적을 쳤던 칼을 쳐들었다. 사명의 칼에는 포검비(抱劍悲)라는 글자가 선명히 드러났다. '칼을 품고 슬퍼하다'라는 포검비의 의미가 사명의 가슴을 더욱 슬프게 만들었다. 포검비 칼이 동래 부사의 몸을 두 동강 내었다. 동래 부사의 피가 사명의 승복을 적셨다. 사명은 마음속으로 나무아미타불을 수백 번 외쳤다. 동래 부사가 사명의 칼에 목이 날아갔다는 소식은 삽시간에 조선 팔도에 퍼졌다. 그 후로 지방 수령은 사명을 무서워하게 되었으며, 포로들을 극진하게 대접했다. 그러나 사명의 마음은 편치 않았다.

사명과 포로들이 길거리에서 자며 이틀을 기다린 후에야, 한양에서 명을 받고 배를 이끌고 온 수군통제사가 부산포로 들어왔다. 포로들을 고향으로 이송시키기 위해 배 스무 척을 이끌고 도착한 통제사 이경준이 사명에게 인사했다. 사명은 경준에게 말했다.

"포로들의 송환 계획은 어떻게 세웠습니까?"

이경준이 거만하게 대답했다.

"그것은 걱정하지 마시고 저한테 맡겨 주십시오. 멀리 가는 사람은 저의 큰 배에 싣고, 가까이 가는 사람은 작은 배에 나눠 타고, 그래도 배가 모자라면 어선을 징발하여 포로들을 고향까지 데려가기로 했습니다."

"일본에서 죽을 고생을 한 사람들입니다. 고향으로 무사히 갈 수 있도록 잘 부탁드립니다."

이경준은 웃으며 말했다.

"여기 남아 있는 사람들도 죽을 고생을 하였습니다. 포로들이 고향까지 갈 수 있도록 하겠습니다."

사명은 일본 도쿠가와 이에야스에게서 받은 선물을 포로들에게 나눠 주면서 말했다.

"이제 여러분이 그렇게 원하던 고향으로 돌아갑니다. 여기 제가 드리는 이 선물은 약소하지만, 고향으로 돌아가서 새로 정착하는 데 조금이라도 도움이 되기를 바라는 마음에서 드립니다. 사양하지 말고 받아 주십시오."

포로들은 사명의 말에 눈물을 흘렸다. 포로 중 하나가 말했다.

"우리들을 지옥에서 구해 주신 것만으로도 감지덕지인데 이렇게 선물까지 주시니 몸 둘 바를 모르겠습니다. 과연 사명대사님은 살아 있는 부처님이십니다."

모든 포로들이 사명에게 큰절을 올렸다. 이경준은 포로들을 분류하여 각

배의 선장들에게 보내도록 하였다. 그러나 포로 이송을 맡은 조선 관리나 징발된 배의 선장들 눈초리는 냉랭하였다. 포로들을 보는 그들의 눈빛은 멸시와 천대로 가득했다. 그리고 이송 중에 앞을 다투어 포로들을 약탈했다. 고향이 확실하지 않은 포로들은 노비로 팔아넘기거나, 심지어 그 가운데 미인이 있으면 그 남편을 묶어서 바다에 던지고 여자는 자기 것으로 만드는 자도 있었다. 포로들의 고향에 정착지를 마련해 주라는 명령이 있었지만, 그 책임을 맡은 감사는 신분이 확실하지 않은 포로를 노비로 만들었으며, 얼굴이 반반한 처녀들은 기생으로 팔아먹기까지 했다. 참다못해 탈출한 포로 중 한 사람이 어렵게 사명을 찾아왔다. 그는 사명을 보자마자 설움에 복받쳐 통곡하며 말했다.

"대사님, 어찌 이럴 수가 있다는 말입니까? 일본에서도 저희를 이렇게 취급하지는 않았습니다. 그들은 기술자들을 우대했고 유학자들을 숭상했습니다. 그리고 함부로 여자를 취하지도 않았습니다. 막부의 엄격한 명령이 지켜졌기 때문입니다. 그러나 조선의 썩은 수령들은 저희들을 짐승 취급했습니다. 어떻게 같은 민족이 이럴 수가 있다는 말입니까?"

사명은 그 말을 듣고 깜짝 놀랐다. 자신이 목숨을 걸고 가서 데려온 포로들이 조국에서 짐승처럼 취급받는다는 사실을 믿을 수가 없었다.

"내가 통제사 이경준에게 그렇게나 일렀는데 그자가 그랬다는 것이오?"

"통제사나 지방의 수령이나 모두 똑같습니다. 우리가 일본에서 가져온 모든 것을 빼앗고 여자들은 성노리개로 전락시켰습니다. 우리더러 조선을 팔아먹은 연놈들이라 하면서 고향에서 환영은커녕 쫓아내고 있습니다. 포로 중에는 차라리 일본으로 가고 싶어 하는 사람도 있습니다."

사명은 아찔했다. 사명은 당장 영의정을 찾아가 이런 상황을 따졌다. 영의정은 통제사 이경준을 삭탈관직시키고 바로잡으려 했지만 이미 엎질러진 물이었다. 사명은 모든 것이 혼란스러웠다.[69] 사명은 혼자 중얼거렸다.

'내가 이 꼴을 보려고 목숨까지 걸고 일본으로 가서 포로들을 데려왔다는 말인가?'

한참을 고민하던 사명은 어느 날 벌떡 일어나서 밀양으로 향했다. 가면서 그는 결심했다.

'고향에서 멸시받는 조선인 포로들이 자유롭게 살 수 있는 마을을 만들자.'

사명은 이에야스가 선물한 모든 것을 절에다가 맡겼지만, 그것을 포로들을 위해 써야겠다는 생각을 했다. 그는 이에야스가 준 명주 2만 필을 모두 팔아서 고향 밀양에 조선인 포로를 위한 마을을 만들었다. 미옥도 그곳에 정착하게 하였다. 사명의 소문을 듣고 전국에서 차별받던 조선인 포로들이 밀양으로 몰려들었다. 그것이 아직도 남아 있는 밀양의 일본인 마을이었다. 그러나 그곳에 손현과 빈의 모습은 보이지 않았다. 지금은 흔적이 미미하지만, 밀양의 어른들 사이에 대대로 내려온 일본인 마을 이야기는 아직도 입에서 입으로 전해지고 있다.

---

69) 『난중잡록(亂中雜錄)』 권4, 을사 사월조. 『난중잡록』은 임진왜란 당시 의병장으로 활약한 조경남(趙慶男, 1570~1641)이 선조 15년(1582) 12월부터 인조 15년(1637)까지 약 57년간 국내외에서 일어난 주요 사건들을 일기체 형식으로 기록하여 남긴 기록물이다.

사명의 망향가(望鄕歌)

사명은 일본에서 돌아온 후 조정의 부름을 받았지만 건강을 이유로 나가지 않았다. 『조선왕조실록』에 따르면, 선조의 뒤를 이은 광해군은 사명에게 친히 편지를 보내 여진족의 세력이 강해지고 있다며 북방의 경계를 부탁했지만, 사명은 건강이 좋지 않아 거절하였다. 광해군은 친히 어의를 사명에게 보내 병을 치료하게 하였다. 사명은 몸에 병이 생기자 고향으로 내려갈 결심을 했다. 평소에도 사명이 고향을 얼마나 그리워했는지 시를 보면 그 마음이 잘 나타나 있다.

고향을 바라보면서(望鄕)

까마득한 남쪽 나라 소식이 끊어지니	南國迢迢回雁絶
병든 몸 헛되이 고향 생각 일어나네	病中虛動故園情
구름 덮인 험한 골짜기 나그네 멀리 바라보니	雲埋楚峽客長望
강 누각(영남루)에 달이 떨어지고 꿈속에 자주 놀라도다	月墮江樓夢屢驚
철 늦은 못가에 버들 꽃이 날리고	節晚橫塘飛落絮
봄이 깊은 옛집에 꾀꼬리 노래하네	春深故院語流鶯

멀리 생각해 보니 예전의 낙동강 길엔　　　　　遙知洛水去年路

예쁜 풀이 옛날 그대로 무성하게 피어 있겠지　　　芳草萋萋依舊生

　사명은 말년에 고향에 내려와 마을 뒷산에 암자를 짓고 머물렀는데, 그곳이 곧 백하난야(白霞蘭若)[70]다. 이 암자는 당초 신라의 고승 도선이 터를 잡았던 곳이라고 한다. 일본을 다녀온 후, 사명은 백하난야를 다시 찾았다. 사명이 백하난야를 떠날 때 앞마당에 은행나무와 모과나무를 한 그루씩 심었는데 은행나무는 자취를 감추었고, 모과나무는 이제 고목처럼 굵어져서 열매를 맺고 있었다.

　사명대사가 입적하자 밀양의 유생들과 제자 승려들은 그의 충성과 불법(佛法)으로 남긴 공훈을 기리기 위해 이곳에 절이 아닌, 사명대사를 신주(神主)로 모시는 유교식 사당을 창건해 표충사(表忠祠)라고 이름 지었다. 그리고 나중에 유교식 사당이 절로 바뀌어 표충사(表忠寺)가 된 것이다. 밀양 표충사는 백성의 고통을 좌시하지 않았던 사명과 승군들을 기려 불교식 다례와 유교식 제사를 함께 모시는 우리나라의 유일한 사찰이다. 표충사는 사명대사의 유물들을 소장하고 있는데, 그중 하나가 『분충서난록(奮忠紓難錄)』 각판이다. 『분충서난록』 각판은 사명의 5대 법손 남붕(南鵬) 스님이 표충사에서 판각한 목판으로, 사명대사와 왜장 가토 기요마사의 첫 만남을 기록한 탐정기가 전해지고 있다.

　사명은 백하난야에 머물며 하루는 영남루를 찾았다. 영남루에 오르니 그

---

70) 백하난야(白霞蘭若) : 사명대사는 탐적사로 일본에 다녀온 뒤인 1605년, 고향으로 돌아와 이곳에 조그마한 초가를 지어 '백하난야'라 하고 여생을 보내고자 했다. 밀양 유림에서는 '백하난야' 옆에 사당을 창건하고 표충사(表忠祠)라 하였다.

옛날의 추억이 남천강 물결에 펼쳐졌다. 남천강의 아련한 물결 속에 아랑의 얼굴이 스쳐 지나갔다. 사명은 아랑이 원한을 품고 죽은 영남루 뒤 남천강 기슭의 대나무숲을 찾았다. 아랑이 죽은 곳에는 꼭 아랑의 피에 물든 것처럼 붉은 대순이 올라오고 있었다. 사명은 한동안 그곳을 떠나지 못했다.

'아랑이 나를 만난 것도 인연이고, 아랑을 죽인 사람 또한 인연이다. 내가 아랑을 죽인 사람보다 나은 것이 뭐가 있을까?'

사명은 가슴이 아려 왔다. 그 시절이 그리웠다. 도를 깨친다고 노력해 왔으나 어쩌면 어린 시절의 그 순수한 마음이 진정한 도(道)가 아니었을까 생각했다. 흘러간 세월은 돌아오지 않지만 아스라한 사랑은 가슴속에서 다시 되살아난다. 어릴 때 뛰놀던 남천강은 모든 것을 알고 있다는 듯이 소리 내며 흐르고 있었다.

'모든 것이 인연이로다. 헤어지는 것도 인연이고 기다리는 것도 인연이니라. 인연을 붙잡으려 하지 말고 그냥 남천강이 흐르듯 흘러가게 두자. 흐르는 강물이 아름다운 것은 꽃을 담지 않기 때문이다. 모든 것을 담아 두지 않고 흘려보내기 때문에 흐르는 강물이 아름다운 것이야. 그냥 흐르는 강물을 지켜보자. 그리고 흐르는 시간에 내 마음을 맡기자.'

사명의 죽음

사명은 도쿠가와 이에야스를 만나고 일본에서 돌아온 후 백하난야에서 머물렀다. 그리고 자신의 마지막을 맞이할 장소로 고향 근처의 절인 해인사를 마음속으로 정해 두었다. 이승에서의 시간이 얼마 남지 않았다는 것을 깨닫고 사명은 해인사에서 참선에 들었다. 모든 것을 놓고 가겠다는 마음으로 참선에 온 힘을 쏟았다. 그러나 이승의 인연이 얼마나 질긴 것인지 돌아가신 부모님이 아른거렸고, 아랑이 스쳐 지나갔으며, 미옥이 눈에 밟혔다. 사명의 눈에는 눈물이 맺혔다. 그때 문 밖에서 인기척이 났다. 문을 여니 합장을 한 미옥이 서 있었다.

미옥은 일본에서 돌아온 후 백하난야에서 사명을 모셨다. 사명을 먼발치에서나마 볼 수 있다는 것에 미옥은 행복했다. 그러나 그 행복도 오래가지 않았다. 사명이 해인사로 떠난 것이다.

"이제 나는 해인사로 들어가서 마지막 참선으로 부처님께 돌아가려 한다."

"저도 따라가게 해 주십시오."

"너는 이곳 백하난야를 지키거라. 너마저 떠나면 누가 이곳을 지키겠느냐?"

사명은 마지막 정을 떼려는 듯 단호하게 말했다. 미옥은 사명의 말을 따르지 않을 수가 없었다. 미옥은 사명이 다시 백하난야로 돌아올 날을 기다리며 살고 있었는데, 사명의 건강이 악화되었다는 소문을 듣고 한걸음에 달려온 것이다. 미옥은 눈물을 머금은 채 마지막 결심을 털어놓았다.

"오라버니, 저도 머리를 깎고 스님이 되겠습니다. 이 보잘것없는 몸뚱어리를 부처님께 맡기고 싶습니다. 오라버니께서 제 머리카락을 잘라 주십시오."

사명은 말없이 미옥을 쳐다보았다. 사명의 주름진 이마에 회한의 골이 깊게 패였다. 평생 동안 한 남자를 사랑한 여자였다. 그러나 그 남자는 끝내 그 사랑을 받아 주지 않았다. 그녀는 모든 사랑을 잃고 삶의 희망을 잃은 채 사명 앞에서 스님이 되려고 하는 것이다. 사명은 처음 승려가 되기 위해 머리를 깎던 그날이 떠올랐다. 사랑하는 사람이 죽고 아버지와 어머니마저 세상을 뜨자 그도 세상에 대한 미련이 없었다. 삶과 죽음에 대한 고뇌가 그를 부처님에게로 이끌었고, 세상을 등지고 삶과 죽음을 초월한 삶을 살고 싶어 이 고해의 바다를 헤매었다. '그러나 지금 죽음을 앞두고 내가 이룬 것은 무엇일까?' 그는 미옥 앞에서 자문해 보았다. 과연 삶과 죽음을 초월했을까? 깨달음을 얻기 위해 많은 시련과 고통을 견디며 참선하고 수행했다. 깨달음이 오는 듯도 하였지만, 그 깨달음은 오래가지 못했다. 그러나 그는 깨달음이 계속되는 것처럼 자신을 속이고 남을 속이며 살아왔다. 그도 신이 아닌 이상 완전한 깨달음은 허구라는 것을 알았다. 그러나 세상 사람들이 자신을 깨우침으로 해탈한 살아 있는 부처처럼 여기는데, 아니라고 말할 자신이 없었다. 이제 죽음을 앞두고 그는 자신에게 솔직하고 싶었다. 사명은 미옥에게 물었다.

"빈과 손현은 잘살고 있는가?"

"네 거제도의 외딴 섬에 손현이 서당을 열어서 자리를 잡았다고 연락이 왔습니다. 빈이는 아기도 낳고 행복하게 살고 있습니다."

"빈이 너처럼 외로운 사랑을 하지 않아서 다행이야. 손현과 빈이 다시 행복을 찾았다니 마음이 놓이는군. 이제는 네가 걱정이야."

사명은 작은 보자기에 싸인 불상을 꺼내 미옥에게 건네주었다.

"네가 만들어 준 이 불상이 지금까지 나를 보호해 주었다. 이제는 너를 지켜달라는 마음으로 이 불상을 너에게 돌려주마."

미옥은 사명을 위해 깎았던 불상을 가슴에 안으며 통곡했다. 사명은 미옥의 눈물을 닦아 주었다.

"이 불상이 너를 지켜줄 것이다."

그리고 사명은 보자기에서 십자가를 꺼냈다.

"이것은 서양의 신부가 나에게 준 것이야. 나는 그에게 염주를 주었지. 내가 죽을 고비에서도 마지막까지 갖고 있었던 것은 이 불상과 십자가였어. 십자가는 이 세상의 죄를 용서받기 위해 죽은 서양의 신이라고 하더구나. 나는 그분이 부처님과 다르지 않다고 생각한다. 그래서 나는 이 불상과 십자가를 함께 지니고 다녔다. 이 불상과 십자가가 항상 너를 지켜줄 것이야."

미옥은 울며 말했다.

"저를 지켜주는 것은 불상도 아니고 십자가도 아닙니다. 저를 지금까지 지켜준 것은 오라버니였습니다. 저는 오라버니가 있어서 행복했습니다."

사명은 말없이 하늘을 쳐다보았다. 그 모습이 몹시 외로워 보였다.

"오라버니는 행복한 인생이었습니까?"

"나도 네가 있어서 행복했다. 항상 나만을 바라본 너에게 미안하고 고마운 마음이다. 이승에서 받은 사랑을 저승에서 만난다면 꼭 갚아 주고 싶어."

"다음 생에서는 저의 사랑을 받아 주시는 거죠?"

미옥은 쑥스러운 듯이 웃었다. 어린애처럼 웃는 모습을 사명은 안타까운 듯 보았다. 한참 침묵이 흐른 후, 사명이 말했다.

"미옥아, 승려가 되려고 하는 너의 심정을 충분히 이해한다. 그러나 승려는 세상을 피하기 위해서가 아니라 세상과 부딪치기 위해서 되는 것이야. 세상을 피하기 위해 승려가 되면 끝까지 자신을 속여야 한다. 내가 승려가 된 이후 왜 세상과 싸우면서 버텼는지 너는 모를 것이다. 임진왜란이 일어났을 때 나는 나 자신과 싸우기 위해 칼을 들고 일어났어. 혼자 깨달은 척, 도를 터득한 척 하는 내 자신의 모습이 싫었기 때문에 세상과 싸우기 위해 칼을 들고 전쟁에 뛰어든 것이다. 왜적과 싸우면서 나는 깨달음을 터득했어. 깨달음은 혼자서 수행한다고 이루어지지 않는다. 세상 속으로 뛰어들어서 처절하게 싸울 때 깨달음이 온다는 것을 알게 되었지. 깨달음은 세상 인연 속에서 이루어지는 것이다. 나도 이제 죽을 때가 되니까 그것이 더 선명해지는구나. 그리고 깨달음은 바로 사랑이라는 것을 죽음을 앞두고야 알게 되었구나. 생각해 보니 내가 진정으로 사랑한 것은 미옥이 너였구나. 젊었을 때 품었던 아랑과의 불같은 사랑은 한순간의 사랑이었어. 그러나 한평생 네가 나를 사랑한 것처럼 나도 너를 사랑했다. 몸으로 달아오르는 사랑이 아니라 마음으로 서서히 달아오르는 사랑이 오래가고 참사랑인 것이다. 장작불은 금세 불이 붙어 활활 타오르지만, 구들장의 두꺼운 돌은 서서히 달아올라 오랫동안 따뜻하게 하는 거야. 우리 사랑이 그 두꺼운 돌 같은 사랑이었어. 사람이 영원히 살지 못하고 길어야 육십 평생인데 우리 사랑은 평생 동안 서서히 달아오른 것이야. 그 진정한 사랑을 내가 죽을 때가 되어서야 깨달은 것을 보면 나도 참 어리석은 사람이라는 생각이 드는구나. 세상 모든 이치를 깨닫는다고 해도 사랑을 깨닫지 못하면 아무 소용이 없어. 이 세상의 깨달음은 사랑이야. 사랑이야말로 부처님이 이 세상에 내린 참다운 진리지. 사람들은 애써 그 진리를 외면하고 있는 것이야."

미옥은 사명의 말을 듣자 끊임없이 눈물이 흘러내렸다. 그 눈물이 상처

입은 미옥의 마음을 치유했다. 미옥은 앙상하게 뼈만 남은 사명을 와락 껴안았다.

"오라버니, 고맙습니다. 오라버니가 계셔 주셔서 저는 이승에서 외롭지 않았습니다. 그리고 오라버니를 한평생 사랑한 것이 저에게는 가장 큰 행운이었습니다. 오라버니에 대한 사랑이 없었다면 저는 이미 삶을 포기했을 것입니다. 오라버니 사랑합니다. 오라버니 고맙습니다."

사명은 미옥의 손을 잡았다. 그렇게 찾고 싶어 하던 깨달음이 미옥의 손에서 전해져 왔다.

"나도 네가 있어서 행복했다. 네가 있어서 내가 있을 수 있었다. 이번 생은 너의 사랑 때문에 아름답게 마무리할 수 있게 되었구나. 고맙다."

"오라버니의 아름다운 모습을 기억하겠습니다."

"나는 뒷모습이 아름다운 사람으로 기억되고 싶다. 사람의 뒷모습이야말로 참모습일 것이다. 돌아선 사람의 등을 보면 그 사람의 모든 것을 알 수 있다고 했다. 돌아서서 떠나는 사람의 등에는 쓸쓸한 인생의 진실이 있기 때문이다."

사명은 속마음을 털어놓고 나니 마음이 깃털처럼 가벼워졌다.

다음 날, 사명의 임종을 지키기 위해 제자들이 모여들었다. 사명은 그날 밤, 하늘을 쳐다보았다. 그것이 마지막 눈길이라는 것을 아는지, 별들도 빛을 잃고 사명과의 작별을 서러워하는 것 같았다. 사명은 모두를 물리치고 마지막 임종을 미옥과 단둘이 맞이하고 싶었다. 밤이 깊어지자, 마지막 죽음을 앞둔 사명은 울고 있는 미옥에게 말했다.

"울지 마라. 나는 매일 죽음을 연습했다. 매일 밤 잠들기 전에 나는 잠이 들면 죽는 것이라 생각했다. 잠이 들면 누가 나를 건드려도 나는 모른다. 죽은 것과 무슨 차이가 있겠느냐? 잠이 들어 깨어나지 못하면 그것이 바로 죽음이다. 그러므로 나는 매일 밤 죽음을 연습해서 죽음이 두렵지 않다. 생각이 많으면 잠에 이르지 못하고 새벽을 맞이하지만, 생각이 편안하면 바로 잠이 든다. 죽음도 마찬가지라고 생각해. 세상에 미련이 많이 남아서 생각이 많으면 죽음에도 쉽게 이르지 못할 것이야. 나는 편안한 마음으로 잠이 들듯 죽음을 맞이할 것이야. 그러니 울지 말고 나를 웃으며 보내 주기 바란다."

미옥은 사명의 앙상한 몸을 껴안으며 말했다.

"저도 오라버니와 함께 잠들고 싶습니다."

사명은 힘없는 목소리로 미옥을 불렀다.

"이리 와 내 옆에 누워라. 같이 자자꾸나. 너는 내일 아침 잠에서 깨어나겠지만 나는 영원한 잠에 빠져들 것이다."

미옥은 평생 그리던 사명의 옆자리에 나란히 누웠다. 그리고 사명의 가슴에 얼굴을 파묻고 눈물을 쏟았다. 사명은 아기를 어루만지듯 미옥의 등을 가볍게 두드렸다. 미옥은 사명의 손길에 마음이 편안해지며 서서히 잠들었다. 미옥의 잠든 모습을 보고 사명도 마지막 숨을 가쁘게 몰아쉬며 깊은 잠에 빠져들었다.

허균의 자통홍제존자 사명대사 석장비

(慈通弘濟尊者四溟大師石藏碑)

1610년 8월 26일, 사명은 67세의 일기로 세상을 떠났다. 허균은 사명이 돌아가셨다는 소식을 듣고 한걸음에 해인사로 달려왔다. 사명의 제자들도 사명이 허균을 친동생처럼 아꼈다는 사실을 알기에 허균에게 사명의 비문을 부탁했다. 허균은 사명의 비문을 쓰기 위해 사명이 마지막 숨을 거둔 암자에 홀로 앉아 밤을 지새며 기억을 더듬었다. 허균의 기억 속에 살아 있는 사명의 모습이 겹쳐졌다. 허균은 눈물을 닦고 단숨에 써 내려가기 시작했다.

사명대사와 교산 허균, 그 둘의 관계는 승려와 유학자의 관계를 넘어선 형제의 인연이었다. 먼저 허균은 사명의 시호를 뭐라 할까 고민했다. 허균의 머릿속에 사명은 조선을 구한 영웅이었고, 자신을 희생하며 힘없는 백성을 구한 구세주였다. 그 순간 허균에게 떠오른 글자가 세상을 구한 자비의 마음, 자(慈)와 선교를 통합한 통(通)과 널리 중생을 구제한 홍제(弘濟)였다. 허균은 머릿속에 떠오르는 글자를 적었다.

'자통홍제존자(慈通弘濟尊者)'

허균은 사명의 시호를 정한 후, 비문의 글을 써 내려갔다.

'말법을 붙들어 구하는 것'을 자(慈)라 하고, '한 교(教)에 얽매이지 않는 것'을 통

(通)이라고 하며, '은혜로 백성들에게 끼친 것'을 홍(弘)이라 하고, '그 공덕이 거듭 회복한 것'을 제(濟)라고 하며, 존자(尊者)는 '고귀한 인물'을 말함이다. 이제 비를 세워 대사의 의로움을 새기면서 시호를 머리에 쓸 수 없는 것이 한스럽다. 그러므로 내가 짓는 것이 분수에 지나치지만, 개인적으로 대사의 시호를 지어 저승길을 밝히고자 한다.

임자년 2월 2일 교산.[71]

원래 시호는 왕이 내리는 것이다. 그러나 사명은 임진왜란의 공으로 정2품 자헌대부 형조판서에까지 올랐으나 조선의 숭유억불 정책으로 인해 승려에게 시호를 내릴 수 없다는 유학자들의 반대로 시호를 받지 못한 것이다. 그래서 사명의 시호는 왕이 내린 시호가 아니라 허균이 지은 시호였고, 백성이 그 시호를 받들어 순수한 마음속에 대대로 이어지게 된 것이다. 허균은 비문을 끝내고 하늘을 쳐다보았다. 하늘 높은 곳에서 사명이 웃고 있었다. 사명과의 추억이 병풍에 그림을 그리듯 펼쳐졌다. 봉은사에 형 허봉을 따라가서 처음 사명을 만난 기억과 그 후 허봉이 죽은 후, 사명을 형처럼 의지했던 인연의 그림들이 허균의 머릿속에서 춤추고 있었다. 허균과 사명은 피를 나눈 형제 이상이었다. 사명은 허균의 과격한 성격을 걱정하여 항상 이렇게 주의를 주었다.

"교산의 뜻이 크지만 모든 것을 한꺼번에 바꾸지는 못하네. 글 쓰는 것도 조금 신중을 기하고 매사에 조심하게. 교산의 재주가 너무 뛰어나서 시기하는 사람이 많을 것이야. 자중하고 또 자중해야 할 것일세."

사명은 허균의 생각이 너무나 혁명적이어서 후일 허균에게 닥칠 위험을 미

---

71) 「유명 조선국 자통홍제존자 사명 송운대사 석장비명 병서(有明朝鮮國慈通弘濟尊者四溟松雲大師石藏碑銘幷序)」.

리 방지하기 위해 천기누설을 한 것이다. 그러나 허균은 사명의 말을 듣지 않았다. 세상을 바꾸려 애쓰다 사명이 죽은 지 8년 후인 1618년, 역모죄로 사형을 당하고 만다. 가문은 멸문지화를 입고, 아버지마저 부관참시를 당하는 불효를 저지르게 되는 것이다. 역사의 풍운아 허균은 마지막 죽음에 이르러 사명을 떠올렸다.

'세상을 바꾸려는 생각 또한 나의 욕심이었을까? 나에게 무위(無爲)를 말씀하던 사명대사가 생각나는구나. 우리는 결국 죽음으로써 무위의 세상으로 돌아가는구나.'

사명과 허균의 글은 오늘도 우리에게 울림을 주고 있다. 사명과 허균은 400여 년 전에 죽었지만, 그들의 글은 남아서 후손들에게 전해지고 있다. 사람은 죽었지만, 글은 남아서 역사가 된 것이다.

허균이 짓고 백성이 바친 자통홍제존자(慈通弘濟尊者)가 바로 사명이었다. 어리석은 생각에 구름과 소나무에 누웠다는 사명은 스스로 송운(松雲)이라 호를 삼으니, 푸르른 솔과 흰 구름이 대사와 더불어 춤을 추었다. 합천 해인사 홍제암 근처의 비석들 속에 허균이 비문을 바친 사명대사의 석장비가 있다. 사명대사는 조선 백성들의 희망이자 구세주였다. 그러나 사명은 세상의 명예를 구한 것도 아니고 세상의 사랑에 집착한 것도 아니었다. 그리고 후세에 자신을 기리는 일이 의미가 없다는 것도 400년 전에 이미 깨달았다. 그런 사명의 흔적 없는 실체 앞에 절을 하고 기리는 것이 무슨 의미가 있을까?

일제 강점기에 그 석장비는 일제 식민지 경찰에 의해 네 동강이 나는 수모를 겪었다. 합천경찰서 일본인 서장이 조선 민족의 자긍심을 끊기 위해 사명대사의 비석을 네 조각으로 부수어 땅속에 묻은 것이다. 땅속에 묻힌 석장비는 36년간 눈물을 흘렸다. 일제로부터 해방이 되자 해인사 스님들이 석장비 조각이 묻혀 있는 곳을 발견하고 부서진 석장비를 들어올렸다. 그 석장비 앞에서 눈물을 흘리지 않는 사람이 없었다. 사람들은 사명에게 참회하듯이 다시 조각난 비석의 조각을 맞춰서 원래 있던 자리에 세웠다.

1610년, 사명의 죽음이 일본에 전해졌다. 이에야스는 사명의 죽음을 애도하며 그를 일본의 신사에 안장했다. 일본에서 신으로 인정한 것이다. 사명이 죽은 지 5년 후, 이에야스는 또 한 번 피의 소용돌이에 파묻히게 된다. 세키가하라 전투 이후 가신들은 후환을 없애기 위해 도요토미 히데요리를 죽이라고 주장했지만, 이에야스는 듣지 않고 히데요리를 살려 오사카성에 은둔하게 했다. 이에야스는 히데요시 생전에 약속했던 대로 사랑하는 손녀를 히데요리에게 시집보내면서 그를 아꼈기 때문이었다. 그러나 떠돌이 무사들이 오사카성에 모여들어 히데요리를 부추겼다.

사명이 죽고 5년 후, 5만 명의 떠돌이 무사들이 오사카성에 집결하여 이에야스에게 반역을 일으키자, 1615년 이에야스는 히데요리를 죽이지 않고는 평화가 없다고 생각하고 30만 군사를 이끌고 에도를 출발하여 오사카성으로 향했다. 이에야스는 도요토미 히데요시의 오사카성이 사라져야 새로운 평화가 온다고 생각해 오사카성을 완전히 불태웠다. 불타오르는 오사카성에서 요도도노와 히데요리는 스스로 목숨을 끊는다. 그리고 일 년 후인 1616년, 이에야스는 사명과의 약속을 지키기 위해 조선과 전쟁을 하지 말라는 유언을 남기고 세상을 떠난다. 그 후 메이지 유신으로 도쿠가와 막부가 사라질 때까지 260년간 역사 이래 최초로 조선과 일본은 전쟁 없이 평화를 유지하였다.

흔적들

사명대사 생가

조선 중기 고승 사명당(1544~1610)이 태어난 곳이다. 그의 발자취를 엿볼 수 있고 그의 생을 음미해 볼 수 있는 곳이다.

포항 대성사 사명대사 호신불

포항 대성사(주지 운봉)가 소장하고 있던 금동여래좌상이 조선시대 사명대사의 호신불로 밝혀졌다. 또한 이 불상의 복장에서는 국내 최초로 사명대사의 친필 발원장도 발견됐다.

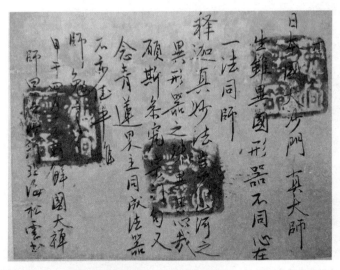

사명대사가 가토 기요마사의 종군 승려, 닛신에게 보낸 편지

일본국 대사문 닛신대사 보십시오. 우리는 비록 다른 나라에서 태어나 겉
모습은 다르지만 마음은 한가지로 불도를 닦는 도반입니다. 석가의 불법
이 어찌 산천이 다르고 외형이 다르다고 하여 그 마음까지 다르겠습니까?
크게 종문을 연구하고 청련을 깊이 염하여 다같이 불도를 이룬다면 또한
아름답지 않겠습니까?

갑오년(1594년) 4월 15일 조선국 대선사 사명사문 북해송운 씀

일본 구마모토 혼묘지(本妙寺) 소장 사명대사 친필

작원관 아래 낙동강 처자교 표시판

처자교 발굴 당시 모습

교토 귀무덤

이름 그대로는 귀를 묻은 무덤을 말하는 것 같지만 실제로 묻힌 것은 대부분 사람의 코로, 임진왜란 때 일본군이 죽인 조선인들의 수급 대신 베어 갔던 코를 묻은 무덤이다. 당연스럽게도 본래 이름은 '코무덤(鼻塚)'이었으나, 이름이 섬뜩하다고 하여 '귀무덤(耳塚)'으로 바뀌었다.

작원관 위령탑

표충비각

무안 지서 바로 옆에 자리하고 있는 비로, 현재는 돌담이 둘러진 비각 안에 보존되어 있다. 사명대사의 충절을 기리고 있는 비로, 일명 '사명대사비'라고도 불린다. 국가에 큰 어려움이나 전쟁 등의 불안한 징조가 보일 때에 비에서 땀이 흐른다 하여 '땀 흘리는 표충비'로도 잘 알려져 있다.

해남 대흥사 사명대사 십자가

이 십자가는 1604년에 작성된 '서산대사 유물 목록'에 '십자패(十字佩)'로 기록되어 있는데, 수백 년 동안 보관 사실 자체를 모르고 있다가 1927년 겨울에 발견되어 언론에 소개되면서 존재가 드러나 그 성격을 둘러싸고 다양한 추측이 나왔다.

해인사 사명대사 석장비
해인사 홍제암에 있는 사명대사의
탑 및 비(碑)이다. 이곳 홍제암은 사
명대사가 수도하다가 세상을 떠난
곳이다. 홍제암이라는 암자 이름은
사명대사 입적 후 허균이 지은 '자
통홍제존자'라는 시호에서 따온 것
이다.